KB269117

중국
여신
연구

중국
여신
연구

송정화 지음

민음사

서문

　신화 속의 여신을 읽는다는 것은 어떤 의미를 지닐까? 오늘날 신화는
서점에 따로 신화 섹션이 마련되어 있을 만큼 열렬한 대중적인 인기를 누
리고 있다. 바야흐로 상상력의 시대가 도래했음을 아무도 부정할 수 없을
것이다. 상상력이라는 문화의 열풍 속에서 신화는 어떤 이야깃거리보다도
읽는 즐거움을 만족시켜준다. 신화의 장점은 여기에 그치지 않는다. 역사와
종교를 넘나드는 신화의 내용은 우리의 지적인 욕구까지도 고스란히 만족
시켜준다. 재미있고 게다가 지적인 묘미까지 갖췄으니 누구나 한 번쯤은
신화를 읽고 싶다는 유혹에 빠질 수밖에 없다. 신화를 읽지 않으면 오늘의
문화적인 흐름을 제대로 파악할 수 없다는 조바심까지 들기도 한다. 그만
큼 신화는 이제 우리의 삶에서 빠질 수 없는 존재가 되었다. 그런데 이렇
게 인기 있는 신화를 앞에 두고 우리가 지금 까맣게 잊고 있는 것은 신화
란 원래 신들의 성스러운 이야기라는 사실이다. 인간이 감히 가까이 갈 수
없었던 고귀한 신들의 이야기, 그것이 바로 신화의 본래 모습이었다. 신화
는 입에서 입으로 조심스럽게 전해지고 성스러운 의례의 현장에서 읊조려
지던 고귀한 이야기였다. 또 하나 우리가 놓치기 쉬운 사실은 이 신성한

이야기 속에서 최초로 우주를 창조하고 생명을 탄생한 신들이 바로 여신이었다는 점이다. 그래서 원시인류는 우주와 생명의 기원을 이야기하면서 가장 먼저 여신을 노래했고 숭배했다. 어느 민족을 막론하고 우주의 탄생과 인류의 기원은 늘 여신들의 이야기로부터 출발하곤 한다. 여신은 모든 인류와 신들 그리고 만물의 어머니였다.

중국 신화를 읽다 보면 계속해서 여신들과 만나게 된다. 우리가 여신 하면 흔히 떠올리는 요염하고 아름다운 여신들로부터 동물과 반쯤 섞여 거부감을 일으키는 괴상한 모습의 여신들까지……. 그리고 여신은 외모뿐만 아니라 이미지도 무척 다양하다. 엄숙하고 권위적이기도 하고, 반대로 소위 여성미를 흠씬 풍기며 영웅과 사랑에 빠지기도 하며, 남신의 조력자로 등장하기도 한다. 흥미로운 점은 남성의 성별을 지닌 신들은 여신처럼 외모나 이미지가 다양하지 않다는 것이다. 이렇게 하나의 이미지로 고정되지 않고 끊임없이 미끄러지는 의미선상에 있는 여신들만의 속성, 그것이 바로 우리를 여신이라는 주제에 흠뻑 빠져들게 하는 매력이 아닐까?

중국 신화는 역사서, 지리서, 유가(儒家)와 도가(道家)의 경전 등 다양한 텍스트 속에 뿔뿔이 흩어져 있다. 흩어진 자료들을 수집하고 그 속의 문장들을 하나씩 해석하면서 자유로운 상상 속에서 합당한 논리를 찾아가는 과정, 그것이 신화 연구이다. 그런데 신화는 상징의 방식으로 표현되어 있어서 다양한 의미를 지니고 있기 때문에 사실 정확한 해석이 어렵고 주관적인 이해에 치우치기 쉽다. 그럼에도 불구하고 신화 연구를 소홀히 할 수 없는 것은 그것을 읽어내고 의미를 부여하지 않으면 신화는 죽어 있는 화석이나 다름없기 때문이다. 중국의 여신들도 이제껏 그녀들의 신격이 어떤 것이며, 역할과 의미는 무엇인지 자세하게 밝혀진 바가 별로 없다. 연구가 많이 이루어지지 않았기 때문에 그녀들의 존재 자체도 미약했다. 그래서 필자는 이 책을 통해서 수천 년간 신화 속에서 잠자고 있던 중국 여신들을 깨우고 그녀들에게 생명의 날개를 달아주는 작업을 하고자 했다. 중국의 여신뿐 아니라 동양의 여신들, 나아가 내 안의 여신들을 찾을 수 있는 가능성을 모색하고 싶었다. 그 결과 중국 여신들을 연구하면서 그녀들의 이미지 속에서 바로 나 자신을 발견할 수 있었다. 연구 대상과 자신의 동일시는 연구에 몰입하게 했던 중요한 원동력이 되었지만 학문적 의미를 확보하기 위해서는 객관적인 관점에서 필자 스스로를 타자화하는 과정도 필요했다. 그래서 여성적인 시각에서만 분석할 때에 초래될 수 있는 관점의 편협성을 끊임없이 의식하면서 극복하려 했고 눈높이를 원시인류에 맞추어 그 시대적 인식 안에서 여신을 바라보고자 노력했다.

이 책의 제목은 '중국 여신 연구'이지만 내용은 중국과 여성이라는 지역과 성별의 틀에만 구속받지 않는다. 오히려 그 틀을 넘어서 동아시아의 여성 그리고 그녀들을 바라보았던 시선의 주체인 남성들까지를 아울러 이야기할 수 있는 포괄적 의의를 갖고자 했다. 신화는 오늘날에도 문학과 영화, 애니메이션 등 문화 전반에 걸쳐 부활하고 있기 때문에 여신을 통해서 과거의 여성만을 이야기하는 것이 아니라 오늘날의 여성까지도 함께 되돌아볼 수 있는 계기가 될 수 있다고 생각했다.

이 책은 4년 전에 제출한 필자의 박사학위논문을 수정하고 보완한 것이다. 박사학위논문 주제로 고심하던 1998년 즈음 모교의 이화중국여성문학회의 스터디에 참여하게 되었고 그곳에서 여러 학자들과 함께 공부하는 과정에서 여신이라는 주제를 발견하고 매료되었다. 사실 스터디에 참여하기 전에는 중국 문학과 여성이라는 두 주제를 함께 연결하여 연구할 생각은 엄두도 내지 못했다. 서구에서는 여성학적인 관점이 더 이상 새로운 것이 아닌 데 반해, 그때까지만 해도 국내의 중국 문학계에서는 그런 시도가 별로 이루어지지 않았다. 연구 성과도 많지 않았고 연구에 대한 인식도 높지 않던 상황이었다. 그러나 여성학의 기본서들과 해외 논문들을 차근차근 읽어가면서 중국 문학을 여성학적인 관점에서 분석하는 작업이 매우 필요하다는 것을 느꼈다. 똑같은 곡이라도 연주자가 누구냐에 따라서 곡의 느낌이 달라지듯, 중국 문학을 여성의 시각에서 바라볼 때 그리고 여성적인 주제에 초점을 맞추어 연구할 때 새로운 의미와 가치들을 발견할 수 있음을 알게 되었다. 1999년 이화중국여성문학회에서 중국 문학과 여성학을 계속 공부하면서 『열녀전(列女傳)』에 대한 최초의 여성학적 연구서인 『동아시아 여성의 기원: '열녀전'에 대한 여성학적 탐구』의 집필에 참여했고 박사학위 논문의 주제도 '중국 신화에 나타난 여신 연구'로 결정하였다. 당시 여성학 적인 관점으로 중국 신화를 분석한 박사학위논문이 나오지 않은 상황에서 신화와 여성과의 관련성은 앞으로 반드시 연구되어야 할 과제라는 확신이 들었다. 마침내 긴 산고(産苦) 끝에 박사학위논문을 완성했고 그 후 4년 동 안 내용과 형식을 그대로 유지한 채 부족한 부분을 틈틈이 보완하여 비로 소 이 책을 출간하게 되었다. 사실 박사학위논문을 집필하기 시작한 5-6년 전만 해도 중국 신화에 대한 여성학적 탐구는 좀 도전적인 주제라는 인상 을 주었다. 그러나 그 동안 국내에서도 많은 인식의 변화가 있어서 이제 신화와 여성은 중요한 화두로 부상하였다. 앞으로 이 분야는 꾸준히 연구 작업이 이루어진다면 풍부한 의미를 생산해낼 수 있는 학문적 잠재력을 지 니고 있다고 생각한다. 왜냐하면 중국의 여신 연구는 과거로부터 오늘날까 지를 꿰뚫을 수 있는 통시적인 연구 가치를 지니기 때문이다. 신화는 고대 의 신성한 이야기이지만 현재의 삶을 진단하고 나아가 미래를 새롭게 구상 하는 데에 필요한 거울이 될 수 있다. 앞으로도 여성은 변함없이 전 세계 인구의 절반을 차지할 것이며, 여성이 발휘하는 힘은 우리가 평등사회를 지향하는 한 갈수록 증대될 것이기 때문이다.

이 책을 내기까지 많은 분들의 도움을 받았다. 우선 박사학위논문을 집 필하는 과정에서 지도와 성원을 아끼지 않으셨던 고려대학교의 선정규 교 수님께 감사드린다. 선생님의 세심한 가르침이 없었다면 박사학위논문을 잘 마무리할 수 없었을 것이다. 모교의 은사이신 정재서 교수님께도 감사 드린다. 선생님이 주도하신 이화중국여성문학회에 참여하여 중국 문학과 여성에 대한 진지한 고민을 했고, 선후배들과의 열띤 토론을 통해 새로운 방향에 눈뜨고 지적인 성장을 할 수 있었다. 중문과에 들어왔을 때 처음 중국 문학의 즐거움을 깨우쳐 주셨고 아직까지도 모자란 제자를 격려해주시니 감사할 따름이다. 아울러 부족한 박사학위논문을 지도해 주신 고려대학교의 최용철 교수님, 이재훈 교수님, 연세대학교의 전인초 교수님께도 깊은 감사의 말씀을 드리고 싶다. 출간에 임하여 문득 이 모든 선생님들께 부족한 책이 누가 되지 않을까 하는 걱정이 앞선다.

이 책을 출간하기로 하고 4년이라는 세월을 끌었다. 공부한답시고 경황 없이 뛰어다니는 며느리를 지지하고 아껴주시는 시아버님, 시어머님께 감사드린다. 따뜻한 쉼터가 되어준 남편에게도 고마움을 전하고 싶다. 마지막으로 이제는 유명(幽明)을 달리하신 그리운 아버님과 내 인생의 선배이자 모범이시기도 한 어머님, 두 분께 이 부족한 책을 바치고 싶다.

2007년 1월
중국 상해(上海)에서
송정화

차 례

제1장 들어가는 말

　우리가 신화에 대해 갖는 첫 느낌, 그것은 '먼 옛날 고대인들이 지어낸 황당한 이야기'쯤일 것이다. 온갖 상상적인 존재들과 동화처럼 재미있는 이야기들이 신화를 가득 채우고 있기 때문이다. 그런데 신화의 속성은 사실 그렇게 단순하지 않다. 신화를 더 깊이 탐독하다 보면 상징적인 문구 하나하나가 고대의 역사, 종교와 밀접한 관련을 갖고 의미심장하게 쓰였음을 알게 된다. 그래서 환상적인 이야기 이면의 성스럽고 진지한 계시라는 진면목을 알아갈수록 재미를 놓지 못하고 더 빠져들게 된다.

　중국 문학사를 훑다 보면 우리는 한 가지 사실을 알 수 있다. 시대마다 문학의 전당에서 특히 화려하게 꽃피웠던 장르가 있었다는 점이다. 선진(先秦)시대에는 『시경(詩經)』, 『초사(楚辭)』 등의 시와 제자백가(諸子百家)의 철학과 산문, 한(漢)나라 때에는 부(賦)와 『사기(史記)』, 『한서(漢書)』 등의 역사산문, 당(唐)나라 때에는 시, 명(明)나라와 청(淸)나라 때에는 소설과 희곡 등, 시대마다 사람들의 생각과 삶을 가장 대변하기 편했던 장르가 있었던 셈이다. 신화도 그렇게 이른 시기의 원시인류의 삶을 가장 잘 표현할 수 있었던 서사였다. 즉 신화의 상징적이고 환상적인 내용에는 현실적인 생활의 근거가 공존한다는 것이다. 다만 신비롭고 독특한 언어로 표현되었기 때문에 삶의 치열함이 잘 드러나지 않을 뿐이다. 그래서 신화 연구의 의미란 서사문학의 범주를 넘어서서 역사, 종교, 인류학 등의 문화 연구까지도 아우르는 폭넓은 것이다.

최근 몇 년 동안 미국뿐 아니라 지구촌 독서계의 베스트셀러 자리를 지키고 있는 소설 『다빈치 코드(*The Da Vinci Code*)』는 고대의 여신 숭배와 가부장적인 기독교의 전통이 만나면서 어떻게 여신 숭배가 무너졌고 그 과정에서 많은 비밀들이 은폐되었는가를 흥미롭게 서술하고 있다. 아버지 중심의 종교체계가 들어오기 이전에 어머니를 섬기던 종교가 있었다는 새로운 사실은 독자들의 호기심을 유발하기에 충분하다. 물론 소설의 내용이 모두 진실은 아니지만 그렇다고 완전히 허구만도 아니다. 왜냐하면 고대의 여신 숭배 관념은 동서양을 막론하고 실존했던 것이 사실이기 때문이다. 그리스 신화의 가이아(Gaia), 아프로디테(Aphrodite), 아르테미스(Artemis)뿐 아니라 바빌론(Babylon) 신화의 티아마트(Tiamat), 펠라스고이(Pelasgois) 신화[1]의 에우리노메(Eurynome) 등은 모두 최초의 어머니신들이다. 역사 속의 모계 사회를 반영한 고대의 신화들은 이처럼 최고의 신을 어머니라는 여성의 모습으로 표현하였다. 동양의 신화도 예외는 아니다. 여와(女媧), 서왕모(西王母), 무라(武羅) 등의 중국 여신들, 한국의 선문대할망과 마고할미 등은 고대의 원시인류가 우주의 기원을 여성적인 원리로서 이해했고 여신을 섬겼다는 것을 보여준다.[2]

이러한 여신들에 대한 흔적은 신화 자료에만 그치지 않는다. 중국에서는

---

1) 인도유럽어족이 그리스 반도로 이주하기 이전에 그곳에 살았던 원주민들의 신화이다. 펠라스고이 신화에서는 태초에 어머니인 에우리노메 여신이 오피온(Ophion)이라는 뱀과 어우러져 우주의 알을 낳는다.

2) 자세한 내용은 송정화, 「비교신화적 각도에서 본 동서양 창조신화에 나타난 여성적 생명원리: 중국 신화와 그리스 신화에 나타난 혼돈, 구멍, 뱀의 이미지를 중심으로」, 『中國語文學誌』 제17집, 2005를 참고한다.

최근 들어 고고학적 유물들도 실제로 발굴되고 있다. 요령(遼寧)의 홍산 문화(紅山文化) 유적지와 내몽고(內蒙古) 임서(林西)의 홍륭 문화(興隆文化) 유적지, 섬서성(陝西省) 부풍(扶風) 안판(案板)의 앙소 문화(仰韶文化) 유적지는 그 예이다. 이 유적지들에서는 풍만한 가슴과 배를 가진 여신상들이 대량 출토되었다.[3]

우리나라의 역사기록에서도 고대 여신 숭배의 흔적을 찾아볼 수 있다. 예컨대 『북사(北史)』「열전(列傳)」[4]과 아래의 『주서(周書)』「열전(列傳)」 등에는 하백(河伯)의 딸인 유화(柳花)에 대한 고구려인들의 숭배가 잘 나타나 있다.

신의 사당이 두 군데 있었는데 하나는 부여신으로, 나무로 깎아 만든 부인상이다. 하나는 등고신으로 이는 시조인 부여신의 아들이라고 한다. 나란히 관사에 모시고 사람을 보내어 지켰는데 아마도 하백의 딸과 주몽인 것 같다.[5]

시간을 더 거슬러 올라가면 여신 숭배는 여성적인 원리에 대한 숭배로서 나타나기도 한다.[6] 『삼국지(三國志)』「위서(魏書)・고구려(高句麗)」[7]와

---

3) 자세한 내용은 송정화, 「紅山文化의 신화・종교적 의미」, 『中國語文學誌』 제16집, 2004를 참고한다.

4) 『北史』「列傳」: 춤과 노래를 좋아하며 10월이면 하늘에 제사를 지내는데 이 공식적인 모임에서 입는 비단옷에는 모두들 수를 놓고 금과 은으로 장식한다. ……불법을 믿고 귀신을 공경하여 사당이 많았다. 신을 모시는 사당이 두 군데 있는데, 하나는 부여신이고 다른 하나는 등고신으로, 시조인 부여신의 아들이라고 한다. 나란히 관사에 모시고 사람을 보내어 지켰는데 아마도 하백의 딸과 주몽을 말하는 것 같다(好歌舞, 常以十月祭天, 其公會衣服, 皆錦繡金銀以飾……信佛法, 敬鬼神, 多淫祠, 有神廟二所, 一曰夫餘神, 一曰登高神, 云是其始祖夫餘神之子. 幷置官司, 遣人守護, 蓋河伯女, 朱蒙云).

5) 『周書』「列傳」: 有神廟二所, 一曰夫餘神, 刻木作婦人之像, 一曰登高神云, 是其始祖, 夫餘神之子. 竝置官司, 遣人守護, 蓋河伯女與朱蒙云.

6) 고구려 중기인 4세기 말을 지나 5세기를 전후하여 고구려의 수신(隧神・禭神) 숭배

아래의 『후한서(後漢書)』「동이열전(東夷列傳)·고구려(高句麗)」에는 고구려 동맹(同盟·東盟) 제의에서 동굴의 신인 수신(隧神·襚神)을 국가적으로 섬겼다는 기록이 나온다.

> 10월에 하늘에 제사하는 큰 모임을 갖는데 이름을 동맹(東盟)이라고 한다. 그 나라의 동쪽에 커다란 동굴이 있는데 수신(襚神)이라고 부르며 역시 10월에 맞이하여 그를 제사지낸다. 그 공식적인 모임에서 입는 옷에는 모두들 수를 놓고 금은으로 장식한다.[8]

위의 예문을 보면 동굴이라는 구멍 자체를 신성시했을 뿐 아니라 수신이라는 신격으로서 동굴신을 체현하여 숭배하기도 했다는 것을 알 수 있다. 예로부터 동굴은 동서양을 막론하고 생명의 모태이자 여성의 상징으로 받아들여졌다. 우리나라 신화에서 곰이 웅녀로 거듭난 곳이 동굴이었고 중국의 여신인 서왕모의 거처도 동굴이었다. 중국의 민간에서는 오늘날도 자손이 없는 여인들이 동굴에 가서 아이를 갖게 해달라고 비는 풍속을 볼 수 있다. 사천성(四川省) 염원현(鹽源縣)에는 파정랍목(巴丁拉木) 여신의 생식기라고 전해지는 동굴이 있다. 이 지역에서는 아이가 없는 여성들이 이 동굴에 돌을 던지는데 잘 들어가면 임신할 징조이고 들어가지 않으면 임신

는 고구려의 시조신 숭배로 변화된다. 자세한 내용은 김인희, 「고구려의 지모신 신앙과 성적제의」, 동아시아고대학회 편, 『동아시아 여성신화』, 서울: 집문당, 2003, pp. 254-255를 참고한다.

7) 『三國志』「魏書·高句麗」: 10월이면 하늘에 제사를 지내는데 나라의 큰 모임으로, 이름을 동맹이라고 한다. 그 나라의 동쪽에는 큰 동굴이 있는데 수혈이라고 한다. 10월에 나라의 큰 모임을 열 때 수신을 맞이하였다가 다시 나라의 동쪽으로 돌아가 그를 제사하는데 나무로 깎아 만든 수신을 신좌에 올려놓는다(以十月祭天, 國中大會, 名曰同盟. 其國東有大穴, 名隧穴, 十月國中大會, 迎隧神, 還於國東上, 祭之, 置木隧於神坐).

8) 『後漢書』「東夷列傳·高句麗」: 以十月祭天大會, 名曰東盟. 其國東有大穴, 號襚神, 亦以十月迎而祭之, 其公會衣服皆錦繡, 金銀以自飾.

하지 못할 징조라고 한다. 그 밖에도 양산(凉山) 이족(彝族)의 막아동(摸兒洞) 동굴 등 중국 민간에서는 아직도 동굴을 여성의 생산 능력과 유추하여 생각하는 관념이 남아 있다.[9] 고대의 여신 숭배가 우주의 원초적인 에너지를 여성의 모습으로서 표현한 것이라면 고구려의 수신 숭배와 중국 민간의 동굴 의례는 그것을 동굴이라는 여성적인 원리로서 나타낸 것이다.

그러나 여신 숭배의 전통은 오랜 시간을 두고 역사 속에서 차츰 사라져 갔다. 여신은 더 이상 만물을 창조하고 인류에게 생명을 부여하는 거룩한 신이 될 수 없었다. 서양의 경우 문학과 예술 속의 아름다운 소재로서, 동양의 경우에는 민간의 기복(祈福)의 대상으로서 여신은 계속해서 탈신성화의 길을 걸어왔다. 이제 중국에서 여와와 서왕모는 대모신의 위엄을 벗고 여와낭랑(女媧娘娘), 왕모낭랑(王母娘娘)처럼 마을 사람들이 급할 때는 언제든지 달려가 길흉화복을 묻고 복을 비는 평범한 여신이 되었다. 이러한 탈신성화는 어쩌면 여신의 통속화, 대중화를 가능하게 했을지도 모른다. 그러나 중국이나 서양을 막론하고 간과할 수 없는 점은 여신의 탈신성화가 꾸준히 의도적으로 진행되어왔다는 사실이다. 가부장제 사회의 정착과 더불어 여신과 남신의 관계도 차이에서 차별의 관계로 만들어졌고 고정되었다. 남신이 중국 신화 속에서 점차 자신의 목소리를 높여갈 때 여신은 오히려 남성으로 성별이 바뀌거나 목소리를 잃어갔다.

그렇다면 왜 이 시점에서 신화 속의 여신들을 다시 보아야 할까? 앞서 언급했듯이 신화는 환상적인 신들의 이야기를 하고 있지만 그것의 의미는 단지 재미있는 이야기의 범주에 그치는 것이 아니며 현실에 바탕을 두고 있다. 그러므로 신화를 제대로 읽어내는 작업은 과거 역사의 편린들을 다시 짜 맞추고 새로운 의미를 찾아내는 과정이 될 수 있다. 과거를 정확하게 이해하는 바탕 위에서만 오늘과 미래의 역사를 바르게 구상할 수 있다는 것은 너무도 당연한 사실이다.

---

9) 宋兆麟, 洪熹 옮김, 『生育神과 性巫術』, 서울: 동문선, 1998, pp.103-106.

신화 읽기를 제대로 하기 위해 우리는 여성의 성별을 지닌 여신들에 특히 주목할 필요가 있다. 오늘날 중국의 문헌 신화를 보면 고유한 지역과 시대에 따라 생성된 다양한 신화체계들이 공존한다. 그리고 그 중에서도 진(秦), 한(漢) 이래로 신화의 역사화를 통해 정치적 의도를 달성할 목적으로 만들어진 삼황오제(三皇五帝)의 체계가 정통의 신화로 받아들여지고 있다. 물론 삼황 중에 여와를 넣기도 하지만 삼황오제는 대부분 남성의 성별을 가진 신들이다. 그러나 실제로 시간을 더 거슬러 올라가면 남신들 이전에 여신들이 있었다는 사실을 우리는 알 수 있다. 중국의 원시인류가 삶 속에서 가장 원초적인 욕망을 노래하고 투사했던 신들은 남신보다 여신이 많았다. 혹은 여성은 아니지만 여성적인 원리를 지녔던 중성(中性)의 신들이었다. 앞에서 얘기한 여와, 서왕모, 무라 혹은 선문대할망, 마고할미, 수신 등의 존재들이 바로 여신들 혹은 여성적 원리의 신들이다. 그러나 남신들을 중심으로 한 가부장적 체계의 신화가 권위를 확보하면서 여신들의 존재는 의도적으로 감추어졌고 하위의 신격으로 격하되었다. 여신은 오랜 역사 속에서 주변의 존재로 끊임없이 만들어졌다. 그러나 이제 우리들의 신화 연구는 중심의 존재에만 치우치지 않고 주변적인 존재까지도 함께 바라보는 연구 방법을 취해야 할 것이다. 이런 과정을 통해서 이성에 치우치지 않은 감성, 자연과 상호공존하는 생태적인 사고, 남성적인 원리뿐 아니라 여성적인 원리를 회복할 수 있어야 비로소 주변에서 다시 중심을 비판적으로 바라볼 수 있는 식견을 가질 수 있기 때문이다.

중국의 여신을 연구 주제로 정하게 된 데에는 몇 가지 동기가 있었다. 그중 하나가 반인반수(半人半獸)의 여신의 외모였다. 여신이라고 하면 이른바 여성미를 지닌 아름다운 여신을 연상하게 마련인데, 서왕모(西王母)와 여와(女媧) 같은 중국의 여신은 표범의 꼬리와 호랑이 이빨, 뱀 몸의 반인반수의 형태를 하고 있었다. 이런 중국 여신의 모습은 낯설고 두렵지만 한편으로는 호기심을 불러일으키기에 충분하였다.

본격적으로 여신에 대한 자료를 수집하면서 우선 참고 자료가 너무나 빈약하다는 난관에 부딪혔다. 여성으로서의 성별이 분명하여 여신이라고 부를 수 있는 숫자는 스무 명 정도에 불과했고 그나마 여신에 관한 문헌 자료도 매우 빈약하였다. 이차적인 연구 자료도 마찬가지의 상황이었다. 그래서 우선 원문을 해석하고 분석하는 작업부터 출발하기로 하였다. 그런데 원문을 해석하는 도중에 비록 짧은 신화 원문이지만 그 안에서 여신의 이미지는 끊임없이 변화하고 있음을 발견할 수 있었다. 왜 여신은 이렇게 이미지가 다양하고 변화가 많은 것일까? 그렇게 될 수밖에 없었던 이유가 있는 것은 아닐까? 이런 의문이 제기되면서 여신의 성별이 바로 여성이라는 데에서 생각이 멈췄다. 여성은 사회에서 여성이기 때문에 남성과는 다른 행동 양식과 사고방식을 요구받는다. 즉 여성은 남성과는 분명히 다른 존재이며 긴 역사 동안 다양한 사회, 문화적 관계에서 의미가 부여되었고 정체성을 구성해 왔다. 사실 여성은 의미를 부여하는 주체이기보다 주로 의미를 부여받는 대상의 위치에 있어 왔다. 그리고 여신의 이미지가 변화하는 과정을 보면서 어떤 의도성이 개입됐다는 혐의를 지울 수 없었고, 그것을 사회·문화적 맥락에서 파헤쳐 봐야겠다는 데 생각이 미쳤다.

또한 자료를 검토하는 가운데 여신의 이미지가 남성적 시각에서 많은 부분 왜곡되어 왔으며, 그런 왜곡된 이미지가 기존의 연구에서 안이하게 수용돼 왔다는 것도 알게 되었다. 즉 주체로서의 여신을 중심에 놓고 여성의 본질부터 분석해 들어가기보다 여전히 남신(男神)에 대한 배우자로서 혹은 보조자로서 여신을 대상화하여 취급해 온 것이다. 이런 몇 가지 문제의식이 여신을 본격적으로 연구하게 된 중요한 동기가 되었다.

그런데 앞서 언급했듯이 무엇보다 참고 자료가 빈약한 것이 난관이었고 이런 난관을 극복하기 위하여 연구 방법에서 크게 두 가지를 염두에 두었다. 우선 신화의 원문 자체에 대한 분석에서 출발하자는 것이었다. 그래서 이 책에서는 거의 모든 여신에 관한 원문들을 분석의 대상으로 삼았고 충분히 활용하였다. 신화 연구는 원문 자체에 대한 정확한 해석, 나아가 비교와 해체를 통한 분석에서 출발해야 한다고 생각하였다. 물론 이런 과정이 마치 신화를 시체처럼 여기고 부검하듯이 이루어져야 한다는 것은 아니다. 신화 연구는 신화에 생명을 불어넣는 작업이 되어야 한다. 그래서 신화 연구자는 스스로 무한한 상상력을 발휘해야 하며 고대인들의 자유로운 상상의 차원에서 신화를 읽어내야 한다. 오늘날에는 신화가 현실과는 동떨어진 황당무계한 이야기처럼 느껴질 수도 있다. 왜냐하면 이미 오랜 시간의 격차가 있어서 신화의 내용이, 고대인들의 사유 방식이 우리에게는 이미 낯선 것이 되었기 때문이다. 그런 생경함을 극복할 수 있는 방법은 오늘날의 선입견과 가치관으로부터 벗어나 최대한 자유롭게 사고하는 것이다. 그렇다고 상상에 의지해서만 신화 연구가 이루어져서는 안 된다. 자의적인 해석은 자칫 독단으로 흐를 위험성이 있기 때문이다. 그래서 상상도 객관화시킬 필요가 있다. 신화 분석을 자의적인 독단으로부터 객관화시키기 위해서는 다양한 방법론의 활용이 필요하다. 방법론을 통하여 우리는 상상력의 근거를 어느 정도 확보할 수 있고 신화로부터 더욱 다양한 의미를 건져올릴 수 있기 때문이다. 예컨대 상희(常羲)가 열두 개의 달을 낳은 신화를 에코페미니즘(Eco-Feminism)의 관점에서 분석하지 않으면 그 신화는 여신이 달을 낳는 신비한 이야기 정도로만 취급될 수밖에 없다. 그러나 앞서의 관점을 통하여 분석할 때, 이 신화는 객관 사물인 달을 생명체와 동일시하고 여신이 달을 임신, 출산할 수 있다고 생각한 고대인들의 생태적 사고를 반영한 것으로 재해석될 수 있는 것이다.

1980년대 이후 국내의 중국 신화 연구는 수량과 내용 면에서 괄목할 만한 성장을 이룩하였다. 원전에 대한 고증과 번역의 성과가 꾸준하게 축적되었을 뿐 아니라 새로운 관점과 이론이 지속적으로 도입되면서 연구 수준도 한층 제고되었다. 참신한 주제들이 발굴되었고 다양한 학제적 접근이 이루어지면서 중국 신화 연구는 이제 풍성한 수확을 거두는 중이다. 그러나 이처럼 고무적인 상황에도 불구하고 중국 여신의 문제는 여전히 풀리지 않은 숙제로 남아 있다.

여신이라는 주제는 성(性)과 욕망, 권력, 나아가 자연에 이르기까지 인간 사회에서 중요한 화두가 될 수 있는 문제들을 그 안에 담고 있으면서 동시에 해결의 실마리도 제시하고 있다. 특히 오랜 시간 동안 이성 중심의 과학적 사고에 치우쳐 왔던 것에 대한 반성으로, 감성의 회복과 양성(兩性) 평등의 과제가 어느때보다도 시급한 오늘날, 여신 연구는 인류 자신을 되돌아보고 새로운 노정(路程)을 모색하는 데 중요한 역할을 할 것으로 기대된다.

제1절 연구 범위와 연구 방법

1 연구 범위

1) 자료 범위

중국은 본래 다민족 국가로서 한족(漢族) 외에 55개의 소수민족(少數民族)들이 기나긴 세월 동안 이합집산(離合集散)을 거치면서 공존해 왔다. 그러므로 중국 여신이라고 하면 사실상 한족과 55개의 소수민족의 여신을 총망라해야 완벽한 연구라고 할 수 있겠지만 이 책에서는 범위를 한족 문헌 신화에 나타난 여신으로 국한시키고자 한다. 그 이유는 첫째, 한족 여신과 소수민족 여신은 함께 논의되기 어려울 만큼 형상이나 신화적 내용에서 이질적이기 때문이다.[10] 그래서 양자를 독립시킬 필요가 있다는 결론에 이

---

10) 이와 같은 차이는 여러 가지 원인에서 기인하겠지만 무엇보다 전승 방법상의 차이 때문으로 생각된다. 少數民族의 경우 滿族·蒙古族·哈尼族 등 몇몇 민족만이 고유 문자를 가지고 있기 때문에 문자 문학에 비하여 口碑 문학이 발달하였고, 신화 또한 자연히 구비로 전승되었다. 구비로 전승된 신화는 고유의 문화를 생생히 반영할 수 있는 장점과 더불어 신화의 異本이 많아서 採錄이 어렵다는 단점도 있다. 이에 비하여 漢族은 이른 시기에 이미 문자를 발명하여 기록화된 신화 자료를 보존해 왔다. 한족의 경우 기록화의 과정을 거치면서 신화가 당시의 이데올로기에 따라 각색되었으므로 그

르렀다.

둘째, 중국 문학과의 연관성 여부를 염두에 두었을 때 한족 신화와 소수 민족 신화를 구분하여 논의하는 것이 편리하기 때문이다. 신화는 문학의 원류로서 문학과 불가분의 관계에 있으며, 오늘날 우리가 연구하는 중국 문학의 대부분은 기록화된 한족의 문학이다. 그러므로 문학과의 직접적인 관계를 고려할 때 소수민족 여신의 중요성에도 불구하고 일단 한족 여신에 대한 파악이 우선시되어야 한다고 생각하였다. 이런 두 가지 이유 때문에 이 책에서는 한족 문헌 신화에 나타난 여신을 중심으로 연구를 진행하고자 하며 연구 대상으로 삼은 여신은 주로 다음과 같다. 즉 여와·서왕모·희화(羲和)·상희(常羲)·발(魃)·항아(姮娥·嫦娥)·요희(瑤姬)·여축(女丑)·제지이녀(帝之二女)·정위(精衛)·여이(女夷)·여기(女岐)·상부인(湘夫人)·낙빈(洛嬪)·산귀(山鬼)·후토(后土)·간적(簡狄)·강원(姜嫄) 등이 그들이다.[11] 이 여신들은 후세의 소설과 시를 비롯한 모든 문학에 지속적으로 등장하면서 아름답고 낭만적인 분위기를 형성하였다.

2) 시대 범위

신화는 본래 구전(口傳)되던 것이었다. 태고 시기의 우주 만물의 창조, 자연의 변화, 다양한 신들에 대한 이야기가 바로 신화인데, 그 당시는 문자 발명 이전이었으므로 이런 이야기들을 입으로 전할 수밖에 없었다. 신화가

원형을 파악하기 어려운 난제가 있다. 이와 같이 전승상의 방법이 다르기 때문에 소수민족 신화와 한족 신화는 각각 다른 길을 걸으면서 相異한 성격과 특징을 발전시켜왔고 따라서 구분하여 논의되어야 한다고 생각한다. 소수민족 신화에 대해서는 이연희, 「中國少數民族神話試論」, 이화여대 중문과 석사학위논문, 1999, p.2를 참고한다.

11) 그 밖에도 始祖母 신화에서는 다수의 시조모가 출현한다. 華胥·女登·附寶·女節·慶都·女皇·登比氏·娥皇·女樞·滕墳女祿·根水驕福·鬼方女隤·阿女緣婦·女嬉·女脩·女華 등이 있는데, 문헌 기록이 엉성하고 내용도 아들을 낳은 사실만 있으므로 특징적 면모를 찾을 수 없어 논의의 대상에서 제외하였다. 시조모 가운데에서는 簡狄과 姜嫄을 주로 논의하였다.

문자로 기록되기 시작한 것은 전국(戰國) 시대에 오면서이다. 『산해경(山海經)』과 『초사(楚辭)』는 그 당시에 기록된 대표적 신화서이다. 당시에는 신화가 경사자집(經史子集)에 산재하여 수록되었으며 이런 상황은 한대(漢代)까지 이어졌다. 그런데 한대를 기점으로 신화는 신선 설화(神仙說話)와 융합되기 시작한다. 한대에는 전국 시대부터 계속되던 신선 사상이 더욱 활발하게 믿어졌고, 오두미도(五斗米道)와 태평도(太平道) 등의 원시 도교(原始道教) 교단이 성립되면서 신선 설화가 양과 질적인 면에서 유례 없이 풍성해졌다. 이와 같은 사회·문화적 배경에서 신화는 신선 설화와 융합되었고 여신은 여선(女仙)으로 변모하게 되었다. 이 책에서는 신화가 신선 설화와 융합하기 시작하는 한대를 분기점으로 잡고 여신에 관한 연구 범위를 주로 한대까지 제한하고자 한다.

이 책에서 연구 대상으로 삼은 신화 자료는 다음과 같다. 선진(先秦) 시대의 것으로는 『산해경』, 『초사』, 『시경(詩經)』, 『죽서기년(竹書紀年)』, 『목천자전(穆天子傳)』, 『장자(莊子)』, 송옥(宋玉)의 「고당부(高唐賦)」와 「신녀부(神女賦)」가 있고, 한대 이후의 것으로는 서한(西漢) 시기의 사마천(司馬遷)의 『사기(史記)』, 유안(劉安)의 『회남자(淮南子)』, 왕충(王充)의 『논형(論衡)』, 동한(東漢) 시기 응소(應劭)의 『풍속통의(風俗通義)』 등이 있다. 그리고 이런 시공간적 자료 범위 안에서 대부분 연구를 진행하였으나, 연계적인 검토가 필요할 경우에는 정해진 범위를 넘어 융통성 있게 논의하였다. 즉 한족 여신을 위주로 하되 소수민족 여신과의 비교, 검토가 논지의 전개상 필요할 때는 함께 언급하였고, 마찬가지로 시대 범위에서도 예컨대 여신의 변화 양상이나 문화적 수용을 이야기할 경우에는 한대 이후의 문학 작품까지도 고려하였음을 미리 밝혀둔다.

2 연구 방법과 순서

이 책에서는 다음과 같은 방법과 순서로 중국 여신에 대한 연구를 진행하고자 한다.

제1장은 서론으로, 여신에 대한 본격적인 논의에 앞서 기존 연구에 대한 개황(概況)과 자료 범위를 제시하는 부분이다. 여신에 대한 연구 자료가 별로 많지 않기 때문에 기존의 연구 하나 하나가 이 책의 작업에 큰 도움을 주었다. 그러므로 충분한 지면을 할애하여 검토해 보고자 한다. 이 책에서는 소수민족 여신을 제외한 한족 문헌에 나타난 여신을 위주로 연구를 진행할 것이며, 시대 범위는 신(神)이 신선과 본격적으로 융합되기 시작하는 한대까지가 될 것이다.

제2장에서는 중국 여신의 역사적 배경인 모계 사회를 검토하고자 한다. 신화는 고대인들의 상상의 산물이지만 상상의 기반은 어디까지나 현실이다. 여신은 모계 사회라는 현실적 토대 위에 고대인들의 상상이 더해지면서 창조될 수 있었다. 그러므로 모계 사회에 대한 논의는 최초의 여신 성립의 배경을 이해하는 데 일차적인 과정이 될 것이다. 여기에서는 우선 중국에서의 모계 사회에 대한 기존의 논의와 오늘날 모계 사회를 입증할 만한 자료들을 제시하고자 한다. 이 과정에서 인류학·고고학·역사학 등 다양한 방면의 자료들을 활용하여 여신 성립에 대한 심층적이고 다각적인 이해를 이끌도록 할 것이다.

제3장에서는 중국 여신의 신격(神格)을 분석하고자 한다. 신격을 부여한다는 것은 그 신에게 고유한 의미를 부여한다는 뜻으로, 신화 연구에서 신격에 대한 분석은 신의 역할과 특징을 규정하는 중요한 과정이다. 각각의 여신들을 대모신(大母神)과 자연신(自然神), 문화 영웅(文化英雄)으로 분류하고, 다시 대모신은 시조모신(始祖母神)·창세신(創世神)·지모신(地母神)으로, 자연신은 일신(日神)·월신(月神)·운우신(雲雨神)·하신(河神)·산신(山神)으로, 문화 영웅은 고매신(皐媒神)·음악신(音樂神)으로 세분화

하여 살펴볼 것이다. 여신의 신격에 대한 분석은, 기존의 신화 연구에서 개괄적으로 일부 이루어진 것을 제외하면 본격적으로 시행되지 않았다. 그래서 여기에서는 이제껏 신화에 묻혀 있던 여신들을 찾아내고 고유한 신격에 따라 분류하고 체계화하는 작업을 진행할 것이다. 그리고 이를 위하여 역사·철학·여성학·민속학적 자료들을 동원할 것이다. 실제로 여신에 대한 기록을 보면 대부분 상징적으로 표현되어 있어 해석이 쉽지 않을 뿐 아니라 길이도 짧아서 그 진의를 파악하기 어렵다. 그러므로 다양한 시각에서의 접근은 신화의 잠재된 의미를 캐내어 본의에 도달하는 데 있어서 효과적인 방법이라 하겠다.

제4장에서는 중국 여신의 이미지에 대해 이야기하고자 한다. 중국 신화에는 여신이 다양한 이미지로 존재한다. 먼저 미분화된 여신에서는 객체와 주체, 생(生)과 사(死), 남성과 여성의 구분이 아직 이루어지기 이전의 가장 원초적이고 모호한 여신의 이미지를 대상으로 그 내재적 의미를 분석하고자 한다. 이런 논의를 위해 줄리아 크리스테바(Julia Kristeva)의 미분화, 탈경계성을 뜻하는 어브젝션(abjection)의 개념을 도입할 것이다. 아울러 조르주 바타유(Georges Bataille)의 객체와 주체의 경계를 구분하는 이른바 도구의 개념도 끌어오고자 한다. 그러나 이런 방법론은 어디까지나 분석의 도구로서 부차적인 것이며, 연구의 일차적인 과제가 신화 텍스트 자체의 온전한 해독에 있음은 물론이다.

제2절에서는 남신의 보조자·배우자로서의 여신 이미지가 논의될 것이다. 여신은 신화에서 독립적인 이미지로 출현하기도 하지만 점차 후대로 갈수록 남신의 보조자·배우자로서 등장하는 경우가 많다. 여와·서왕모·항아·발의 이미지를 통해 여신 이미지의 변화와 의미를 탐구해 볼 것이다. 남신의 보조자로서의 여신 이미지에서는 권위 있던 여신이 신화에서 어떻게 권위를 상실하고 부정적인 이미지로 변해갔는지를 『산해경』의 발(魃)을 중심으로 살펴볼 것이다. 그리고 이런 여신 이미지의 변화가 모계에서 부계로의 과도기적 사회 배경과 맞물려 있음을 지적하고자 한다. 남

신의 배우자로서의 여신에서는 여와·서왕모·항아·시조모들의 이미지의 변화 과정에서 발생하는 의문점들을 여성적 관점에서 풀어보고자 한다. 신화 원문들을 분석하고 대조함으로써 행간에 숨겨진 틈새를 발견하고 그것으로부터 여신 이미지의 변화가 갖는 의미를 찾아볼 것이다.

제3절에서는 인간의 에로티시즘의 미학이 여신 이미지를 통해 어떻게 표출되었는가를 살피고자 한다. 「고당부」와 『초사』「산귀」, 「신녀부」에 나타난 인신 연애(人神戀愛) 모티프와 구녀(求女) 모티프를 통하여 여신이 욕망의 주체이자 대상이 되는 과정을 분석해 볼 것이다. 이런 분석은 남성의 여신에 대한 욕망이 정신 분석학적으로 어머니와의 결합에 대한 공포에서 유추되었음에 착안한 것이다.

제4절의 '자연과 공존하는 여신'에서는 여신의 자연적 이미지를 집중적으로 논의할 것이다. 여기에서는 에코페미니즘의 관점에서 중국 여신이 생리적인 주기뿐 아니라 정신적인 면에서도 자연과 더 친밀하고 쉽게 소통할 수 있음을 보여주고자 한다. 그래서 여신이 출산과 변신, 그리고 다양한 자연적 이미지를 통해 자연과의 일치를 추구하는 과정을 살펴볼 것이다.

제5장은 중국 여신의 특징과 중국 여성 신화의 기능 부분이다. 제1절에서는 비교 신화학적 방법을 채용할 것인데, 어떤 대상에서 특징을 추출하고자 할 때는 다른 대상과의 비교가 가장 효과적인 방법이 될 수 있기 때문이다. 그러므로 중국 여신을 그리스·로마 여신과 비교, 분석하고 그 고유의 특징을 원시성(原始性), 변화성(變化性), 모호성(模糊性)의 세 가지로 정리하여 논의하고자 한다. 제2절에서는 중국 여성 신화의 기능에 대해 이야기할 것이다. 여성 신화는 주체가 여신 곧 여성이므로 다른 신화와는 변별적인 기능을 발휘할 수 있다. 여기에서는 그 기능을 우주와 인류 창조에 대한 해석의 기능, 여성에 대한 훈육의 기능의 두 가지로 살펴볼 것이다.

제6장에서는 신화가 문학과 만나는 과정에서 여신이 어떻게 문학적으로 수용되었는가를 검토하고자 한다. 본격적인 분석에 앞서 우선 여신의 소설적 그리고 시적 관련 양상을 개괄하고, 특히 수용 양상이 특징적인 서왕

모·여와·항아의 세 여신을 중점적으로 분석할 것이다. 각 시기마다 여신들의 문학적 수용 양상과 내재적 의미를 분석해 봄으로써 원형으로서의 여신 이미지와 문학과의 유기적인 관계를 밝히고자 한다.

제2절 기존의 연구들

1980년대 이후 중국뿐 아니라 국내에서도 중국 신화 연구가 본격적인 궤도에 올랐음에도 불구하고 정작 이 책의 주제인 여신에 대한 연구는 상대적으로 미약했다. 1980년대까지만 하더라도 여신만을 주제로 심도 있게 다룬 저작은 없었으며, 여러 단편 논문들을 편집한 연구서에 일부로 들어가 있는 것이 전부였다. 그 후 여신에 대한 전문적 연구를 촉발하는 계기가 된 것은 1980년대 이후 중국에서 여신상(女神像)·여신 사당〔女神廟〕 등 고고학적 유물이 발굴되면서부터였다. 기존에는 전무(全無)했던 여신에 대한 실증 자료가 1979년부터 지속적으로 중국의 변방 지역에서 출토되면서 중국 학계는 비로소 여신에 대해 관심을 기울이기 시작하였다. 이렇게 시작된 여신에 대한 연구는 이후 연구 경향에서도 점차 변화를 보인다. 처음에는 중국 여신에 대한 본격적인 연구라기보다 일반 문화론적 견지에서 여신을 대략적으로 조망해 보는 성격의 논문이 씌어지다가, 여신에 대한 고고학적 유물이 집중적으로 발굴되던 1980년대와 1990년대 초에 이르러 역사학과 민속학적 견지에서 고고학 자료들을 정리, 분석하고 여신의 존재를 입증하는 데에 대부분의 논문들이 지면을 할애하였다. 1990년대 이후부터 2000년을 전후로 해서는 여신 연구의 내용과 방법론이 보다 확대되고 다양해졌다. 이는 1980년대 이후 대륙에서 지속된 이른바 신화열(神話熱)의 현상과 1990년대 이후 중국학 분야에서 일기 시작한 여성학에 대한 관심과 상관이 있는 것으로 보인다.

1 국외 연구

문일다(聞一多)의 「고당신녀의 전설에 대한 분석(高唐神女傳說之分析)」[12]
은 여신에 대한 본격적인 연구 논문 중 가장 이른 것이다. 그는 「고당부」
에 나오는 고당신녀의 신화적 의미를 찾기 위하여 『시경』 「조풍(曹風)」까
지 거슬러 올라간다. 「조풍·후인(候人)」에 대한 분석에서 조제(朝隮)가
「고당부」의 조운(朝雲)과 매우 밀접한 관계에 있으며, 양자는 모두 여성의
화신(化身)이라고 설명했고, 나아가 다양한 전거(典據)를 통해 조제 신화
가 조운 신화와 동일한 신화임을 밝혔다. 그리고 고당신녀와 우(禹)임금의
부인 도산씨(塗山氏), 은(殷)의 시조모(始祖母) 간적(簡狄)이 모두 한 선
비(先妣, 여자 조상)에서 분화된 것으로 보았다. 고대 사회에서 이런 선비
는 천신(天神)의 배우자이자 비를 내릴 수 있는 능력을 소유했기 때문에
우(雨)와 홍(虹)은 선비의 정령(精靈)으로 믿어졌고 여성적 이미지로 표현
되었다고 설명했다. 마지막으로 그는 선비가 고매(皐媒)의 신직(神職)을
겸했으며 고대 사회에서는 고매신으로 숭배되다가 문명이 진보함에 따라
결국 분녀(奔女)로 타락하게 되었다고 주장했다. 이 논문은 「고당부」라는
단편 작품을 연구 대상으로 삼았으나, 광범위한 문헌 자료를 망라하여 치
밀한 해석과 고증을 진행하였다. 다만 고당신녀에 대한 전반적인 분석이라
기보다 그 원류를 찾기 위한 작업의 성격이 강하다는 한계를 지니지만, 여
신에 대한 본격적 논의로서 의의를 지닌다고 볼 수 있다.

다음으로 사선준(謝選駿)의 「중국의 옛 문헌 속의 여신(中國古籍中的女
神)」[13]은 중국 여신, 좀더 분명히 말한다면 한족 문헌 신화에 등장하는 여
신들을 소개하고 정리, 분석한 논문이다. 그는 우선 중국 고문헌 속의 여신
을, 원시의 여신·무술(巫術)의 여신·인조(人祖)의 여신 등 세 종류로 분

---

12) 聞一多, 「高唐神女傳說之分析」, 『聞一多全集』 第一卷, 北京 : 北京三聯書店, 1982.

13) 謝選駿, 「中國古籍中的女神」, 御手洗勝 等著, 『神與神話』, 臺北 : 聯經出版社, 1988.

류했으며, 각각의 범주에 속하는 여신들에 대한 문헌 자료를 기록하고 그
들의 성격과 특징을 분석했다. 그의 분류에 따르면 원시 여신에는 여와·
서왕모·희화·상희·낙빈(洛嬪)·여이(女夷)·여기(女岐)의 일곱 명이 속
하며, 이들의 공통점은 애정 생활이 없다는 점이다. 두 번째 범주는 무술의
여신으로 이들은 인간 숭배 의식을 반영하며, 발·항아·정위(精衛)·요희
(瑤姬)·여축(女丑)·아릉씨(娥陵氏)의 여섯 명이 여기에 들어간다. 인조
의 여신은 인간의 역량이 확장될수록 자아 숭배가 커지다가 조상 숭배로
이어지면서 탄생된 신들로, 화서(華胥)·여등(女登)·강원(姜嫄)·간적(簡
狄) 등의 시조모들이 여기에 속한다. 19명의 여신들은 초자연적인 생육 과
정 때문에 신성을 획득하며 모두 위대하고 초인적인 아들을 생산한다는 공
통점을 갖는다. 그의 논의 가운데 가장 특징적인 부분은 중국 여신 중에는
애신(愛神)이 없다는 점으로, 그는 이런 사실이 첫째 중국의 원시 영성(靈
性) 세계는 사랑이 없는 세계이고, 둘째 애신은 있었으나 중국 민족의 기
억에서 철저히 잊혀졌다는 것을 의미한다고 보았다. 나아가 사선준은 중국
문화 전반을 통하여 남녀간의 사랑 자체가 멸시되었다고 주장했다. 그러나
이런 결론은 중국 신화 자체의 속성을 잘 파악하지 못한 데서 기인한 것이
다. 중국 신화는 단편적 서사 체계와 함축적인 표현으로 되어 있기 때문에,
사랑에 대한 직접적인 묘사가 없다고 해서 애신이 없다고 결론을 내릴 수
는 없기 때문이다. 그러나 이런 몇 가지 문제점을 제외하면 그의 논문은 여
신에 대한 다양한 문헌 기록을 정리해 놓았기 때문에 자료적 측면에서 참
고할 만하며 분석에서도 참신한 내용이 많다.

첨석창(詹石窓)의 『도교와 여성(道教與女性)』[14]은 도교적인 시각에서
여신을 여선의 연장선상에서 파악하고 있다. 이 책의 주요 내용과 기본 관

---

14) 詹石窓, 『道教與女性』, 上海: 上海古籍出版社, 1991. 이 책은 1991년, 2005년에
　　각각 여강 출판사와 창해 출판사에서 『여성과 도교』와 『도교와 여성』으로 번역되어 국
　　내에 소개된 바 있다. 본 연구서에서는 1991년도에 여강 출판사에서 번역된 책을 참고
　　하였다.

점은 두 가지이다. 첫째 여성 숭배의 기원, 도교에서의 계승과 발전에 대한 연구이고, 둘째 도교와 여성 수행의 관계에 대한 연구이다. 전체 6장 가운데 앞의 2장에서 주로 여신과 여성 숭배에 대하여 다루고 있는데, 그는 여신 탄생의 뿌리가 은대(殷代)의 『귀장역(歸藏易)』에서 노장(老莊)으로 이어지는 주음(主陰) 사상에 있다고 보았으며, 이 철학적 배경에서 여선 숭배가 이루어졌음을 밝혔다. 특히 그는 위진남북조(魏晋南北朝) 이후로는 여신과 여선의 융합이 일어났고 이후 도교의 흥성과 더불어 여선만이 줄곧 생산되었다고 보았다. 첨석창은 여신의 탄생과 숭배가 모계 씨족의 여권의 영향을 받아서만은 아니며, 고대인들이 자연을 개발하는 투쟁 과정에서 나온 특이한 상상에 의해 만들어진 것이라고 보고, 신화가 현실의 반영일 뿐 아니라 상상의 산물임을 주장했다. 이런 견해는 그가 신화의 상상적 측면에 대해서도 인정하고 있음을 보여준다. 그러나 고대인들의 인식 수준을 오늘날보다 저급하다고 결론지은 것은 기존의 발전론적 역사 인식을 탈피하지 못한 한계라고 지적할 수 있겠다.

송조린(宋兆麟)의 「선사 시기 중국의 여신 신앙(中國史前的女神信仰)」[15]은 고고학적 증거들을 통하여 선사 시기의 여신 신앙을 고찰한 논문이다. 그는 여신 연구가 오늘날까지 주로 문헌과 민속학 자료로만 진행되어왔고 고고학적 자료의 발굴은 실망스러운 수준이었음을 지적한다. 그래서 여신 연구도 서구를 중심으로 이루어져 왔으며 여신은 중국과는 무관하다고 생각되어 왔다는 것이다. 그러나 1980년대부터 중국에서도 여신상이 대거 발굴되기 시작했으며 이에 따라 여신 연구도 본격적으로 이루어질 필요성이 있다고 제기하였다. 그의 논문은 내용상 크게 두 부분으로 나뉘는데, 발굴된 여신상에 대한 소개와 여신 신격의 분류와 해석이 그것이다. 그는 1979년 요령성(遼寧省) 객좌(喀左) 동산취(東山嘴)의 홍산 문화(紅山文化) 유적

---

15) 宋兆麟, 「中國史前的女神信仰」, 馬啓成 主編, 『民族學與民族文化發展研究』, 北京 : 中國社會科學出版社, 1995.

지에서부터 1991년 섬서성(陝西省) 부풍(扶風) 안판(案板) 앙소 문화(仰韶文化) 유적지에 이르는 여신 자료들을 자세하게 정리하고, 여신들을 조상신·고매신(皐媒神), 즉 지모신(地母神)·화신(火神)·농신(農神)·산신(山神) 등으로 분류하였다. 그의 분류는 여신들을 모두 생육신(生育神)으로만 볼 수 없다는 생각에서 나온 것으로 여신의 신격을 다양화하려는 의도가 들어 있다. 그러나 지모신은 여신상이 땅속에 반쯤 묻혔기 때문이고, 화신은 여신상이 불구덩이 옆에 놓였기 때문이라는 식으로 해석한 데서 볼 수 있듯이 근거가 미약하고 해석이 피상적이다.

민가윤(閔家胤)이 주편한 『양강과 음유의 변주: 양성 관계와 사회적 유형(陽剛與陰柔的變奏: 兩性關係和社會模式)』[16]은 본래 고대 중국의 성별 이론에 관한 연구서로서, 엄밀하게는 여신 전문서라고 볼 수 없으나 앞부분에서 여신을 자세히 다루고 있다. 먼저 채준생(蔡俊生)의 「신화와 현실: 선사 시기 중국의 양성 관계의 투영(神話與現實: 中國史前時代兩性關係的投影)」은 여와에 초점을 맞추고 그녀와 파트너의 관계를 역사적으로 정리해 나가면서 신화와 현실에서의 양성 관계를 파악하였다. 그의 논문은 엄밀히 말해서 신화 자체에 대한 분석이 아니라 신화를 역사적 사실로서 규정하고 신화를 통하여 모계 사회와 부계 사회 혹은 전환기의 양성 관계를 찾아내는 데 목적을 두고 있다. 그의 여와 신화에 대한 해석은 치밀하고 시각도 참신하지만, 예컨대 신격화된 인물은 반드시 현실 인물을 근거로 하였다는 식의 유헤메리즘(Euhemerism)적 접근을 고수하고 있어 신화의 창조적인 상상력을 간과한 한계를 지닌다. 『양강과 음유의 변주』 가운데 초천룡(焦天龍)의 「선사 시기 중국의 사회적 양성 관계: 고고학적 발견(中國史前社會的兩性關係: 考古學的發現)」은 고대의 여신 숭배와 선사 시기 여성의 지위를 연관시켜 보고 있다. 그는 동산취의 여신 제단, 우하량

---

16) 閔家胤 主編, 『陽剛與陰柔的變奏: 兩性關係和社會模式』, 北京: 中國社會科學出版社, 1995.

(牛河梁)의 여신 사당, 후대자(后臺子)의 임부상(妊婦像), 서북 지역의 앙소 문화의 인체 조형 도기 등 고고학 자료를 근거로 여성의 지위가 선사 시대에 상당히 높았으며, 여신 숭배는 어머니의 위대한 생식 능력에 대한 존중에서 나왔다고 설명한다. 그는 여성의 지위가 전반적으로 평등에서 불평등으로 바뀌었으나, 몰락한 것은 여성뿐 아니라 남성도 마찬가지여서 결코 여성 전체의 사회적 지위가 몰락한 적은 없었다고 주장한다.

양이혜(楊利慧)의 『여와의 신화와 신앙(女媧的神話與信仰)』[17]은 여신 여와에 대한 전문서이다. 이 책의 가장 큰 특징은 여와에 대한 풍부한 민속학 자료를 수록하고 있다는 점인데, 저자가 책에서도 밝혔듯이 많은 부분이 직접 현지 조사를 통해 발굴된 성과이다. 구비(口碑) 신화는 구전되는 과정에서 개작되거나 다른 신화와 상호 결합하는 등 변화를 보이지만, 문헌 자료와는 달리 소박하고 원초적인 형태를 보존하고 있어서 여와에 대한 다양한 면모를 보여주는 좋은 자료가 된다. 그리고 그녀의 책은 직접적으로 여성학적 방법론을 채용하지는 않았지만, 책 전반에 여성으로서의 섬세하고 독특한 견해가 돋보여 여와를 연구하는 데 좋은 참고가 될 만하다. 다만 신화가 시대에 따라 불합리에서 합리로 나아가며 궁극적으로 미개한 고대인들의 불합리한 사고의 반영이라는 발전론적 인식을 기본에 깔고 있어 대륙 신화학 특유의 관점을 넘지 못한 것은 한계라고 하겠다.

섭서헌(葉舒憲)의 『고당신녀와 비너스(高唐神女與維納斯)』[18]는 고당신녀를 욕망을 지닌 여성 이미지로 보고 초회왕(楚懷王)과의 만남이 꿈속에서 성사될 수 있었던 심리적 배경, 고당신녀의 문학 원형으로서의 역량을 다방면에서 분석하고, 더욱 범위를 확대하여 그리스·로마 신화의 비너스(Venus) 여신과 비교, 분석하는 단계까지 나아가고 있다. 섭서헌은 중국 신화에는 그리스·로마 신화의 비너스 같은 여신이 부재한 데에 착안하여,

---

17) 楊利慧, 『女媧的神話與信仰』, 北京 : 中國社會科學出版社, 1997.
18) 葉舒憲, 『高唐神女與維納斯 : 中西文化中的愛與美主題』, 北京 : 中國社會科學出版社, 1999.

고당신녀를 중국의 애신으로 부각시키고 애신은 곧 원모(原母)에서 유래한다고 주장했다. 이 책은 언어학·정신 분석학·비교 신화학·인류학 등의 연구 방법을 운용하여 초문화적(超文化的) 연구를 진행하고 있어서 이론적 측면에서 매우 광범위할 뿐 아니라 내용 분석에서도 종(縱)으로는 역사 고증, 횡(橫)으로는 문화 비교 방법을 결합하여 그리스·인도·중국 세 문화권 중 초문화적 보편 현상, 즉 원모에서 지모(地母)로, 다시 애신·미신(美神)으로의 발생과 변화를 흥미롭게 고증하였다.

섭서헌의 또다른 논문인 「상고 시기 중국의 지모 신화 발굴: 화하신 개념의 발생을 함께 논함(中國上古地母神話發掘 : 兼論華夏神概念的發生)」[19] 역시 중국 지모신의 존재와 의미에 주목한 논문이다. 그는 본래 농경 문화에서는 지모신이 중심 지위를 차지했는데 문명의 건립과 더불어 모권제(母權制) 사회 질서가 변하면서 남성 천신(天神) 혹은 천제(天帝)가 지상(至上)의 권위로 올라가고 원시의 지모 신앙이 변모된 형식으로 전해지게 되었다고 말한다. 그는 주로 문자학적 분석 방법으로 한자에 잠재된 고대인들의 대지모(大地母) 숭배 의식을 탐색했고, 그 결과 지모신 상징에서 최초의 신 개념이 발생했다고 생각하였다. 그의 논문은 은대 갑골(甲骨) 복사(卜辭)에서 금문(金文), 『설문해자(說文解字)』 등까지 다양한 인용문을 망라했으며 깊이 있는 상징 분석을 하고 있어 흥미롭다.

잠명자(潛明玆)가 쓴 『중국신원(中國神源)』의 제3장 「여신멱종(女神覓踪)」도 중국 여신 가운데 소수민족 여신들을 다루었다. 그는 소수민족 여신들의 신격을 불의 신, 사냥의 신, 누에의 신으로 크게 삼분하고, 「천궁대전(天宮大戰)」 신화를 중점적으로 논의하였다. 그에 따르면 「천궁대전」 신화는 흑수(黑水)의 여진인(女眞人)들 사이에서 유행하던 신화로 청대(淸代) 강희(康熙) 연간 흑룡강(黑龍江) 일대의 여샤먼 병마마(病媽媽)에 의

---

19) 葉舒憲, 「中國上古地母神話發掘 : 兼論華夏神概念的發生」, 『中國古代·近代文學硏究』, 北京 : 人民大學出版社, 1998.

해 구전되던 것을 기록한 것이라고 한다. 「천궁대전」 신화에서는 신계(神界)가 300여 명의 여성으로 구성되어 있는데, 이렇게 방대한 여성 신화는 그리스·로마 신화에서도 찾아볼 수 없는 것이다. 그러나 이 논문은 일부의 소수민족 여신만을 대상으로 하였고, 분류한 신격 또한 세 종류에 지나지 않아서 깊이 있는 연구 논문으로 보기는 힘들다.

한병방(韓秉方)의 「도교와 여신 신앙(道敎與女神信仰)」[20]은 도교적인 시각에서 여신의 탄생과 여신 신앙의 형성 과정을 다룬 논문이다. 그는 중국 모계 사회에서 이미 형성된 여성 숭배 의식이 도가와 도교에 흡수되어 독특한 여신 신앙을 형성하게 되었다고 보았다. 그가 중국의 여신 숭배를 입증하기 위해 제시한 자료들은 문헌 자료뿐 아니라 고고학 자료 등 다양한데, 특히 노자(老子)의 『도덕경(道德經)』을 가장 중점적으로 다루었다. 그러나 그는 여신과 여선을 전혀 구분하지 않았고, 후대의 여선도 모두 여신의 범주로 파악하였으며, 개개의 여신들을 자세하게 분석하지는 않았다.

마지막으로 과위(過偉)의 『중국 여신(中國女神)』[21]은 문화 전반에 걸쳐 다양한 자료를 수집한 연구 저작이다. 그는 기본적으로 마르크스주의의 무신론(無神論)·역사 유물주의(歷史唯物主義)의 관점에서 중국 각 민족들의 여신 문화를 연구하였다. 구성은 크게 상편과 하편의 두 부분으로 나뉘는데, 그가 서론에서 밝혔듯이 원가(袁珂)의 광의 신화론(廣義神話論)에 입각하여 상편의 창세 여신(創世女神)·상고 여신(上古女神)에서 하편의 민간 여신(民間女神)·도교 여선(道敎女仙)·여보살(女菩薩)에 이르는 온갖 여신들을 총망라하였다. 그는 그리스의 올림포스 신 계보로 대표되는 서방 신화와 변별되는 동방의 중화 문화를 창조, 전승하려는 목표 아래에서, 한족 신화뿐 아니라 소수민족 신화까지도 중국 신화의 범주로 포용하였다. 이처럼 논문에서 다루어진 여신의 범주가 시공간적으로 광범위하기

---

20) 韓秉方, 「道敎與女神信仰」, 『道敎與民間宗敎硏究論集』, 香港 : 學峰文化事業, 1999.
21) 過偉, 『中國女神』, 南寧 : 廣西敎育出版社, 2000.

때문에 자료 면에서 기존의 어떤 연구서보다도 방대하지만, 소수민족의 구전 자료에서는 출처가 불확실한 경우가 많고, 사회 심리학·종교학·생태학·언어학 등 다양한 연구 방법을 지향해야 한다는 서론의 내용과는 달리 정작 여신에 대한 분석은 피상적이다. 또한 중화 중심주의적 사고에서 중국을 통일된 다민족 국가라고 강조하면서 소수민족 신화에 대해서는 아름다운 중화 문화를 건설하기 위한 방편으로서의 가치밖에 부여하지 않고 있다. 그러나 마지막에 다룬 중국 여신의 특색 및 중국 여신과 그리스 여신의 비교는 비록 중화주의적인 사고의 색채는 여전하지만 참신한 구상이 돋보인다.

구미(歐美)의 연구 저작으로는 에드워드 셰이퍼(Edward H. Schaper)의 *The Divine Woman*[22]과 미국 인디애나 대학의 리 어윈(Lee Irwin)의 「신성과 구원 : 중국의 대여신(神性與拯救 : 中國的大女神)」,[23] 그리고 수잔 캐힐(Suzanne E. Cahill)의 *Transcendence and Divine Passion : The Queen Mother of the West in Medieval China*[24]가 있다.

셰이퍼의 책은 주로 당시(唐詩)에서 여신과 신화적 주제가 어떻게 다양하게 문학적으로 구현되었는지를 탐색하려는 시도에서 쓰여진 것이다. 그는 우선 여신·신녀(神女)·여무(女巫)·용녀(龍女) 등 다양한 여신의 이미지들을 구분하여 정리한 뒤 당나라를 중심으로 실제로 의례에서 물에 빠져 죽은 여성들과 물의 여신들과의 연관성을 찾는 데 주력하였다. 그리고 당나라 시에 등장하는 물의 여신인 여와·낙신(洛神)·한녀(漢女)·상비(湘妃)·신녀들의 문헌 자료들을 기록하고, 특히 이하(李賀)의 시에 나타난 여신들을 집중적으로 분석하였다. 그의 책에서는 물에 빠져 죽은 소녀

---

22) Edward H. Schafer, *The Divine Woman*, San Francisco : North Point Press, 1980.

23) Lee Irwin, 「神性與拯救 : 中國的大女神」, *Asian Folklore Studies* vol. 49, Nagoya : Nanzan University, 1990, pp.53-68.

24) Suzanne E. Cahill, *Transcendence and Divine Passion : The Queen Mother of the West in Medieval China*, Stanford : Stanford University Press, 1993.

들이 어떻게 여신으로 숭배되었는지, 또 어떻게 여신들이 물에 빠져 죽은 소녀로 표현되었는지 그 연결 고리를 추적하는 것이 흥미롭게 서술되어 있다. 그리고 숭배의 대상이 된 여신들이 문학에서 평범한 여성의 이미지로 추락하거나 다른 모습으로 재현되는 과정도 분석되고 있다. 흥미롭고 부담 없이 읽을 수 있는 책이며, 문학 속 여신의 수용 양상을 살피는 데에 참고할 만하다.

어윈이 쓴 「신성과 구원: 중국의 대여신」은 중국 민간 신앙에서 가장 영향력 있는 네 명의 여신, 즉 여와·서왕모·관음(觀音)·천후(天后)를 비교 분석하면서 여신에 대한 중국 고대 사회의 보편적 관념을 밝힌 논문이다. 어윈은 중국 여신들이 여성의 미덕과 특유의 능력을 체현하고 있으며 가부장적 사회에서 종교를 통하여 지속적으로 사회에 영향력을 행사한 점에 주목하였다. 그는 연구 범위를, 여신에서 출발하여 종교와 신성의 구조 안에서 여성 기질의 중요성을 증명하는 데까지 확대하고 있어 여신에 대한 연구는 곧 여성에 대한 연구와 맞닿아 있음을 보여주었다.

캐힐은 여신들 중에서 후세까지 전승되어 민간에서 숭배받았던 서왕모를 대상으로 연구하였다. 특히 그녀는 당나라 도사(道士) 두광정(杜光庭)이 쓴 『용성집선록(墉城集仙錄)』과 다수의 시 작품을 기본 자료로 선택하여 당나라 사람들이 서왕모의 정체성에 대해 어떻게 인식하였고 어떤 영향을 받았는지를 밀도 있게 풀어나가고 있다. 이 책은 서왕모를 중심으로 도교와 당시(唐詩), 여성이라는 세 가지 주제를 종교·문학·여성학적 관점에서 다각적으로 조망하고 있어 여신에 대한 문화사적 이해를 가능케 한다.

2 국내 연구

우선 서왕모에 관한 학위논문으로 오문의(吳文義)의 「서왕모 신화 연구」[25]를 들 수 있고, 여신을 전반적으로 다룬 논문으로는 김정인(金貞仁)

의 「중국 신화의 여신 연구」[26]와 정다혜(鄭茶惠)의 「중국 여성 신화와 전설 연구」[27]가 있다. 각각의 논문들은 국내에서 몇 편 찾아볼 수 없는 여신을 대상으로 한 연구 자료들이다.

먼저 「서왕모 신화 연구」는 단편적으로 산재해 있는 서왕모 신화들을 『산해경』·『장자』·『회남자』·『한무고사(漢武故事)』·『한무제내전(漢武帝內傳)』을 중심으로 개괄함으로써 유용한 문헌 자료들을 제공하고 있다. 특히 논문 마지막장에 시·산문·희곡 등 다양한 문학 장르에 나타난 서왕모의 형상을 별도로 정리하고 있어 신화의 문학적 수용 측면에서 참고할 만하다.

「중국 신화의 여신 연구」는 중국 여신들을 포괄적으로 분석한 논문이라는 점에서 주목을 끈다. 이 논문에서는 주체성과 힘의 여부를 기준으로 삼아 여신을 3가지 유형으로 분류했는데, 첫째 유형은 위대한 여신으로 여와·서왕모·여기·여이·희화·상희 등이고, 둘째 유형은 비극적 여신으로 요희·직녀·항아·정위·발 등이며, 셋째 유형은 소외된 여신으로 간적·강원·화서·도산씨(塗山氏) 등이다. 이런 분류는 중국 고전에 산재해 있는 여성 신격들을 체계적으로 분류하고 정리한 점에서 의의가 있다. 그리고 여성학적 각도에서 여신들을 분류하고 분석했다는 점에서도 시도적 의의를 찾을 수 있다.

「중국 여성 신화와 전설 연구」에서는 여신들을 크게 창조적·주도적 여신들, 소극적·보조적 여신들, 비극적·수동적인 전설 시대의 여신들로 삼분하고, 중국 신화와 전설에 나타난 여성관을 왜곡된 여성관, 긍정적인 여성관의 두 가지로 나누어 살폈다. 이 논문에서는 후대로 갈수록 중국의 여신들이 능력보다는 미모로 평가받고, 결국 본래의 다양한 역할을 남성에게

---

25) 吳文義, 「西王母 神話研究」, 서울대 중문과 석사학위논문, 1984. 12.

26) 金貞仁, 「中國 神話의 女神研究」, 연세대 중문과 석사학위논문, 1996. 6.

27) 鄭茶惠, 「中國 女性神話와 傳說研究」, 숙명여대 중문과 석사학위논문, 1996. 12.

빼앗기는 과정을 문학 작품을 통해 흥미롭게 조명하였다. 다만 아쉬운 점
이라면 여신의 형상 변화에 따른 역사적인 배경 고찰이 미비한 것과, 여신
의 변화를 왜곡과 축소로만 단순화시킨 점이다.

　이상으로 여신에 대한 국내외의 기존 연구 성과들을 살펴보았다. 그 결
과 국내뿐 아니라 중국의 경우도 여신에 대한 본격적인 연구가 1990년대
에 들어서면서부터 시작되었다는 것을 알 수 있었다. 여신 연구가 이처럼
근래에 와서야 활발해지기 시작한 가장 큰 이유는 기존의 신화 연구에서는
신들을 굳이 남성·여성으로 성별화(性別化)하여 분석해야 할 필요성이 제
기되지 않았기 때문이다. 그러나 이제 신화 속의 여신들은 고대 여성들의
반영이자 오늘날의 여성들을 되돌아보게 하는 거울이 되고 있다. 그리고
여성적인 시각은 여성에게만 치중된 가치 편향적인 세계를 지향하는 것이
아니라 중심과 주변, 남존여비 등의 차별적 가치 체계를 넘어선 조화로운
여성과 남성의 미래를 구상하기 위해 더없이 필요하다. 중국 신화에 나타
난 여신 연구의 의의는 바로 여기에 있다고 하겠다.[28]

---

28) 여성신화 연구사에 대한 더 자세한 논의는 송정화, 「여성신화 연구사 개관 및 동아시
　아 여성신화의 전망」, 『기호학 연구』 제15집, 2004를 참고한다.

제2장 역사 속에 나타난 중국의 여신들

오늘날 중국의 민간에서는 여전히 왕모낭랑(王母娘娘)이 숭배되고 소수 민족들 사이에서는 여신의 이야기가 아직도 구전되고 있다. 고도의 합리성을 추구하는 오늘날에도 이처럼 여신이 불멸의 생명력을 유지할 수 있는 잠재력은 어디에서 기원한 것일까?

여신에 대한 본격적인 연구에 앞서 우리는 가장 이른 시기의 여신의 탄생 배경을 짚고 넘어가야 할 필요성을 느낀다. 신화가 표면적으로는 상징의 방식을 따르고 있지만 그 본질은 고대인들의 세계에 대한 파악으로서 현실과 불가분의 관계에 있기 때문이다. 그러므로 최초의 여신이란 신앙의 대상일 뿐 아니라 당시 여성의 사회적 위상과 밀접한 관련을 가지며, 이것은 오늘날의 여성에게도 근원적 의미를 지닌다.

제1절 중국의 모계 사회

신화에서 여신이 우주와 인류의 창조라는 중요한 역할을 담당할 수 있었던 것은 모계 사회라는 현실적 배경과 관련이 깊다. 모계 사회는 부계 사회 이전의 단계로 어머니 혈통이 계승되고 지위와 재산 상속도 어머니 쪽으로 계승되는 사회를 말한다. 그러나 모계와 모권이 동의어로 사용되지는 않는다. 즉 어머니 계통으로 혈통, 지위, 재산이 상속된다고 해도 모든 사회적인 권리가 고스란히 어머니에게로 가는 것은 아니기 때문이다. 예컨대 오스트리아 원주민들은 모계 사회라고 해도 어머니를 대신하여 남자 형제가 아버지와 비슷한 지위를 행사한다. 그러나 예외적인 경우를 감안한다 해도 사회 전체가 어머니 계통을 따라 움직였다는 그 놀라운 시기는 분명히 오늘날의 사회와는 달랐을 것이다. 그리고 그런 사실만으로도 우리는 모계 사회에 대한 호기심과 매력의 끈을 놓을 수 없다.

모계 사회에 대한 연구는 진화론을 수용하여 인류의 역사를 단계적으로 기술하고자 하였던 19세기의 이른바 문화 인류학자들에 의하여 시작되었다. 요한 야코프 바흐오펜(Johann Jacob Bachofen)을 필두로, 에드워드 버넷 타일러(Edward Burnett Tylor), 존 퍼거슨 맥레넌(John Ferguson Maclennan), 존 윌리엄 러벅(John William Lubbock), 루이스 헨리 모건(Lewis Henry Morgan) 등이 이 시기에 인류학적 탐구를 통하여 모계 사회의 베일을 벗기는 작업을 하였다. 그러나 19세기 이래로 오늘날까지도 서구에서는 모계 사회의 존재 여부가 여전히 미완의 문제로 남아 있다.

모계 사회에 대하여 유보적인 입장에 있는 구미 학계와는 달리 중국에서는 일찍부터 모계 사회의 존재를 자연스럽게 인정해왔다. 일반적으로 중국 학계에서는 모계 사회를 포함한 선사(先史) 시기를 원시(原始) 시기, 원시 사회 혹은 원고(遠古) 사회로 명명한다. 이런 원시 사회는 대체로 구석기·중석기·신석기 등의 시기로 구분되며, 원시 군집 사회·혈연 가족 공동체·모계 씨족 공동체·부계 씨족 공동체[1] 혹은 원시 군집 사회·모계 씨족 사회·부계 씨족 사회 등의 사회 단계[2]로 구성된다.

정약규(鄭若葵) 등의 논지를 중심으로 대륙 학계의 원시 사회에 대한 견해를 정리해보면 다음과 같다. 원시 시기의 사회 조직은 원시 군집 사회·혈연 가족 공동체·모계 씨족 공동체·부계 씨족 공동체의 단계를 거친다.[3] 원시 군집 사회는 인류가 유인원에서 이른바 사람이 되어 가는 시기로, 대략 지금으로부터 1,400만 년 전부터 300만 년 전의 기간에 해당된다. 이때는 엄격히 말해 사회의 집단적인 조직성이 아직 불안정하고 원칙과 규율이 부재하며 집단생활에서 모권이 어느 정도 작용하기 시작했던 시기이다.

다음으로 혈연 가족 공동체 시기는 인류 사회가 원시 군집 사회에서 최초의 원시 공동체 시기로 발전하는 단계이다. 인류·고고학자들의 이른바 직립원인(直立猿人) 혹은 구석기 시대 초기가 바로 이 시기에 해당되며, 지금으로부터 300만 년 전부터 20~30만 년 전의 시기이다. 이 시기를 증명하는 고고학 자료 가운데 대표적인 것으로는 운남(雲南) 원모인(元謀人) 화석·산서(山西) 서후도(西侯度) 문화·섬서(陝西) 남전인(藍田人)·북경인(北京人) 문화가 있으며, 이 시기에는 인류 역사상 진정한 사회 조직이 탄생되었다.

다음의 모계 씨족 공동체 시기[4]는 고고학적 분기에 따르면 구석기 시대

---

1) 鄭若葵, 『中國遠古暨三代習俗史』, 北京 : 人民出版社, 1994, p.13.
2) 李健民·柴曉明은 遠古 시기의 사회 변화의 관건 요소를 혼인 제도의 변화로 꼽는다. 즉 원시 群集 사회에서는 血緣 내에서 결혼을 하는 내부 혼인을 실행했고, 이것이 씨족 外婚制로 변하면서 母系 씨족 사회로 넘어갔다는 것이다. 그리고 다시 對偶婚으로 넘어가 一夫一妻 가정으로 변화되면서 父系 씨족 사회가 모계 씨족 사회를 대체하게 된다고 보았다. 자세한 내용은 李健民·柴曉明, 『中國遠古暨三代政治史』, 北京 : 人民出版社, 1994, p.1을 참고한다.
3) 鄭若葵, 『中國遠古暨三代習俗史』, p.13.
4) 이런 씨족의 탄생은 생물학적인 요인으로부터 자연스럽게 이루어진 것으로 보인다. 즉

중·말기, 중석기 시대, 신석기 시대 초·중기를 아우르며, 지금으로부터 20~30만 년 전부터 5,000년 전의 시기이다. 모계 씨족 공동체는 다시 초기 모계 씨족 공동체와 번영 및 쇠락기의 모계 씨족 공동체로 구분할 수 있는데,[5] 그 중 초기 단계는 지금으로부터 20~30만 년 전부터 1만 년 전쯤의 구석기 시대 초기에서 구석기 중·말기로 들어가는 시기에 해당된다.

이런 초기 모계 씨족 공동체 시기는 다음의 몇 가지 특징을 갖는다. 즉 공동의 모계 조상을 가지고, 자녀들은 어머니를 중심으로 모여 살며, 재산은 모계를 따라 계승되고, 여성이 생산과 경제 활동에서 주도적 지위를 차지하며 기본적으로 공동 노력과 분배를 원칙으로 한다는 점이다.[6] 초기 모

오랜 경험을 통해 사람들은 다른 혈연 가족과의 通婚에서 나온 자녀가 체격이나 지능 면에서 같은 혈연 가족과의 혼인에서 나온 자녀보다 우수하다는 것을 발견하게 되었다. 그래서 처음에는 혈연이 가장 가까운 친형제 자매간의 혼인이 금지되다가 점차 혈연이 먼 傍系의 형제 자매간의 혼인도 금지되고 결국에는 혈연 가족 내의 남녀는 동년배라도 혼인할 수 없게 되었다. 그리고 이런 과정을 거치면서 같은 혈연끼리는 혼인할 수 없는 혈연 親屬 집단인 씨족이 탄생하게 되었다. 모계 씨족 사회에서는 이런 族外群婚이 주로 이루어졌다. 이에 대한 자세한 내용은 李健民·柴曉明, 『中國遠古暨三代政治史』, p.9를 참고한다.

5) 蔡俊生에 따르면 중국의 모계 사회는 구석기 시대 말기의 씨족 公社 단계와 신석기 시대의 모계 공사 단계를 포괄하는 시기이다. 구석기 말기 씨족 공사 단계는 사람들이 수렵과 채집을 통해 살아가고 씨족과 공사가 동일한 사람들로 구성되는 시기이다. 공사라는 것은 일종의 생식과 생활의 단위이고 씨족이란 가족 형태를 지칭한다. 이 당시는 씨족간에 群婚이 이루어졌고, 사람들은 자신의 어머니만 알 뿐 아버지는 알 수 없었다. 신석기 시대 모계 공사 단계에서는 중원 지방을 중심으로 농업 생산이 활발히 이루어졌고 군혼의 범위 내에서 個體婚도 발생하였다. 당시의 농업 생산이 여성을 위주로 이루어졌기 때문에 씨족의 여성은 婚盟의 씨족 남성들을 데리고 와서 공사를 구성했으며 함께 생산하고 생활하였다. 또한 그 씨족의 성년 남성은 혼맹 씨족이 사는 공사로 장가가면서 이렇게 씨족과 공사가 교차되었는데 계보는 모계를 따라서 전해졌기 때문에 씨족은 여전히 모계 씨족이었고 공사 역시 그대로 모계 公社였다. 이에 대한 자세한 내용은 蔡俊生, 『人類社會的形成和原始社會形態』, 北京: 中國社會科學出版社, 1988, pp.300-321을 참고한다.

6) 모계 사회의 여성이 씨족 안에서 영도적 지위를 차지할 수 있었던 원인을 사회, 경제적 측면에서 분석하기도 한다. 신석기 시대의 사회·경제의 발전은 여성에게 힘입은 바

계 씨족 공동체를 보여주는 유적지로는 광동(廣東) 마구인(馬壩人), 호북
(湖北) 장양인(長陽人), 산서(山西) 정촌인(丁村人), 광서(廣西) 유강인(柳
江人), 북경(北京) 산정동인(山頂洞人)의 문화를 꼽을 수 있다. 1만 년 전
의 중석기·신석기 초기에서 오늘날 5,000~6,000년 전의 신석기 시대 중
기까지가 모계 씨족 공동체의 번영기에 해당된다. 그 후 4,000~5,000년
전에 이르면 모계 씨족 공동체는 점차 쇠락, 해체되고 새로운 씨족 형태인
부계 씨족 공동체가 탄생되는데, 정약규는 이 시기를 발전과 번영 및 쇠락
기의 모계 씨족 공동체로 구분하여 보았다. 내몽고(內蒙古)·흑룡강(黑龍
江)·길림(吉林)·요령(遼寧)·하북(河北)·하남(河南)·산서(山西)·섬서
(陝西)·영하(寧夏)·서장(西藏)·신강(新疆)·광동(廣東) 등지에서 발굴
된 석기 문화, 하북(河北) 자산(磁山)·하남(河南) 배리강(裴李崗)의 신석
기 시대 초기 문화, 섬서 반파(半坡)·하남(河南) 묘저균(廟底沟) 등지에
서 보이는 신석기 시대 중기의 앙소(仰韶) 문화, 요령 능원(凌源)의 우하
량(牛河梁) 홍산(紅山) 문화는 모두 부계 사회로 대체되기 이전의 모계 씨
족 공동체 사회를 보여준다.[7]

　오늘날 중국 학자들이 모계 사회의 존재를 확신하는 이유는 중국에는
모계 사회를 입증할 만한 다양한 근거들이 존재하기 때문이다. 즉 오늘날
까지도 중국에는 다양한 모계적 생활 습속을 유지한 소수민족들이 살고 있
고, 고대의 모계 사회를 반영한 문헌 자료와 고고학 자료가 다량 보존되어

크다. 여성은 농업과 목축업·陶制業·방직업의 주요 발명자였는데, 농업과 목축업은
인류에게 채집과 어획, 수렵보다 훨씬 풍부한 衣食 자원을 제공했고, 도제업과 방직업
은 인류의 생활 조건을 크게 개선하였다. 그 밖에도 여성이 취사·자녀 양육 등 다방면
에서 노동을 담당한 반면, 남성은 어획과 수렵의 생산 영역에 머물면서 특별한 작용을
하지 못했다. 그리고 사회에서의 여성의 주도적 위치는 여성 숭배의 기초가 되었다. 이
에 대한 자세한 논의는 李健民·柴曉明, 『中國遠古暨三代政治史』, p.15를 참고한다.
7) 鄭若葵는 신석기 시대 말기 이후로 가면서 씨족이 점차 부계 씨족에 의해 대체되었
지만 근현대까지 중국의 소수민족에서 여전히 모계제 습속이 이루어진 흔적을 찾을 수
있다고 했다. 鄭若葵, 『中國遠古暨三代習俗史』, pp.13-20.

있다. 예컨대 중국 역사상 실존했던 최초의 왕조인 은(殷) 역시 모계적 분
위기의 사회였다.

제2절 모계 사회에 대한 문헌 자료

모계 사회는 일반적으로 구석기 시대부터 신석기 시대까지이며 이 시기에
는 모계를 중심으로 사회의 제반 활동이 이루어졌다. 당시에는 씨족간에 군
혼(群婚)이 이루어졌기 때문에 아버지를 모르고 어머니만을 알 수 있었다.

사람들은 어머니를 알고 아버지를 몰랐다.[8]

위의 인용문은 모계 사회로부터 훨씬 떨어진 춘추(春秋)·전국(戰國)
시기에 쓰여진 것이지만 중국에도 모계 사회가 존재했음을 입증하는 유력
한 증거가 된다. 『여씨춘추(呂氏春秋)』와 『백호통(白虎通)』에서도 이와 유
사한 기록을 찾아볼 수 있다.

옛날 태고 시기에는 아직 임금이 없고 사람들은 모여 살며 무리를 지어
지냈다. 어머니를 알지만 아버지를 알지 못했고, 친척·형제·부부·남녀간
의 구분이 없었으며, 윗사람·아랫사람·나이 든 사람·젊은 사람들 간의
도리도 없었다.[9]

---

8) 『莊子』「盜跖」: 民知其母, 不知其父. 이와 똑같은 내용이 『商君書』「開塞」에도
   나온다.
9) 『呂氏春秋』「恃君覽」: 昔太古嘗無君矣, 其民聚生群處, 知母不知父, 無親戚, 兄
   弟, 夫妻, 男女之別, 無上下, 長幼之道(『四部叢刊·子部·呂氏春秋』, 臺北: 臺灣
   商務印書館, 1965, p.143).

44

옛날 아직 삼강(三綱)과 육기(六紀)가 없었을 때 사람들은 어머니만 알고 아버지를 몰랐다.[10]

동한(東漢)의 허신(許愼)이 편찬한 『설문해자(說文解字)』의 성(姓)에 대한 설명도 이와 같은 맥락에서 이해될 수 있다.

성은 사람이 태어난 바이다. 옛날의 신성한 사람은 어머니가 하늘에 감응하여 낳은 자식이다. 그러므로 천자(天子)라고 말한다. 태어난 바에 따라 성을 지으니 여(女)와 생(生)을 따른다.[11]

위의 인용문의 '태어난 바'는 바로 자신을 낳은 어머니를 지칭하며 어머니로부터 태어났기 때문에 여(女)자와 생(生)자를 따른다고 한 것이다. 본래 성이란 딸이 어머니가 있던 곳에서 다른 곳으로 이주할 때, 즉 모계에서 딸들이 분기(分岐)하여 독립해 나갈 때 그 근본을 표시하기 위해 만들어졌다. 이처럼 다양한 성들이 어머니로부터 점차 분리되었으나 여전히 어머니는 사회의 중심이었다.[12] 옛 성 가운데 규(嬀)·강(姜)·영(嬴)·길(姞)·부(婦) 등은 모두 여(女)자를 부수로 삼고 있는데, 이것은 중국의 이른 시기에 모계 사회가 실재했음을 입증하는 구체적인 예이다.[13]

부계가 모계를 대체하기 시작했을 때에도 어머니를 계통으로 한 친족 제도는 여전히 습관적으로 이어졌다. 이런 상황은 삼황오제(三皇五帝)의

---

10) 班固, 『白虎通』「易」: 古之時, 未有三綱六紀, 民人但知其母不知其父.
11) 許愼, 『說文解字注』: 姓, 人所生也. 古之神聖人, 母感天而生子, 故稱天子. 因生以爲姓, 從女生(許愼 撰, 段玉裁 注, 『說文解字注』, 上海: 上海古籍出版社, 1998, p.612).
12) 잔스추앙, 『여성과 도교』, 서울: 여강, 1991, p.36.
13) 『說文解字』「女部」에 나열된 옛 성 가운데 婚·嬴·嬀·妘·姓·妞·娸·娥·娃·姒·嫺·始·姞·嫪·姜 등은 모두 부수 女를 따르며 이는 모계 씨족 아래서 생산된 성으로 보인다. 이에 대해서는 李建民·柴曉明, 『中國遠古曁三代政治史』, p.14를 참고한다.

전설에서도 흔적을 찾아볼 수 있는데 신농(神農), 황제(黃帝), 순(舜)은 어머니의 출신 지역을 성으로 삼았다. 즉 신농은 어머니가 강수(姜水)에 살았기 때문에 성을 강(姜)이라 했고,[14] 황제는 어머니가 희수(姬水)에 살았기 때문에 성을 희(姬)라 했으며, 순은 어머니가 요허(姚虛)에 거주했기 때문에 요(姚)를 성으로 삼았다고 한다.[15]

이상의 문헌 자료들을 통하여 우리는 고대 중국에서 모계 사회가 실존했으며 여신의 출현이 모계 사회라는 역사적인 배경과 밀접하게 연관되어 있음을 알 수 있다.

제3절 은(殷)나라의 모계적 유풍

민가윤(閔家胤)에 따르면 중국의 선사 시기에 모계 사회는 존재했지만 여성이 남성을 통치하고 압박하는 모권은 없었으며 양성 관계는 동반자적 관계였다. 그러나 지금으로부터 4,000여 년 전 중국이 부계 사회로 접어들면서 남성이 여성을 압박하는 부권이 출현하였고, 여성의 지위가 크게 하락하면서 남존여비(男尊女卑)는 불변의 법칙으로 굳어지게 되었다. 이어서 하(夏)·은(殷)·주(周)의 세 왕조가 건립되면서 중국 최초의 통치 모델인 종법(宗法) 제도가 완성되었다.[16] 종법 제도란 장자 상속을 기초로 한 친족 및 가부장적 사회 제도이다. 즉 하·은대만 해도 이미 부계 사회의 영향 아래 있었으며 남녀 관계란 남존여비의 관계였다는 것이다.

---

14) 『史記』「補三皇本紀」: 炎帝神農氏, 姜姓. 母曰女登, 爲少典妃, 感神龍而生炎帝. 人身牛首, 長於姜水, 因以爲姓(馬持盈 註, 『史記今註』, 臺北: 臺灣商務印書館, 1998).

15) 잔스추앙, 『여성과 도교』, p.9.

16) 閔家胤 主編, 『陽剛與陰柔的變奏: 兩性關係和社會模式』, 北京: 中國社會科學出版社, 1995.

　이런 주장은 갑골 복사와 같은 고고학적 자료를 근거로 했을 때 타당성을 지닌다. 우선 갑골 복사에는 은나라의 왕위(王位)가 남성에게만 국한되었다는 기록[17]이 나온다. 남성을 중심으로 왕위가 계승되었다는 사실은 여성이 모계 사회 때의 중심적 지위를 이미 상실했음을 의미한다. 또한 태아가 아들인지 딸인지 성별을 감식했다는 기록도 보인다.

　상서롭지 않으니 딸만 있도다.(不妨, 佳女)[18]

　갑신(甲申)일에 점을 쳤다. 거북 껍질에 부호(婦好)가 임신한 것을 물었는데 상서롭지 않았다……. 딸만 있도다.(甲申卜, 殼, 貞帚好冥, 不其妨 ……佳女)[19]

　위의 글은 왕의 배우자로 추정되는 부호가 임신을 하자 태아가 아들인지를 점친 갑골 복사의 기록이다. 태아가 딸이므로 상서롭지 않다고 말한 대목에서 우리는 이미 당시에 남존여비 관념의 단초가 있었음을 알 수 있다.[20]
　그러나 은대가 모계의 전통이 여전히 강했던 사회라는 것도 갑골 복사의 기록으로 알 수 있다. 우선 은대에는 봉건제가 시행되었는데 갑골 복사에는 왕의 자제들뿐 아니라 배우자들도 식읍(食邑)을 하사 받았다는 기록이 보인다. 그리고 왕인 무정(武丁)의 배우자로 추정되는 부자(帚姉)·부정(帚姘)·부호(帚好)[21]의 봉지(封地)에서 나온 수확물의 상황을 점친 기록도

---

17) 閔家胤 主編, 『陽剛與陰柔的變奏 : 兩性關係和社會模式』, p.121.

18) 胡厚宣은 武丁의 복사 중 왕의 부인이 자손을 낳기 전에 아들인지의 여부만을 점쳤다는 사실을 예로 들면서 이것이 당시 重男輕女의 근거라고 주장한다. 자세한 것은 胡厚宣, 「殷代婚姻家族宗法生育制度考」, 『甲骨學商史論叢』 初集(上), 香港 : 文友堂書店, 1970, pp.19-23을 참고한다.

19) 金祖同, 『殷契遺珠』 526, 1939.

20) 張秉權, 『殷墟文字丙編』 247, 1937.

21) 帚에 대한 해석에는 오늘날까지도 몇 가지 異說이 있다. 胡厚宣은 帚를 商王의 배

우자에 대한 호칭으로 보았고(胡厚宣, 「殷代婚姻家族宗法生育制度考」, 『甲骨學商史論叢』初集, 第1冊, 香港 : 文友堂書店, 1940, 1970), 屈萬里 역시 帚見을 武丁의 여러 부인 가운데 한 명으로 보았다(屈萬里, 『殷墟文字甲篇考釋』, 臺北 : 中央研究院歷史言語研究所, 1961). 郭沫若도 武丁의 복사에 자주 등장하는 '帚某'에 대하여 帚는 婦를 간단히 쓴 것으로, '帚某'는 殷王의 妃嬪이라고 보았다(郭沫若, 「殷契餘論·骨臼刻辭之一考察」, 『郭沫若全集』 第一卷, 北京 : 科學出版社, 1982, p.400). 陳夢家는 '帚某'에서 帚는 일종의 여성의 신분이며 帚 다음 글자는 姓이 아닌 이름이라고 보았다(陳夢家, 『殷墟卜辭綜述』, 臺北 : 中華書局, 1988, pp.491-493). 그러나 島邦男은 郭沫若, 陳夢家, 胡厚宣이 帚某를 王婦라고 한 것에 논의의 여지가 있다고 보았다. 그의 분석에 따르면 ① 帚某는 개인의 이름이 아니라 세습되는 호칭이다, ② 帚某의 某에는 地名이 사용되는 경우가 있다, ③ 帚某는 질병에 대하여 신에게 점친다, ④ 帚某는 征伐에 종사한다, ⑤ 帚某는 제사에 참여한다는 뜻으로 보았다. 그는 이런 다섯 가지 사실에 근거하여 帚某란 왕이 친히 임명한 服이라고 보았다. 또한 帚의 용법을 검토하고 동사로 사용되기도 했음에 주목하여 帚는 服으로, 牧師의 관직에 해당된다고 보았다. 그는 마지막으로 帚의 音은 母·巫와 같고, 『酒誥』의 이른바 服, 『竹書紀年』의 牧師에 해당된다고 보았다. 그 지위는 將帥 및 殷의 同族에 비견되고 殷은 그들을 사방에 배치하여 치안을 유지하고 경작지를 다스렸다고 하였다(島邦男, 『殷墟卜辭研究』, 弘前 : 中國學研究會, 1958, p.452). 白川靜에 따르면 帚는 婦의 옛 글자이다. 殷代 武丁 시기에는 다수의 帚某·子某의 이름이 보이는데 이것을 武丁 한 사람의 부인, 아들로 보기보다 類別 호칭으로 봐야 한다고 하였다. 또한 근래에 출토된 婦好墓의 장대한 규모와 풍부하고 정교한 유품을 근거로 婦好가 왕비의 지위에 있었다고 보았다. 그는 帚의 주된 임무를 宗廟에서 봉사하는 것으로 보았다. 또한 갑골문에는 婦好나 婦姘이 外征에 종사하여 10만이 넘는 군을 동원하는 것을 점치는 기록이 나오는데, 이것은 부인이 당시 씨족의 대표로서 그녀의 이름으로써 씨족의 모든 행동이 기록되었기 때문이다. 그는 西周 초기만 해도 天君, 王姜과 같은 부인이 外事에 관여하는 예가 있었으나 西周의 가부장제가 宗法制의 기초 위에서 귀족 사회의 질서를 만들어간 이래로 부인의 지위는 점차 公的 성격이 약화되어갔다고 말했다(白川靜, 『字統』, 東京 : 平凡社, 1984, p.740). 尹乃鉉은 帚가 왕족의 부인을 의미하고 뒤의 某는 그 출신 씨족을 의미한다고 하였다. 그리고 한 개인을 가리키는 것이 아니라 씨족의 여자가 왕족과 결혼함으로써 그 씨족이 얻게 된 단체명이라고 추정하였다(尹乃鉉, 「갑골문에 보이는 帚某가 商代史에서 갖는 의미」, 『史學志』 제29집, 檀國史學會, 1996, pp.67-69). 王子今 역시 郭沫若과 胡厚宣의 견해를 따라 帚는 婦가 생략된 글자로 '帚某'는 武丁의 부인을 가리킨다고 보았다(王子今, 『中國女子從軍史』, 北京 : 新華書店, 1998, p.30). 이와 같은 기존의 연구를 종합하였을 때 帚某를 殷代 왕족의 부인 혹은 여성의 신분으로 보는 견해가 우세하다고 할 수 있겠다.

보인다.[22] 왕의 배우자들은 여성이었지만 자신의 봉토를 따로 소유했으며 봉지 내의 농업도 관리할 수 있었던 것이다.

그리고 은대에는 '돌아가신 조상 할머니에 대해 특별한 제사[先妣特祭]'를 지내는 전통이 있었다.[23] 물론 갑골 복사에는 남자 조상인 선조(先祖)에 대한 특별 제사가 여자 조상인 선비에 대한 특별 제사보다 많이 나오기 때문에 선비특제만으로 은대가 모계 사회의 영향 하에 있었다고 확언할 수는 없다. 그러나 서주(西周)로 가면서 선비 제사가 선조 제사로 완전히 대체되었다는 사실을 감안한다면, 은대가 여전히 여성을 존중하는 사회 분위기를 유지하고 있었음을 알 수 있다. 즉 선비특제가 완전한 모계를 말해주는 것은 아니지만 서주의 일방적인 부권과는 달리 여성의 역할과 가치가 중시되었다는 점에서 주목된다.[24]

다처다부제(多妻多夫制)가 존재했던 것도 은대의 모계적인 유풍으로 볼 수 있다. 곽말약(郭沫若)은 은대 복사에 부(父)와 비(妣)의 두 글자가 모두 여러 차례 나오는 사실을 지적하면서 이것을 은대에 다처다부의 군혼이

---

22) 貞妣受年, 貞婦井黍其萑, □帚好□受年(胡厚宣, 『甲骨學商史論叢』 初集(上), pp.35-36).

23) 先妣에 대한 殷나라의 특별 제사를 卜辭에서 처음으로 발견하고 모계 사회의 중요한 단서로 삼은 것은 王國維인데 이런 견해는 후세의 학자들에 의하여 비판을 받기도 했다. 특히 郭沫若은 선비에 대한 특별 제사에서 선비란 모계가 아닌 부계의 할머니를 말하며 그 중 傍系의 배우자를 제외한 직계 배우자에 한해서 제사가 이루어졌고 부권 강화의 의도가 내재되어 있음을 지적하였다(이에 대해서는 郭沫若, 「十批判書」, 조성을 옮김, 『中國古代思想』, 서울 : 까치, 1992, p.10을 참고한다). 그러나 부계의 할머니라는 점을 감안한다고 해도 先妣特祭라 하여 여성만을 따로 모아 제사한 점은 여성 존중의 사회 분위기를 반영하는 것이다.

24) 先妣特祭가 모계를 입증하는 확실한 증거가 아니라고 해도 西周의 일방적 父權과는 달리 여성의 역할과 가치가 중시되었다는 점에서 주목된다. 서주 사회에서는 선비에 대한 제사는 따로 있지 않았고 제사의 명칭도 없어졌다. 즉 殷의 전통인 선비특제가 서주에서는 父子 계통의 祖先祭祀로 대체되었다. 이에 대한 자세한 내용은 이숙인, 「중국 고대의 여성 윤리사상 형성에 관한 연구—五經에 대한 비판적 분석을 중심으로」, 성균관대 동양철학과 박사학위논문, 1996. 10, p.15를 참고한다.

행해졌던 증거로 제시하였다.[25] 같은 맥락에서 소빙(蘇冰)과 위림(魏林)은 신화에 나타난 순(舜)과 상(象)의 다툼을 당시의 다처다부제의 반영으로 해석하기도 한다. 즉 순과 상의 다툼의 이면에는 사실 두 형제가 아황(娥皇)과 여영(女英) 두 자매를 공유하다가 독점하려 했던 역사적 사실이 반영되어 있다는 것이다.[26] 순의 시대만 해도 다처다부제가 이루어졌을 가능성이 높다.

그리고 은대에는 형제 상속의 원칙이 지켜졌는데, 두방금(杜芳琴)에 따르면 이런 형제 상속제도 모권제의 유습(遺習)이다.[27] 권력의 계승이 아버지로부터 아들로 전해지는 부자 상속이 아닌 형제 상속이었다는 점은 아버지의 권한보다 어머니의 영향력이 우세했음을 말해주기 때문이다.[28]

은대 사회의 모계적 유풍을 보여주는 또다른 예로는 적서(嫡庶)의 차별이 없었다는 사실을 들 수 있다. 갑골 복사에는 선왕(先王)의 배우자로 임모(壬母)·임첩(壬妾)·임처(壬妻)·계첩(癸妾)·정석(丁奭) 등의 이름이 등장하는데, 여기에 보이는 모(母)와 첩(妾)·처(妻)·석(奭)은 모두 여성 배우자를 가리키는 동의어이며, 이것은 은대에 적서의 차별이 없었음을 뜻한다.[29] 갑골 복사에는 은대 여성의 높은 사회적 지위를 반영하는 기록들도 많이 나온다. 한 예로 무정의 부인이 갑골을 정리했다는 기록을 살펴보자.[30]

---

25) 郭沫若, 『中國古代社會硏究』, 北京 : 新華書店, 1954, p.252.

26) 蘇冰·魏林, 『中國婚姻史』, 臺北 : 文津出版社, 1994, p.36.

27) 杜芳琴은 아버지에서 아들·손자로 이어지는 父子 상속제는 父權制 계승의 원칙이고, 형이 죽고 아우가 뒤를 잇는 兄弟 상속제는 母權制의 유습이라고 하였다. 杜芳琴, 『女性觀念的衍變』, 河南 : 河南人民出版社, 1998, p.20.

28) 그러나 殷代 말기의 武乙·太丁·帝乙·帝辛의 재위 기간에는 형제 상속이 부자 상속으로 대체되었는데, 周代로 가면서 점차 母權이 약화되고 父權이 강화되는 변화를 보여준다. 이에 대해서는 杜芳琴, 『女性觀念的衍變』, p.20을 참고한다.

29) 杜芳琴, 『女性觀念的衍變』, pp.37-40.

30) 屈萬里, 『殷墟文字甲編考釋』 2815, 臺北 : 中央硏究院歷史語言硏究所, 1961.

갑인(甲寅)일에 부견(帚見)이 대신 ？와 갑골 일곱 개를 정리하였다.(甲
寅, 帚見, ？示七屯)[31]

굴만리(屈萬里)의 고증에 따르면 부견은 무정의 부인들 가운데 하나였
고 ？은 무정 시대의 대신이었다. 위의 갑골 복사는 부견이 대신 ？와 함
께 소의 어깨뼈 일곱 개를 정리했다는 내용이다.[32] 왕후가 대신과 함께 소
의 견갑골을 정리했다는 사실은 오늘날의 맥락에서는 별다른 의미를 갖지
못할 수도 있다. 그러나 당시의 사회 배경에서 이 글을 검토한다면 우리는
새로운 사실을 알 수 있다.

　은대의 문자 곧 갑골문이란 거북의 등이나 배 껍질 혹은 소의 견갑골에
글자를 새긴 것으로 종교와 깊은 관련이 있다. 고대인들은 종교 의례의 결
과를 대부분 문자로 새겼으며, 문자 자체에 대해서도 종교적인 신성한 의
미를 부여하였다. 그래서 문자를 쓰고 읽을 수 있는 사람은 제사장이나 왕,
특정한 지식인들만으로 제한되었고 문자를 기록해놓은 복사를 분류, 정리
하는 것은 중요하고 신성한 업무로 간주되었으며, 특권 계층만의 소관이었
다. 부견이 대신과 함께 갑골을 정리했다는 사실은 당시 여성이 좀더 다양
한 영역에서 활동했을 가능성과, 지식인과 동등한 기능을 수행할 만한 능
력을 소유했음을 말해준다.[33]

　복사의 기록에 따르면 왕의 부인은 군사 활동에도 참여하여 병사들을
징집하거나 직접 이민족(異民族)들을 정벌하기도 하였다.

　부정(帚姘)이 용방(龍方)을 정벌한다.(帚姘伐龍方)[34]

<hr>

31) 董作賓, 「小屯·殷虛文字甲編」 2815, 1948.

32) 屈萬里, 『殷墟文字甲編考釋』 2815, 1961.

33) 李亞農, 『殷代社會生活』, 上海 : 上海人民出版社, 1995, p.33.

34) 羅振玉, 「殷虛書契續編」 4. 22. 3, 1933.

갑신(甲申)일에 점을 쳤다. 부호(婦好)가 선도하여 방족(龐族)에서 병사들을 징집하게 할 것인지를 점쳤다.(甲申卜, 貞乎婦好先登人于龐)[35]

부호로 하여금 지□(沚□)를 이끌고 아방(兒方)을 치게 할 것인지를 물었다.(貞令婦好從沚□伐兒方)[36]

왕이 부호로 하여금 후고(侯告)를 이끌고 이방(夷方)을 치게 할 것인지를 물었다.(貞王令婦好從侯告伐夷)[37]

왕이 부호가 토방(土方)을 정벌하는 것을 금지할 것인지를 물었다.(貞王勿乎婦好往伐土方)[38]

그리고 지위가 특별했던 왕의 부인들은 남성의 소관이었던 중요한 제사까지도 주관하였다. 은대에는 제사를 담당하는 여관(女官)을 따로 두지 않았다. 그러나 복사에 보이는 사어(司魚)·사양(司羊) 혹은 동기(銅器)·명문(銘文)에 보이는 司𤔲의 사(司)는 모두 제사의 희생물인 물고기·양·토끼를 관리했던 여관의 역할을 했다. 예를 들어 무정의 부인 부호도 일찍이 사의 신분으로 제사를 주관하였다.[39]

부호가 유(侑)제사를 올릴 것을 물었다.(貞乎婦好㞢[40]□)[41]

---

35) 羅振玉,「殷虛書契前編」5. 12. 3, 1913.

36) 郭沫若,「殷契粹編」1230, 1937.

37) 董作賓,「小屯·殷虛文字乙編」2948+2950, 1948.

38) 方法斂·白瑞華,「庫方二氏所藏甲骨卜辭」237, 1935.

39) 曹定云,「司𤔲母考」,『華夏考古』第4期, 1992.

40) 복사 중의 㞢는 제사의 명칭으로 후에 侑로 쓰였다. 㞢는 주로 先公, 先妣, 舊臣에게 지내는 제사의 명칭으로 쓰였다. 자세한 내용은 趙誠,『甲骨文與商代文化』, 沈陽：遼寧人民出版社, 2002, p.180을 참고한다.

부호가 여러 돌아가신 할머니들께 유(侑)제사로서 고할 것을 물었다.(貞帚好出告于多妣)[42]

부호가 료(燎)제사를 드리러 가지 못하게 할 것을 물었다.(貞勿乎帚好往燎[43])[44]

부호가 돌아가신 할머니 경(庚)에게 제사드리지 않을 것을 물었다.(貞帚好□不往于妣庚)[45]

1976년 안양 은허(殷墟) 소둔촌(小屯村)에서는 부호의 묘가 실제로 발굴되었는데, 순장품의 질과 내용이 고급스럽고 풍부하여 복사에서만 보았던 부호의 위력을 실감케 한다.[46] 부호의 묘에는 순장(殉葬)된 사람이 16명, 개가 6마리, 순장품도 동기(銅器)·옥기(玉器)·석기(石器)·도기(陶器)·골기(骨器)·상아기(象牙器)·마노기(瑪瑙器)·수정기(水晶器) 등 1,928건에 이르며, 그 가운데 고급 청동 예기(禮器)가 468건을 차지한다.

부호 외에도 1938년 안양 은허 무관촌(武官村)에서 발굴된 무정의 또다른 부인인 부정(帚姘)의 동정(銅鼎)은 중국 최대의 청동 예기로, 당시 부정의 높은 지위를 짐작하게 한다. 장방형의 동정은 두 귀와 네 개의 발이

---

41) 董作賓, 「小屯·殷虛文字乙編」 5066, 1948.

42) 金祖同, 「殷契遺珠」 773, 1939.

43) 갑골문에서 燎는 나무를 태워 불꽃과 연기가 나는 형상인 ☀(『乙』 8683)나 여기에 火가 추가된 형상인 ☀(『後上』 24.7) 등으로 썼고, 복사에서는 '나무를 태워 지내는 제사'라는 뜻으로 사용되었다. 이후 火가 추가되어 燎자가 되었다. 『甲骨文合集·釋文』에서는 燎로 隷定하였다. 자세한 내용은 尹彰浚, 『甲骨卜辭에 나타난 商代 統治階級文化 硏究』, 연세대 중문과 박사학위논문, 2002, p.41을 참고한다.

44) 劉鶚, 「鐵雲藏龜」 45.1, 1903.

45) 郭沫若, 「殷契粹編」 1232, 1937.

46) 閔家胤 主編, 『陽剛與陰柔的變奏 : 兩性關係和社會模式』, p.120.

달려 있고 전체에 도철문(饕餮文)이 새겨져 있으며, 높이는 1.32m, 무게는 875kg으로 중국 최대의 청동 예기로 꼽힌다.[47]

이상의 다양한 복사 기록과 자료들을 보았을때, 우리는 은대가 이미 부계 사회에 진입하였으나 여전히 여성을 존중하는 모계적 분위기를 유지한 사회였다는 것을 알 수 있다. 다만 대부분의 갑골 복사가 상층 계급들의 기록이었기 때문에 당시 서민 여성들의 생활상을 살피기에는 한계가 있을지도 모른다. 그러나 비슷한 계급의 귀족 남성들과 비교했을 때에도 여성의 사회적 위상은 오늘날보다 훨씬 높았고 남녀에 대한 차별적 인식이 고정적이지 않았다고 생각된다.

제4절 고고학적 유물들 : 여신 사당과 여신상

과거 중국 학계의 여신 연구는 일반적으로 문헌 자료와 민속학 자료의 범위를 벗어나지 못했기 때문에 여신 숭배의 실체를 파악하는 데 한계가 있었다. 그러나 1980년대 이후 여신 사당과 여신상 등 고고학적 유물이 새롭게 발굴되면서 중국 학계에서 여신에 대한 연구가 본격화되기 시작하였고 고대 중국의 모계 사회의 존재를 재검증하는 계기가 되었다. 최근에 발굴된 여신의 유적지를 정리해보면 다음과 같다.

1) 동산취의 홍산 문화 유적지

동산취(東山嘴)는 요령성(遼寧省) 객좌현(喀左縣) 대릉하(大凌河)의 서쪽 언덕에 위치한 작은 마을이다. 1979년과 1982년 두 차례에 걸쳐 요령

---

47) 司母戊 혹은 后母戊로 해석되는 銅鼎의 銘文으로 미루어 볼 때, 이 鼎의 주인은 武丁 시기의 妣인 戊, 즉 婦妌일 것으로 추정된다. 자세한 것은 杜乃松, 「司母戊鼎年代新探」, 『文史哲』 第1期, 1980을 참고한다.

성의 고고학자들이 이 마을 북쪽에서 돌로 다듬은 제단과 흙으로 빚은 나체 임부상(妊婦像)과 대형의 여좌상(女坐像)을 발견하였다. 머리와 어깨가 파손된 임부상은 키가 5.8cm쯤 되고, 복부는 돌출해 있으며, 둔부는 살찌고, 왼손이 복부에 붙어 있는 형태였다. 동산취 유적은 중국 고고학계에서 처음으로 발견한 선사 시대 여신 유적으로 학계에 비상한 관심을 불러일으켰다. 탄소 측정 결과 동산취 유적지는 지금으로부터 5,000여 년 전의 것으로, 학자들은 이곳이 원시 모계 사회에서 농업 여신이나 생육(生育) 여신 혹은 지모신에게 제사를 지내던 부족 연맹의 집합 장소였을 것이라고 추정한다.[48]

2) 우하량의 홍산 문화 유적지

우하량(牛河梁)은 요령성 서부 능원(凌原)과 건평(建平)의 두 현(縣)이 교차하는 곳에 있는 산등성이다. 1983년부터 1985년까지 고고학자들이 이곳에서 10여 곳의 홍산 문화 제사 유적지와 묘장군(墓葬群)을 발견했는데 그 과정에서 대형의 여신 두상(頭像)과 여러 개의 파손된 여신상을 발굴하였다. 십자형의 다실(多室) 구조를 가진 여신 사당의 주실(主室) 서쪽에서는 크기가 제각각인 6개의 대형 여신이 발견되었고, 주실에서는 실제 인간 크기의 세 배 정도 되는 귀와 코를 가진 여신상이 발견되었다. 탄소 측정 결과 이곳은 지금으로부터 약 4,000~5,000년 전에 만들어졌고, 건축물의 형태와 배열상 당시 신에게 제사지내던 사당으로 추정된다. 이곳에서 발견된 군상(群像)이 모두 여성이었기 때문에 고고학자들은 이곳을 '우하량의 여신 사당(牛河梁女神廟)'이라 부른다. 여신 사당에서 발견된 22.5cm의 대형 여신 두상은 실제 사람과 비슷할 만큼 생동적이다. 여신 두상은 부드러운 미소와 신령스러운 자태를 지녔으며 오늘날 중국 화북인(華北人)의 얼굴형과 비슷하다.[49] 그리고 나이와 발육의 정도가 조금씩 다른 나체의 여

---

48) 「座談東山嘴遺址」, 『文物』 第11期, 北京 : 文物出版社, 1984.

신상들도 발굴되었다. 주실과 측실(側室)에 골고루 분포되어 있는 여신상들은 크기와 자태에서 큰 차이가 없기 때문에, 당시에는 아직 주신(主神)과 일반신들 사이의 구분이 없었다고 추정할 수 있다.[50]

동산취와 우하량의 여신은 중국에서 발견된 최초의 여신상으로 5,500여 년 전 동방의 비너스로 간주된다. 그리고 우하량 여신 사당에서 남신상(男神像)이 전혀 출토되지 않았다는 사실은 우하량의 여신 사당이 건립된 당시가 모계 사회의 번영기이자 여권이 최고조에 달했던 시기였음을 말해준다.[51]

3) 후대자의 신석기 문화 유적지

후대자(后臺子) 유적지는 하북성(河北省) 난평현(灤平縣) 금구둔진(金沟屯鎭)에 위치한다. 1983년부터 1989년까지 전부 6개의 석조(石雕) 여신상이 이곳에서 출토되었는데, 높이는 상마다 달라서 9.5cm에서 74cm에 이르고 빛나는 녹색 돌로 조각되어 있다. 여신상들은 모두 풍만한 가슴과 배, 넓은 둔부를 지녔고 두 팔로는 배를 감싸안았으며 두 다리는 무릎을 꿇어 마치 원추 모양 같다.[52]

4) 임서의 흥륭 문화 유적지

1984년에는 내몽고(內蒙古) 임서(林西) 서문(西門) 밖 흥륭 문화(興隆文化) 유적지에서 화강석으로 된 크기가 다른 두 개의 석조 여신상이 발굴되었다. 큰 것은 높이가 40cm, 작은 것은 높이가 17cm였으며 모두 빛나는 눈과 안쪽으로 패인 입, 오똑 솟은 코를 지녔다. 그리고 두 귀는 약간 작고

---

49) 遼寧省文物考古, 「遼寧牛河梁紅山文化女神廟積石塚發掘旬報」, 『文物』 第8期, 北京 : 文物出版社, 1986.

50) 孫守道·郭大順, 「牛河梁紅山文化女神頭像的發現與硏究」, 『文物』 第8期, 北京 : 文物出版社, 1986.

51) 汪玢玲, 「東西方早期維那斯比較硏究」, 『民間文學論壇』 第3期, 北京 : 民間文學論壇雜誌社, 1987.

52) 湯池, 「試論灤平后臺子出土的石雕女神像」, 『文物』 第5期, 北京 : 文物出版社, 1994.

튀어나왔으며 가슴은 큰 편이다. 양자 간의 차이점은, 큰 것은 귀 부분이 좀더 분명하고 두 팔이 허리 부근에서 교차하고 있는데, 작은 것은 귀가 불분명하고 두 팔이 위로 굽었으며 장식품을 달고 있다는 점이다. 두 개의 신상은 모두 하체 부분의 모양이 분명치 않으며 아래가 뾰족한 형태를 하고 있다.[53]

5) 임서의 신석기 문화 유적지

1989년 내몽고 임서의 납목륜(拉木倫) 하북안(河北岸) 백음(白音) 장한(長漢)의 신석기 시대 문화 유적지 제19호 방에서는 35.5cm 크기의 석조 여신상이 발견되었다. 발견될 당시 신상은 풍만한 가슴과 튀어나온 배를 하고 있었으며 두 팔로 배를 감싸고 무릎을 구부린 채 화로 북쪽을 향하여 앉아 있었다고 한다.[54]

6) 섬서성 앙소 문화 유적지

1991년 섬서성(陝西省) 부풍(扶風) 안판(案板) 앙소 문화 유적지에서 도자기로 만든 나체의 여신상이 출토되었다. 발견될 당시 여신상의 머리 부분과 사지(四肢)는 이미 파손되었고 몸만 남았으며 크기는 약 6.8cm쯤 되었다. 큰 가슴, 돌출된 복부, 완만한 곡선의 허리는 전체적으로 풍만한 여신의 모습을 보여준다. 여신상은 원래 재구덩이 속에 있었으며 출토된 것들 중에는 남성 조각상도 있었다고 한다.[55]

이와 같이 오늘날까지 중국에서 발견된 여신상은 다양하며 그에 대한 분석도 여러 가지이다. 서구 학자들은 일반적으로 이런 조각상들이 성이나 생식과 관련이 있으며, 고대의 풍요와 다산을 기원하는 샤머니즘적 신앙에

---

53) 王剛,「興隆洼文化石雕像人體像」,『中國文物報』第47期, 北京：文物出版社, 1993.

54) 湯池,「試論灤平后臺子出土的石雕女神像」,『文物』第5期, 北京：文物出版社, 1994.

55) 王建新,「陝西扶風案板出土的陶塑人像」,『文物天地』第5期, 北京：文物出版社, 1992.

서 제작되었다고 본다.[56]

이에 비해 중국 학자들은 여신의 기능을 좀더 세분하여 본다. 그 중 하나는 발굴된 여신상들이 고대 조상들의 모습을 본뜬 조상신이었다는 견해이다. 채준생(蔡俊生)은 고대에 일반적으로 여시조를 일컫는 호칭이 여와였고 이들 여신상은 바로 여시조 여와의 상이라고 주장한다.[57] 육사현(陸思賢) 역시 출토된 여신상과 여신 사당이 태고 시기의 여와와 호로 문화(葫蘆文化)[58]를 반영한다고 보았다.[59] 그리고 여신상이 생육을 담당하고 자손을 점지하는 생육신 혹은 고매신(皐媒神)이었을 것으로 추정하기도 하며,[60] 조각상들의 하반신이 흙 속에 묻혀 있었다는 사실에 착안하여 지모의 형상이라고 보기도 했다.[61] 그 밖에도 화신(火神) 혹은 농신(農神), 산신(山神)

---

56) 宋兆麟, 「中國史前的女神信仰」, 馬啓成 主編, 『民族學與民族文化發展研究』, 北京 : 中國社會科學出版社, 1995, p.277.

57) 蔡俊生은 女媧가 중국 모계 시대에 광범위한 지역에 걸쳐 여성을 대표했으며, 특히 그 사회는 뱀을 토템으로 삼았던 씨족 사회였을 것이라고 추정하였다. 이에 대한 자세한 논의는 蔡俊生, 「神話與現實 : 中國史前時代兩性關係的投影」, 『陽剛與陰柔的變奏』, 北京 : 中國社會科學出版社, 1996, p.26을 참고한다.

58) 중국 학자들은 중국 원시 문화 발전에서 葫蘆가 매우 중요한 역할을 담당했다고 보고 이 시기의 문화를 '葫蘆文化'라고 명명하기도 한다. 즉 신석기 시대의 것으로 출토된 용기 가운데 호로 모양을 본뜬 것이 많으며 호로에 대한 숭배와 각종 變異가 중국 각 민족에 광범위하게 존재한다는 것이다. 이와 같은 현상은 호로가 많은 씨를 지니고 있어서 多産과 풍요를 상징하며, 속을 제거하면 容器로서 실용화될 수 있었고, 실제로 고대 중국의 토양에서 자생하였기 때문이다. 이에 대한 자세한 내용은 劉堯漢, 「論中華葫蘆文化」, 『民間文學論壇』 第3期, 北京 : 民間文學論壇雜誌社, 1987 ; 劉堯漢, 「中華民族的原始葫蘆文化」, 『彝族社會歷史調查研究文集』, 北京 : 民族出版社, 1980. 8을 참고한다.

59) 陸思賢은 특히 牛河梁 紅山 문화의 여신 사당을 예로 들면서 이것이 고대 호로 문화의 산물이라고 보았다. 즉 前堂과 後殿의 외형이 호로 모양이고 출토된 女神像이 공통적으로 큰 복부를 가진 점, 女媧의 媧가 葫·蘆·瓜 등과 통하며 임산부의 돌출된 복부를 의미한다는 사실 등 다양한 증거들을 제시하면서 여신상과 여신 사당이 고대의 女始祖인 여와와 호로 문화를 반영한다고 주장하였다. 이에 대한 자세한 논의는 陸思賢, 『神話考古』, 北京 : 文物出版社, 1998, pp.39-41을 참고한다.

60) 「座談東山嘴遺址」, 『文物』 第11期, 北京 : 文物出版社, 1984.

등 다양한 신격으로 분석하기도 한다.[62] 이처럼 1970년대부터 시작되어 1980년대 이후에 와서 본격적으로 발굴된 다양한 여신상과 여신 사당은 중국 내에서 여신에 대한 관심을 촉발하였으며 이후 여신 연구를 앞당기는 계기가 되었다.

<hr>

61) 石雲子,「原始藝術 : 生育女神雕像」,『中國文物報』, 北京 : 文物出版社, 1994.
62) 蒙蓋特,『蘇聯考古學』, 北京 : 文物出版社, 1963, p.84.

제3장 중국 여신의 다양한 신격

신격(神格)이란 신의 성격이나 직능(職能)을 가리키므로, 중국 여신의 신격에 대한 고찰은 여신들이 어떤 성격을 지니고 그녀의 활동이 어떤 의미 범주에 들어가는지에 관한 것이라고 할 수 있다. 일반적으로 신화는 오랫동안 구전되어 오다가 일정한 시기에 문자로 정착된다. 그러므로 문자로 기록된 당시뿐 아니라 그 신화가 거쳐온 다양한 시기를 반영하게 되는데, 특히 광범위한 지리적 배경에서 만들어진 중국 신화의 경우, 여신의 신격역시 단순하지 않게 마련이다. 따라서 하나의 신이라도 시조(始祖)·조물주·문화 영웅(文化英雄) 등 다양한 신격으로 표현되며 그 신격들이 혼용(混融)·교차되기도 한다.[1]

여신들의 신격과 신직(神職)을 구분하고 정리하는 작업은 중국 여신의 고유한 성격과 특징을 파악하는 데 필요할 뿐 아니라, 현실의 중국 여성과도 맞물려 논의될 수 있는 부분이다. 그래서 중국 여신들의 신격을 일목요

---

1) 예를 들어 女媧는 多神格·多神職으로 大母神이자 자연신이고 나아가 문화 영웅의 神格 또한 구비하고 있다. 이에 대한 자세한 내용은 제3장의 神格에 대한 구체적인 분석을 참고한다.

연하게 정리해봄으로써 신화 속에서 어떤 신격이 보다 많이 나타나고 비중 있게 다루어졌는지를 알 수 있으며, 이를 통해서 고대 중국 여성에 대한 인식도 살필 수 있다.

제1절 대모신(大母神)

대모신은 대여신(大女神, the Great Goddess)이라고도 하며, 고대 사회에서 천부신(天父神)이 출현하기 전까지 숭배되던 여신을 일컫는 말이다. 이런 대모신의 관념은 고대 사회가 우주의 창조와 인류의 기원, 농작물의 생성 주기 등 가장 근원적인 사물의 현상에 대해 의문을 갖기 시작하면서부터 생겨났다. 근원적인 물음에 대한 해답을 여신에게서 찾고자 하였던 것은 고대 사회에서 여성은 생명을 창조할 수 있는 능력의 소유자로서 모든 생명의 원천이자 풍요의 상징으로 생각되었기 때문이다. 예컨대 바빌론 신화의 티아마트(Tiamat)나 그리스·로마 신화의 가이아(Gaia), 티폰(Typhon)이 대모신에 해당된다고 볼 수 있다. 중국에서도 다양한 자료를 통하여 대모신에 대한 기억들을 찾아볼 수 있다. 다음의 『설문해자(說文解字)』의 예를 참고해보자.

여와(女媧)는 옛날의 신성(神聖)한 여성으로 만물을 화육(化育)하는 자이다.[2]

만물을 화육한다는 것은 세계를 창조·변화시킬 수 있다는 의미로, 고대

---

2) 許愼, 『說文解字注』: 女媧, 古之神聖女, 化萬物之者也(許愼 撰, 段玉裁 注, 『說文解字注』, 上海: 上海古籍出版社, 1998).

중국인들에게 여와가 바로 대모신이었음을 알 수 있다. 그리고 직접적인 대모신에 대한 기록이라고는 볼 수 없지만 여성적 원리를 철학적으로 수용한 기록도 보인다. 노자(老子)의 『도덕경(道德經)』이 일례다. 가부장적 사회에서 성립된 대부분의 기록들이 여성보다 남성에, 음(陰)보다 양(陽)에 가치를 부여했으나 『도덕경』은 땅을 상징하는 곤괘(坤卦)를 으뜸으로 하는 『귀장(歸藏)』을 수용함으로써 남성보다는 여성 원리를 앞세운 주음 사상(主陰思想)을 구현하였다.[3] 『도덕경』에서 여성은 천하의 어머니로서 세계를 창조하는 근원이 되며 도가 사상의 핵심인 도(道)를 의미한다.[4]

고대인들의 대모신 숭배는 앞에서 이야기했던 여신 사당과 여신상(女神像) 등 고고학적인 유물을 통해서도 살필 수 있다. 자료들의 분석 결과 여신 사당은 여신에게 제사를 지내던 장소였고 여신상은 제사의 주요 대상이었음이 밝혀졌다.[5]

---

3) 『道德經』 52장: 천하에 시초가 있어 천하의 어미가 된다(天下有始, 以爲天下母) (이하 『道德經』의 번역은 임채우 옮김, 『王弼의 老子』, 서울: 예문서원, 1999를 참고한다).

　『道德經』 61장: 암컷은 항상 고요함으로 수컷을 이기며 고요함으로 아래가 된다(牝常以靜勝牡, 以靜爲下).

　『道德經』 78장: 연약한 것이 강한 것을 이기고 부드러운 것이 단단한 것을 이긴다는 것은 천하가 다 알고 있으나 실천하지는 못한다(弱之勝强, 柔之勝剛, 天下莫不知, 莫能行).

　『道德經』 78장: 천하에 물보다 부드러운 것이 없으나 단단하고 강한 것을 공격하기로는 이보다 나은 것이 없으니 그것은 바꾸지 않기 때문이다(天下莫柔弱於水, 而攻堅强者莫之能勝, 以其無以易之).

4) 잔스추앙은, 墨子로 대표되는 墨家學派의 사상적 원류가 『連山』에서 비롯되었고, 老子로 대표되는 無爲自然의 道家學派의 주요 사상이 『歸藏』에서 비롯되었으며, 孔子를 대표로 하는 儒家學派의 사상적 원류가 『周易』에서 기원했다고 말한다. 특히 『道德經』 제42장의 "陰을 지고 陽을 품는다(負陰抱陽)"를 예로 들어 노자의 『도덕경』이 『귀장』의 사상을 계승한 것으로 보았다. 자세한 내용은 잔스추앙, 『여성과 도교』, pp.104-105를 참고한다.

5) 1979년에 遼寧省 喀左縣 東山嘴 紅山文化 유적지에서 제사에 사용된 것으로 추정되는 흙으로 빚은 女神像이 발견되었고, 1983년 요령성 建平縣 牛河梁의 홍산 문화

그렇다면 대모신으로서의 여신은 중국 신화 속에 어떻게 나타나 있을까? 이 책에서는 우선 대모신의 신격을 시조모신(始祖母神)·창세신(創世神)·지모신(地母神)으로 나누어 고찰하고자 한다. 시조모신은 시조의 어머니로서의 여신으로, 협의적(狹義的)으로는 씨족이나 부락의 시조를 가리키고 광의적(廣義的)으로는 인류의 조상으로서의 여신 신격을 지칭한다. 그리고 창세신은 우주 만물을 만든 창조주로서의 여신을 말하며, 마지막으로 지모신은 대지의 어머니로서의 여신으로, 고대 농경 사회에서 농작물의 생성 원리와 여성의 생리 주기를 동일시한 사고로부터 유추된 신격이라 하겠다. 그러나 사실상 시조모신과 창세신, 지모신의 신격 모두가 여성의 생명 창조 능력과 관련되어 있기 때문에 그 연원은 동일하며, 여기에서의 구분은 내용보다는 형식적인 측면에서 편의를 도모하려는 의도가 크다.

1 시조모신(始祖母神)

중국 신화에서 시조모신이라고 하면 앞에서도 언급했듯이 광의와 협의의 두 범주로 나눌 수 있는데, 전자는 사람을 최초로 낳은 어머니로서의 시조모이고, 후자는 한 씨족이나 부락의 시조모로서의 시조모를 가리킨다. 전자의 시조모 신격을 지닌 여와는 단독으로 사람을 화생(化生)하거나 배우신(配偶神)과 결합하여 사람을 생산하기도 한다. 이런 여와가 인류 전체를 창조한 인류의 시조모라면, 후자의 시조모 신격을 지닌 간적(簡狄)과 강원(姜嫄)은 좀더 구체적으로 상(商)나라와 주(周)나라의 시조모가 된다.

유적지에서는 대규모의 여신 사당이 발굴되었다. 그리고 1983년부터 1989년까지 河北省 灤平 后臺子 신석기 문화 유적지에서는 6개의 석조로 된 妊婦像이 잇달아 출토되었고, 1984년과 1989년에는 內蒙古 林西에서 석조 여신상이 나왔으며, 1991년 陝西省에서도 도자기로 구운 나체의 여신상이 출토되었다. 자세한 것은 宋兆麟, 「中國史前的女神信仰」, 馬啓成 主編, 『民族與民族文化發展硏究』, pp.271-273을 참고한다.

간적과 강원의 이야기는 엄밀히 말해서 신화보다도 전설에 가깝지만 그 안에 신화적인 요소가 충만하기 때문에 함께 포함시켜 논의하고자 한다. 우선 중국 신화의 대표적 시조모신인 여와를 1) 여와가 단독으로 사람을 창조하는 경우, 2) 여와가 배우신과 결합하여 사람을 창조하는 경우의 두 범주로 나누어 살펴보도록 한다.

1) 여와가 단독으로 사람을 창조하는 경우

여와가 남신과 결합하지 않고 혼자 사람을 창조하는 신화는 동한(東漢) 시기 응소(應劭)의 『풍속통의(風俗通義)』에 잘 나타나 있다.

속설에 따르면 천지가 개벽했을 때 아직 사람이 없자, 여와가 황토를 빚어서 사람을 만들었다고 한다. 열심히 일하다가 다 만들 여력이 없자 노끈을 진흙 속에 넣었다가 휘둘러서 사람을 만들었다. 그래서 부귀한 사람은 황토로 만든 사람이고, 빈천한 사람은 끈을 휘둘러서 만든 사람이다.[6]

여와가 황토를 빚어서 사람을 만들었다는 위의 신화는 『창세기(創世記)』에서 여호와가 진흙으로 사람을 창조한 이야기와 매우 비슷하다. 즉 『창세기』에서 여호와는 진흙으로 사람을 빚은 후 진흙 인간의 콧구멍에 입김을 불어넣어 영혼을 부여한다. 진흙을 이용하여 사람을 만들어냈다는 점에서 여와는 기독교의 여호와에 해당되는 셈이다.

『풍속통의』의 신화는 인간의 가장 근원적인 물음, 즉 "나는 어디에서 왔는가?"에 대한 진지한 고민을 여와를 통해 풀어간다. 세계의 창조 신화에서 가장 중요하고 기본적인 재료인 흙을 가지고 여와는 인간을 빚는다. 여와가 노끈을 쓰게 된 동기도 재미있다. 열심히 사람들을 빚어내다가 혼자

---

6) 『風俗通義』: 俗說天地開闢, 未有人民, 女媧摶黃土作人, 劇務力不暇供, 乃引繩于泥中, 擧以爲人, 故富貴者黃土人, 貧賤凡庸者引絚人也(『四部備要・史部・路史』引『風俗通義』, 臺北: 臺灣商務印書館).

힘으로는 너무 느리고 힘겨워 노끈에다 진흙을 묻혀 돌리기로 했던 것이다. 노끈의 사용은 단시간에 많은 효과를 거둘 수 있는 새로운 기술의 발견이라 할 수 있다. 그런데 여와가 흙을 직접 빚어서 사람을 만들지 않고 노끈을 사용했다는 것은 이미 여와라는 주체와 흙이라는 객체가 노끈이라는 매개물을 통하여 명백히 상호 대상화됨을 의미한다. 사실 이런 단계의 사유는 아주 이른 시기의 것은 아니다. 이보다는 흙에서 인간이 바로 창조된다든가 아니면 흙도 필요 없이 직접 신의 몸이 분열됨으로써 인간이 탄생되는 것이 좀더 원시 단계의 사유가 될 것이다.

그리고 부귀나 빈천의 개념도 이 신화가 아주 이른 시기의 것이 아님을 말해준다. 부귀나 빈천은 물질적인 유무를 기준으로 하기 때문에 인간이 최초로 창조됐을 이른 시기와는 맞지 않는다. 물질적인 기준에 의한 계급 관념은 『풍속통의』가 지어졌던 한대(漢代) 당시의 사유가 반영된 것이다.

그렇다면 시조모로서의 여와를 보여주는 좀더 이른 시기의 기록은 없을까? 다음의 『산해경(山海經)』과 『초사(楚辭)』의 기록은 사실 매우 단편적이고 추상적이며 여와에 대해서도 자세하게 이야기하고 있지 않다. 그러나 여신의 몸을 인간과 우주를 창조하는 에너지의 근원으로서 생각했던 가장 이른 시기의 원시 사유를 보여준다. 먼저 『산해경』의 인용문을 살펴보자.

열 명의 신이 있는데 이름을 여와장(女媧之腸)이라고 한다. (여와는 이렇게) 신으로 변하여 율광야(栗廣野)에 사는데 길을 가로질러 살고 있다.[7]

위의 인용문에서 여와는 남신과의 결합 없이 단독으로 열 명의 신을 창조한다. 그런데 우리가 주목해야 할 점은 이렇게 열 명의 신이 만들어지는 과정에서 아무런 도구도 쓰이지 않았다는 것이다. 여와는 자신의 신체 중

---

7) 『山海經』 「大荒西經」: 有神十人, 名曰女媧之腸, 化爲神, 處栗廣之野, 橫道而處 (이하 『산해경』의 번역은 정재서 역주, 『산해경』, 서울: 민음사, 1993을 참고한다).

일부인 창자로 열 명의 신들을 만들어낸다. 이때 여신의 몸은 생명을 탄생시킬 수 있는 우주적 에너지의 결정체이며, 여신은 위대한 어머니가 된다.

그런데 이 신화를 분석하면서 우리는 두 군데에 좀더 유의할 필요가 있다. 우선 열 명의 신들의 이름이 여와장이라는 것이다. 곽박(郭璞)에 따르면 장(腸)은 복(腹)을 의미하며[8] 여성의 아랫배인 자궁을 가리킨다. 그러므로 이 신화는 모든 생명의 모태로서의 자궁 즉, 여성의 생산 능력의 신비를 신화의 고유한 언어로서 풀어낸 것으로 볼 수 있다.

"길을 가로질러 살고 있다"는 부분도 여성의 생명력을 상징적으로 표현한 것이다. 길을 가로지르고 있다는 것은 양이혜(楊利慧)의 견해에 따르면 거대한 뱀의 몸을 한 여와를 표현한 것이다.[9] 실제로 여와는 양이혜의 견해대로 거구의 소유자였을지도 모른다. 세계 보편적으로 우주 창세신들이 대부분 거구였음을 상기한다면 이런 주장이 무리는 아니다. 예컨대 우리나라 구비 신화의 선문대할망과 마고할미, 북유럽 신화의 이미르(Yimir), 바빌로니아 신화의 티아마트(Tiamat) 등은 모두 거구의 창세신들이다. 원시 인류는 최고의 능력을 지닌 대모신격을 그 능력에 걸맞은 거구의 형상으로서 표현하고자 했을 것이다. 그러므로 이때의 '크다'는 것은 실제적인 '크다'의 의미를 초월한 일종의 상징적인 표현으로서, 최고의 능력을 표현하기 위한 것이다.

시조모로서의 여와의 면모를 보여주는 또다른 예는 『초사』의 기록이다.

여와가 세상 만물을 화육하는 본체(本體)라면, 그녀는 또 누가 만들었을까?[10]

---

8) 『山海經』「大荒西經」郭璞 注 : 女媧는 옛날의 神女이자 帝王이다. 사람 얼굴에 뱀의 몸을 했으며 하루에도 70번 변한다. 그 배가 이 신들로 변하였다. 栗廣은 들 이름이다(女媧, 古神女而帝者. 人面蛇身, 一日中七十變. 其腹化爲此神. 栗廣, 野名).

9) 楊利慧, 『女媧的神話與信仰』, p.112.

10) 『楚辭』「天問」: 女媧有體, 孰制匠之(이하 『楚辭』의 번역은 선정규, 『屈原評傳 : 長江을 떠도는 영혼』, 서울 : 신서원, 2000을 참고한다).

화육이라 하면 낳고 기르는 것으로서 여와는 천지 만물을 낳고 기르는 어머니이다. 그런데 이런 최초의 어머니를 "또 누가 만들었을까?" 이런 의문은 여와가 인류의 시조모일 뿐 아니라 모든 생명의 근원임을 반증하는 것이기도 하다.

시조모로서의 여와의 면모는 고대의 문헌 신화뿐 아니라 민간의 구전 신화에서도 찾아볼 수 있다. 산서(山西) 지방의 신화인 「인간은 최초에는 둥글었다(人最早是圓的)」는 여와의 인류 창조 신화와 반고(盤古)의 천지 개벽 신화가 결합되어 줄거리가 더욱 풍부하고 재미있다.

반고가 천지를 개벽한 이후로 여와는 세상이 너무나 적막하다고 생각하여 사람을 만들기로 결심하였다. 그녀는 해와 달, 별이 모두 둥그니 사람도 둥글게 만들고자 결심했다. 그녀는 우선 황토와 물로 둥근 사람을 하나 빚었는데 찬물과 찬흙으로 빚었기 때문에 생기가 없었다. 그래서 불로써 물과 흙을 뜨겁게 데워 다시 빚었더니 사람은 곧 활기를 띠게 되었다. 그러나 온도가 너무 높자 참지 못하고 재빨리 도망가 버렸다. 여와는 화가 나서 홍수와 큰불을 일으켜 사람과 모든 생물들을 없애 버렸다. 여와는 다시 사람을 만들기 시작했다. 사람이 만들어지자마자 자신을 떠나는 것을 막기 위하여 그녀는 사람을 오늘날처럼 사지(四肢)가 분명하고 오관(五官)이 단정하게 만들었다. 사람들은 인간의 조상이 원인(猿人)이라고 곧잘 말하는데 이 원인은 원인(圓人, 둥근 인간)에서 나왔다고 한다.[11]

---

11) 「人最早是圓的」: 盤古開天辟地以後, 女媧覺得世間太冷凊, 就決定造人. 她看太陽, 月亮, 星星都是圓的, 就決定把人也造成圓的. 她先用黃土和水捏出了一個圓人, 但由于這個人是用涼水, 冷土捏的, 所以沒有活. 女媧又用火把附近的水和土都燒得很燙, 再一捏, 人果然活了. 可是由于溫度太高, 人承受不了, 很快就滾走了. 女媧由大怒, 發了一場洪水和大火, 毀滅了人類和一切生物. 女媧又重新造人. 爲防止人造成後馬上離開自己, 她把人造成了現在這樣四肢分明, 五官端正的人. 人們愛說人類的祖先是猿人, 傳說這猿人便由圓人而來(『山西民間文學』 第2期, 1990).

중국 신화에서 본래 반고와 여와는 전혀 관련이 없었다. 그런데 위의 신화에는 반고의 천지개벽 신화와 여와 신화가 자연스럽게 섞여 있다. 사실 반고 신화는 삼국(三國) 시대 오(吳)나라 서정(徐整)의 『삼오역기(三五歷記)』와 『오운역년기(五運歷年記)』에 처음 보이며, 여와 신화와 비교하면 시기적으로 훨씬 늦다. 그런데 위의 신화에서는 반고 신화가 여와 신화보다 시기적으로 앞선 것처럼 먼저 이야기되고 있는 것이다. 그리고 이 신화는 구전 신화로서 풍부한 이야기성의 특징을 갖지만, 반면에 단편의 문헌 신화에서 느낄 수 있는 원초적인 상상력과 환기(喚起)하는 힘은 미약하다. 즉 원인과 결과가 뚜렷하게 명시되어 있어 상상을 유발하는 틈새를 찾아보기 힘들다. 특히 해와 달, 별이 모두 둥그니 인간도 둥글게 빚었고 그것이 오늘날 원인(猿人)의 어원(語源)이 되었다는 현실적인 해석은 흥미롭지만 신성함이 떨어진다는 느낌을 준다.

사천성(四川省) 덕창(德昌)의 「여와낭랑이 인간을 만들었다(女媧娘娘造人)」는 신화에서도 여와는 인류의 시조모로서 등장한다. 여와가 처음으로 사람을 만들었을 때는 사람들이 모두 한가지 모양이어서 남녀가 구분되지 않았다. 나중에 여와가 사람들의 쓸쓸함을 알고 다시 사람을 만들자 그제서야 남녀가 구분되고 짝을 지어 살아갈 수 있었다고 한다.[12] 이런 민간 신화는 인류 기원에 대한 원시인들의 사고를 반영한 데다가 후대의 사회적 변화의 영향도 받으면서 지속적으로 첨삭되어 완성된 것이다. 그러므로 지금은 문자 기록이지만 오랫동안 문자 기록권으로부터 벗어나 있었기 때문에 민간의 순수한 생기가 살아 있는 반면에 내용상 조잡하고 경박한 느낌을 주기도 한다.

『풍속통의』, 『산해경』, 『초사』의 문헌 신화와 산서, 사천의 구전 신화의 다양한 자료에서 볼 수 있었듯이, 여와는 화생의 방법으로 혹은 황토와 노

---

12) 『中國民間文學集成 · 凉山州德昌縣資料集』 第2卷, 四川 : 四川省德昌縣民間文學集成辦公室編, 1991.

끈 등의 도구를 이용함으로써 최초로 사람을 창조해낸 중국의 시조모였다.

2) 여와가 배우신과 결합하여 사람을 창조하는 경우

여와가 배우신과 결합하여 사람을 창조하는 신화는, 단독으로 창조하는 신화보다 문헌 기록상 그 시기가 늦다. 여와와 복희(伏羲)가 문헌에 함께 등장하는 것은 『회남자(淮南子)』「남명훈(覽冥訓)」과 『열자(列子)』「황제(黃帝)」가 처음이다.

> 복희와 여와는 법령 제도를 설치하지 않고도 최고의 덕행으로 후세에 이름을 날렸다.[13]

위에 인용한 『회남자』의 복희와 여와는 『산해경』에 등장하는 반인반수적(半人半獸的) 신의 이미지와 비교해보면 신과 인간의 중간적인 이미지를 갖는다. 즉 법령 제도를 만들지 않고도 후세에 명성을 날릴 만큼 덕망이 높았던 성인의 면모를 지녔다. 그런데 법령이나 덕행은 인간의 윤리와 가치 기준, 사회 제도가 이루어진 뒤에야 비로소 나온 것이다. 그러므로 이 신화는 후대에 만들어졌거나 문자화되는 과정에서 한대 당시의 영향을 받았다고 볼 수 있다.

> 복희와 여와는…… 뱀의 몸에 사람 얼굴을 하고 소 머리에 호랑이 코를 했는데, 이들에게는 사람의 모습은 없었지만 큰 성현의 덕이 있었다.[14]

위의 인용문에 보이는 복희와 여와는 『회남자』와는 또 다르다. 이들은

---

13) 『淮南子』「覽冥訓」: 伏羲女媧, 不設法道, 而以至德遺於後世(『四部叢刊・子部・淮南子』, 臺北: 臺灣商務印書館, p.44).

14) 『列子』「黃帝」: 犧氏, 女媧氏……蛇身人面, 牛首虎鼻, 此有非人之狀, 而有大聖之德(『列子譯註』, 上海: 上海古籍出版社, 1986).

사람 얼굴에 뱀의 몸, 소의 머리, 호랑이의 코를 한 복합적인 형상으로서,
신의 원형적인 이미지를 보존하고 있다. 그러나 큰 성현의 덕을 지니고 있
다는 부분은, 이미 이 신화가 온전히 옛것만을 보존하지 않고 인문주의적
인 사고의 영향을 받았음을 말해준다. 그런데 『회남자』와 『열자』에서는 복
희와 여와가 부부였다는 기록은 보이지 않는다.

다음으로 『회남자』 「설림훈(說林訓)」에서는 여와와 배우신의 결합이 구
체적으로 명시되어 있지는 않지만 여와의 인류 창조를 돕는 남신들이 등장
함으로써 여와와 배우신간의 결합이 우회적으로 표현되어 있다.

> 황제(黃帝)는 그녀를 도와 음양(陰陽)의 생식기를 만들었고, 상병(上騈)
> 은 그녀를 도와 귀와 눈을 만들었으며, 상림(桑林)은 그녀를 도와 팔과 손
> 을 만들었는데 이것은 여와가 매일 일흔 번 사람을 생성하는 과정이다.[15]

여와가 매일 일흔 번씩 사람을 만들었다는 사실은 이미 『산해경』 「대황
서경(大荒西經)」의 주에서 곽박이 이야기한 바 있다.

> 여와는 옛날의 신녀(神女)이자 제왕(帝王)이다. 사람 얼굴에 뱀의 몸을
> 했으며 하루에도 일흔 번 변한다. 그 배가 이 신들로 변하였다. 율광(栗廣)
> 은 들 이름이다.[16]

그런데 곽박은 주에서 일흔 번 화육한다는 칠십화(七十化)를 일흔 번
변한다는 칠십변(七十變)으로 쓰고 있어서 화(化)와 변(變)이 신화적 의미
에서는 일맥상통함을 알 수 있다. 즉 『회남자』 「설림훈」에서 여와가 인류

---

15) 『淮南子』 「說林訓」: 黃帝生陰陽, 上騈生耳目, 桑林生臂手, 此女媧之所以七十化
也(『四部叢刊・子部・淮南子』, p.128).

16) 『山海經』 「大荒西經」 郭璞 注: 女媧, 古神女而帝者. 人面蛇身, 一日中七十變.
其腹化爲此神. 栗廣, 野名.

를 창조하는 과정도 진흙이나 노끈 등의 도구를 이용한 것이 아니라 자신
의 몸을 직접 변화시킴으로써 생명을 창조한 과정이었다. 앞에서 살펴본
『산해경』에서 여와가 열 명의 신인을 창조했던 신화를 떠올리면 보다 쉽게
이해할 수 있을 것이다.

그런데 『회남자』의 신화는 앞서 살펴보았던 여와의 인류 창조 신화와는
또다른 성격의 것이다. 여기에서는 황제·상병·상림 등 남신들이 대거 등
장하여 여와가 사람을 화육하는 과정을 돕는다. 원래 신화에서 생명을 창조
하는 능력은 여성의 생식 기능과 결부되어 인식되었으므로 인류 창조는 여
신의 소관이었다. 그런데 이와 같은 여신의 고유한 역할이 『회남자』「설림
훈」에 이르면 남신들의 개입과 더불어 여신과 남신의 공유의 것이 되어 버
린다. 여신 단독의 인류 창조에서 여신과 남신의 공동의 인류 창조로 변화
함으로써 여신의 역할이 축소되는데, 이것은 곧 여신 지위의 하락을 의미
한다.

여와와 배우자의 결합이 뚜렷하게 나타나는 것은 당대(唐代) 이용(李冗)
의 『독이지(獨異志)』에 와서이다.

옛날 우주가 처음 열렸을 때 여와 남매 두 명이 곤륜산(崑崙山)에 살았
는데 천하에는 아직 사람이 없었다. 그래서 부부가 되기로 하였는데 또한
스스로 창피하였다. 오빠는 여동생과 곤륜산에 올라 기도하였다. "하늘이시
여, 만약 우리 두 사람을 부부로 맺어주고자 하신다면 연기를 합치시고 만
약 그렇지 않으면 연기를 흩어 놓으소서." 그러자 연기가 합쳐졌다. 여동생
은 곧 오빠에게 다가가서 풀을 모아 부채를 만들어 그의 얼굴을 가렸다. 오
늘날 사람들이 아내를 맞을 때 부채를 쥐는 것은 그 일을 본뜬 것이다.[17]

---

17) 李冗, 『獨異志』卷下 : 昔宇宙初開之時, 只有女媧兄妹二人, 在崑崙山而天下未有
  人民. 議以爲夫妻, 又自羞恥. 兄卽與其妹上崑崙山, 呪曰, 天若遣我兄妹二人爲夫
  妻, 而煙悉合, 若不, 使煙散. 于煙合. 其妹卽來就兄, 乃結草爲扇, 以障其面. 今時人
  取婦執扇, 象其事也(嚴一萍 選輯, 『百部叢書集成』, 臺北 : 藝文印書館, 1965, p.19).

위의 인용문에서 여와는 인류의 시조모로서의 신격이 뚜렷하다. 우주가 개벽했을 때 세상에는 아직 사람이 없었고 여와 남매만이 신성한 곤륜산에 살았다. 그들은 부부가 되기로 결심한 뒤 먼저 하늘에 기도를 올려 허락을 구하였고 마침내 부부의 연을 맺어 인류의 시조가 되었다.

그런데 이 신화는 당대라는 비교적 늦은 시기에 문자화되었기 때문에 전반적으로 후대 사회의 영향을 받은 듯한 인상을 준다. 우선 신화 시기에는 희미했을 윤리 도덕 관념이 여기에서는 이미 확고하게 자리잡혀 있다. 천지개벽이 일어나고 남매만이 있었던 태고 시기에 남매 스스로 부부가 되는 것을 창피하게 여겼다든가, 부채로 얼굴을 가렸다는 서술은 신화 시기보다 훨씬 이후인 문자로 기록된 당대의 시각으로 이들의 결합을 바라보았음을 말해준다. 더군다나 문미에서, 당시 사람들이 아내를 맞을 때 부채를 쥐었던 풍속을 신화를 통해 설명한 것은 이 신화가 온전히 옛것이 아닌 시대에 맞게 수용된 것임을 보여주고 있다. 그런데 이 신화에서 인류의 시조는 여와 남매 두 명으로, 여와가 시조모인 것은 분명하지만 그녀의 배우자가 반드시 복희였다는 증거는 찾기 힘들다.

양이혜에 따르면 이처럼 남매가 혼인하여 인류의 시조가 되는 이른바 남매 시조 신화는 중국 내에서 수적으로 매우 풍부하여, 남방인 상서(湘西)·천남(川南)·귀주(貴州)·광서(廣西), 운남(雲南) 묘족(苗族)·요족(瑤族)·나라족(倮儸族)뿐 아니라 북방의 만족(滿族)·회족(回族)·악온극족(鄂溫克族)·악륜춘족(鄂倫春族) 등에 광범위하게 퍼져 있다.[18] 그리고 그 주제는 태고 시기에 대홍수가 일어나자 오빠와 누이 혹은 누나와 남동생 두 사람이 구원받고 부부로 맺어져서 마침내 인류의 시조가 되었다는 이른바 홍수유민(洪水遺民)의 내용이 대부분이다.[19] 『회남자』, 『열자』, 『독이지』의 문헌 신화와 비교했을 때, 이들 소수민족의 신화는 남매 시조 모

---

18) 楊利慧, 『女媧的神話與信仰』, p.37.

19) 白川靜, 王孝廉 譯, 『中國神話』, 臺北 : 長安出版社, 1983, p.89.

티프와 홍수 모티프가 다양한 형태로 결합됨으로써 보다 풍부한 내용과 구성을 갖는다.

문헌 신화와 소수민족의 구전 신화 외에 여와와 배우신의 결합 양상을 살펴볼 수 있는 자료로는 무량사(武梁祠) 석각(石刻)을 비롯한 한대 이후의 조각이나 화상석(畫像石)이 있다. 여기에 묘사된 복희와 여와의 형상은 약간씩 차이가 있지만, 대부분 상반신은 사람의 모습이고 머리에는 관(冠)을 썼으며, 하반신은 뱀 꼬리가 얽혀 마치 교미하는 듯한 모습을 하고 있다. 그리고 복희는 그림쇠인 규(規)를 들었고 여와는 곱자인 구(矩)를 들었는데 규와 구는 모두 우주의 질서와 조화를 도모하는 상징적인 도구이다. 더욱 흥미로운 점은 어떤 화상석에서는 마주한 둘 사이에 뱀 꼬리 같은 다리를 한 어린아이가 매달려 있는 것인데,[20] 이런 형상은 여와가 복희와 결합하여 인류를 창조하였음을 표현한다.[21]

여와가 화상석과 사당 벽화에 표현된 시기는 늦어도 한대이고 빠르면 전국 시대로 추정된다. 한대라는 시기는 화상석 등의 구체적인 고고학 자료를 통해 알 수 있고, 전국 시대라는 것은 왕일(王逸)의 『초사장구(楚辭章句)』의 서를 통해서 알 수 있다. 왕일은 굴원(屈原)이 초(楚)나라로부터 쫓겨난 이후의 방황과 「천문」을 짓게 된 과정을 이렇게 서술하고 있다.

굴원이 쫓겨난 뒤에 수심에 잠긴 채 산과 연못을 방황하고 언덕을 지나다녔다. 하늘을 부르며 탄식하다가 초나라 선왕(先王)의 묘(廟)와 공경(公卿)의 사당(祠堂)을 보게 되었다. 그곳에는 천지와 산천의 신령과 괴이한

---

20) 聞一多, 「楚辭校補」, 『古典新義』, 臺北 : 九思出版社, 1978, p.2 ; Wu Hung, *The Wu liang shrine : the Ideology of Early Chinese Pictorial Art*, Stanford, California : Stanford University Press, 1989, p.157.

21) 이 화상석에 대하여 袁珂는 "한 폭의 매우 아름다운 가정 行樂圖"라 하였고, 孫作雲은 여기서의 아이가 "인류의 제2세대"를 상징하며 女媧와 伏羲는 인류의 시조라고 보았다. 孫作雲, 「馬王堆一號墓出土畵本考釋」, 『考古』 第1期, 1973.

것에 관한 내용들과 고대 성현들의 이상한 행사가 그려져 있었다. 돌아다니다가 피곤하여 그 밑에서 쉬다가 그림을 쳐다보았다. 그 벽의 그림에 대해 적고 따져 물으면서 울분을 쏟고 수심을 펴냈다.[22]

위에서 말한 "그 벽의 그림에 대해 적고 따져 물었다는 것"은 『초사』「천문」을 가리킨다. 바로 「천문」의 "여와가 세상 만물을 화육하는 본체라면, 그녀는 또 누가 만들었을까?(女媧有體, 孰制匠之)"라는 구절도 이때 굴원이 사당 벽에 그려진 여와를 보고 쓴 것이다. 따라서 전국 시대에는 이미 여와가 사당 벽에 심심치 않게 그려졌다는 것을 알 수 있다.

마찬가지로 우리는 여와의 구체적인 출현 시기를 왕연수(王延壽)의 「노영광전부(魯靈光殿賦)」라는 작품에서 추측해볼 수 있다. 「노영광전부」는 동한 시기의 왕연수가 서한(西漢)의 노공왕(魯恭王) 때 지어진 영광전을 보고 지은 것으로 여기에는 "복희는 비늘로 덮인 몸이고 여와는 뱀의 몸체이다(伏羲鱗身, 女媧蛇軀)"라는 기록이 나온다. 사람 머리에 뱀의 몸을 한 여와와 복희의 화상을 사당에 그려넣는 전통이 이미 서한 시기에 있었다는 것을 알 수 있다.

3) 시조모 신화

앞서 살펴본 시조모로서의 여와조인(女媧造人) 신화에서는 여와가 신적 존재이고 내용도 인간의 기원이라는 가장 근원적인 의미를 담고 있지만, 여기서 말하는 시조모란 구체적인 한 국가의 시조모를 가리키기 때문에 양자는 성격상 서로 변별된다. 국가의 시조모이므로 당연히 그녀가 출산하는 존재는 인류의 시조가 아닌 역사적으로 실존했던 혹은 그렇게 믿어지는 국가의 시조가 된다. 그러므로 건국과 밀접하게 연관된 시조모 신화는 여와

---

22) 王逸, 『楚辭章句』 序 : 屈原放逐, 憂心愁悴, 彷徨山澤, 經歷陵陸, 嗟號昊旻, 仰天歎息, 見楚先王廟及公卿祠堂, 圖畵天地山川神靈, 琦瑋僪佹, 及古賢聖怪物行事, 周流罷倦, 休息其下, 仰見圖畵. 因書其璧, 呵以問之, 以渫憤懣, 舒瀉愁思.

조인 신화와는 분명히 다르다는 것이다. 그러나 두 신화를 시조모 신화라
는 한 범주로 묶어 얘기할 수 있는 것은 시조의 탄생 부분에 있어서 모두
신화적인 색채가 매우 짙기 때문이다.

여와조인 신화가 인간의 기원이라는 가장 근원적인 의문에서 생산되었
지만, 시간이 지나면서 사람들의 관심은 점차 근원적인 문제보다 현실적인
것으로 옮겨가게 되었다. 그리고 이것은 자신의 직접적인 시조 즉 조상에
대한 관심과 숭배로 나타났다. 이런 변화는 은(殷)과 주(周) 시기에 이르면
국가 성립에 정당성을 부여하기 위한 당시의 정치 이데올로기에 부합되면
서 시조모 신화의 증가로 이어졌다.

중국의 시조모 신화는 『사기』, 『죽서기년(竹書紀年)』, 『세본(世本)』, 『오
월춘추(吳越春秋)』, 『산해경』, 『초사』, 『시경(詩經)』 등의 다양한 경사자집
(經史子集)에 산재되어 있다. 즉 시조모 신화가 당시에는 허구로 인식되기
도 하였고 한편으로는 역사로서 기록되기도 했다는 것이다. 그 중 중국인
들에게 최고 통치자의 전형으로서 받들어지는 삼황오제(三皇五帝)의 어머
니들은 시조모 신화의 대표적인 주인공이다.

큰 발자국이 뇌택(雷澤)에 나 있어 화서(華胥)가 그것을 밟고 복희(伏
羲)를 낳았다.[23]

염제(炎帝) 신농씨(神農氏)는 성(姓)이 강(姜)이었다. 어머니 여등(女
登)은 소전(少典)의 비로 신룡(神龍)에게 감응(感應)을 받아 염제를 낳았
다. 사람의 몸에 소의 머리를 하고 강수(姜水)에 살았으므로 (강을) 성으로
하였다.[24]

---

23) 『太平御覽』卷78 引『詩緯含神務』: 大迹出雷澤, 華胥履之, 生伏羲.
24) 『史記』「補三皇本紀」: 炎帝神農氏, 姜姓. 母曰女登. 爲少典妃, 感神龍而生炎帝.
   人神牛首, 長於姜水, 因以爲姓.

소전의 비인 여등이 화음(華陰)에서 놀다가 신룡의 머리가 있어 그것에 감응받아 상양(常羊)에서 신농을 낳았다.[25]

(황제의) 어머니 부보(附寶)는 번개가 북두성(北斗星)을 감싸고 추성(樞星)의 빛이 들판을 비추는 것을 보고 감응받아 25개월 동안 임신하였다가 수구(壽丘)에서 황제를 낳았다.[26]

요(堯)의 어머니 경도(慶都)는 두유(斗維)의 들판에서 태어났다. ……적룡(赤龍)과 네 차례 결합하여 감응을 받아 14개월 동안 임신한 끝에 단릉(丹陵)에서 요를 낳았다.[27]

그 밖에도 황제의 처로서 전욱(顓頊)의 조상인 창의(昌意)를 낳은 누조(嫘祖),[28] 백제(白帝)인 주선(朱宣)을 낳은 여절(女節),[29] 단주(丹朱)를 낳은 여황(女皇),[30] 삼신국(三身國)의 시조모 여추(女樞),[31] 그리고 등분여록

---

25) 『玉函山房輯佚書』輯『春秋緯元命苞』: 少典妃女登游於華陰, 有神龍首感之, 於常羊生神農.

26) 『竹書紀年』: (帝)母曰附寶, 見電繞北斗, 樞星光照郊野感而孕. 二十五月而生帝於壽丘(『四部叢刊・史部・竹書紀年』, 臺北: 臺灣商務印書館, p.1).

27) 『竹書紀年』: (堯)母曰慶都生於斗維之野……四合赤龍感之, 孕十四月而生堯於丹陵(『四部叢刊・史部・竹書紀年』, p.3).

28) 『雲笈七籤』卷100輯 王瓘「軒轅本紀」: 帝周游行時, 元妃嫘祖死於道, 帝祭之以爲祖神.
　　『山海經』「海內經」: 黃帝妻嫘祖, 生昌意, 昌意降處若水生韓流, 韓流擢首謹耳, 人面豕喙, 麟身渠股豚止, 取淖子曰阿女, 生帝顓頊.

29) 『玉涵山房輯逸書』輯『春秋緯元命苞』: 黃帝時, 大星如虹, 下流華渚, 女節夢接, 意感而生白帝朱宣.

30) 『世本』「帝繫篇」: 堯取散宜氏之子, 謂之女皇. 女皇生丹朱(嚴一萍 選輯, 『百部叢書集成』, p.10).

31) 『太平御覽』卷79 引『帝王世紀』: 帝顓頊高陽氏, 黃帝之孫, 昌意之子, 姬姓也. 母曰景僕, 蜀山氏女, 爲昌意正妃, 謂之女樞. 金天氏之末, 女妃生顓頊於若水.

(騰墳女祿),[32) 근수교복(根水驕福),[33) 귀방여궤(鬼方女嬇),[34) 아녀연부(阿女緣婦),[35) 여희(女嬉),[36) 간적(簡狄),[37) 강원(姜嫄),[38) 여화(女華)[39) 등에 이르기까지 사선준(謝選駿)의 분류에 따르면 총 19명의 시조모가 문헌 기록에 보인다.[40)

그런데 이런 시조모 신화를 앞서의 여와조인 신화와 비교해보면 우리는 두 가지 차이점을 알게 된다. 첫째 여와가 보편적인 다수의 인간을 창조하였다면 시조모들은 반드시 건국 시조인 아들을 낳았으며, 둘째 여와가 혼자 힘으로 인간을 창조하였다면 시조모들은 외부로부터 감응을 받아야 임

---

32) 『世本』「帝繫篇」: 顓頊娶於騰墳氏, 謂之女祿, 産老童(嚴一萍 選輯, 『百部叢書集成』, p.11).

33) 『世本』「帝繫篇」: 老童娶于根水氏, 謂之驕福, 産重及黎(嚴一萍 選輯, 『百部叢書集成』, p.11).

34) 『世本』「帝繫篇」: 陸終娶于鬼方氏之妹, 謂之女嬇, 是生六子. 孕三年, 啓其左脇, 三人出焉, 破其右脇, 三人出焉.

35) 『山海經』「海內經」: 炎帝之孫伯陵, 伯陵同吳權之妻阿女緣婦, 緣婦孕三年, 是生鼓・延・殳. 殳始爲候, 鼓延是始爲鍾, 爲東風.

36) 『吳越春秋』「越王無餘外傳」: 禹父鯀者, 帝顓頊之后, 娶于有莘氏之女, 名曰女嬉. 年壯未孳, 嬉于砥山, 得薏苡而吞之, 意若爲人所感, 因而妊孕剖脇而産高密. 家于西羌, 地曰石紐, 石紐在蜀西川也.

37) 『楚辭』「天問」: 簡狄在臺嚳何宜, 玄鳥致貽女何喜.
  『史記』「殷本紀」: 殷契, 母曰簡狄, 有娀氏之女, 爲帝嚳次妃. 三人行浴, 見玄鳥墜其卵, 簡狄取呑之, 因孕生契.

38) 『史記』「周本紀」: 周后稷, 名棄. 其母有邰氏女, 曰姜原. 姜原爲帝嚳元妃. 姜原出野, 見巨人迹, 心忻然說, 欲踐之, 踐之而身動, 如孕者. 居期而生子, 以爲不祥, 棄之隘巷, 馬車過者, 皆辟不踐. 徙置之林中, 適會山林多人. 遷之而棄渠中冰上, 飛鳥以其翼覆荐之. 姜原以爲神, 遂牧養長之. 初欲棄之, 因名曰棄.
  『詩經』「大雅・生民」: 厥初生民, 時維姜嫄, 生民如何, 克禋克祀, 以弗無子, 履帝武敏……誕置之隘巷, 牛羊腓字之. 誕置之平林, 會伐平林. 誕置之寒冰, 鳥覆翼之. 鳥乃去矣, 后稷呱矣(『四部叢刊・經部・詩經』, 臺北: 臺灣商務印書館, pp.123-124).

39) 『史記』「秦本紀」: 秦之先, 帝顓頊之裔孫曰女脩. 女脩織, 玄鳥隕卵, 女脩呑之, 生子大業. 大業取少典之子曰女華, 女華生大費, 與禹平水土.

40) 謝選駿, 「中國古籍中的女神」, 御手洗勝 等著, 『神與神話』, p.189.

신이 가능했다는 점이다. 구체적으로 위에 제시된 인용문에서 볼 수 있듯이 시조모들은 신비로운 체험을 통하여 시조를 임신하였다. 연못 가에 찍힌 발자국을 밟거나 신룡 혹은 빛에 감응받기도 했고, 심지어 새 알을 삼킨 뒤 임신을 하기도 했다. 이런 불가사의한 임신 경로는 현실적인 논리로는 납득하기 어려운 부분이다. 시조모들은 신비한 임신과 출산을 하면서도 배우자를 두고 있기도 하다. 그런데 시조모 신화에서 배우자는 무의미하다고 해도 과언이 아니다. 명목상 남편으로 되어 있을 뿐 아무런 역할도 못하기 때문이다. 시조모들은 배우자와의 결합 없이 외부와의 접촉과 감응을 통하여 홀로 아들을 낳는다.

배우자와의 결합 없이 여성이 홀로 출산할 수 있다는 인식은 어떤 의미를 함축하고 있을까? 원가는 이 같은 감생(感生) 신화를 매우 이성적인 시각으로 분석한 바 있다. 즉 고대 사회의 군혼제 단계에서는 인류가 생육에 대해 정확히 알지 못했기 때문에 임신 자체가 매우 신기한 현상이었다는 것이다. 그리고 아버지를 모르고 어머니만 알던 원시 모계 씨족 사회에서 인간은 종족의 기원을 설명하기 위하여 동식물 혹은 기타 자연현상에 아버지의 역할을 부여했다는 것이다. 풍천유(馮天瑜)도 시조모 신화가 모권제 시기에 출현했고, 당시 사람들이 직관적으로 생명 창조를 어머니와 관련시켰으며 남녀간의 성교의 결과로 생각하지 않았다고 말하였다.[41]

그런데 여와조인 신화에서는 여와가 외부의 감응 없이도 혼자서 충분히 인간을 창조할 수 있었던 반면, 시조모들은 출산을 위해서 반드시 신비로운 체험을 거쳐야만 했다. 왜 외부의 영험한 존재와의 감응 과정이 시조모 신화에서는 필요했을까? 궁극적으로 시조모 신화는 위대한 시조를 최대한 신비롭고 영웅적으로 부각시키는 데 그 목적이 있다. 그래서 시조모는 인간을 창조한다는 점에서는 여와와 역할이 비슷하지만 대모신으로서의 이미지는 갖지 못한다. 그녀는 중심에 선 어머니가 아니라 아들을 낳는 매개적

---

41) 馮天瑜, 『上古神話縱橫談』, 上海 : 上海文藝出版社, 1984, p.84.

인 존재일 뿐이었다. 즉 여와조인 신화와 여와지장(女媧之腸) 신화에서 여와의 몸은 무한한 창조력의 원천이었기 때문에 그녀는 영물류와의 어떤 교감도 거치지 않고 사람을 창조할 수 있었다. 반면 시조모 신화에서는 여성의 몸이 더 이상 그 자체로서 신성시되지 않는다. 비록 처녀 출산이라는 모계 사회의 흔적은 여전히 남아 있지만 그녀는 영물류와의 감응, 즉 외부로부터의 어떤 계시나 징조 없이는 스스로 생명을 창조할 수 없다.

그러므로 여와조인 신화에서는 이야기의 중심이 대모신 여와에 있다면, 시조모 신화에서는 어머니가 아닌 위대한 시조로 옮겨간다. 이와 같은 시조모의 아들 출산과 신령한 존재와의 감응이라는 서사적 장치는, 이제 여성이 더 이상 창조 여신의 영광을 독차지할 수 없음을 말해준다. 그리고 여기에는 은대 이후로 진행되어온 가부장제를 정착시키기 위한 국가의 정치적 의도도 내재되어 있다는 것을 고려해야 할 것이다.

2 창세신(創世神)

우리는 많은 민족의 신화에서 우주를 창조하는 신이 남신이 아닌 여신임을 볼 수 있다. 그리스 신화에서 우주란(Cosmic Egg)을 낳아 우주 만물을 창조하는 가이아, 바빌론 신화의 티아마트뿐 아니라 중국의 다양한 소수민족 신화, 즉 만족(滿族)의 아포잡혁혁(阿布卡赫赫), 요족(瑤族)의 밀락타(密洛陀), 동족(侗族)의 살천파(薩天巴), 기락족(基諾族)의 아모(阿嫫), 합니족(哈尼族)의 금어랑(金魚娘)과 아필매연(阿匹梅烟), 유오이족(維吾爾族)의 여천신(女天神), 몽고족(蒙古族)의 맥덕이낭랑(麥德爾娘娘) 등은 모두 천지를 처음 만든 창세 여신들이다.

그러나 중국의 문헌 신화에서는 이처럼 여신이 우주 자체를 의미하거나 그녀의 몸이 분열됨으로써 우주 탄생이 시작되는 이야기를 찾아볼 수 없다. 중국 신화에서 우주의 기원 문제는 여신의 활약이 아닌, 혼돈(混沌) 같은 철리적(哲理的) 개념으로써 설명되고 있다. 다음의 『장자(莊子)』에서는 혼돈을 의인화한 우언(寓言)을 통해 우주가 질서 잡히기 이전의 시원을 이 야기하고 있다.

남해(南海)의 임금을 숙(儵)이라 하고 북해(北海)의 임금을 홀(忽)이라 하며 중앙의 임금을 혼돈이라 한다. 숙과 홀이 늘 혼돈의 땅에서 서로 만났 는데 혼돈이 그들을 아주 잘 대접하였다. 숙과 홀은 혼돈의 은혜에 보답하 고자 의논하기를 "사람은 누구나 (눈·코·귀·입의) 일곱 구멍이 있어 보 고 듣고 먹고 숨을 쉬는데 유독 혼돈에게만 없으니 우리가 시험삼아 그에게 구멍을 뚫어주자"고 하였다. 날마다 하나씩 구멍을 뚫었는데 칠 일이 지나 자 혼돈이 죽고 말았다.[42]

여기서 혼돈은 질서 이전의 자연 그대로의 상태를 말한다. 그런데 친구 숙과 홀이 인간의 모습을 본따 혼돈에게 인위적으로 일곱 개의 구멍을 뚫 어주자 혼돈은 죽고 만다. 이 우화는 혼돈의 죽음을 통하여 인간 중심적인 사고를 비판함과 동시에, 무엇이든 정리하고 체계화하려는 이성적 사고에 대해서도 날카롭게 지적하고 있다. 중국 신화에서는 혼돈[43]이나 음양신(陰 陽神)[44]으로부터 혹은 반고(盤古)의 성장과 죽음을 통해 우주가 열리며[45]

---

42) 『莊子』「應帝王」: 南海之帝爲儵, 北海之帝爲忽, 中央之帝爲混沌. 儵與忽時相
　　與遇於混沌之地, 混沌待之甚善. 儵與忽謀報混沌之德, 曰人皆有七竅以視聽食息,
　　此獨無有, 嘗試鑿之. 日鑿一竅, 七日而混沌死(陳鼓應 註釋, 『莊子今注今譯』, 臺
　　北: 臺灣商務印書館, 1975).

43) 『淮南子』「天文訓」: 天地가 아직 형체를 갖추지 않았을 때는 無形하고 투명하였으
　　니 大昭라고 하였다. 道는 虛霩에서 비롯되고 허확은 우주를 낳고 우주는 氣를 낳았
　　다. 기에는 경계가 있어 맑고 밝은 것은 가벼워서 하늘이 되었고 무겁고 혼탁한 것은
　　엉겨서 땅이 되었다(天地未形, 馮馮翼翼, 洞洞灟灟, 故曰大昭. 道始于虛霩, 虛霩
　　生宇宙, 宇宙生氣, 氣有漠垠, 淸陽者薄靡而爲天, 重濁者凝滯而爲地)(『四部叢
　　刊·子部·淮南子』, p.8).

44) 『淮南子』「精神訓」: 옛날 천지가 생겨나지 않았을 때에는 아무 형상이 없었다. 깊고

강력한 창세 여신은 출현하지 않는다. 그러나 여신은 신화 속에서 여전히 우주의 질서를 주재하는 역할을 담당하였다.

아주 오랜 옛날 사방을 받치고 있던 기둥이 무너지고 온 천하가 찢어져서 하늘은 대지를 다 덮을 수 없게 되었으며 땅 또한 만물을 두루 실을 수 없게 되었다. 화염(火焰)이 만연하여 식힐 수 없었고 홍수가 가득 흘러 다스릴 수 없었으며 맹수들은 선량한 백성들을 먹어 삼키고 사나운 새들이 노

컴컴하고 흐릿하고 아득하며 까마득하고 훤해서 그 문을 알 수 없었다. 그러다가 (陰·陽의) 두 신이 뒤섞인 채 생겨나 천지를 다스렸으니 깊고 아득하여 그 終極을 알 수 없었다. 광대하여 그가 숨을 멈추는 곳을 알 수 없었다. 이때부터 음양이 구별되고 八極이 분리되었다. 강한 것과 부드러운 것이 서로 이루어져 만물이 형성되었다. 번잡한 기운은 벌레가 되고 순수한 정기는 사람이 되었다(古未有天地時, 惟像無形. 窈窈冥冥, 芒芠漠閔, 澒濛鴻洞, 莫知其門. 有二神混生, 經天營地, 孔乎莫知其所終極, 滔乎莫知其所止息. 於是乃別爲陰陽, 離爲八極, 剛柔相成, 萬物乃形, 煩氣爲蟲, 精氣爲人)(『四部叢刊·子部·淮南子』, p.45).

45) 『三五歷記』: 하늘과 땅이 아직 계란처럼 混沌 상태에 있었을 때 그 안에서 盤古가 태어났다. 18,000년이 지나자 천지가 열렸는데 陽氣와 맑은 기운은 하늘이 되었고 陰氣와 탁한 기운은 땅이 되었다. 반고가 그 안에서 태어나 하루에 아홉 번씩 변하였는데 하늘에서는 신이 되고 땅에서는 성인이 되었다. 하늘은 매일 일 장씩 높아지고 땅은 매일 일 장씩 두꺼워지고 반고는 매일 일 장씩 자랐다. 이렇게 18,000년이 지나면서 하늘은 지극히 높아지고 땅은 지극히 깊어지고 반고는 지극히 커졌다. 그 후 三皇이 출현하였다(天地混沌如鷄子, 盤古生其中, 萬八千歲, 天地開闢, 陽淸爲天, 陰濁爲地. 盤古生其中, 一日九變, 神於天, 聖於地. 天日高一丈, 地日厚一丈, 盤古日長一丈. 如此萬八千歲, 天數極高, 地數極深, 盤古極長. 後乃有三皇).
『五運歷年記』: 최초에 盤古가 태어나 죽게 되자 그의 몸이 化生하였다. 그의 숨은 바람과 구름으로, 그의 목소리는 천둥으로, 그의 왼쪽 눈과 오른쪽 눈은 각각 해와 달로, 그의 사지오체는 땅의 사극과 오악으로, 그의 피는 강으로, 그의 근육과 혈관은 지층으로, 그의 살은 토양으로, 그의 머리와 수염은 별자리로, 그의 피부와 털은 식물과 나무로, 그의 치아와 뼈는 금속과 옥으로, 그의 골수는 보석으로, 그의 땀은 비와 연못으로 화하였다. 그리고 그의 몸의 벌레들은 바람의 感應에 의해 인간으로 변했다(首生盤古, 垂死化身, 氣成風雲, 聲爲雷霆, 左眼爲日, 右眼爲月, 四肢五體爲四極五嶽, 血液爲江河, 筋骨爲地理, 肌肉爲田土, 髮髭爲星辰, 皮毛爲草木. 齒骨爲金玉, 精髓爲珠石, 汗流爲雨澤, 身之諸蟲, 因風所感, 化爲黎民).

약자들을 채갔다. 그래서 여와가 오색의 돌을 달구어 하늘의 구멍을 막고 거대한 자라의 다리를 잘라 하늘을 받치는 네 기둥을 만들어 세웠으며 흑룡(黑龍)을 죽여 기주(冀州)의 백성들을 구제하고 갈대를 태운 재를 쌓아 평지에서 뿜어 나오는 홍수를 막았다. 하늘도 보수되었고 사극(四極)도 세워졌으며 홍수도 멈추고 기주도 안정되고 독충과 맹수도 죽었으며 사람들은 생존하게 되어 대지를 등에 지고 하늘을 가슴에 안았다.[46]

옛날 공공(共工)이 전욱과 천제(天帝)의 지위를 놓고 다투다가 화가 나서 부주산(不周山)을 들이받아 하늘을 받치고 있던 기둥을 부러뜨리고 땅을 잡아매고 있던 그물을 끊어 버렸다. 하늘이 서북쪽으로 기울어 해, 달, 별이 그쪽으로 옮겨갔으며 땅은 동남쪽이 꺼져 버려 모든 강물과 진흙이 동남쪽으로 향하게 되었다.[47]

공공이 전욱과 천제의 지위를 두고 싸우다 이기지 못하자 노하여 부주산을 건드려 하늘을 받치고 있던 기둥을 부러뜨리고 땅을 잡아매고 있던 끈을 끊어 버렸다. 여와가 오색의 돌을 달구어 하늘의 구멍을 메우고 거대한 자라의 다리를 잘라 네 귀퉁이를 지탱하였다. 그래서 하늘은 서북쪽이 부족해 해와 달이 그쪽으로 옮겨가고 땅은 동남쪽이 부족해 모든 강물이 그쪽으로 흐르게 되었다.[48]

---

46) 『淮南子』「覽冥訓」: 往古之時, 四極廢, 九州裂, 天下兼覆, 地不周載, 火爁炎而不滅, 水浩洋而不息, 猛獸食顓民, 鷙鳥攫老弱. 於是女媧鍊五色石, 以補蒼天, 斷鰲足, 以立四極, 殺黑龍, 以濟冀州. 積蘆灰以止淫水, 蒼天補, 四極正, 淫水涸, 冀州平, 狡蟲死, 顓民生, 背方州, 抱圓天(『四部叢刊·子部·淮南子』, p.43).

47) 『淮南子』「天文訓」: 昔者共工與顓頊爭爲帝, 怒而觸不周之山, 天柱折, 地維絶, 天傾西北, 故日月星辰移焉. 地不滿東南, 故水潦塵埃歸焉(『四部叢刊·子部·淮南子』, p.18).

48) 『論衡』「談天」: 共工與顓頊爭爲天子, 不勝, 怒而觸不周之山, 使天柱折, 地維絶. 女媧銷煉五色石以補蒼天, 斷鰲足以立四極. 天不足西北, 故日月移焉, 地不足東

옛날 여와씨가 오색의 돌을 달구어 그 구멍을 메우는데 자라의 다리를 잘라 네 귀퉁이를 지탱하였다. 그 후 공공씨(共工氏)가 전욱과 천제의 지위를 다투다가 노하여 부주산을 건드려 하늘을 받치고 있던 기둥을 부러뜨리고 땅을 잡아매고 있던 끈을 끊어 버렸다. 그래서 하늘이 서북쪽으로 기울어 해, 달, 별이 그쪽으로 가고 땅은 동남쪽이 꺼져 버려 모든 강물이 그쪽으로 흘러가게 되었다.[49]

위의 신화에서 천지는 이미 개벽된 상태이다. 그런데 공공과 전욱이라는 두 남신이 다투다가 산이 무너졌고 하늘 기둥은 부러졌으며 천지는 다시금 혼돈에 휩싸이게 되었다. 이때 여신 여와가 나서서 혼돈을 평정하고 우주의 질서를 바로잡았다. 그녀는 오색의 돌을 달구어 하늘의 구멍을 메웠고 거대한 자라의 다리를 잘라 사극을 세워 천지를 재창조하였다. 태초에 우주를 연 창세 여신이라고 말하기는 힘들지만, 혼란에 빠진 세상을 구원했다는 점에서 여와의 창세 여신으로서의 잠재력은 충분하다고 생각된다.

이런 여와의 창세 여신으로서의 잠재력은 문헌 자료 외에 고고학적 유물에서도 찾아볼 수 있다. 고고학자들의 연구에 따르면 여와에 관한 비교적 이른 화상은 호남(湖南) 장사(長沙)에서 발굴된 기원전 2세기의 마왕퇴(馬王堆) 백화(帛畵)이다.[50] 이 그림의 맨 위쪽 가운데에는 푸른색 저고리

南, 故百川注焉(『四部叢刊·子部·論衡』, 臺北: 臺灣商務印書館, p.107).

49) 『列子』「湯問」: 昔者女媧氏煉五色石以補其闕, 斷鰲之足以立四極. 其後共工氏與顓頊爭爲帝, 怒而觸不周之山, 折天柱, 絶地維, 故天傾西北, 日月星辰就焉, 地不滿東南, 故百川水潦歸焉(『列子譯註』, 上海: 上海古籍出版社, 1986).

50) 劉敦愿은 馬王堆 帛畵의 맨 위쪽에 그려진 人首蛇身의 형태를 燭龍이라고 이야기하였다. 그는 고대 원시 민족에서 뱀이란 곧 대지, 번식력, 여성 혹은 陰司를 상징한다고 보았다. 또한 다수의 남방 민족의 신화 전설에서 뱀은 여성과 관련되어 있으므로 백화의 상부 정중앙에 있는 人首蛇身의 神祇는 바로 촉룡이며 촉룡은 地母神이라고 주장하였다(「馬王堆西漢帛畵中的若干神話問題」, 『文史哲』 第1期, 1998). 그러나 侗族 학자인 林河는 백화의 여신이 남방 소수민족의 여신이라고 주장하였다(楊進飛, 「馬王堆漢墓飛衣帛畵與楚辭神話比較研究」, 『民間文學論壇』 第8期, 1985).

를 입고 뱀의 몸을 했으며 뱀의 꼬리로 둘러싸인 여신이 그려져 있는데, 많은 학자들은 이 여신이 여와나 촉룡(燭龍) 혹은 남방 소수민족의 여신이라고 추정하였다. 그녀는 그림에서 가장 중요한 자리에 위치하는데, 까마귀가 그려진 해와 개구리가 서 있는 달이 모두 그녀의 아래쪽에 있는 것을 보면 알 수 있다.[51] 『설문해자(說文解字)』에서 "옛날의 신성한 여성으로 만물을 화육하는 자(古之神聖女, 化萬物者)"라고 말했듯이 여와 숭배는 한대 화상석(畵像石)에도 고스란히 반영되어 있다. 여와에 대한 표현도 다양해서 단신(單身)이기도 하고 때로는 복희와 대칭 혹은 교미하는 모습이기도 하다. 그리고 규나 구를 잡고 있거나 해 수레바퀴[日輪] 혹은 달 수레바퀴[月輪]를 잡고 있기도 하고 영지(靈芝)를 들고 있기도 하다. 주목할 만한 점은 그녀의 화상이 묘실(墓室)이나 사당의 기둥, 벽, 꼭대기, 심지어 외관(外棺)에까지 새겨져 있다는 것이다.[52] 이처럼 관에 여와가 새겨져 있다는 사실은, 여와가 사후 세계까지도 관장할 수 있는 능력의 소유자였음을 말한다.

이상의 자료들을 종합해 볼 때 여와는 중국 신화에서 인류와 만물을 창조하는 시조모이자 우주의 질서를 회복하는 창세 여신의 신격을 지녔으며, 이러한 창조적인 능력으로 말미암아 죽은 사람도 되살릴 수 있는 불사의 능력의 소유자로 인식되었다는 것을 알 수 있다.

---

51) Wu Hung, *The Wu liang shrine : The Ideology of Early Chinese Pictorial Art*, p.111.

52) 특히 吐魯番 지역에서 발견된 隋唐 시기의 伏羲・女媧의 絹畵는 어떤 것은 죽은 사람의 몸 위에 덮이고 어떤 것은 그림 부분이 아래를 향한 채 묘 천장에 못박혀 있기도 하며, 잘 접혀진 채로 죽은 사람 곁에 놓이기도 한다(憑華, 「記新疆新發現的絹畵 伏羲女媧像」, 『文物』 7・8期, 1962).

3 지모신(地母神)

앞에서 밝혔듯이 지모신과 시조모신, 창세신의 신격은 모두 여성의 생명 창조 능력에 대한 숭배에서 나왔기 때문에 그 연원은 동일하다고 볼 수 있다. 그러나 신화상의 기능과 역할이 서로 다르기 때문에 신격을 구분하기로 한다.

지모신은 고대 농경 사회에서 농작물의 생성 원리를 여성의 생리 주기와 동일시했던 사고에서 유추된 신격으로, 시조모신과 창세신보다 토지와의 연관성이 밀접하다. 지모신으로서 우리에게 익숙한 여신은 그리스·로마 신화의 가이아와 케레스(Ceres) 혹은 데메테르(Demeter) 여신이 있다. 가이아는 우주가 카오스 상태에 있었을 때 최초로 생겨난 땅의 여신으로, 자신의 몸으로 하늘의 신 우라노스(Uranos)를 낳고, 또 그와 결합하여 닉스(Nyx : 밤)와 에로스(Eros : 사랑)를 낳으면서 우주 만물에 생명과 질서를 부여한다. 그리스 신화에서는 하늘의 신 우라노스도 대지의 여신 가이아로부터 탄생하는데, 바로 모든 생명의 근원은 대지에 있음을 말하는 것이다.

가이아가 최초의 대지의 여신이었다면 보다 인간화된 형태의 지모신은 케레스(데메테르)이다. 어느 날 에로스가 쏜 화살을 맞은 명부(冥府)의 신 하데스(Hades)는 엔나의 골짜기 숲속에서 꽃을 따던 페르세포네(Persephone)를 우연히 발견하게 된다. 페르세포네의 아름다움에 마음을 빼앗겨 버린 하데스는 페르세포네를 자신의 지하 세계로 납치했다. 케레스는 딸을 찾아 온 세상을 헤매다가 결국 제우스(Zeus)의 도움으로 명계(冥界)에서 페르세포네를 찾는다. 그러나 페르세포네는 지하 세계의 음식을 먹으면 다시 지상으로 돌아갈 수 없다는 금기를 어기고 하데스가 준 석류를 먹어버렸고 결국 지하 세계에서 평생 자유로울 수 없는 신세가 되었다.[53]

---

53) 마이클 그랜트에 따르면 페르세포네와 플루토의 결합은 삶과 죽음의 상호 작용을 상징한다. 그래서 그녀가 지상과 저승에서 나누어 사는 것은, 애정과 별거라는 표현을 빌려 삶과 죽음을 동일하게 받아들여야 한다는 사람들의 생각이 표현된 것이다. 자세한

토머스 불핀치(Thomas Bulfinch)는 케레스와 페르세포네 신화에서 페르세포네를 곡물 종자로 보았고, 그녀가 지하 세계에 있다가 반년마다 지상으로 올라온다는 내용을, 땅속에 묻혀 있던 씨가 봄에 발아, 생장하는 생태적인 원리가 신화적으로 표현된 것으로 보았다.[54] 그리고 이 신화에서 페르세포네가 종자라면 케레스는 지모신이다. 우리는 케레스가 자기 딸이 죽었다고 확신하여 대지에게 저주를 퍼붓는 대목에 주목할 필요가 있다. "배은망덕한 땅아, 나는 너를 비옥하게 하고 풀과 자양분이 많은 곡식으로 덮어주었다. 그러나 앞으로는 그런 은총을 받지 못할 것이다." 풍성한 수확을 거두던 대지는 그녀의 저주로 말미암아 불모의 땅이 되고 만다.[55] 이처럼 대지를 옥토나 황무지로 마음대로 변화시킬 수 있었던 것은 그녀가 지모신이었기에 가능한 일이었다. 케레스와 페르세포네 신화는 고대 농경 사회의 대지와 곡물 종자 사이의 친연성이 모녀 관계로 표현된 것이며, 이때 케레스는 종자를 틔우고 풍요를 가져다 주는 지모신의 신격을 갖는다. 일반적으로 부자 관계나 모자 관계가 중심이 되는 신화의 내용과는 달리 이 신화에서는 특이하게도 모녀 관계가 중심이 된다. 이런 맥락에서 이 신화를 모녀의 계보가 중시되었던 모계 사회의 잔형으로도 파악할 수 있다.

일본의 『고사기(古事記)』에도 지모신인 오호케츠히메노가미(大氣都比賣神)의 신화가 나온다. 어느 날 남신인 스사노오노미코토(須佐之男命)가 오호케츠히메노가미에게 음식을 요구하자 그녀는 코와 입 그리고 엉덩이에서 여러 가지 음식을 끄집어내어 바쳤다. 하야스사노오노미코토(速須佐之男命)가 그 모습을 엿보고 음식을 더럽힌 후 바쳤다 하여 즉시 오호케츠히메노가미를 죽여버렸다. 그런데 살해당한 여신의 머리에서는 누에가 자랐고 두 눈에서는 볍씨가 생겨났으며 두 귀에서는 조가 생겼고 코에서는 팥이

내용은 마이클 그랜트, 서미석 옮김, 『그리스・로마 신화』, 서울: 현대지성사, 1999, p.174를 참고한다.

54) 토머스 불핀치, 최혁순 옮김, 『그리스・로마 신화』, 서울: 범우사, 1999, p.87.

55) 토머스 불핀치, 『그리스・로마 신화』, p.85.

생겼으며 음부에서는 보리가 생겨났고 엉덩이에서는 콩이 생겨났다.[56] 그녀의 몸에서 누에와 볍씨, 조, 팥, 보리, 콩의 고대 농경 사회의 대표적인 다섯 가지 곡식이 생장하였으므로, 일본에서는 이 신화를 오곡의 기원 신화로 부른다. 이 신화에서 오호케츠히메노가미의 신격은 오곡의 종자를 품었다가 발아하는 지모신이다. 그녀는 살해당하는 순간 신체 각 부분에서 생명을 싹틔운다. 이때 죽음은 삶의 종결점이 아니라 또다른 생명의 연장이며 여신의 몸은 그 원천이 된다. 이것은 중국의 반고 신화에서도 찾아볼 수 있는 이른바 시체화생(屍體化生) 신화이기도 하다.

그렇다면 중국 신화에서는 지모신으로 어떤 신을 이야기할 수 있을까? 여기에서 다시 언급해야 하는 신은 여와이다. 그리스 신화와 달리 신격을 구체적으로 명시하지 않는 중국 신화의 특징상, 여와 역시 신화에서 지모신으로 뚜렷하게 언급되지는 않는다. 그러나 단편적인 중국 신화를 종합적으로 고찰해 볼 때 우리는 여와를 지모신으로 부를 수 있을 것이다.

우선 앞서 제시한 『풍속통의』의 신화를 다시 살펴보자. 앞에서는 사람을 창조했던 여와의 시조모 신격에 초점을 맞추어 이 신화를 논의하였다면, 이번에는 그녀가 사람을 창조하기 위하여 무슨 재료를 썼는지 주목해보자. 여와가 썼던 재료는 바로 누런 흙으로, 흙은 생명의 모체인 대지를 뜻한다. 여와와 대지의 연관성은, 진대(晋代)의 갈홍(葛洪)의 언급에도 잘 나타나 있다. 갈홍은 『포박자(抱朴子)』에서 여와가 땅에서 나왔다고 말했는데,[57] 그는 이미 여와를 대지모신으로서 인식하였던 듯하다. 중국 신화에서 더 분명하게 지모신의 성격을 지닌 여신은 여이(女夷)이다.

> 여이는 북 치고 노래하여 하늘의 조화를 다스리며 온갖 곡식들과 새들, 초목을 생장하게 한다.[58]

---

56) 노성환 역주, 『古事記』, 서울 : 예전사, 1999, pp.76-77.

57) 葛洪, 『抱朴子·內篇』 卷二 「釋滯」 : 女媧地出(『四部叢刊·子部·抱朴子內篇』, 臺北 : 臺灣商務印書館, p.45).

여이는 온갖 곡식과 새, 초목을 자라게 하는 신적인 능력을 소유했으며 특히 대지와 깊은 관련이 있다. 고유(高誘)는 주에서 여이가 봄과 여름의 생장을 주관하는 신이라고 말했는데,[59] 바로 봄과 여름 동안 대지모신으로 서의 왕성한 생명 창조 활동을 지적한 것이다. 그리고 고대 사회의 농경 의례를 연상케 하는 북 치고 노래부르며 하늘의 조화를 다스렸다는 내용은 여이의 좀더 인간화된 신적 면모를 보여준다.

중국 신화에서 지모신의 성격을 보이는 또다른 신은 후토(后土)이다. 후토의 후(后)를 오늘날의 시각으로 본다면 천자나 제후를 가리키는 말로 보기 쉽지만, 후라는 접두사는 전통적으로 남성뿐만 아니라 천자의 정실 부인인 후비(后妃), 왕후의 어머니인 후모(后母)처럼 여성에게도 쓰였다. 그래서 후토의 성별에 대해서는 남녀의 두 가지 가능성을 모두 타진해 보아야 한다.

대황(大荒)의 한가운데에 성도재천(成都載天)이라는 산이 있다. 두 마리의 누런 뱀을 귀에 걸고 두 마리의 누런 뱀을 손에 쥔 사람이 있는데 이름을 과보(夸父)라고 한다. 후토(后土)가 신(信)을 낳고 신이 과보를 낳았다.[60]

염제(炎帝)의 아내요 적수(赤水)의 딸인 청요(聽訞)가 염거(炎居)를 낳고, 염거가 절병(節並)을 낳고, 절병이 희기(戲器)를 낳고…… 공공이 후토를 낳고, 후토가 열명(噎鳴)을 낳고, 열명이 1년 열두 달을 낳았다.[61]

---

58) 『淮南子』「天文訓」: 女夷鼓歌, 以司天和, 以長百穀禽鳥草木(『四部叢刊・子部・淮南子』, p.22).

59) 『淮南子』「天文訓」 高誘 注: 女夷는 봄과 여름의 생장을 주관하는 신이다(女夷, 主春夏長養之神)(『四部叢刊・子部・淮南子』, p.22).

60) 『山海經』「大荒北經」: 大荒之中, 有山名曰成都載天. 有人珥兩黃蛇, 把兩黃蛇, 名曰夸父. 后土生信, 信生夸父.

61) 『山海經』「海內經」: 炎帝之妻, 赤水之子聽訞生炎居, 炎居生節並, 節並生戲器……共工生后土, 后土生噎鳴, 噎鳴生歲十有二.

위의 『산해경』의 인용문은 후토에 대해 매우 간결하게 언급하고 있다. 첫 번째 인용문에서는 후토가 신을 낳는 존재이고, 다음 인용문에서는 공공의 자손으로서 열명을 낳는 신적 존재일 뿐이다. 『회남자』와 『예기』의 기록에 가서야 우리는 비로소 지신(地神)으로서의 후토의 신격을 볼 수 있다.

중앙의 끝은 곤륜(崑崙)으로부터 시작되어 동쪽의 양끝에 항산(恒山)이 있는데 해와 달이 지나다니는 곳이며 강수(江水)와 한수(漢水)가 발원하는 곳이다. (이곳에) 뭇 백성들의 들판이 있어 오곡이 잘 자라는데 용문(龍門)과 하수(河水), 제수(濟水)가 서로 연결되어 있고 식양(息壤)으로 홍수가 방지된 곳이기 때문이다. 동쪽으로는 갈석(碣石)에 이르고 황제, 후토가 12,000리를 다스리는 곳이다.[62]

위의 인용문은 중앙(中央)이라는 지역을 설명하고 있다. 중앙의 끝은 곤륜산으로부터 시작되고 동쪽의 양끝에는 항산이 있어 해와 달이 지나다닌다. 해와 달이 지나다니는 곳이라니 신성한 곳임에 틀림없다. 더군다나 그곳에는 백성들의 들판이 있어 오곡이 잘 자라는데 이렇게 오곡이 잘 자랄 수 있는 이유는 강들이 서로 연결되어 있고 식양으로 홍수가 예방된 곳이기 때문이다. 그리고 그곳은 황제와 후토의 관할지역이다. 똑같은 내용을 『예기』에서도 확인해 볼 수 있다.

중앙은 토(土)이고 날은 무기(戊己)일이며 그 제(帝)는 황제이고 그 신은 후토이다.[63]

---

62) 『淮南子』「時則訓」: 中央之極, 自崑崙東絶兩恒山, 日月之所道, 江漢之所出, 衆民之野, 五穀之所宜, 龍門河濟相貫, 以息壤堙洪水之州, 東至于碣石, 黄帝 · 后土之所司者萬二千里(『四部叢刊 · 子部 · 淮南子』, p.39).

63) 『禮記』「月令」: 中央土, 其日戊己, 其帝黄帝, 其神后土(『十三經注疏 · 禮記』).

중앙은 토인데 그곳을 다스리는 임금은 황제이고 그곳을 다스리는 신은
후토라는 것이다. 즉 후토는 황제와는 별도로 중앙의 토, 즉 땅을 다스리는
지신이다. 후토가 지하의 명부를 다스리는 신이라는 사실은 『초사』에 대한
왕일의 주에서 더욱 분명하게 드러난다. 『초사』「초혼(招魂)」의 "신이여
돌아오라. 그대 유도(幽都)에는 내려가지 마시고"[64]의 유도에 대하여 왕일
은 주에서 이렇게 말하였다.

> 유도는 지하로 후토가 다스리는 바이다. 지하는 깊숙하고 어두우니 유도
> 라 말하였다.[65]

이로써 우리는 후토가 지하 세계를 다스리는 지신이라는 것을 알 수 있
다. 그렇다면 후토의 성별은 어떻게 말할 수 있을까? 후토의 성별 문제에
대해서는 중국의 신화 학자들이 대부분 별다른 언급이 없거나 유보적인 입
장인 데 반하여, 서구의 신화 학자들은 지모신으로 보는 관점이 우세하다.
예를 들어 에두아르 샤반(Edourd Chavannes)[66]이나 마이클 로이(Michael Loewe)[67]
는 후토를 지모신으로 보고 있으며, 레미 마티외(Rémi Mathieu)[68] 역시 이
의견에 동의하는 입장이다. 앤 비렐(Anne Birrell)도 후토를 여신으로 보는
견해를 긍정적으로 수용하는데,[69] 이들은 모두 중국 신화가 후대에 기록되

---

64) 『楚辭』「招魂」: 魂兮歸來, 君無下此幽都些.

65) 『楚辭』「招魂」王逸 注 : 幽都, 地下, 后土所治也. 地下幽冥, 故曰幽都.

66) Edourd Chavannes, "Le T'ai Chan : Essai de Monographie D-un Culte Chinois," *Annales du Musee Guimet*, Bibliotheque d'Etuedes vol. 21, Paris : Leroux, 1910, pp.521-525.

67) Michael Loewe, "The Juedi Games : A Re-Anactment of Battle between Chiyou and Xianyuan?〔Ch'ih Yu and Hsien-yuan, alias the Yellow Emperor〕," in *Thought and Low in Qin and Han China*, edited by Wilt L. Idema and E. Zurcher, Lieden : Brill, 1990, p.28, pp.170-172.

68) Rémi Mathieu, "Anthologies des Mythes et Legendes de la Chine Ancienne : Textes Choisis · Presentes · Traduits et Indexes," *Connaissance de l'Orient* vol. 68, Paris : Galli mard, 1989, p.195.

는 과정에서 혹은 주석 작업을 하는 도중에 많은 부분이 수정, 조작되었을 가능성이 충분하므로 최초의 원본을 독해할 때 그 왜곡된 부분을 새롭게 읽어야 한다는 데 의견의 일치를 보이고 있다. 즉 오늘날 우리가 보고 있는 신화는, 『산해경』이 은대 혹은 그 이전부터 구전되던 신화가 주대부터 한대에 이르기까지 문자로 정착되었듯이, 어느 한 시기에 한 명의 작자에 의하여 이루어진 것이 아니므로 고정 불변의 것이 아니라는 것이다. 그러므로 후토의 성별도 본래 여성이던 것이 후대의 가부장적인 이데올로기를 만나면서 바뀌었을 가능성을 타진해 보아야 한다. 그리고 이런 가능성은 어느 정도 타당성을 확보하는데, 세계 보편적으로 지신(地神)은 대부분 여신이라는 사실 때문이다. 따라서 비교 신화학적인 관점에서 후토 역시 여신일 가능성을 배제할 수 없다.

그리고 후토가 관장했던 흙은 고대 사회에서 일반적으로 여성적인 속성을 지녔다고 이해된다. 중국은 오랜 역사를 거치는 동안 가부장적인 사회 질서와 남존여비의 관념 아래에 있어왔고, 이에 따라 신화에서도 남신 혹은 천제(天帝)가 최고의 권위자로 설정되어 왔다. 그러나 고대의 지모 신앙은 사라지지 않고 잠재된 형태로 전승되었으며 우리는 신화 상징에 대한 분석을 통해서 그것을 발견할 수 있다.

고대인들의 토지 숭배는 여성의 생식과 양육에 대한 신비적인 인식에 기초한다. 우선 여성의 생식기인 여음(女陰)과 자궁은 상징 의미상 토지와 통한다. 여성의 성기는 모든 생명 순환의 기점(起點)을 상징하며, 대지 역시 모든 종자를 생장케 하는 만물의 기점이다.

이런 개념은 토(土)의 한자 분석으로도 살펴볼 수 있다. 토는 갑골문(甲骨文)에서는 Ω, 'Ω', 'Ω' 등으로 쓰였고 후기 갑골문과 금문(金文)에서는 모두 Δ, Ω, ⊥, ♦ 등의 형태로 쓰였다. 이 글자들은 평평한 땅속에서 무

---

69) Anne Birrell, *Chinese Mythology*, Baltimore and London : The Johns Hopkins University Press, 1993, p.162.

엇인가가 위로 올라오는 모양을 표현한 것이다. 허신(許愼)은 『설문해자』에서 토에 대하여 "토는 땅이 만물을 토해 낳는 것으로, 이(二)는 땅의 윗부분과 땅의 중간 부분을 본떴고, 곤(丨)은 사물이 나오는 모습이다"라고 말하였다.[70] 그리고 『서경(書經)』에 대한 정현(鄭玄)의 주에서도 "만물을 토해 낳을 수 있는 것을 토라 한다(能吐生萬物者曰土)"고 하였다.[71] 고대인들의 관념에서는 땅이 여성처럼 만물을 토해 낳을 수 있는 생식의 능력을 가진 존재로 인식되었던 것이다.

땅이 여성적인 성격을 지녔다는 것은 여러 민족들의 천부지모형(天父地母型) 신화에서도 뚜렷하게 나타난다. 천부지모형 신화란 최초에 하늘과 땅은 각각 아버지와 어머니로서 남녀의 성별을 지닌다는 것이다. 이런 예는 소수민족인 납서족(納西族)의 동파문(東巴文) 🝰에서도 찾아볼 수 있다. 이국문(李國文)은 이 글자의 윗부분은 남성을 가리키고 아랫부분은 여성을 가리키며, 남성은 하늘의 입구에서 태어나고 여성은 땅에서 태어난다는 것을 본뜬 것이라고 설명하였다.[72] 즉 여성은 땅에서 태어나는 존재로서, 토지와 친연성(親緣性)을 갖는다는 것이다. 비슷한 예를 우리는 그리스 신화에서도 찾아볼 수 있다. 태초에 카오스만이 존재할 때 넓은 가슴을 가진 대지의 여신 가이아가 처음으로 생겨났고, 곧이어 그녀에게서 하늘의 신 우라노스가 태어났다. 그리고 다시 대지의 신 가이아와 하늘의 신 우라노스가 동침하여 타이탄(Titan) 신족(神族)이 태어났다.[73] 슬라브 신화에서

---

70) 許愼, 『說文解字注』 十三篇下 : 土, 地之吐生萬物者也. 二象地之上地之中, 丨物出形也(許愼 撰, 段玉裁 注, 『說文解字注』, p.682).

71) 郭沫若은 이에 대해 다른 의견을 제기한다. 그는 土자를 男根의 형상으로 해석하고, 土·且자와 비슷하므로 남성 조상의 化身이라고 하였다. 자세한 내용은 郭沫若, 「甲骨文字研究」, 『郭沫若全集·考古篇』 第1卷, 北京 : 科學出版社, 1982, p.11을 참고한다.

72) 이 그림은 하늘과 땅이 생명을 창조할 때 그 방식이 바로 남녀가 성교하는 모습과 같음을 말한다. 이에 대한 자세한 내용은 李國文, 「象形文字東巴經中關于人類自然産生的朴素觀」, 『東巴文化論集』, 昆明 : 雲南人民出版社, 1999, pp.179-180을 참고한다.

도 대지는 "축축한 어머니 대지"라고 불렸으며, 슬라브 농민들의 다양한 풍속이나 습관 중에 이 축축한 대지에 관한 여러 가지 신화와 의례의 흔적이 발견된다.[74]

이상의 고찰을 통해서 알 수 있는 점은 고대인들에게 땅은 오늘날 우리가 생각하는 딱딱하고 차가운 무생물이 아니라 겨우내 품었던 씨앗을 봄이 되면 틔우고 또다시 가을이 되면 땅속으로 품는, 순환을 반복하는 불사의 존재이자 생명을 잉태하는 어머니라는 것이다. 이러한 땅의 본질을 이해한다면 후토 역시 고대의 토지 숭배에서 유래한 신격이며 지모신의 성격을 띤다고 볼 수 있다.[75]

제2절 자연신(自然神)

원시인들의 삶에서 가장 중요한 것은 무엇이었을까? 고도의 과학 문명이 안정된 삶을 보장하는 오늘날과는 달리, 당시에는 우연이나 운명 등 불확정의 원리들이 현재를 해석하고 미래를 예시하는 역할을 했다. 그래서 그들을 둘러싼 우주의 존재 자체가 늘 불확실한 문제였고, 무엇보다 자연의 변화는 그들의 삶에 직접적인 영향을 주었다. 농경 생활이건 유목 생활이건 천체와 기후 등의 자연 변화가 큰 변수로 작용하였고, 그 변화는 규칙적이다가도 어느 날 돌변하는 것이라서 인간은 자연 앞에서 늘 무력할 수밖에 없었다. 자연스럽게 인간은 변화막측한 자연에 대해 경외와 신비의 모순적인 감정을 갖게 되었고 자연을 파악하고 극복하는 방법으로서 자연

---

73) 마이클 그랜트, 『그리스 · 로마 신화』, pp.110-111.

74) 토머스 불핀치, 『그리스 · 로마 신화』, p.458.

75) 丁山 역시 社稷의 신인 后土와 后稷을 모두 여성으로 보았다. 이에 대한 자세한 내용은 丁山, 『中國古代宗敎與神話考』, 上海 : 上海文藝出版社, 1988, p.42를 참고한다.

신화를 만들었다. 자연 신화란 각종 자연물과 자연현상을 포함하는 신화를 말한다. 낮과 밤, 태양과 달, 별, 바람, 벼락, 구름, 강, 바다의 생성에 대한 해석에서 조수(鳥獸)와 초목(草木)의 신령스럽고 괴이한 일에 대한 설명까지 모두 자연 신화에 속한다고 할 수 있다.[76]

중국 신화에서도 이런 자연신의 신격을 지닌 여신들을 찾아볼 수 있다. 그러나 자세한 서술을 지양하고 상상을 극대화하는 중국 문헌 신화의 특성상, 자연신인 여신에 대한 서술도 구체적이진 않다. 신화에서 그들은 다양한 방식을 통하여 자연과 관계를 맺는다. 산신(山神)과 하신(河神)의 경우는 거주지를 산과 강에 두고 있고, 일신(日神)과 월신(月神)의 경우는 해와 달을 자신의 몸에서 출산하며, 운우신(雲雨神)의 경우는 비구름으로 직접 변신하기도 한다. 신화에서 여신과 자연의 밀접한 관계는, 원시 인류의 사고를 이해한다면 자연스러운 결과일지도 모른다. 왜냐하면 원시 사회에서 자연이란, 생동하는 유기체적 존재로 인식되었고, 생명을 창조하고 다양한 변화를 경험하는 여성과 무엇보다도 통한다고 생각됐기 때문이다.

1 일신(日神)

태양은 인간이 육안으로 볼 수 있는 최대의 천체이며, 식물의 생장뿐 아니라 인간의 모든 삶과 밀접한 관계를 맺는다. 그래서 고대의 중국인들은 태양을 특히 숭배했다. 은대의 갑골문에는 태양의 변화를 예측하기 위해 점을 친 기록들이 많다.[77] 그리고 태양에 대한 경외와 호기심은 태양과 관련된 다양한 신화들을 낳았다. 희화(羲和), 십일(十日) 신화, 동군(東君)

---

76) 선정규, 『중국 신화연구』, 서울: 고려원, 1996, p.137.

77) 갑골문에는 해와 달 등 천체의 변화, 특히 日蝕과 月蝕에 대해 점을 친 기록이 많이 나온다. 자세한 것은 許進雄, 홍희 옮김, 『中國古代社會』, 서울: 동문선, 1991, p.558을 참고한다.

신화 등이 대표적인 중국의 태양 신화이며 그중 희화는 태양을 낳은 태양의 여신이다.

> 동해(東海)의 밖, 감수(甘水) 사이에 희화국(義和國)이 있다. 희화라는 여자가 있어 지금 감연(甘淵)에서 해를 목욕시키고 있다. 희화는 제준(帝俊)의 아내로 열 개의 해를 낳았다.[78]

위의 인용문은 단편 신화이지만 풍부한 함의가 들어 있다. 우선 희화라는 여신에 주목해보자. 그녀는 신화에서 열 개의 해를 낳고 목욕시킨다. 여성이 해를 낳는다는 것은 오늘날의 의학적인 상식으로는 도저히 불가능한 일이다. 그러나 원시 인류는 생명 창조의 원천으로서 여성을 파악했고, 최대의 천체인 태양도 여성의 몸에서 나올 수 있다고 생각했던 것이다.

그런데 위의 신화를 보면 희화는 동방의 천제인 제준의 아내이며 희화국이라는 나라에서 살고 있다. 희화국이 희화라는 이름을 가진 여성들이 모여사는 곳인지 아니면 희화가 다스리는 나라인지 위의 신화만을 가지고는 자세히 알 수 없다. 그러나 희화가 희화국에 살면서 태양을 낳았는데 태양의 여신인 그녀가 제준과 부부라는 가족 관계로 설정된 것은 조금 어색해 보인다. 즉 원시적인 신화의 내용과 부부라는 제도적 장치가 그다지 어울리지 않는다는 것이다. 물론 신화에서 오늘날의 소위 논리적인 서술을 기대할 순 없다. 신화는 논리를 초월한 상징의 원리를 따르고 있기 때문이다. 그렇기 때문에 더욱 '제준의 아내'라는 가족 관계는 후대에 부가되었을 거라는 의심을 준다.

그리고 이 신화는 매우 이른 시기의 신화 원형을 보여준다. 세계의 여러 민족들의 신화를 참고했을 때 우리는 태양의 신이 대부분 남성이고 달의

---

78) 『山海經』「大荒南經」: 東海之外, 甘水之間, 有義和之國. 有女子名曰義和, 方日浴于甘淵, 義和者, 帝俊之妻, 生十日.

신이 여성으로 설정되어 있는 것을 볼 수 있다.[79] 예를 들어 그리스 신화에서도 태양의 신은 남신 아폴론이고 달의 신은 여신 디아나(아르테미스)이다. 슬라브 신화에서도 달은 젊은 아가씨로 표현되며, 여름이 시작될 때 남신인 태양과 결혼하였다가, 겨울이 되면 이듬해 봄이 될 때까지 태양과 헤어져 지낸다고 한다. 이집트 신화에서도 태양과 달의 신은 오시리스와 이시스라는 남매이자 부부로 설정되어 있다.[80]

그러나 『산해경』에서 볼 수 있듯이 중국 신화에서 태양은 남신이 아닌 여신 희화의 주관 아래 있는데, 이것은 『산해경』 신화가 다른 신화보다 좀 더 이른 시기의 것임을 말해준다. 즉 『산해경』은 여성이 달, 남성이 태양이라는 성별에 따른 역할 분담이 이루어지기 이전의 모계적 분위기가 반영되었다고 볼 수 있다.

곽박(郭璞) 같은 고대의 박식한 주석가(註釋家)는 심지어 희화가 해뿐 아니라 달도 다스렸다고 보았다.

희화는 천지가 처음 생겼을 때 해와 달을 주관하였던 것 같다. 그러므로 『귀장(歸藏)』 「계서(啓筮)」에서는 "공상(空桑) 나무가 몹시 푸르고 팔극(八極)이 막 생겨났을 때, 희화가 나타나 해와 달을 주관하고 해가 뜨고 지며 어두워졌다 밝아졌다 하는 것을 관리하였다"고 하였다. 또 "저 하늘을 쳐다보니 밝았다 어두웠다 하는 것이 희화의 아들들이 양곡(暘谷)에서 나오는 것 같다"고 하였다.[81]

---

79) 물론 예외적인 경우도 있다. 대부분의 신화가 태양은 남성, 달은 여성의 구도에 부합되지만 모두 여성 혹은 남성인 경우도 있고, 태양이 여성이고 달이 남성인 경우도 있다. 예컨대 우크라이나 신화에서는 태양신이 아내이고 메시아츠라는 월신이 남편이며 이들 사이에서 태어난 것이 별이다.

80) 토머스 불핀치, 『그리스·로마 신화』, p.350·427.

81) 『山海經』 「大荒南經」 郭璞 注 : 羲和天地始生, 主日月者也. 故啓筮曰, 空桑之蒼蒼, 八極之旣張, 乃有夫羲和, 是主日月, 職出入, 以爲晦明. 又曰, 瞻彼上天, 一明一晦, 有夫羲和之子, 出于暘谷.

희화가 해와 달을 모두 관장했다고 곽박이 주장한 것은 『귀장』이라는 책 때문이었다. 『귀장』은 작가와 성서 시기는 확실치 않으나 『주역(周易)』 보다 오래된 역(易)으로, 곤(鯀)·우(禹)·계(啓)·예(羿) 등의 신화적 인물을 다루고 있어서 신화서적 성격이 짙다. 그러나 원본이 한대 초에 사라졌기 때문에 원문을 확인할 길은 없다. 다만 후대의 책에 『귀장』이 인용되어 있기 때문에, 그 존재 여부를 의심하지는 않아도 좋을 것이다. 곽박이 『산해경』에서 『귀장』을 여러 번 인용했고, 유협(劉勰)이 『문심조룡(文心雕龍)』 「제자편(諸子篇)」에서 『귀장』에 대해 언급하였으며, 청(淸)나라 마국한(馬國翰)의 『옥함산방집일서(玉函山房輯佚書)』에도 기록이 나오기 때문이다.

이런 『귀장』의 기록에 근거할 때 희화는 제준의 아내라는 가족 제도에서도 자유로운, 훨씬 이른 시기의 여신 이미지를 갖는다. 『귀장』의 희화 신화는 열 개의 태양이 공상에서 번갈아 뜨고 지며, 팔극이 막 생겨난 태초의 시기를 배경으로 한다. 이때에 태양과 달은 모두 희화의 명령대로 움직였으니, 희화는 중국 신화 최초의 해와 달의 여신이었을 가능성이 높다.

『산해경』에는 희화와 마찬가지로 해와 달을 모두 주재했던 원에 대한 기록이 나온다.

여화월모국(女和月母之國)이 있다. 원이라는 사람이 있는데 북방을 원이라 하고 거기서 불어오는 바람을 염이라 한다. 그녀는 동북쪽 모퉁이에 살면서 해와 달을 멈추게 하고 서로 섞여서 뜨고 지지 않도록 하며 그 길고 짧음도 다스린다.[82]

위의 인용문만으로는 원의 성별을 확실히 알 수 없다. 그러나 원이 살고

---

82) 『山海經』「大荒東經」: 有女和月母之國, 有人名曰鶂, 北方曰鶂, 來之風曰狋, 是處東極隅以止日月, 使無相間出沒, 司其短長.

있는 곳이 "여성과 달 어머니와 조화롭게 사는 나라" 혹은 "여화라는 이름
의 월모신들이 사는 나라"라는 의미의 여화월모국이라는 점에 주목한다면,
원은 남성보다는 오히려 여성 이미지에 가깝다. 물론 그녀를 여성과 달 어
머니의 나라에 사는 남신으로도 볼 수 있겠지만 어딘지 어색하다.

　청대 학의행(郝懿行)도 여화월모국에 대해 다음과 같이 말했다.

　　여화월모란 즉 희화와 상희의 무리들이므로, 이들을 여(女)와 모(母)로
말한 것이다.[83]

　위의 인용문은 어머니 중심의 모계 사회의 잔영을 보는 듯하다. 왜냐하
면 희화와 상희라는 여성들이 중심이 되어 나라를 만든 것이 여화월모국이
기 때문이다. 앞서 살펴보았듯이 희화는 본래 자신의 이름을 딴 희화국에
살았는데, 이들의 무리가 다시 분기해 나가서 세운 것이 여화월모국인 셈
이다. 그리고 이런 여화월모국에서 희화의 역할을 계승하여 해와 달을 다
스린 것이 원이었다. 그러므로 이름에는 구체적으로 명시되어 있지 않지만
원은 여성 이미지를 소유한 신격이었을 것으로 생각된다.

　일신으로서 여신의 신격은 시간을 거슬러 올라가 은대의 갑골 복사의
동모(東母)에서 찾아볼 수 있다. 진몽가(陳夢家)는 갑골 복사에 나오는 동
모와 서모(西母)가 각각 일월신(日月神)으로서 태양과 달을 다스리는 여신
이었다고 보았다.[84] 갑골 복사에는 동모와 서모에게 점을 친 기록들이 많
이 등장하는데, 당시 원시 인류가 해와 달의 예측하기 힘든 변화에 대해
점을 쳐서 묻고 그것을 기록한 것이다.[85]

---

83) 『山海經』「大荒東經」郝懿行 注 : 女和月母卽羲和, 常羲之屬也. 謂之女與母也.
84) 陳夢家, 『殷墟卜辭綜述』, p.574.
85) 이에 대하여 일본 학자인 島邦男은 東母와 西母는 제사의 대상이 아니며 동방과 서
　　방의 방위를 표시한 것이라고 반박하고 있다. 이에 대해서는 白川靜, 王孝廉 譯, 『中
　　國神話』, p.232를 참고한다.

후대에 문자화되는 과정에서 신화는 최초의 모습을 상당 부분 잃었지만 태고의 시기를 감지할 수 있는 요소들을 여전히 행간에 감추고 있다. 신화는 논리이기보다 상징이며 이미지이다. 그래서 이성적인 사고보다 신화가 우리에게 끊임없이 환기하는 내면의 느낌이 중요하다. 희화와 원 그리고 동모의 신화는 서구의 신화처럼 조목조목 친절하게 우리에게 옛이야기를 들려주지 않는다. 그러나 응축된 신화에 들어 있는 여신들의 이미지에서 우리는, 아주 오래전에는 남신들이 아닌 여신들의 세계였고 그것이 잊혀져 왔음을 느낄 수 있다.

2 월신(月神)

고대인들은 천체가 일정한 규율에 따라 움직인다고 생각했고, 신화와 종교 제의로서 그것을 구술(口述)하고 제사지냄으로써 변화에 대비하고 재해를 최대한 줄이고자 노력하였다. 천체 가운데 달을 가장 변화가 많으면서도 일정한 생성 법칙에 따라 움직인다고 여겼는데, 해가 동일한 모양으로 뜨고 진다면 달은 차고 기울다가 사라지기도 하면서 생성·탄생·죽음의 전과정을 보여주기 때문이다. 원형으로의 영원한 회귀, 그 끝없는 주기성 때문에 달은 생의 리듬을 가진 천체로 인식되었고, 물, 비, 식물, 풍요, 뱀, 여성 등의 순환적 생성 법칙에 지배되는 우주의 모든 영역은 달의 통제 아래 들게 되었다. 미르체아 엘리아데(Mircea Eliade)에 따르면 고대인들에게 달 모양에 의해 측정되는 시간은 살아 있는 시간으로, 항상 비, 조수(潮水), 파종(播種), 월경 주기 등 우주적 현실과 관련되었으며, 달의 리듬과 영향으로 다양한 우주적 영역에서의 일련의 현상들이 조화를 이루었다. 그래서 신석기 시대 이후 농경의 발견과 동시에 동일한 상징에 의해서 달, 물, 비, 여성의 다산, 동물의 다산, 식물, 인간 사투(死鬪)의 문명, 통과 제의(通過祭儀) 등이 관계를 맺게 되었다.[86] 다음 『초사』의 인용문은 달의 재생하는 신성한 힘에 대한 고대인들의 사고를 보여준다.

> 달은 무슨 덕성이 있는가.
> 죽었다가 또다시 살아나네.
> 달은 무슨 이익이 있길래
> 토끼를 뱃속에 키우나?[87]

첫 구절에서는 달이 찼다가 기울고 다시 차오르는 현상을 마치 동물이나 인간이 죽었다가 살아나는 것에 비유하여, 달을 주기적인 생성 법칙을 갖는 생명체로 인식하고 있다. 그 다음 구절의 표현은 더욱 흥미롭다. 달 위에 토끼가 살고 있다는 전설을 달이 토끼를 뱃속에서 키운다고 표현했기 때문이다. 자신의 이익을 따지지 않고 뱃속에서 토끼를 키우는 달의 이미지는 자식을 잉태하는 어머니를 연상하게 한다. 이런 달의 여성적 이미지는 『산해경』의 상희의 예에서도 찾아볼 수 있다.

> 어떤 여자가 지금 달을 목욕시키고 있다. 제준의 아내인 상희가 달을 열두 개 낳아 여기에서 처음으로 그것을 목욕시켰다.[88]

위의 인용문에서 열두 개의 달을 낳은 월신은 상희라는 여신이다. 『노사(路史)』는 상희가 고신씨(高辛氏)의 둘째 왕비인데, 태어나면서부터 말을 할 줄 알았고 머리는 발 뒤꿈치까지 길었으며, 고신씨에게 시집와 태자(太子) 식(寔)과 열두 개의 달을 낳았다고 기록하고 있다.[89] 그러나 『산해경』

---

86) 미르체아 엘리아데, 이재실 옮김, 『종교사 개론』, 서울: 도서출판 까치, 1993, p.154.

87) 『楚辭』「天問」: 夜光何德, 死則又育. 厥利維何, 而顧莬在服.

88) 『山海經』「大荒西經」: 有女子方浴月. 帝俊妻常義, 生月十有二, 此始浴之.

89) 羅泌, 『路史』「後紀」九下: (高辛氏)次妃陬氏常義生而能言, 髮迨其踵, 是歸高辛, 生太子寔及月十二(『四部備要·史部·路史』, 臺北: 臺灣中華書局, p.11).

의 기록과 비교했을 때, 『노사』의 기록은 월모(月母)로서의 상희의 신성함을 부각시키기 위해 이야기를 덧붙인 인상을 준다. 그래서 상희는 완전히 인간화되었지만 여신으로서의 풍모는 반감되어 있다.

월신이 여성의 성별을 갖는 것은 중국뿐만이 아니다. 달 자체의 소멸, 생성하는 속성 때문에 세계 보편적으로 월신은 여성인 경우가 많다. 바빌론의 이슈타르(Ishtar) 여신은 가장 오래된 월모신 가운데 하나로 기원전 3,000년경에 아들 타무르와 함께 숭배되었다. 이집트에서도 기원전 700년경부터 이시스(Isis) 여신과 그녀의 연인이자 아들인 오시리스(Osiris)와 호루스(Horus)에게 제사를 올렸는데, 그녀는 월모신이자 우주의 어머니로 불렸으며 지상의 모든 생물에게 생명을 부여하는 존재였다. 프리지아(Phrygia)에서도 기원전 900년경 대지모신이며 월모신인 키벨레(Kybele)를 경배하였다. 고대의 월모신 숭배는 이후 사라졌다가 중세(中世) 유럽에 와서 다시 성처녀 마리아(Maria)와 그녀의 아들이라는 변형된 모습으로 부활하게 된다.[90]

중국 신화에서 상희 다음으로 등장하는 월신은 항아이다. 항아 신화는 상희 신화와 비교했을 때 내용이 풍부하고 등장 인물도 다양하며 신선 설화적인 요소가 짙다. 중국 신화는 봉건 사회 초기에 이르면 도가 방사(方士)들의 이야기인 신선 설화와 합쳐지면서 새로운 변종(變種)을 만들어내는데, 이와 같이 신화에 신선 설화가 섞여드는 현상은 춘추·전국 시대부터 이미 시작된 것이다.[91] 그리고 그 변화를 분명하게 보여주는 것이 바로 항아분월(姮娥奔月) 신화이다.

예(羿)가 서왕모에게 불사약을 청하였는데 항아가 그것을 훔쳐 달로 달아나 버렸다.[92]

---

90) 에스터 하딩, 김정란 옮김, 『사랑의 이해』, 서울: 문학동네, 1996, pp.165-167.

91) 袁珂, 전인초·김선자 옮김, 『中國神話傳說 I』, 서울: 민음사, 1998, p.93.

92) 『淮南子』「覽冥訓」: 羿請不死之藥於西王母, 姮娥竊以奔月(『四部叢刊·子部·淮南子』, p.45).

옛날 항아가 서왕모에게서 불사약을 얻어먹고 달로 달아나 월정(月精)이
되었다.[93]

예가 불사약을 서왕모에게 청하였는데 항아가 그것을 훔쳐 달로 달아나
려다가 유황(有黃)에게 점을 쳤다. 유황이 점을 쳐보고 말했다. "길하다. 귀
매괘(歸妹卦)를 얻었으니 홀로 서쪽으로 가다가 날이 어두워지더라도 놀라
거나 두려워 말라. 후에 크게 번창하리라." 항아는 마침내 달에 몸을 맡겼는
데 두꺼비가 되었다.[94]

상희가 자애로운 달의 어머니로서의 이미지가 농후했다면 항아에 오면 그
런 신성함은 이미 찾아볼 수 없게 된다. 항아는 월신이 분명하지만 남편의
불사약을 훔쳐 도망가는 비열한 이미지로 변모되어 있기 때문이다. 후대로
가면서 달의 속성인 불사의 이미지는 오히려 항아가 아닌 서왕모에게로 옮
겨간다.[95] 상희와 항아 외에도 『산해경』에는 달과 해를 관장하는 석이(石
夷)[96]라는 신인(神人)과 열(嘖)이라는 신이 출현한다. 그 중 열은 대지와
연관되어 있다.

땅이 열을 낳았는데 열은 서쪽 끝에 살면서 해·달·별의 가고 머무름을

---

93) 『文選』「祭顔光祿文注經」引『歸藏』: 昔姮娥以西王母不死之藥服之, 遂奔月爲月精.

94) 張衡, 『靈憲』: 羿請不死之藥于西王母, 姮娥竊之以奔月, 將往, 枚筮之于有黃, 有
　　黃占之曰, 吉, 翩翩歸妹, 獨將西行, 逢天晦芒, 毋驚毋恐, 後且大昌. 姮娥遂託身於
　　月, 是爲蟾蜍(嚴一萍 選輯, 『百部叢書集成·靈憲』, 臺北: 藝文印書館, 1965.).

95) 항아는 남편 羿를 배반하고 불사약을 훔친 죄로 후대 문학에서 不德한 여인으로 낙
　　인찍히고 만다. 특히 소설에서는 항아에 대한 부정적 인식이 지배적이다. 반면에 西王
　　母는 志怪 소설에서 仙桃 모티프와 결합되면서 불사의 女仙 이미지를 굳히게 된다.

96) 『山海經』「大荒西經」: 石夷라는 사람이 있다. 서쪽을 夷라 하고 불어오는 바람을
　　韋라고 하는데 (석이는) 서북쪽 모퉁이에 살면서 해와 달의 길고 짧음을 맡아보고 있
　　다(有人名曰石夷, 西方曰夷, 來風曰韋, 處西北隅以司日月之長短).

주관했다.[97]

신화 사유에서 땅이란 곧 여성적 원리와 통한다.[98] 그러므로 열 역시 여성적 속성의 신이었음을 추정해 볼 수 있다.

3 운우신(雲雨神)

고대인들에게 해와 달 못지않게 중요한 것은 비였다. 고대 사회는 농경을 위주로 한 사회였으므로 일정한 강우량은 농작물의 성장에 필수조건이었고 인간의 생사와도 직결되는 문제였다. 그래서 비가 내리지 않고 가뭄이 오랫동안 계속되면 기우제(祈雨祭)를 올렸는데, 중국 문헌에는 이런 기우제에 대한 다양한 기록이 나온다. 갑골문의 𡘙(燎)자는 두 발을 교차시킨 사람을 불태우는 형상이다. 그런데 갑골문에서는 사람을 불태울 때 그 이름을 항상 밝히고 있다.[99] 즉 희생된 사람은 평범한 사람이 아니라 귀신과 통할 수 있는 능력을 갖춘 무당과 같은 특별한 존재였을 것이다. 무당을 불태워 기우제를 올리던 풍습은 춘추 시대에도 계속되었다. 『좌전(左傳)』「노희공이십일년(魯僖公二十一年)」에는 다음과 같은 기록이 나온다.

여름에 크게 가뭄이 들자 노희공이 여자 무당과 곱사등이를 불태워 죽이려고 하였다. 그러자 장문중(臧文仲)이 "이것은 결코 가뭄의 대비책이 아닙니다. 단지 성곽을 수리하고 끼니를 줄이며 비용을 절감하고 추수에 힘써야 합니다. 그리고 양식을 가진 사람이 없는 사람을 구제하도록 해야 합니다. 이것이 정말 해야 할 일입니다. 여자 무당이 무슨 쓸모가 있겠습니까? 하늘

---

97) 『山海經』「大荒西經」: 下地是生噎, 處於西極, 以行日月星辰之行次.
98) 이에 대해서는 이 책의 제3장 제1절 3 地母神 부분에서 자세히 다루었다.
99) 島邦男, 『殷墟卜辭綜類』, 東京: 大安, 1967, p.374.

이 그들을 죽이려고 한다면 살려두는 것만 못합니다. 만일 그들이 가뭄을 일으킬 수 있다고 한다면 그들을 죽임으로써 가뭄이 더욱 심해질 것입니다"라고 하였다. 희공께서 그의 말을 따랐다. 이 해에 비록 크게 기근이 있었으나 백성을 해하지는 못하였다.[100]

이것은 노희공이 여자 무당과 곱사등이를 불태워서 기우제를 올리려 하자 장문중이 불합리함을 지적하며 반대하는 내용이다. 이와 비슷한 내용을 『예기(禮記)』「단궁(檀弓)」에서도 찾아볼 수 있다.

가뭄이 들자 목공(穆公)이 현자(縣子)를 청하여 가르침을 달라고 말하였다. "하늘이 오래도록 비를 내리지 않소이다. 내 곱사등이를 햇빛 아래 버려 둘 생각이오. 그러면 하늘이 그들을 가엾이 여겨 비를 내려주시지 않을까 하는데 어떻소?" 이에 답하기를 "하늘이 비를 내리지 않는다고 하여 병든 사람을 잡아 햇빛 아래에 버려 둔다는 것은 아주 잔혹한 일이니 하지 마십시오"라고 하자 다시 묻기를 "그렇다면 여자 무당을 잡아다 햇빛에 태우면 어떻소?" 하였다. 그러자 대답하기를 "하늘이 비를 내리지 않는다고 장차 우매한 여인네의 몸에 기탁하여 비를 내려달라고 하는 것은 상리(常理)에 어긋나는 일이 아니겠습니까!"라고 하였다.[101]

위의 인용문에서 보듯이 무당을 햇빛에 태워 비를 구하는 방식은, 하늘이 그의 대리인인 무당이 고통스러워하는 모습을 보고 비를 내려 주리라는

---

100) 『左傳』「魯僖公二十一年」: 夏大旱, 公欲焚巫尫, 臧文仲曰, 非備旱也. 修城郭, 貶食, 省用, 務穡, 勸分, 此其務也. 巫尫何爲. 天欲殺之, 則如勿生. 若能爲旱, 焚之滋甚. 公從之. 是歲也. 饑而不害(王守謙·金秀珍·王鳳春 譯註, 『左傳全譯』, 貴陽: 貴州人民出版社, 1990, p.277).

101) 『禮記』「檀弓」: 歲旱, 穆公召縣子而問然, 曰天久不雨, 吾欲曝尫而奚若. 曰天久不雨而暴人之疾子, 虐毋乃不可與. 然則吾欲暴巫而奚若. 曰天則不雨而望之, 愚婦人於以求之, 毋乃已疏乎(『四部備要·禮記』).

믿음에서 나온 것이다. 그러나 현자는 이런 행동이 잔혹하여 상식에 어긋
난 일이라고 비판한다. 앞 인용문의 장문중이나 현자의 주장은 모두 종교
나 제의가 비합리적이라는 이성적인 사고에서 비롯된 것으로 신화의 인식
체계와는 이미 거리를 두고 있다. 그렇다면 시대를 소급하여 신화에서는
이런 기우제와 무(巫)를 어떻게 기록하고 있을까?『산해경』의 여축시(女丑
尸)에 대한 이야기는 더 이른 시기의 여무(女巫)의 희생 제의를 보여준다.

여축시가 살아 있는데 열 개의 태양이 그녀를 태워 죽였다. 그것은 장부
국(丈夫國)의 북쪽에 있다. 그녀는 오른손으로 얼굴을 가렸다. 열 개의 태
양은 위쪽에 살며 여축(女丑)은 산꼭대기에 산다.[102]

푸른 옷을 입은 어떤 사람이 소매로 얼굴을 가리고 있는데 이름을 여축
시라고 한다.[103]

위의 신화는 열 개의 태양이 한꺼번에 출현하여 가뭄이 계속되자 여축
시가 자신을 희생함으로써 하늘에 비를 구하는 장면이다. 그러나 앞서의
『좌전』과『예기』와는 달리 이에 대한 어떤 비판이나 질책은 찾아볼 수 없
다. 신화에서는 이런 종교적인 행위가 좀더 자연스럽게 받아들여지고 있는
것이다.『좌전』과『예기』에서는 여무가 곱사등이와 병론될 만큼 보잘것없
는 우매한 여인네에 불과하다. 그러나 이런 평가는『좌전』과『예기』시대
에 이루어진 것으로, 기우제와 여무의 본질적인 연관성을 파악하는 데 별
다른 도움을 주지는 못한다.

그렇다면 이상의『좌전』이나『예기』혹은『산해경』의 인용문에서 볼 수
있듯이 기우제에는 왜 유독 여무가 출현하며, 그 상관성에 내재되어 있는

---

102)『山海經』「海外西經」: 女丑之尸生而十日炙殺之. 在丈夫北, 以右手鄣其面. 十
　　日居上, 女丑居山之上.
103)『山海經』「大荒西經」: 有人衣靑, 以袂蔽面, 名曰女丑之尸.

본질적인 의미는 무엇일까? 그 원인에 대한 고찰은 크게 두 가지를 짚어봄으로써 가능할 것이다. 우선 무의 본질을 찾아보는 것이고, 다음으로 여성과 운우(雲雨)의 관계를 살펴보는 것이다. 진몽가(陳夢家)는 은허(殷墟) 복사의 기록을 분석한 결과, 무의 본래 역할이 춤추고 부름으로써 강신(降神)하고 비를 구하는 것이라고 했다. 그는 갑골 복사에서 춤추는 자를 무라고 하였고, 그 동작을 무(舞)라고 했으며, 비를 구하는 제사 행위를 우(雩)라고 한 것에 착안하여, 무(巫)·무(舞)·우(雩)·우(吁)의 네 글자는 같은 음이며 기우제에서 연원한 것임을 밝혔다.[104] 실제로 많은 갑골 복사와 고대 문헌들이 이런 사실을 입증하고 있다. 다음의 인용문을 살펴보자.

대우(大雩)라는 것이 무엇이지요? 한제(旱祭)입니다.[105]

위의 인용문에서 보듯이 대우라는 것은 가뭄이 들었을 때 올리는 기우제이다. 이에 대해 하상공(河上公)은 우(雩)란 춤추며 신을 부르는 것이라고 주를 달고 있어, 무의 역할이 춤으로 신을 기쁘게 하여 비를 구하는 것임을 알 수 있다. 마찬가지로 복사에도 무가 춤을 추며 비를 구하는 다양한 기록이 나온다.

(무가) 춤을 추니 비가 내린다.[106]

갑오(甲午)에 (무가) 연주하고 춤을 추면 비가 내릴까요?[107]

---

104) 陳夢家, 「商代的神話與巫術」, 『燕京學報』 第20期, 1936, 北京 : 北京大學出版社, pp.536-542.

105) 『春秋公羊傳』 「桓五年」 : 大雩, 大雩者何. 旱祭也(『四部叢刊·經部·春秋公羊經傳解詁』, 臺北 : 臺灣商務印書館, 1986, p.14).

106) 羅振玉, 「殷墟書契續編」 5·31·3(1933年) ; 商承祚, 「殷契佚存」 1(1933年) ; 羅振玉, 「殷虛書契前編」 7·32·3(1931年) : 舞, 又雨.

107) 董作賓, 「殷墟文字甲編」 3069(1948年) : 甲午, 奏舞, 雨.

이처럼 무는 고대 사회의 기우제에서 춤을 추고 탄식하면서 신에게 비를 구하는 역할을 담당하였다.[108] 그런데 『설문해자』에서는 이런 무에 대해 "무형(無形)의 신을 섬기는 여성으로, 춤으로써 신을 강림(降臨)케 하는 자"[109]라고 풀이하고 있어서 고대의 무가 본래는 여성이었다고 이야기한다. 그렇다면 여성인 무가 신에게 비를 구하는 역할을 담당한 진정한 이유는 무엇일까?

고대 바빌론에는 달을 섬기는 처녀 사제의 전통이 있었는데 이들의 가장 중요한 기능은 달빛을 상징하는 성화(聖火)를 지키고 물의 공급을 확보하는 일이었다. 비를 내리게 하고 기상 조건을 통제하는 것이 서구의 처녀 사제에게도 전통적으로 가장 중요한 기능이었던 것이다. 아프리카에서도 비를 내리게 하는 기능은 여성들에게 있다고 믿었다. 그래서 비가 오랫동안 내리지 않으면 여성들은 벌거벗고 제사를 올렸는데 이때 남성들은 배제되었다.[110] 마찬가지로 중국 동한 시대의 왕충(王充)은 『논형(論衡)』에서, 비가 개이지 않으면 여와에게 제사지내야 한다고 기록하고 있어,[111] 한나라 민간에서 여와가 비를 관장하는 신이었음을 보여준다. 한대에는 음양설(陰陽說)이 유행하여, 비가 계속 내리는 것을 음이 성하고 양이 쇠하는 것으로 여겨 불길한 징조로 생각했다. 그래서 비를 멈추게 하기 위해 수로를 막고 우물을 덮었는데 이때 여성들은 집에 숨어 있어야 했다. 심지어 관리들 가운데 부부가 함께 관내에 들어온 자들은 부인을 되돌려 보내야 했다.[112] 이런 예들은 모두 비가 음의 속성을 지녔고 여성과 관련되어 인식되

---

108) 『爾雅』「釋訓」 郭璞 注：雩之祭, 舞者吁嗟而請雨(『爾雅』, 臺北：臺灣商務印書館, 1979).

109) 許愼, 『說文解字注』：巫, 祝也. 女能事無形, 以舞降神也(許愼 撰, 段玉裁 注, 『說文解字注』, p.201).

110) 미르체아 엘리아데, 『종교사 개론』, p.229.

111) 王充, 『論衡』「順鼓篇」：雨不霽, 祭女媧(『四部叢刊·子部·論衡』, 臺北：臺灣商務印書館, p.155).

112) 董仲舒, 『春秋繁露』 卷十六 「止雨」：雨太多, 令縣邑以土日塞水瀆, 絶道蓋井,

었음을 보여준다.

여성과 물의 근원적인 의미는 중국의 여와보천(女媧補天) 신화에서도 찾을 수 있다.[113] 하늘 기둥이 넘어지면서 하늘에 구멍이 뚫리고 그곳으로부터 물이 넘쳐나 홍수가 일어났는데 이런 극한 상황을 수습한 것도 바로 여신 여와였다. 이처럼 신화에서 여신은 비를 그치고 내릴 수도 있는 운우신이었다.

여와, 여축시 외에 발(魃), 운중군(雲中君), 무산신녀(巫山神女)도 운우신의 면모를 지닌다. 발은 황제와 치우(蚩尤)의 전쟁에서 치우를 물리쳐 전쟁을 승리로 이끈 여신이다. 그녀는 전쟁에서 응룡(應龍)이 쏟아 부은 비를 멈추게 하는 신통력을 발휘한다.

푸른 옷을 입은 사람이 있어 이름을 황제녀발(黃帝女魃)이라고 한다. 치우가 무기를 만들어 황제를 치자 황제가 이에 응룡으로 하여금 기주야(冀州野)에서 그를 공격하게 하였다. 응룡이 물을 모아 둔 것을 치우가 풍백(風伯)과 우사(雨師)에게 부탁하여 폭풍우로 거침없이 쏟아지게 하였다. 황제가 이에 천녀(天女)인 발을 내려보내니 비가 그쳤고 마침내 치우를 죽였다. 발이 다시 (하늘로) 올라갈 수 없게 되자 그녀가 머무는 곳에서는 비가 내리지 않았다. 숙균(叔均)이 황제에게 이 사실을 아뢰자 후에 그녀를 적수(赤水)의 북쪽에 두어 살게 하였고 숙균은 그리하여 밭농사의 책임자가 되었다. 발이 때때로 그곳을 빠져나오면 그를 쫓아내려는 사람들은 "신이여! (적수의) 북쪽으로 돌아가소서"라고 명령하듯이 말하였다. 그리고 우선 물길을 깨끗하게 하고 크고 작은 도랑을 터서 통하게 해놓았다.[114]

禁婦人不得行入市……都官吏千石以下, 夫婦在官者, 咸遣婦, 女子不得至市(『四部叢刊·經部·春秋繁露』, 臺北: 臺灣商務印書館, p.86).

113) 이에 대한 인용문은 이 책의 81-83쪽을 참고한다.

114) 『山海經』「大荒北經」: 有人衣青衣, 名曰黃帝女魃. 蚩尤作兵伐黃帝, 黃帝乃令應龍攻之冀州之野. 應龍畜水, 蚩尤請風伯雨師, 縱大風雨. 黃帝乃下天女曰魃, 雨

발은 퍼붓는 비를 멈추게 하고 치우까지 죽여서 승리를 이끈 장본인이었지만, 가뭄의 신으로서 사람들에게 쫓겨다니는 존재로 전락하고 만다. 신화의 다른 운우신들이 비를 관장하는 권위 있는 존재로 신성시되었던 것에 반해, 발은 그런 능력 때문에 도리어 사람들에게 외면당했다.

운우신으로는 『초사』에 등장하는 운중군도 있다. 소병(蕭兵)은 운중군을 여신으로 간주했는데[115] 타당한 견해라고 생각한다. 비와 구름의 여성적인 속성과 세계 보편적으로 운우신이 여성의 성별을 가진 점 등의 정황은, 운중군이 여신이라는 설에 힘을 실어 준다.

여와와 발에서 좀더 인격화된 모습으로 발전한 것은 무산신녀이다. 초회왕(楚懷王)과 꿈속에서 하룻밤 사랑을 나누고 "새벽에는 아침 구름으로 저녁에는 지나가는 비로(旦爲朝雲, 暮爲行雨)"[116] 님을 기다리는 무산신녀는, 신화 속 여신의 권위는 이미 잃었지만 한층 문학화된 운우신의 면모를 보여준다. 그리고 무산신녀 이야기에서부터 운우는 성적(性的)인 이미지와 겹쳐지면서 운우지정(雲雨之情), 즉 남녀간의 사랑이라는 새로운 의미를 파생하게 되었다.

4 하신(河神)

은나라의 거주 지역에서 가장 길고 수량이 풍부한 강은 황하(黃河)였다. 그런데 황하가 폭우로 인해 자주 물길을 바꾸어 큰 재해를 가져다 주었으므로 은대 사람들은 특별히 제사를 지내며 신의 기분을 살피고자 하였다. 성공적인 치수(治水) 사업이 식수 확보나 농작물 수확과 직결되는 중대한

止, 遂殺蚩尤. 魃不得復上, 所居不雨. 叔均言之帝, 後置之赤水之北. 叔均乃爲田
祖. 魃時亡之. 所欲逐之者, 令曰神北行, 先除水道, 決通溝瀆.
115) 蕭兵, 『楚辭新析』, 天津 : 天津古籍出版社, 1988, p.340.
116) 『文選』第十九卷 「高唐賦」 序.

사안이었기 때문에 고대인들의 관심은 황하뿐 아니라 모든 하수에 미쳤다. 중국 신화에서는 이런 하신을 여성의 성별로서 표시하는 경우가 많은데, 이것은 물과 여성 간의 연관성 때문이다. 다음『산해경』의 인용문을 보자.

> 여제(女祭)와 여척(女戚)이 그 북쪽에 있는데 두 강 사이에 살며 척(戚)은 뿔 술잔을, 제(祭)는 도마를 잡고 있다.[117]

> 여자국(女子國)이 무함(巫咸)의 북쪽에 있는데 두 여인이 함께 살며 물이 그곳을 에워싸고 있다. 혹은 한집안에 거처한다고도 한다.[118]

> 순(舜)의 부인 등비씨(登比氏)가 소명(宵明)과 촉광(燭光)을 낳았다. (이들은) 황하의 대택(大澤)에 살았는데 두 여인은 신통력으로 이곳 사방 100리를 비출 수 있었다. 혹은 등북씨라고도 한다.[119]

> 종산(鍾山)이라는 곳이 있다. 푸른 옷을 입은 여자가 있는데 이름을 적수여자헌(赤水女子獻)이라고 한다.[120]

앞의 인용문에서 여무인 여제와 여척은 두 강 사이에서 살고 있고 여자국은 주위가 물로 둘러싸여 있다. 100리까지 비출 수 있는 신통력을 지닌 등비씨는 황하의 대택에 살며, 불사의 상징인 푸른 옷을 입은 여자는 적수의 여자 헌이라고 불린다. 이와 같이『산해경』에서 우리는 물과 여성과의 밀접한 연관성을 볼 수 있다. 그러나 이와는 대조적으로 물과 관련된 남신

---

117)『山海經』「海外西經」: 女祭女戚在其北, 居兩水間, 戚操角觶, 祭操俎.

118)『山海經』「海外西經」: 女子國在巫咸北, 兩女子居, 水周之. 一曰居一門中.

119)『山海經』「海內北經」: 舜妻登比氏生宵明・燭光, 處河大澤, 二女之靈能照此所方百里. 一曰登北氏.

120)『山海經』「大荒北經」: 有鍾山者, 有女子衣靑衣, 名曰赤水女子獻.

의 예는 거의 찾아볼 수 없다.[121] 『산해경』에서 하신으로서의 여신의 면모를 가장 잘 보여주는 것은 제지이녀(帝之二女)이다.

다시 동남쪽으로 120리를 가면 동정산(洞庭山)이라는 곳인데 산 위에서는 황금이 나고, 기슭에서는 은과 철이 많이 나며, 나무는 아가위·배·귤·유자나무가, 풀은 간초(葌草)·미무(蘼蕪)·작약(芍藥)·궁궁이가 많이 자란다. 천제(天帝)의 두 딸이 이곳에 살고 있는데 그들이 늘 장강(長江)의 깊은 곳에서 노닐면 예수(澧水)와 원수(沅水)의 풍파가 소수(瀟水)와 상수(湘水)의 깊은 곳에서 맞부딪치는데 그곳은 구강 근처에서이다. (그들은 물 속을) 드나들 때 반드시 회오리바람과 폭우를 동반한다. 이곳에는 괴상한 신들이 많은데 형상은 사람 같지만 뱀을 머리에 이고 양손에 쥐고 있다. (여기에는) 괴상한 새도 많다.[122]

천제의 두 딸이 장강의 깊은 곳에서 놀 때마다 예수와 원수에는 바람이 일어나 소수와 상수 깊은 곳에서 맞부딪치며, 이들이 물을 드나들 때에는 회오리바람과 폭우가 따른다. 바로 강수뿐 아니라 예수, 원수, 소수, 상수 그리고 구강을 다스리는 하신의 모습을 형상화한 것이다.

그런데 『산해경』에 나오는 제지이녀의 이미지는 이후 하나의 원형으로서 『초사』뿐 아니라 『열선전(列仙傳)』에도 조금씩 변화된 모습으로 나타난다.[123] 우선 『초사』「구가(九歌)」의 상군(湘君)과 상부인(湘夫人)을 보자.

---

121) 『山海經』에서 물과 관련성이 분명한 男神으로는 河伯이 있다. 그 밖에 半人半獸의 神的 존재들의 물과의 연관성을 찾아볼 수 있으나 이들을 남신으로 보기는 힘들다.

122) 『山海經』「中山經」: 又東南一百二十里, 曰洞庭之山, 其上多黃金, 其下多銀鐵, 其木多柤梨橘柚, 其草多葌蘼蕪芍藥芎藭. 帝之二女居之, 是常遊于江淵. 澧沅之風, 交瀟湘之淵, 是在九江之間, 出入必飄風暴雨. 是多怪神, 狀如人而載蛇, 左右手操蛇. 多怪鳥.

123) 『山海經』「中山經」郭璞 注: 天帝의 두 딸이 장강에 거처하여 신이 되었는데 바로 『列仙傳』의 江妃二女이다. 「離騷·九歌」에서 이른바 湘夫人을 帝子라고 칭한

상군과 상부인의 정체에 대해서는 예로부터 이견(異見)이 분분하였는데, 이것을 대략 네 가지 설로 집약해 본다면 다음과 같다. 첫째 곽박(郭璞)의 견해로, 상군과 상부인은 모두 여신으로 제지이녀에서 비롯되었다는 주장이다. 『산해경』의 천제의 두 딸이 노닐던 장강이 상수(湘水)로 바뀌면서 두 딸은 각각 상군과 상부인이 되었다는 것이다. 또다른 두 가지 주장은 상군과 상부인을 순(舜)의 전설과 연관시켜 해석하는 것이다. 첫째 순이 상군이고 순의 두 부인이 상부인이 되었다는 것이며, 둘째 순의 두 부인인 아황(娥皇)과 여영(女英)이 각각 상군과 상부인이 되었다는 주장이다.[124] 마지막으로 상군과 상부인은 상수 지역 일대의 아주 오래된 애정 고사를 반영한 것이며, 굴원의 손을 거쳐서 마침내 아름다운 부부신의 형상으로 창조되었다는 주장이다.[125] 현재로서는 상군과 상부인의 순과의 관련성 여부를 단언할 수 없기 때문에 순의 전설을 그대로 적용하는 것은 무리가 따를 수 있다. 오히려 곽박이 비교적 『초사』와 가까운 시기에 살았을 뿐 아니라 신화에 대하여 해박한 지식을 갖췄다는 점에서, 상군과 상부인은 모두 여신이며 『산해경』의 제지이녀에서 비롯되었다는 그의 견해에 한층 신뢰가 간다.

　『초사』에는 상부인 외에 낙수(洛水)의 여신인 복비(宓妃)도 등장한다.

　　천제가 이예(夷羿)를 내려보낸 것은
　　하조(夏朝)의 백성들에게 죄를 내리기 위함이었네.
　　어찌하여 하백(河伯)을 쏘아서
　　낙수 여신을 아내로 삼으려 하였나?[126]

　것은 바로 이것을 말한 것이다(天帝之二女, 而處江爲神, 卽列仙傳江妃二女也. 離騷九歌所謂湘夫人稱帝子者是也).

124)　선정규, 『중국 신화연구』, p.250.

125)　선정규, 『屈原評傳 : 長江을 떠도는 영혼』, p.154.

126)　『楚辭』「天問」: 帝降夷羿, 革孼夏民, 胡射夫河伯, 而妻彼雒嬪.

복비는 복희의 딸로 낙수에 빠져 죽었기 때문에 낙수의 여신이 되었다.[127] 황하의 신인 하백 빙이(憑夷)의 처이기도 한 그녀는 후예(后羿)와 사랑에 빠지기도 한다. 후예는 신화에서 백성들을 위해 아홉 개의 해를 쏘아 떨어뜨린 영웅이면서도 낭만적인 성격의 소유자로서, 복비 외에 기(夔)의 처인 현처(玄妻)와도 미묘한 애정 관계에 있었다. 복비와 후예의 연애는 결국 하백에게 발각되었고, 흰 용으로 변한 하백은 예와 결투 끝에 한쪽 눈을 실명하고 만다. 그런데 신화에서는 이런 비극의 원인을 모두 복비의 미모와 자유분방한 성격 탓으로 돌린다.

> 나는 구름의 신 풍륭(豊隆)을 불러 구름 타고
> 복비의 소재를 찾으라 이르네……
> 복비는 제 아름다움 믿고서 교만하여
> 날마다 제멋대로 방탕하여 놀기만 하네.
> 참으로 아름답지만 예의를 모르니
> 이내 버려 두고 달리 찾아보네.[128]

자신의 미모를 뽐내며 방탕하게 놀아난 복비의 부덕(不德)함 때문에 하백이라는 위엄 있는 수신도, 예라는 영웅신도 모두 치졸한 애정 싸움에 휘말리게 되었다는 관점이다. 그런데 사실 『초사』의 원문은 복비가 낙수의 신임을 분명히 밝히고 있지는 않다. 다만 왕일이 『초사』 「천문」의 주에서 낙빈(洛嬪)은 수신이며 복비를 가리킨다고 말한 이래로[129] 복비가 낙수의

---

127) 洪興祖, 『楚辭補注』: 『漢書』 「古今人表」에 宓義氏가 나오는데 宓의 음은 伏이고 글자는 원래 虙으로 쓰여 있었다. 「洛神賦」 注에서 "宓妃는 伏羲氏의 딸로 洛水에 빠져 죽어 마침내 河神이 되었다"고 말하였다(漢書古今人表有宓義氏, 宓音伏, 字本作虙, 洛神賦注云, 宓妃, 伏羲氏女, 溺洛水而死, 遂爲河神).

128) 『楚辭』 「離騷」: 吾令豊隆乘雲兮, 求宓妃之所在……保厥美以驕傲兮. 日康娛以淫遊. 雖信美而無禮兮, 來違棄而改求.

129) 王逸, 『楚辭章句』: 洛嬪은 水神이며 宓妃를 가리킨다. 羿가 꿈속에서 낙수의 신

여신으로 굳어지게 되었던 것이다. 복비와 하백의 연관성도 분명치 않은데 소병(蕭兵)은 낙수가 황하의 지류이기 때문에 황하신(黃河神)이 부계제(父系制)에 따라 남신으로 변하자 낙수의 여신도 하백의 처로 간주된 것이라고 주장하였다.[130] 왕효렴(王孝廉) 역시 낙수는 섬서(陝西) 낙남(雒南)에서 발원하여 낙양(洛陽)을 지나 황하로 흘러드는 강으로, 낙수가 황하로 들어가 합류된다는 사실로부터 연상되어 낙수의 여신인 복비가 황하의 처가 되었다고 말한다.[131]

신화에서 절세의 미모와 여성적인 매력으로 남성들의 연정의 대상이 된 복비는 후세에 조식(曹植)의 「낙신부(洛神賦)」에서 재창조된다. 옛 연인이자 지금의 형수가 되어버린 견비(甄妃)를 잊을 수 없었던 조식은 낙수 가를 거닐다가 견비를 낙수의 여신에 비유하여 이렇게 노래하였다.

(그 자태는) 가벼이 춤추며 나는 기러기 같고 물속을 부드럽게 헤엄치는 용 같다. 빛나기는 가을 국화요, 화려함은 봄날의 소나무라. 나타났다 사라지는 것은 흡사 구름 속에 가려진 달 같기도 하고, 가볍게 왔다갔다하는 것은 바람에 눈이 휘날리는 듯하다. 멀리서 바라보면 마치 태양이 아침 구름 사이에서 솟아오른 듯이 아름답게 빛나네. 가까이 가서 살펴보면 맑은 물에 떠도는 연꽃같이 환하고 아름다워라. 몸은 살찌지도 마르지도 않았으며 키는 크지도 작지도 않다. 어깨는 칼로 깎은 듯하고 허리는 비단같이 부드러워라. 목은 길고 아름다우며 흰 이빨 부끄러운 듯 살짝 보이네.[132]

복비와 교접하고자 하였다(洛嬪, 水神, 謂宓妃也. 羿又夢洛水神宓妃交接也).

130) 蕭兵, 『楚辭新析』, p.377.

131) 王孝廉, 『水與水神』, 北京: 三民書店, 1992, p.58.

132) 李善 注, 『文選』 卷十九 引「洛神賦」: 其形也. 翩若驚鴻, 婉若遊龍. 榮曜秋菊, 華茂春松, 髣髴兮, 若輕雲之蔽月, 飄颻兮, 若流風之迴雪, 遠而望之. 晈若太陽升朝霞, 迫而察之. 灼若芙蕖出淥波, 襛纖得衷脩短合度. 肩若削成腰如約素, 延頸秀項皓質呈露.

신화 속에서 우아한 자태를 뽐내던 복비의 이미지는 「낙신부」에서 인격화된 절세미인으로 묘술되어 있다. 조식의 문학적인 표현력에 힘입어 이후 낙수의 여신은 중국의 대표적인 미인의 전형으로 받들어졌다. 이 밖에도 『습유기』에는 이수(伊水)와 낙수(洛水)의 여신[133]과 구하(九河)의 신녀[134]가 나오는데, 모두 신화의 여신 이미지보다 신선화된 모습이다. 마찬가지로 『열선전(列仙傳)』의 강비이녀(江妃二女)[135]의 이야기는 신화에서 선화(仙話)로의 변천을 보여주며 내용도 더욱 풍부해졌다.

5 산신(山神)

고대인들이 신령스럽게 여기고 자주 제사를 올린 것은 하(河)뿐 아니라 산(山)과 악(岳)이 있다. 갑골문에서 ᄊ(山)자는 몇 개의 산봉우리가 늘어선 형상이고, ᄽ(岳)자는 산 위에 다시 높은 산봉우리가 중첩된 형상이다. 은대에 악은 지금의 곽산(霍山)을 가리켰으며 산에 대한 일반적인 호칭이 아니었다. 곽산은 산서성 곽현(霍縣) 동남쪽에 있으며 해발 2,500미터 이상으로, 은나라에서 가장 높은 산이었다.[136]

지형상 높은 산은 바람과 마주치면 비를 뿌렸고, 비는 중요한 수원(水

---

133) 『拾遺記』 卷一 「高辛」 : 帝嚳의 왕비이자 鄒屠氏의 딸이다……. 여자는 걸을 때에도 땅을 밟지 않고 항상 바람과 구름을 딛고서 伊水와 洛水에서 노닌다(帝嚳之妃, 鄒屠氏之女……女行不踐地, 常履風雲, 游於伊洛).

134) 『拾遺記』 卷二 「夏禹」 : 禹가 이르기를 "華胥가 성스러운 아들을 낳았는데 그게 바로 당신이오?"라고 물었다. 대답하기를 "화서는 九河의 神女로 나를 낳았소"라고 했다(禹曰華胥生聖子, 是汝耶. 答曰華胥是九河神女, 以生余也).

135) 『列仙傳』 「江妃二女」 : 江妃라는 두 여인은 어느 곳 사람인지 모른다. 江水와 漢水 기슭에 놀러 나왔다가 鄭交甫를 만났다. (교보는) 그녀들이 마음에 들었지만 神女인 줄은 몰랐다……(江妃二女者, 不知何所人也, 出遊於江漢之湄, 逢鄭交甫. 見而悅之, 不知其神人也).

136) 屈萬里, 『學備論學集』, 臺北 : 臺灣開明書店, 1969, pp.286-306.

源)이었으므로 고대인들은 산을 숭배할 수밖에 없었다. 그래서 산은 신령한 존재가 되었고, 산에 얽힌 온갖 상상의 이야기들이 만들어졌다. 중국 신화에서 산은 진귀한 보물의 저장고이자 지상 낙원이며 하늘과 땅을 연결하는 신성한 통로이기도 했다. 다음의 인용문들은 중국 신화에 나타난 산에 대한 고대인들의 숭배를 보여준다.

늦여름 정묘일(丁卯日)에 천자는 북쪽으로 용산(春山) 위에 올라 사방의 들판을 바라보고 말하기를 "용산은 유일한 천하의 높은 산이다. (이곳의) 자목화(葦木華)는 눈을 두려워하지 않는다"고 하였다. 천자는 여기에서 자목화의 열매를 얻어 가지고 돌아와 심었다. 용산의 연못은 맑은 물이 샘솟고 온화하며 바람도 불지 않고, 나는 새들과 온갖 짐승들이 먹고 마시는 곳으로 선왕의 이른바 현포(縣圃)이다. 천자는 여기에서 옥의 정수와 옥가루를 취하였다.[137]

동해 밖 변방의 바다 가운데에는 어떤 산이 있는데 불꽃이 높게 치솟아 있어 높이와 깊이를 잴 수가 없다. 아마도 본래부터 지극한 양기를 품고 있는 듯하다. 바다의 거센 파도가 그 산 위를 쳐도 바닷물이 단숨에 빨려 들어가 모두 없어지게 된다. 밤낮으로 끝도 없이 바닷물을 빨아들이니 끓는 솥이 그 속의 국물을 빨아들이는 것 같다.[138]

남쪽에 있는 은산(銀山)은 길이가 50리에 너비는 4 내지 5리, 높이는 100여 장이다. 산 전체가 백은(白銀)으로 되어 있는데 흙이나 돌이 섞여 있

---

137) 『穆天子傳』 卷二 : 季夏丁卯, 天子北升于春山之上, 以望四野, 曰春山是唯天下之高山也. 葦木華不畏雪. 天子於是取葦木華之實持歸種之, 曰春山之澤, 淸水出泉, 溫和無風, 飛鳥百獸之所飲食, 先王所謂縣圃. 天子於是得玉榮, 枝斯之英.
138) 『神異經』「東荒經」 : 東海之外, 荒海中有山, 焦炎而峙, 高深莫測, 蓋稟至陽之爲質也. 海中激浪投其上, 翕然而盡. 計其晝夜, 翕攝無極, 若熬鼎受其洒汁耳.

지 않고 초목이 자라지 않는다.[139]

　서쪽의 흰 궁전 밖에 있는 어떤 산은 양옆으로 길이가 10여 리 되고 너비는 2 내지 3리이며 높이는 100여 장인데 모두 순금으로 되어 있다.[140]

　곤륜산(崑崙山)에 있는 구리 기둥은 매우 높아 하늘을 뚫고 들어가니 하늘을 받치는 기둥이라고 불린다. 기둥의 둘레는 3,000리이며 옆면은 깎아지른 듯하다. 아래에는 둥글게 생긴 집이 있는데 벽이 사방으로 100장이며, 신선들이 구부(九府)를 다스리면서 천지와 함께 한가롭게 지내는 곳이다.[141]

　첫 번째 인용문의 용산은 천하의 높은 산인데 이곳의 자목화는 눈을 두려워하지 않는다. 즉 겨울에 눈이 와도 꿋꿋하게 생존하는 불사수(不死樹)의 성질을 지녔다. 게다가 용산은 선왕의 이른바 현포로 지상 낙원이다. 반면 두 번째 인용문에서 보듯이 산은 불꽃이 치솟고 밤낮으로 바닷물을 빨아들이는 공포스러운 존재이기도 했고, 금이나 은 같은 진귀한 광물질로 충만한 보고이기도 했다. 마지막 인용문의 곤륜산은 하늘과 땅을 이어주는 곳이자 신선들이 천지와 함께 한가롭게 살아가는 영산(靈山)의 모습이다. 이처럼 산이란 고대인들에게 대상화된 무생물이기보다 때로는 친근하고 때로는 두려움을 주면서 생활 속에서 더불어 호흡하는 존재였다.
　고대인들의 산악 숭배를 가장 잘 반영한 신화서로는 『산해경』을 들 수 있다. 『산해경』은 책 제목이 시사하듯이 산과 물을 자세하게 기록한 지리

---

139) 『神異經』「南荒經」: 南方有銀山焉, 長五十里, 廣四五里, 高百餘丈, 悉是白銀, 不雜土石, 不生草木.
140) 『神異經』「西荒經」: 西方白宮之外有山焉, 其長十餘里, 廣二三里, 高百餘丈, 皆大黃之金.
141) 『神異經』「中荒經」: 崑崙之山有銅柱焉, 其高入天, 所謂天柱也. 圍三千里, 周圓如削. 下有回屋焉, 壁方百丈, 仙人九府治所, 與天地同休息.

서적 성격을 지녔기 때문에 그 안에는 온갖 종류의 산에 대한 제사와 산신들이 등장한다. 『산해경』의 등보산(䃳葆山)과 조산(肇山)은 하늘과 잇닿아 있기 때문에 천계(天界)와의 통로로 생각되었다.

무함국(巫咸國)이 여축(女丑)의 북쪽에 있다. (무당들이) 오른손에는 푸른 뱀을, 왼손에는 붉은 뱀을 쥐고 등보산에 있는데 (이 산은) 여러 무당들이 (하늘로) 오르내리는 곳이다.[142]

화산(華山)과 청수(靑水) 동쪽에 조산(肇山)이라는 산이 있고 백고(柏高)라는 사람이 있는데 백고는 여기에서 오르내려 하늘까지 올라간다.[143]

천계로의 통로인 산은 영혼의 귀숙처(歸宿處)요, 신들의 거소(居所)이며 인간이 동경하는 낙원이기도 했다. 천제의 하계 도읍인 곤륜산, 서왕모가 사는 옥산(玉山) 등을 비롯한 『산해경』에 나오는 산들은 그런 의미에서 성산(聖山)이 아닐 수 없었고 특별한 숭배의 대상이 되었다. 그래서 「오장산경(五藏山經)」 각 편의 말미에는 각 산의 위격(位格)에 따른 상이한 제사 방식을 자세하게 서술하고 있다.[144] 그리고 각각의 산에는 그곳을 다스리는 산신들이 거처한다고 생각했으며, 그 중에는 여성의 성별을 지닌 산신도 보인다.

다시 서쪽으로 350리를 가면 옥산(玉山)이라는 곳인데 이곳에는 서왕모가 살고 있다. 서왕모는 그 형상이 사람 같지만 표범의 꼬리에 호랑이 이빨

---

142) 『山海經』「海外西經」: 巫咸國在女丑北, 右手操靑蛇, 左手操赤蛇, 在登葆山, 群巫所從上下也.

143) 『山海經』「海內經」: 華山靑水之東, 有山名曰肇山, 有人名曰柏高, 柏高上下于此, 至于天.

144) 정재서, 『不死의 신화와 사상』, 서울: 민음사, 1994, p.94.

을 하고 휘파람을 잘 불며 더부룩한 머리에 머리 꾸미개를 꽂고 있다. 그녀
는 하늘의 재앙과 오형(五刑)을 주관하고 있다.[145]

서왕모는 외모부터 범상치 않으며, 하늘의 재앙뿐 아니라 속세의 형벌도
다스리는 하늘과 땅을 소통하는 여신이다. 「대황서경(大荒西經)」에서는 곤
륜구(昆侖丘)라는 큰 산을 다스리는 여신으로 나오기도 한다.[146] 서왕모 외
에도 여인네의 산인 청요산(靑要山)을 다스리는 무라(武羅),[147] 동정산(洞
庭山)에 사는 천제의 두 딸,[148] 그리고 계곤산(係昆山)에 사는 황제녀발(黃

---

145) 『山海經』 「西山經」 : 又西三百五十里, 曰玉山, 是西王母所居也. 西王母其狀如
　　人, 豹尾虎齒而善嘯, 蓬髮戴勝, 是司天之厲及五殘.

146) 『山海經』 「大荒西經」 : 서해의 남쪽, 流沙의 언저리, 赤水의 뒤편, 黑水의 앞쪽에
　　큰 산이 있는데 이름을 昆侖丘라고 한다……. 어떤 사람이 머리 꾸미개를 꽂고 호랑
　　이 이빨에 표범의 꼬리를 하고 동굴에 사는데 이름을 西王母라고 한다(西海之南, 流
　　沙之濱, 赤水之後, 黑水之前, 有大山, 名曰昆侖之丘……有人, 戴勝, 虎齒, 有豹
　　尾, 穴處, 名曰西王母).

147) 『山海經』 「中山經」 : 다시 동쪽으로 10리를 가면 靑要山이라는 곳인데 바로 이곳
　　은 天帝의 숨겨둔 도읍이다. 여기에는 駕鳥가 많이 산다. 남쪽으로 바라다보이는 墠
　　渚는 禹임금의 아버지 鯤이 누런 곰으로 변했던 곳으로 그곳에는 달팽이와 대합조개
　　가 많다. 神 武羅가 이 지역을 맡고 있는데 그 형상은 사람의 얼굴에 아름다운 표범
　　무늬, 가는 허리에 흰 치아를 하고 귀를 뚫어 고리를 해 달고 있다. 그 부딪히는 소리
　　가 구슬이 울리는 듯한 것이 이 산은 정녕 여인네의 산이다. 畛水가 여기에서 나와
　　북쪽 황하로 흘러든다(又東十里, 曰靑要之山, 實惟帝之密都. 是多駕鳥. 南望墠渚,
　　禹父之所化, 是多僕纍, 蒲盧, 神武羅司之, 其狀人面而豹文, 小要而白齒, 而穿耳
　　以鐻, 其鳴如鳴玉. 是山也, 宜女子. 畛水出焉, 而北流注于河).

148) 『山海經』 「中山經」 : 다시 동남쪽으로 120리를 가면 洞庭山이라는 곳인데 산 위에
　　서는 황금이 나고, 기슭에서는 은과 철이 많이 나며, 나무는 아가위·배·귤·유자나
　　무가, 풀은 간초·미무·작약·궁궁이가 많이 자란다. 天帝의 두 딸이 이곳에 살고 있
　　는데 그들이 늘 長江의 깊은 곳에서 노닐면 澧水와 沅水의 풍파가 瀟水와 湘水의
　　깊은 곳에서 맞부딪치는데 그곳은 九江 근처에서이다. (그들은 물속을) 드나들 때 반
　　드시 회오리바람과 폭우를 동반한다. 이곳에는 괴상한 신들이 많은데 형상은 사람 같
　　지만 뱀을 머리에 이고 양손에 쥐고 있다. (여기에는) 괴상한 새도 많다(又東南一百
　　二十里, 曰洞庭之山, 其上多黃金, 其下多銀鐵, 其木多柤梨橘柚, 其草多葌蘪蕪芍
　　藥芎藭. 帝之二女居之, 是常遊于江淵. 澧沅之風, 交瀟湘之淵, 是在九江之間, 出

帝女魃),[149] 고요산(姑媱山)에 사는 염제(炎帝)의 딸,[150] 발구산(發鳩山)에 살던 여와가 죽어서 변한 정위(精衛) 새[151]는 모두 산과 밀접하게 연관된 산신의 형상이다.

그러나 『산해경』의 기록은 묘사가 간단하여 그것만 가지고는 여산신의 외모와 성격 등의 상세한 사실까지는 알 수 없다. 이에 비해 『초사』의 산귀 (山鬼)는 아름답고 가녀린 여성의 모습으로 자세하게 표현되어 있다.

> 나는 산골짜기 외진 곳에 살아
> 벽려(薜荔) 적삼 입고서 새삼 덩굴 띠 매었네.
> 정겨운 곁눈질에 웃음을 머금은 아름다운 얼굴.
> 그대 나를 사랑함은 이 아리따운 모습 좋아서여라.
>
> 붉은 표범 끄는 수레 타고 얼룩 너구리 시종 삼아
> 백목련 수레에 계수나무 가지 깃발.
> 석란(石蘭) 적삼 입고서 두형(杜衡) 허리띠 매고서.

入必飄風暴雨. 是多怪神, 狀如人而載蛇, 左右手操蛇. 多怪鳥).

149) 『山海經』「大荒北經」: 係昆山이라는 곳에는 共工臺가 있는데 활을 쏘는 사람은 감히 북쪽을 향하지 못한다. 푸른 옷을 입은 사람이 있어 이름을 黃帝女魃이라고 한 다(有係昆之山者, 有共工之臺, 射者不敢北鄉. 有人衣靑衣, 名曰黃帝女魃).

150) 『山海經』「中山經」: 다시 동쪽으로 200리를 가면 姑媱山이라는 곳이다. 炎帝의 딸이 여기에서 죽어 그 주검을 女尸라고 이름하였는데 요초로 화하였다(又東二百里, 曰姑媱之山. 帝女死焉, 其名曰女尸, 化爲䔄草).

151) 『山海經』「北山經」: 다시 북쪽으로 200리를 가면 發鳩山이라는 곳인데 산 위에서 는 산뽕나무가 많이 자란다. 이곳의 어떤 새는 생김새가 까마귀 같은데 머리에 무늬가 있고 부리가 희며 발이 붉다. 이름을 精衛라 하며 그 울음은 자신을 부르는 소리와 같다. 이 새는 본래 炎帝의 어린 딸로 이름을 女娃라고 하였다(又北二百里, 曰發鳩 之山, 其上多柘木. 有鳥焉, 其狀如烏, 文首, 白啄, 赤足, 名曰精衛, 其鳴自詨. 是 炎帝之少女名曰女娃).

향기로운 꽃을 꺾어 사랑하는 님에게 드리네.
나는 깊은 대숲에 살아 하늘조차 보이지 않고.
산길마저 험난하여 홀로 늦게 왔노라.

산 위에 우뚝 홀로 서면
구름은 자욱히 저 아래 흘러가네.
끝없는 어둠에, 아! 낮도 밤같이 어둡고.
동풍이 불어닥쳐 우신(雨神)이 비를 내리네.
님을 머물게 해 즐거움에 돌아갈 것도 잊게 하고파.
이미 늙었거늘 누가 나를 다시 꽃피게 할까?

영지(靈芝)를 캔다네, 산간에서.
돌은 첩첩이 쌓였고 칡넝쿨은 우거졌네.
님 원망에 서글퍼져 돌아갈 것도 잊었는데
그대 나를 생각해도 틈이 없어 못 오시나.

산중에 사는 나는 두약(杜若)같이 향기롭고
돌 샘물 마시고 송백(松柏) 그늘에서 산다네.
그대 날 그리워한다 해도 긴가민가하여라.

천둥은 우르릉 울리고 비는 억수같이 내리는데
잔나비 떼 구슬피 밤을 새워 슬피 우네.
바람이 싸늘 불어 나뭇잎 쓸쓸히 지는데
님 생각에 하릴없이 시름에 젖는구나.[152]

---

152) 『楚辭』「山鬼」: 若有人兮山之阿, 被薜荔兮帶女羅. 旣含睇兮又宜笑, 子慕予兮
　　善窈窕. 乘赤豹兮從文狸, 辛夷車兮結桂旗, 被石蘭兮帶杜衡. 折芳馨兮遺所思, 余
　　處幽篁兮終不見天, 路險難兮獨後來. 表獨立兮山之上, 雲容容兮而在下, 杳冥冥

"붉은 표범 끄는 수레를 타고 얼룩 너구리 시종으로 삼은" 산귀의 모습은『산해경』에 나오는 반인반수의 서왕모를 연상시킨다. 그러나 "정겨운 곁눈질에 웃음을 머금은 아름다운" 외모는 훨씬 인간화되었고, "님의 원망에 서글퍼져 돌아갈 것도 잊고", "님 생각에 하릴없이 시름에 젖는" 모습은 사랑을 구하는 소녀를 연상케 한다.

산귀도 상군이나 상부인, 하백과 마찬가지로 명산을 주관했던 신령으로 추정된다. 지금으로서는 산귀를,『산해경』에서 보았듯이 고대인들의 산악 숭배의 종교적 심리와 아름다운 여신에 대한 추구가 결합되면서 문학적으로 빚어진 형상으로 보는 것이 좋을 것 같다. 그리고『초사』에서 산귀의 모습이 공포스러운 귀신이 아닌 아름다운 여성인 것은 오신(娛神)하여 강신케 하는『초사』의 무가적(巫歌的) 성격 때문인 것으로 생각된다.

제3절 문화 영웅

문화 영웅(culture hero)의 함의에는 광의와 협의의 구분이 있는데, 여기에서 사용한 개념은 비교적 광범위한 의미이다. 양이혜(楊利慧)에 따르면 문화 영웅이란 다양한 문화 성과, 즉 불을 사용한다거나 노동의 도구를 만든다든가 식물을 재배한다거나 동물을 길들이는 방법 등을 가장 먼저 발명하고, 그 기술을 인류에게 전수해준 신화 인물을 일컫는다. 그리고 최초의 혼인 제도, 습속, 의례를 제정하거나 흉물스러운 존재와 괴물을 제거하여 세상의 혼란을 소탕해 보편적인 사회 질서를 확립한 신화 영웅을 말한다.[153]

兮羌晝晦, 東風飄兮神靈雨, 留靈脩兮憺忘歸, 歲旣晏兮孰華子. 采三秀兮於山間, 石磊磊兮葛蔓蔓, 怨公子兮悵忘歸, 君思我兮不得閒, 山中人兮芳杜若, 飮石泉兮蔭松柏, 君思我兮然疑作. 雷塡塡兮雨冥冥, 猿啾啾兮又夜鳴, 風颯颯兮木蕭蕭, 思公子兮徒離憂.

메레틴스키(Мелетинский) 역시 문화 영웅이란 인류의 문화 전반에 도움이 되는 공적을 행하여 자연계의 균형을 가져오고 일상생활을 보장해준 영웅을 말한다고 했다.[154]

중국 신화에서 이런 문화 영웅의 개념에 가장 잘 부합되는 여신은 단연 여와이다. 그녀는 무너진 하늘 기둥을 다시 세우고 찢어진 하늘을 보수하여 홍수를 다스렸을 뿐 아니라, 노약자를 해치는 괴물을 처치한 전형적인 영웅이다. 그래서 오늘날까지 중국에서는 하늘을 보수한 여와의 영웅적 행적을 기리기 위해 보천절(補天節) 행사를 거행한다.[155] 이런 풍습이 언제부터 시작되었는지 정확한 시기를 알 수는 없지만 진(晉)나라 왕가(王嘉)의 『습유기』에서 그 기록을 찾아볼 수 있다.

> 강동(江東) 지방에서는 속칭 정월 20일을 천천일(天穿日)이라고 하며 붉은 실로 전병을 집 위에다 묶어 놓는데 이날을 보천절이라고 한다.[156]

위의 인용문에서 보듯이 이미 진대에 강동 지역에서는 보천절의 습속이

---

153) 楊利慧, 『女媧的神話與信仰』, p.44.

154) 梅列金斯基(Мелетинский, 메레틴스키), 魏慶征 譯, 『神話的詩學』, 臺北 : 臺灣商務印書館, 1990, p.222.

155) 보천절은 補天地, 天穿節, 補天穿 등으로도 불린다. 廣東 지역에서는 많은 사람들이 정월 19일이 되면 문에 마늘을 걸어 놓고 사악함을 물리치는데, 쌀가루를 익혀서 큰 덩어리를 만들고 그 위에 바늘과 실을 붙여서 그것을 補天穿이라고 하였다(花縣志, 『中國地方志民俗資料匯編』 中南卷(下), 北京 : 書目文獻出版社, 1990, p.685). 陝西 臨潼 지역에서는 補天節을 媓節 혹은 妊節이라고 부르며 주로 여성들이 담당했다. 정월 20일에 부녀자들은 성심 성의껏 얇은 떡을 찌거나 전병을 부쳐서 점심 전에 간단한 의식을 치른 뒤 전병을 찢어서 집 위로 던지는데 이것을 補天이라 하고, 지하나 우물 속으로 던지는 것을 補地라고 한다(張自脩, 「麗山女媧氏風俗與關中民間美術」, 『陝西民間美術研究』, 陝西 : 陝西人民美術出版社, 1987, p.41). 그리고 江東 일대의 사람들은 정월 20일에 붉은 실로 전병을 집 위에다 묶고 그날을 補天節이라고 한다(「癸巳存稿」 卷11 引『藝文類聚』).

156) 『拾遺記』: 江東俗號正月二十日爲天穿日, 以紅縷系煎餅置屋上, 謂之補天節.

유행하였다. 즉 보천절에는 얇고 둥근 모양의 음식으로 하늘과 땅을 상징적으로 메우면서 여와의 영웅적 행적을 재현하였다. 이런 보천절이 여와의 영웅적 면모를 보여준다면, 기타 문화 영웅 신격으로는 어떤 신이 있을까?

1 고매신(皐媒神)

고대인들이 생활을 영위해가는 데 가장 기반이 되는 것은 노동력이었다. 노동을 해서 식량과 물적 자원을 생산하지 못하면 생활 자체를 보장받을 수 없었기 때문에, 노동이란 곧 그들의 생사와 직결되는 중요한 사안이었다. 그러므로 그들에게 노동력 확보는 필수적이었고, 이 때문에 이른 시기부터 생식에 대한 숭배 관념이 싹트게 되었다. 이런 생식 숭배 관념은 후에 남녀의 제도적인 결합이라는 혼인 의례와 만나면서 고매신을 탄생시켰고, 고매신은 인류의 혼인과 자손을 점지해 주는 역할을 담당하게 되었다. 중국 신화에서 일반적으로 고매신은 모두 여신으로, 여와와 간적(簡狄), 강원(姜嫄)은 여신의 성별을 갖고 있다. 이것은 고매신의 역할인 혼인과 자손 점지가 생식, 출산과 연관된 문제이며, 여성 고유의 능력이라고 인식되었기 때문이다. 응소(應劭)의 『풍속통의』와 나필(羅泌)의 『노사(路史)』에는 여와가 혼인을 중매하는 여매(女媒)로서 등장한다.

여와는 기도를 하고 제사를 드리는 신으로, 그녀에게 기도를 하면 중매가 이루어졌다. 이 때문에 혼인 제도를 만들어 중매를 행하는 것이 이때부터 분명해졌다.[157]

---

157) 羅泌, 『路史』「後紀」引『風俗通義』: 女媧禱祠神, 祈而爲女媒. 因置昏姻, 行媒始此明矣(『四部備要·史部·路史』, 臺北: 臺灣中華書局, p.2).

여와는 어려서 태호(太昊)를 보좌하고 신지(神祇)에게 빌어 여성을 위해 성씨를 바로잡았다. 혼인을 관장하고 행하여 모든 백성들의 혼인 제도를 관장하니, 신매(神媒)라 하였다. 중매의 역할을 맡았으니 뒤에 나라가 생기자 고매신으로 제사지내졌다.[158]

위의 두 인용문에서 보듯이 여와는 혼인 제도를 세우고 중매를 안배하는 고매신이다. 여와 외에 대표적인 고매신으로는 은의 시조모인 간적과 주의 시조모인 강원이 있는데, 문일다(聞一多)에 따르면 각 민족의 고매신은 모두 그 민족의 조상 할머니인 선비(先妣)였다.[159] 이들 강원과 간적이 은과 주라는 실제적인 국가의 시조모로서 출발하여 후에 고매신으로 섬겨졌다면, 여와는 이른 시기부터 고매신으로서 숭배됐을 것이다. 일반적으로 여와에 대한 기록은 구체적인 시공간을 초월한 원시적인 사유를 보여주기 때문이다.

그렇다면 여와를 고매신으로 제사지내던 당시의 상황은 어떠했을까? 고대에는 고매를 교외에서 제사지냈기 때문에 교매(郊媒)라고도 하였다. 지금으로서는 고매 제사에 대한 자세한 기록이 많지 않으므로 대략적인 것만 추측해볼 수밖에 없다.

매씨(媒氏)는 온 백성의 부부의 예를 관장한다.[160]

고매는 신의 이름이다. 고(皐)는 높다는 것이고 매(禖)는 매파이다. 길사

---

158) 『路史』「後紀」第二卷 「禪通紀·太昊下」: 女媧少佐太昊, 禱于神祇, 而爲女婦正姓氏, 職婚姻, 通行媒, 以重萬民之制, 是曰神媒, 以其載媒, 是以後世有國, 是祀爲皐媒之神(『四部備要·史部·路史』, pp.2-3).

159) 聞一多, 「高唐神女傳說之分析」, 『聞一多全集』第1卷, p.98.

160) 『周禮』「地官·媒氏」: 媒氏掌萬民之判(『四部叢刊·經部·周禮』, 臺北: 臺灣商務印書館, p.65).

(吉事)가 있으면 먼저 점괘를 보고 사람의 선조에게 아뢰니 자손을 기원하
는 조상이다.[161]

위의 예문에서 고매가 혼인의 예를 담당했다는 것을 알 수 있다. 『예기(禮
記)』 「월령(月令)」에는 주나라 사람이 고매에게 제사지내는 장면이 나온다.

(중춘의 달) 이 달에는 제비가 남쪽에서 날아온다. 제비가 오는 날 소,
양, 돼지의 세 가지 희생을 갖추어 고매신에게 자식을 낳게 해달라고 제사
지낸다. 이때 천자가 친히 행차하는데 후와 비는 아홉 빈을 거느리고 천자
의 앞에 가서 기다린다. 그러면 천자는 좋아하는 여인을 예로서 맞이하여
활집을 허리에 매고 고매신상 앞에서 제례를 거행한다. 수태를 한 여인은
고매신상의 앞에 나아가 몸소 활과 화살을 받는다.[162]

위의 인용문에서 알 수 있듯이, 고대의 고매 제사는 천자와 후비(后妃),
구빈(九嬪)이 참석하고 삼생(三牲)의 희생물을 바칠 만큼 융숭했다. 정현
은 고매 제사에서 활과 화살을 지니는 목적이 아들에 대한 기원과 관련이
있다고 보았다.[163] 신에게 아들을 점지해 달라고 비는 풍습이 이미 오랜 전
통이었음을 알 수 있다. 다음 『시경』의 예문도 고매신의 사당에 가서 아들
을 내려주기를 기원했던 당시의 상황을 보여준다.

---

161) 蔡邕, 『月令章句』: 皐禖, 神名也. 皐猶高也. 禖猶媒也, 吉事先見是象, 謂人之
先, 所以祈子孫之祖也.

162) 『禮記』 「月令」: (仲春之月)是月也. 玄鳥至, 至之日, 以太牢祀于高禖. 天子親往,
后妃帥九嬪御, 乃禮天子所御, 帶以弓韣, 授以弓矢于高禖之前(『四部叢刊·經部·
禮記』, p.48 ; 이민수 옮김, 『禮記』, 서울: 翰林出版社, 1982).

163) 鄭玄 注: 남자아이를 구하는 조짐이다. 왕은 明堂에 거한다. 『禮記』에서는 다음과
같이 말한다. "활과 화살통을 지니고 고매 아래에서 예를 올리는데 그 아들은 반드시
하늘의 자질을 얻게 된다"(求男之祥也. 王居明堂. 禮曰, 帶以弓韣, 禮之媒下, 其子
必得天材)(『四部叢刊·經部·禮記』, p.48).

126

정결하게 제사지내어 아들 없을 나쁜 조짐을 내쫓으시고.[164]

『모전(毛傳)』에서는 "불(弗)은 없애는 것이며 아들이 없는 조짐을 없애고 아들이 생기게 해달라고 비는 것으로, 옛날에는 반드시 교매를 세웠다"[165]라고 하였다. 자손에 대한 중시는 상층 계급뿐 아니라 민간에도 보편적으로 존재해 왔으며, 이런 고대인들의 염원이 여신 여와에게 투영되어 여와가 고매신의 기능을 담당하게 되었던 것이다. 여와는 오늘날까지도 민간에서 송자낭랑(送子娘娘)으로 숭배되고 있다. 그런데 이런 고매신으로서의 여와 형상은 문헌 신화보다 구비 신화에서 더욱 생동적이다.

여와가 인간을 빚은 후 스스로 몸이 약해졌다고 느꼈다. 흙으로 만든 인간이 또한 불로장생할 수 없자 여와는 방법을 생각해내어 다음부터는 진흙 인간을 만들 때 남자와 여자 두 명을 만들어 그들이 짝을 짓고 스스로 살며 아이를 기르도록 하였다. 이렇게 하여 그녀는 다시는 진흙 인간을 만들지 않게 되었다. 그때부터 인간에게는 남녀가 생겨났고 오늘날까지 사람들은 짝을 지어 살고 있다.[166]

사천(四川)의 「여와가 사람을 만들었다(女媧娘娘造人)」 신화도 위의 인용문과 내용상 대동소이하다. 여와가 처음으로 사람을 만들었을 때, 모두 똑같은 모양에 남녀 구분도 없어서 가정을 이루지 못하여 외롭게 살자, 여와는 이렇게 해서는 안 되겠다고 느꼈다. 그래서 사람을 만들 때 남녀를

---

164) 『詩經』「大雅·生民」: 克禋克祀, 以弗無子.

165) 『毛傳』: 弗, 去也. 去無子, 求有子, 古者必立郊禖焉.

166) 河北省 撫寧縣의 「女媧造人」: 女媧造了泥人之後, 自覺身體虛弱, 而泥人又不能長生不老, 于是女媧想出了個辦法, 往后做泥人時, 就做出公母兩樣, 叫他們自個兒配對, 自個兒生養. 這樣, 她就再不用做泥人了. 從那以後, 人就有了男女. 直到現在, 人還配成一對一對的呢(『中國民間文學集成·撫寧民間故事』, 第1卷, 秦皇島市撫寧縣三套集成辦公室, 1989, p.19).

나누어, 짝을 이뤄 자식을 낳아 후세를 잇도록 했고, 이때부터 점점 땅은 복잡해졌다는 것이다.[167) 감숙(甘肅) 천수(天水)의 「여와가 사람을 만들었다(女媧造人類)」라는 신화도 이와 유사한 내용이다.

여와가 사람을 만든 후 사람에게는 삶과 죽음이 생겼다. 이에 그녀는 날짐승과 들짐승이 어떻게 자손을 번식시키는지를 관찰하여 사람을 남녀로 나누고 그들 스스로 결합하여 자손을 창조하도록 하였다. 이렇게 하니 인류는 대대로 번성하여 하루하루 많아졌다.[168)

사천의 「여와낭랑과 향산노조(女媧娘娘和香山老祖)」의 예를 보자.

대홍수 후에 여와와 향산의 시조는 오누이간에 결혼하였다. 혼인 뒤 여와는 한 개의 살덩어리를 낳았다. 갈라 보니 안에는 51명의 남자 아이와 49명의 여자 아이가 있었다. 여와는 그들을 짝지웠는데 잘난 애들은 잘난 애들끼리, 모자란 아이들은 모자란 아이들끼리 짝지웠다. 최후에 남은 2명의 남자 아이는 짝이 없어, 여와낭랑은 그들에게 "너희 둘은 서로 멀리해야 된다"고 말하였다. 이것이 바로 어떻게 오늘날 독신남과 독신녀가 생겼는가의 기원이다.[169)

---

167) 『中國民間文學集成・凉山州德昌縣資料集』 第2卷, 四川： 四川省德昌縣民間文學集成辦編, 1991.

168) 甘肅省 天水의 「女媧造人類」： 女媧造人以後, 人有生死, 于是她觀察了鳥獸如何繁衍後代. 便開始把人分作男女, 讓他們配合起來創造後代. 就這樣, 人類一代代繁衍下來, 而且一天比一天多了(『中國民間故事集成・甘肅卷・天水市北道區民間故事集』 上卷, 北道區民間文學三套集成編輯部, 1989).

169) 四川의 「女媧娘娘和香山老祖」： 大洪水後, 女媧和香山老祖兄妹結婚. 婚後女媧生下一個肉球. 劃開一看, 裏面有五十一個男孩, 四十九個女孩. 女媧就爲他們配親事, 好的配好的, 差的配差的. 最後剩下兩個男的沒有堂客, 女媧娘娘就說, 你們兩個擠一下就算了. 這就是爲什麼現在有單身漢和嫖堂客的來由.

위의 예문은 고매신인 여와의 면모를 좀더 구체적으로 표현했을 뿐 아니라, 독신남과 독신녀의 기원에 대해서도 신화적인 해석을 덧붙이고 있다. 그래서 오늘날까지 섬서(陝西) 임동(臨潼), 하남(河南) 회양(淮陽)·서화(西華), 하북(河北) 섭현(涉縣) 등지에서는 여와를 신봉하여 매년 2~3월이면 제사를 거행한다. 자식을 바라는 사람들은 제사 의례를 통해 여와에게 아이를 점지해달라고 빌고 자손의 동굴을 팠으며, 서로 뛰면서 춤추고 밤에 야합을 하기도 했다.

여와 다음으로 대표적인 고매신으로는 강원과 간적을 꼽을 수 있다. 오늘날까지 섬서 지방에서는 강원을 고매신으로 숭배하여 제사를 거행한다. 그래서 매년 3월 15일이 되면 아이 갖기를 바라는 여성들이 강원에게 제사지낸 뒤 사당 근처에서 밤을 새며 기다리다가 지나가는 남성과 동굴이나 숲속에서 관계를 맺고 임신하였다.[170] 정현은 『예기(禮記)』의 주에서 간적에 대해 다음과 같이 말하고 있다.

현조(玄鳥)가 알을 떨어뜨리자 유융씨(有戎氏)의 간적이 그것을 삼키고 설(契)을 낳았는데, 후에 왕이 매관(禖官)의 상서로운 징조로 여겨 그녀의 사당을 세우고, 매(禖)를 매(媒)로 고쳐 말하니 그녀를 고매신으로 섬기게 되었다.[171]

그렇다면 강원과 간적은 어떻게 고매신으로 받들어지게 되었을까? 첫째, 이들은 모두 남성과 결합하지 않고 영험한 감응으로 아들을 임신했으며, 이 아들은 자라서 위대한 시조가 되었기 때문이다. 즉 남성과의 성적인 결합 없이 임신이 가능했고 더군다나 낳은 아들이 절세의 영웅이었기 때문에 이들은 신의 지위를 획득할 수 있었다. 둘째, 이들이 모두 고매신의 제사에

---

170) 宋兆麟, 「中國史前的女神信仰」, 馬啓成 主編, 『民族學與民族文化發展硏究』, p.274.
171) 『禮記』「月令」 鄭玄 注：玄鳥遺卵, 娀簡吞之而生契. 後王以爲禖官嘉祥而立其祠焉, 變禖言媒, 神之也(『四部叢刊·經部·禮記』, p.48).

서 돌아오는 길에 임신을 했기 때문이다.

> 처음 이 백성을 낳으신 분은
> 바로 강원일세.
> 어떻게 백성을 낳으셨나?
> 정결하게 제사지내시어
> 자식 없을 나쁜 조짐을 내쫓으시고
> 하느님의 엄지발가락 자국을 밟으시자 마음 기뻐져
> 그곳에 머물러 쉬셨네.
> 곧 아기를 배고는 삼가시어
> 아기를 낳아 기르셨으니
> 이분이 바로 후직(后稷)일세.[172]

『시경』「생민(生民)」에서는 강원이 주나라의 시조모로서 고매의 사당에서 정결하게 제사지낸 뒤 후직을 임신했다고 기록하고 있다. 유달림(劉達臨)도 당시에는 해마다 고매를 제사지내는 날이 있어서, 청춘 남녀가 고매 신에게 제사를 올린 다음 교외에서 밀통(密通)하는 것이 관례로 되어 있었으며, 간적과 강원도 이런 고매 제사에서 임신했다고 보았다.[173]

강원과 간적의 예는, 오늘날의 시각으로는 비례(非禮)로 취급될 만한 고매 제사가 고대 사회에서는 전혀 문제시되지 않았음을 보여준다. 당시에는 고매 제사가 성적 결합을 통해 천지의 기운을 얻고 다산과 풍요를 기원하는 풍요 제의의 연장선으로 여겨졌기 때문이다.

---

172) 『詩經』「大雅·生民」: 厥初生民, 時維姜嫄, 生民如何, 克禋克祀, 以弗無子. 履帝武敏, 歆攸介攸止, 載震載夙, 載生載育, 時維后稷.
173) 劉達臨, 『性與中國文化』, 北京: 人民出版社, 1999, p.148.

2 음악신

고대인들에게 음악이란 어떤 의미를 지니는 것이었을까? 고대 중국의 음악 미학에 관해 비교적 체계적으로 언급한 책으로는 『예기』「악기(樂記)」를 들 수 있다. 저자와 저술 연대가 정확하지 않아서 이설(異說)이 분분하기는 하지만, 고대 사회에서 음악이 차지하는 가치와 의미를 살펴보는 데 있어서 「악기」가 차지하는 비중은 크다. 고대 중국에서는 악(樂)의 범주가 오늘날과 달리 광범위하여, 음악과 시가 그리고 무용이 삼위일체로 포함됐을 뿐 아니라 회화·조각·건축 등의 조형 예술 역시 악의 범주에 들어갔다. 그러므로 인간의 감관(感官)을 통해 쾌락을 향유케 하는 모든 예술 형식이 고대의 악이었다고 보아도 무리가 없을 것이다.[174] 다음 「악기」의 인용문을 살펴보자.

그러므로 선왕은 예악(禮樂)을 제정하였고 사람들은 그것에 의하여 조절되었다.[175]

고대 사회에서 악이란 인간이 감관을 통하여 얻을 수 있는 일체의 것을 의미했고, 인간의 욕망도 통제할 수 있는 개념이었다. 그런데 신화에서 악은 특히 여성과 밀접하게 연관되어 있다. 최초로 악기를 만든 것도 여신 여와였다.

여와가 생황(笙簧)을 만들었다.[176]

여와씨가 아릉씨(娥陵氏)에게 도량관(都良管)을 제작하여 천하의 음을

---

174) 劉偉林, 심규호 옮김, 『中國文藝心理學史』, 서울: 동문선, 1999, p.93.

175) 『禮記』「樂記」: 故先王制禮樂, 人爲之節(『四部叢刊·經部·禮記』, p.112).

176) 『世本』: 女媧作笙簧(嚴一萍 選輯, 『百部叢書集成·世本』, p.1).

하나로 통일하게 하고, 성씨(聖氏)를 반관(斑管)으로 명하여 해, 달, 별을 조화롭게 하고 충악(充樂)이라 이름하였다. 완성되자 천하는 다스려지지 않는 바가 없었다.[177]

신화에 처음으로 등장하는 악기인 생황은 여와에 의해 만들어졌고, 마찬가지로 최초의 악제(樂制)도 여와에 의해 만들어졌다.[178] 고대에는 춤도 넓은 의미에서 음악의 범주에 속하였으므로 춤으로써 신을 섬긴 무(巫)가 여성이었다는[179] 『설문해자』의 기록도 춤, 넓은 의미에서의 악과 여성과의 연관성을 보여주는 예라 하겠다.

인류 문화사상 여성과 음악은 특히 밀접한 관계에 있었다. 고대의 이집트·인도·그리스 등에서 음악의 신은 대부분 여성이었고, 민간 가요의 보존과 전승의 측면에서도 여성은 주도적인 위치를 차지하였다.[180] 그리스·로마 신화의 음악의 신도 제우스의 딸들인 뮤즈(Muse)였다. 『신통기(神統記, Theogony)』에서는 이런 뮤즈가 "준비된 음성으로…… 영원히 존재하는 신족(神族)을 노래하되 언젠가 그들만을 찬양하는 노래를 부르도록 명령했다"고 기록하고 있다. 이들은 하늘과 대지에 존재하는 모든 것을 노래했으

---

177) 『世本』「帝繫篇」: 女媧氏命娥陵氏制都良管, 以一天下之音, 命聖氏爲斑管, 合日月星辰, 名曰充樂, 卽成, 天下無不得理(嚴一萍 選輯, 『百部叢書集成·世本』, p.1).

178) 謝選駿은 『世本』의 예에 등장하는 娥陵氏도 女媧를 도와 음악을 창제한 음악의 여신으로 보았다. 자세한 것은 謝選駿, 「中國古籍中的女神」, 御手洗勝 等著, 『神與神話』, p.684를 참고한다.

179) 최초의 샤먼[巫]은 여성이었다는 주장도 있다. 黃任遠에 따르면 모계 사회에서 샤먼은 모두 여인이었고 그녀들은 또 씨족 부락의 추장이기도 했다. 이후 남성 샤먼의 출현은 모계 사회에서 부계 사회로의 이행을 반영하는 것이며, 부계 사회에 들어선 뒤에도 남자가 추장이지만 여샤먼의 지위는 오래도록 유지되었다. 자세한 내용은 黃任遠, 장춘식 옮김, 「薩滿敎神話的類型與原始思惟特色」, 전북대 인문학연구소 편, 『동북아 샤머니즘 문화』, 서울: 소명출판, 2000, p.305·314를 참고한다.

180) Sophie Drinker, "The Origins of Music: Women's Goddess Worships," *The Politics of Women's*, ed. Charlene Spretnak, New York: Doubleday, 1982, pp.39-48.

며 만일 누군가가 출생할 때 뮤즈의 눈에 띄는 영광을 입게 되면 뮤즈는 그 사람의 혀에 달콤한 이슬을 부어 주었다. 그러면 그는 진실한 판결로 사건을 해결하게 되었고 사람들의 신뢰를 얻게 되었다고 한다.[181]

『신통기』에 따르면, 뮤즈가 부르는 노래는 달콤한 이슬처럼 사람들의 마음을 기쁘게 만들었고, 사건도 해결하게 만드는 신비한 힘을 지녔으며, 그 내용은 하늘과 대지에 존재하는 모든 것에 대한 노래, 즉 신화였다. 바로 이들은 음악의 신으로서 음악뿐 아니라 문학의 전신인 구두 전승도 담당하였던 것이다. 이런 사실은 그녀들이 기억의 여신인 므네모시네(Mnemosyne=memorize)의 딸이라는 것에서도 입증된다. 즉 고대에 문학이란 구두 전승의 형태를 띠었으며 암기를 통해서만 가능했기 때문이다. 그리고 뮤즈는 인간들에게 음악으로 정화될 수 있는 힘과 시적 영감, 지혜를 주었다. 이런 능력이란, 시인들이 시를 지을 때 어떤 초월적 힘이 자신의 상상력과 영혼 위에서 작용하는 듯한 것으로, 일종의 광기에서 오는 시적 영감이라고 말할 수 있다. 이에 대하여 윌리엄 콜린스(William Collins)는 "격렬한 환희와 영감으로 가득 찬, 산란하면서도 기쁘며 한껏 부풀고 정제된 감정"이라고 표현한 바 있다. 헤시오도스 역시 일찍이 뮤즈에 대해 다음과 같이 말했다.[182]

> ……단단히 여문
> 올리브 새순으로 만든 지팡이.
> 그 놀라운 물건
> 그들이 내게 주었네.
> 내게 음성 불어넣어 주고
> 미래와 지나간 과거의 일들을
> 노래할 수 있는 힘도 주었네.

---

181) 마이클 그랜트, 『그리스·로마 신화』, p.109.
182) 마이클 그랜트, 『그리스·로마 신화』, p.118.

영원히 존재하는 행복한 신족(神族)들을

노래하라 하였지.

우리는 그리스·로마 신화의 뮤즈 여신을 통해 음악이 문학과 밀접한 관계에 있고 일종의 시적 영감을 불러일으키며, 그것은 일종의 정신적인 초월상태로서 마치 무의 엑스터시와 비슷하다는 것을 알 수 있다. 그러므로 고대에 샤먼적 기능에서 출발한 음악은 자연스럽게 최초의 샤먼이었던 여신의 소관으로 들어올 수 있었다. 여와가 악기를 만들었다는 신화도 음악과 여무(女巫)가 고대 사회에서 매우 밀접한 관계에 있었기 때문에 나올 수 있었다. 하북(河北) 섭현(涉縣)의 구비 신화인 「여와가 생황을 만들었다(女媧制笙簧)」도 이런 맥락에서 해석될 수 있다.

> 여와가 사람을 만들고 나서 사람과 사람 간의 감정이 친밀하지 않자, 방법을 고안해내어 그들로 하여금 감정을 교류하게끔 하였다. 최초에 그녀가 호로박을 하나 가지고 있다가 잘못하여 돌에 떨어뜨렸다. 바람이 불면 호로가 울려서 소리를 냈다. 여와는 여기에 착안하여 생황을 만들었다. 나중에 그녀는 호로에다 갈대 뿌리를 붙여서 더 좋게 만들었다.[183]

음악은 사람의 마음을 화합하고 기쁘고 즐겁게 만든다. 여와가 생황을 만든 목적도 음악의 이런 작용을 통해 인간 관계를 더욱 친밀하게 하고 궁극적으로 인간 세상을 조화롭게 만들려는 것이었다. 『여씨춘추(呂氏春秋)』는 음악의 기원과 본질을 다음과 같이 말한다.

---

183) 河北 涉縣의 「女媧制笙簧」: 女媧造了人以後, 人與人之間的感情不密切, 女媧就想辦法讓他們交流感情. 最初她拿了一個葫蘆, 不小心碰在石頭上, 風一吹, 葫蘆就響. 女媧由此受到啓發, 制作了笙簧. 後來她又在葫蘆上加了蘆根, 把它改造得更好了(楊利慧, 『女媧的神話與信仰』, p.67).

음악이 유래하는 바는 아주 오래되었으니 그것은 측량에서 나왔고 태일 (太一)에 근본을 두고 있다. ……만물이 나오는 것은 태일에 의해 이루어지며 음양에 따라 변화한다. 식물이 싹트고 동물이 움직여 소생하는 것은 그 안에서 응결되어 형태를 이룬 것이다. 형체에는 구멍이 있는데 구멍마다 소리가 나지 않는 곳이 없다. 소리는 조화에서 나오고 조화는 마땅함에서 나온다. 선왕들이 음악을 제정할 때 이 조화와 마땅함에 의거해서 만들었다.[184]

음악을 형성함에 갖추어야 할 것이 있으니 좋아하는 것과 욕망하는 것을 반드시 조절하는 일이다. 좋아하는 것과 욕망하는 것이 한쪽으로 치우치지 않으면 음악에 힘쓸 수 있을 것이다.[185]

음악을 우주 만물과의 상관적 사고에서 파악하고 궁극적으로 조화와 중용의 도를 추구한 것은 당시 음양오행학파(陰陽五行學派)의 중화(中和) 관념의 영향을 받은 것이다. 그런데 그런 점을 감안하더라도 이 책에는 음악의 본질에 대한 고대인들의 사고가 녹아 있다. 첫 번째 인용문에서 보듯이 음악은 측량에서 나왔고, 음양에 따라 변화하는 것이다. 즉 질서와 변화를 아우르는 조화가 음악이 궁극적으로 추구하는 것이니, 소리는 조화에서 나오고 조화는 마땅함에서 나온다고 하였다. 그리고 진정한 음악을 만들기 위해서는 좋아하는 것이나 욕망하는 것이 어느 한쪽으로 치우치지 않는 중용의 덕을 지켜야 한다고 했는데, 이 같은 질서와 조화에 대한 중시는 여와의 대모신 신격과도 연결된다. 대모신으로서 여와는 무너진 하늘 기둥을 세

---

184) 『呂氏春秋』 「大樂」: 音樂之所由來者遠矣, 生於度量, 本於太一……萬物所出, 造於太一, 化於陰陽. 萌芽始震, 凝寒以形. 形體有處, 莫不有聲. 聲出於和, 和出於適. 和適, 先王定樂, 由此而生(『四部叢刊·子部·呂氏春秋』, 臺北: 臺灣商務印書館, p.30).
185) 『呂氏春秋』 「大樂」: 成樂有具, 必節嗜慾. 嗜慾不辟, 樂乃可務(『四部叢刊·子部·呂氏春秋』, pp.30-31).

우고 지상의 혼란을 수습하여 인간 세상의 질서를 바로잡았으며, 사람을 창조하고 혼인을 안배함으로써 남녀가 조화로운 삶을 영위할 수 있게 도왔다. 절강(浙江) 호주(湖州) 지역의 신화인 「여와가 생황을 만들었다(女媧作笙簧)」를 보면 여와가 생황을 불자 파괴된 세상에 태양이 출현하고 온갖 새들이 날기 시작한다.[186] 그러므로 여와가 음악을 만든 것은 사람 사이의 친밀함을 유도하고 세상의 조화와 질서를 추구하려는 데 목적이 있었다.

악의 본질적인 의미를 좀더 탐구해 들어가면 원시 사유에서 음악은 생명의 원동력으로서의 의미도 지녔다는 것을 알 수 있다. 『예기』 「명당위(明堂位)」에서 여와는 생황을 만든 음악의 신인데,[187] 이에 대해 당대의 마호(馬縞)는 이렇게 자신의 견해를 밝혔다.

상고 시기에 음악이 아직 조화를 이루지 못하였는데 생황만은 만들었으니 그 의미는 무엇일까? ……인간이 태어나 음악을 만든 이유는 (음악이) 생명력을 일으키는 기상을 지녔기 때문이다.[188]

위의 글은 여와가 태초에 음악을 만든 이유가 바로 음악에 내재한 생명력에 있음을 말한다. 그런데 다수의 악기 가운데 유독 생(笙)을 여와가 선택하여 만든 이유는 무엇일까? 다음 『설문해자』의 인용문은 생(笙)과 원시 사유에 보이는 생명 발흥 기운과의 연관성을 보여준다.

생은 정월의 소리로, 만물이 살아나므로 생이라 불렀다.[189]

---

186) 鍾偉今 選編, 『湖州民間故事精選』, 浙江 : 浙江湖州民間文藝家協會, 群衆藝術觀, 1992.

187) 『禮記』 「明堂位」 : 女媧之笙簧(『四部叢刊·經部·禮記』, p.99).

188) 馬縞, 『中華古今注』 : 上古音樂未和, 而獨制笙簧, 其意云何……人之生而制其樂, 以爲發生之象(嚴一苹 選輯, 『百部叢書集成·中華古今注』, 臺北 : 藝文印書館, p.4).

189) 許愼, 『說文解字注』 : 笙, 正月之音, 物生故謂之笙(許愼 撰, 段玉裁 注, 『說文解字注』, p.197).

위의 인용문에서, 생황을 생이라 부르는 이유가 바로 생황의 만물을 생장케 하는[生] 생명의 힘 때문이라는 것을 알 수 있다. 생은 오늘날에는 주로 대나무로 제작되지만 본래 주재료는 호로였다. 중국 남방의 납호족(拉祜族)·율률족(傈僳族)·태족(傣族)·와족(佤族)·동족(侗族)·묘족(苗族)은 오늘날에도 생을 노생(蘆笙)이라고 부른다. 호로는 외형상 배 부분이 볼록하고 씨가 많은데 내용물을 제거하면 물건을 담는 용기로 사용할 수 있어서 예로부터 중국에서는 생명 창조와 다산, 풍요를 상징하였다.[190] 음악, 생황, 호로는 모두 이러한 여성적인 생명력이라는 하나의 상징 코드로서 읽혀질 수 있는 것이다.

이제까지의 내용을 정리해 볼 때, 중국 여신의 가장 큰 특징은 하나의 신이 여러 신격을 겸한다는 점이다. 예를 들어 여와는 대모신일 뿐 아니라 운우신이기도 하며 고매신과 음악신도 겸하고 있다. 그래서 그리스·로마 신화의 여신들이 비교적 고유한 신격을 소유하고 있는 것과는 달리, 중국 여신은 신격이 모호하다. 이제까지 살펴본 중국 여신의 신격을 구분하여 도표로 정리해 보면 다음과 같다.

---

190) 蔡俊生, 「神話與現實：中國史前時代兩性關係的投影」, 閔家胤 主編, 『陽剛與陰柔的變奏：兩性關係和社會模式』, 北京：中國社會科學出版社, 1995, p.28.

신 격		신 명
대모신	시조모신	여와가 단독으로 사람을 창조하는 경우
		여와가 배우신과 결합하여 사람을 창조하는 경우
		시조모 신화
	창세신	여와
	지모신	여와, 여이(女夷), 후토(后土)
자연신	일 신	희화(羲和), 원(鵷), 동모(東母)
	월 신	상희(常羲), 항아(姮娥), 열(嚏), 서모(西母)
	운우신	여와, 여축시(女丑尸), 황제녀발(黃帝女魃), 운중군(雲中君), 무산신녀(巫山神女)
	하 신	제지이녀(帝之二女), 상군(湘君), 상부인(湘夫人), 복비(宓妃), 낙신(洛神), 강비이녀(江妃二女)
	산 신	서왕모, 무라(武羅), 산귀(山鬼), 제지이녀, 황제녀발, 여시(女尸), 여와
문화 영웅	고매신	여와, 강원(姜嫄), 간적(簡狄)
	음악신	여와, 아릉씨(娥陵氏)

제4장 중국 여신의 이미지 읽기

중국 신화에서 여신은 다양한 이미지로서 표현된다. 『산해경(山海經)』의 여와처럼 여성과 남성, 동물과 인간 사이의 경계가 불분명한, 미분화된 이미지로 표현되기도 하고, 『신이경(神異經)』의 서왕모처럼 남신의 배우자로 등장하기도 하며, 「고당부(高唐賦)」의 무산신녀(巫山神女)의 예에서 보듯 미모의 여성으로 나타나기도 한다. 후세로 가면서 여신은 도교와의 긴밀한 관계 속에서 장생불사를 추구하는 여선(女仙)의 이미지도 갖게 되는데 『한무내전(漢武內傳)』·『한무동명기(漢武洞冥記)』·『수신기(搜神記)』 등의 소설에서 그런 예를 찾아볼 수 있다.

그래서 이 책에서는 중국 신화에 나타나는 다양한 여신의 이미지를 크게 네 부분으로 정리해 보고자 한다. 첫째 미분화된 카오스, 둘째 남신의 보조자 그리고 배우자, 셋째 신성한 여신에서 욕망의 여성으로, 넷째 자연과 공존하는 여신이 그것이다.

첫째, 미분화된 카오스라고 하면, 외형과 성별이 불분명한 여신으로, 여성임을 가리키는 이름을 지녔지만 반인반수(半人半獸)의 외형을 하고 있거나 외형만으로는 성별조차 확실치 않은 여신의 범주이다. 둘째, 남신의 보조자·배우자로서의 여신은 앞서의 여신에서는 찾아볼 수 없는 남성 배우자를 동반하거나 그의 보조적인 위치에 있는 여신을 말한다. 셋째, 시대의 변화에 따라 『산해경』의 반인반수적인 여신의 이미지는 점차 사라지고, 『목천자전(穆天子傳)』·『신이경』의 남신의 보조자·배우자로서의 이미지에서도 벗어나, 이제는 훨씬 인격화된 이미지로서의 여신이 등장하게 된다. 여신은 남성과 사랑을 나누는 인신 연애(人神戀愛)의 대상으로서 이른바 아름다운 외모에 인간적인 욕구를 지닌 존재로서 묘사된다. '신성한 여신에서 욕망의 여성으로'에서는 바로 이런 여신의 이미지를 살펴보고자 한다. 넷째, 자연과 공존하는 여신에서는 중국 여신의 친자연적 속성에 주목하여 여신이 자연과 어떤 경로로 소통했고, 어떤 이미지를 통하여 자연과 생태적 조화를 도모했는지를 에코페미니즘(Eco-Feminism)의 각도에서 조망하고자 한다.

그런데 모든 중국 여신들이 이런 이미지의 틀 안에 분류될 수 있는 것은 아니다. 간혹 어떤 여신들은 이 네 범주 가운데 몇 가지에 동시에 속하기도 한다. 즉 중국 여신의 이미지는 매우 다양하고 시공간에 따라 변화도 크다. 고대 중국은 다민족 국가로서 지역적 특성이 분명하여 하나의 여신이라도 숭배되는 지역마다 성격이 다를 수 있었고 이미지도 다양하게 표현될 수 있었기 때문이다. 사실 이런 현상은 중국 여신뿐 아니라 남신에게도 해당되는 것으로, 중국 신화의 고유한 특징이기도 하다.

중국 여신은 시대 변화에 따라 자신의 이미지를 계속 변화하면서 생존하기도 하였다. 예컨대 서왕모가 그러하다. 서왕모는 『산해경』에서는 반인반수의 미분화된 모호한 이미지로 출현하지만, 『목천자전』으로 가면 남성의 보조자·배우자로서 등장하고, 후대의 『한무내전』으로 가면 아름다운 사랑의 대상으로 변모한다. 그러므로 중국 여신의 다양한 이미지를 고정된 틀에 넣어 정확하게 분류하기란 쉽지 않다. 그러나 일정한 분류 체계 없이 여신 이미지를 분석한다는 것은 불가능하므로 이미지의 다양함에도 불구하고 체계화는 일단 시도되어야 할 것이다. 왜냐하면 이런 분석을 통해 신화에 묻혀 있던 여신의 원형적 이미지를 복원하고 그 본연의 가치도 찾을 수 있기 때문이다.

제1절 미분화된 카오스

미분화라고 하면 어떤 상태를 말하는 것일까? 말 그대로 분화가 아직 일어나지 않아서 무언가 불분명하고 확실치 않으며 어떤 범주에도 구분하여 넣을 수 없는, 경계가 모호하다는 의미일 것이다. 그리고 미분화에는 체계화되지 않아 비논리적이고, 비논리적이기 때문에 은연중에 불쾌감이나 공포심을 유발시킬 수 있다는 의미도 내포되어 있다. 이미 과학적 사고에 익숙해진 우리들에게 이런 미분화가 어딘지 어색하고 낯설게 느껴지는 것은 당연한 이치일지도 모른다. 그런데 오늘날 이렇게 거북한 느낌을 주는 미분화의 상태가 신화 세계에서도 똑같이 불편한 느낌을 주었을까? 과연 미분화의 상태가 중국 신화에서는 어떻게 받아들여졌을까?

중국 최고(最古)의 신화서라고 하면 『산해경』을 꼽을 수 있다. 『산해경』은 가장 이르게는 서주(西周) 초기에서 늦게는 위진(魏晉) 시대까지 장구한 시간에 걸쳐 성립되었으며, 그 안에 기록된 내용은 은나라 혹은 그 이전 시대의 것이 구전되다가 후대에 와서 문자로 기록되었다고 추정된다. 그러므로 『산해경』은 하(夏)와 은(殷)의 신화를 보존하고 있기 때문에 다른 신화에 비하여 원시적인 특징이 강하다.

『산해경』에는 반인반수의 신들과 기이한 형태의 괴물들, 온갖 식물과 광물들이 기록되어 있다. 그리고 여신으로는 서왕모(西王母), 여와(女媧), 무라(武羅), 여시(女尸), 천제이녀(天帝二女), 여축시(女丑尸), 희화(羲和), 상희(常義), 황제녀발(黃帝女魃) 등이 출현한다. 이 가운데 여와와 여시가 염제(炎帝)의 딸로, 희화와 상희가 제준(帝俊)의 아내로, 발(魃)이 황제(黃

帝)의 딸로 일정한 신분이 정해져 있기는 하지만, 나머지 대부분의 여신들은 별도의 사회적 신분에 구속받지 않는 자유로운 모습을 하고 있다. 그리고 『산해경』에는 여성에 대한 혐오나 피학적인 여성의 성을 찾아볼 수 없는데, 이런 현상은 『산해경』이 역사적으로 모계제의 영향 아래 있었던 은나라 문화를 반영하고 있기 때문이다.

그렇다고 『산해경』의 여신 이미지가 모계 사회에서의 여성 숭배의 측면만을 반영하고 있지는 않다. 왜냐하면 『산해경』은, 은대 이전의 신화가 구전되던 것이므로 원시 인류의 사유를 담고 있다고는 하지만, 후대에 문자로 기록되는 과정에서 당시의 이데올로기의 영향을 분명히 받았을 것이기 때문이다. 주대부터 위진 시기라는 『산해경』의 장구한 성립 시간을 염두에 둔다면, 『산해경』은 문자 기록 당시의 인식 체계에 맞추어 재구성되지 않을 수 없었을 것이고, 이런 성립 배경으로 말미암아 독특한 여신 이미지가 만들어졌을 것으로 생각된다.

우선 『산해경』에 등장하는 여신들을 살펴보면 대부분 여성임을 알려주는 언어적 표징을 갖는다. 여와, 서왕모, 여축, 여시 등에서처럼 여(女)자나 모(母)자가 들어가는 이름, 또는 제준의 처인 상희·희화나 황제의 딸인 발처럼 누구의 처 혹은 누구의 딸과 같이 여성의 표징들을 갖고 있다.[1] 그런데 만약 이런 표징들을 감추어 버린다면 『산해경』에서 여성을 찾아내기란 무척 어렵다. 왜냐하면 『산해경』에 나타난 여신의 외모만으로는 이른바 여성미를 찾아볼 수 없기 때문이다. 아름답게 치장한 여성적인 외모는 『산해경』의 여신에게는 해당되지 않는다. 『산해경』의 서왕모도 오히려 중성적인 괴수 이미지에 가깝다.

---

1) 이에 반해서 『山海經』의 男神들에게는 이런 표시들이 거의 없다. 즉 女에 상대되는 '男'자는 전무하며 '子'자도 山神의 아들인 鼓의 경우에만 보인다. 남신들은 黃帝, 炎帝, 羿, 帝俊, 蚩尤, 夸父, 禹, 鯀, 顓頊처럼 고유명사로서 쓰여질 뿐이다. 그리고 이름만 등장할 뿐 이들에 대한 신화적인 내용은 자세하지 않다.

어떤 사람이 머리 꾸미개를 꽂고 호랑이 이빨에 표범의 꼬리를 하고 동굴에 사는데 이름을 서왕모라고 한다.[2]

서왕모는 그 형상이 사람 같지만 표범의 꼬리에 호랑이 이빨을 하고 휘파람을 잘 불며 더부룩한 머리에 머리 꾸미개를 꽂고 있다. 그녀는 하늘의 재앙과 오형(五刑)을 주관한다.[3]

위의 인용문을 살펴보면 서왕모는 머리 꾸미개를 꽂은 사람이지만, 호랑이 이빨에 표범의 꼬리를 한 인간과 동물이 혼합된 중간 형태이다. 신화에 나타난 반인반수의 형태를 어떻게 볼 것인가에 대해서는 학계에 여전히 이견이 분분한데, 신화가 상징으로서 다양한 해석이 가능하기 때문이다. 다양한 해석 가운데 가장 설득력 있게 수용되어온 견해는 반인반수의 형태를 고대의 토템 숭배의 반영으로 보는 것이다. 이 학설에 따르면 서왕모는 본래 호랑이와 표범 토템의 결합이다. 즉 호랑이를 토템으로 하는 부족과 표범을 토템으로 하는 부족 간에 상호 교류가 이루어지면서 호랑이와 표범의 형태를 공유한 여신이 등장하게 되었다는 것이다.

그러나 이와 같은 신화 해석은 신화의 다양한 상징적 함의를 단순화시켜 버릴 위험성이 있다. 수많은 신들과 현상들이 그저 고대인들의 토템 숭배의 반영일 뿐이라면 자칫 신화는 고대인들의 자연현상에 대한 실제적 해석만으로 간주될 수 있기 때문이다. 서왕모의 반인반수의 이미지 역시 고대 토템 숭배의 반영이라는 현실적인 측면에서만 해석할 것이 아니라 거기에 내재된 다양한 상징 의미까지도 밝혀져야 한다.

다시 『산해경』의 서왕모의 예로 돌아가 보자. 서왕모는 사람이기도 하지만 동물이기도 한 불분명한 정체성을 지녔기 때문에 일정한 범주 안에 분

---

2) 『山海經』「大荒西經」: 有人, 戴勝, 虎齒, 有豹尾, 穴處, 名曰西王母.
3) 『山海經』「西山經」: 西王母其狀如人, 豹尾虎齒而善嘯, 蓬髮戴勝, 是司天之厲及五殘.

류될 수 없는 이른바 미분화된 존재이다. 그런데 『산해경』 어디에도 그런 서왕모를 어색하거나 낯설게 바라보는 작자의 시선은 존재하지 않는다. 심지어 서왕모에게 하늘의 재앙과 오형을 주관하는 위엄을 부여하고 있는데, 이것은 미분화된 이미지가 신화에서 부정적인 것이 아니라 오히려 긍정적인 것이었음을 말해준다. 여신 무라의 경우도 마찬가지이다.

> 그곳에는 달팽이와 대합조개가 많다. 신 무라가 이 지역을 맡고 있는데 그 형상은 사람의 얼굴에 아름다운 표범 무늬, 가는 허리에 흰 치아를 하고 귀를 뚫어 고리를 해 달고 있다. 그 부딪히는 소리가 구슬이 울리는 듯한 것이 이 산은 정녕 여인네의 산이다.[4]

무라 역시 사람 얼굴에 표범 무늬를 한 반인반수의 이미지이지만, 한 지역을 맡아 다스리는 여군장(女君長)의 권위를 갖는다. 오늘날에는 터부시되고 위험한 존재로 간주되었을 기이한 여신의 이미지가 『산해경』에서는 전혀 낯선 것으로 받아들여지지 않으며 오히려 친근한 시선으로 비쳐진다.

미분화의 경계는 『산해경』에 나타난 여신의 외형적인 측면뿐만 아니라 주체와 객체의 불분명한 경계에서도 찾아진다. 다음의 『산해경』의 인용문을 참고해 보자.

> 열 명의 신이 있는데 이름을 여와장(女媧之腸)이라고 한다. (여와는 이렇게) 신으로 변하여 율광야(栗廣野)에 사는데 길을 가로질러 살고 있다.[5]

위의 신화에서 여와의 이미지는 상식적인 사고를 초월하여 상상력을 발

---

4) 『山海經』「中山經」: 是多僕纍, 蒲盧, 神武羅司之, 其狀人面而豹文, 小要而白齒, 而穿耳以鐻, 其鳴如鳴玉. 是山也, 宜女子.
5) 『山海經』「大荒西經」: 有神十人, 名曰女媧之腸, 化爲神, 處栗廣之野, 橫道而處.

휘해야만 이해가 가능하다. 열 명의 신이 있는데 이름을 '여와의 창자(女媧 之腸)'라고 한 것도 이상할 뿐 아니라 무엇보다 한 명의 여와가 어떤 성적 인 결합이나 매개물도 없이 열 명의 신으로 변했다는 것은 더욱 납득하기 힘들다. 『산해경』의 여와 신화는 우리에게 인식의 전환을 요구한다. 인용문 에서 여와는 주체이기도 하지만 객체이기도 하다. 여와의 몸이 어떤 도구 나 중간 단계도 없이 바로 열 명의 신으로 변하는 과정은 주체와 객체의 모호한 경계에 놓여 있다. 열 명의 신과 여와 둘 중 어느 누가 주체이고 객체인지 신화는 그 경계를 분명히 제시하지 않는다. 다만 미분화된 모호 한 이미지를 자연스럽게 그려낼 뿐이다.

여기에서 우리는 응소(應劭)의 『풍속통의(風俗通義)』에 나오는 여와의 인류 창조 신화를 한번 살펴볼 필요가 있다. 천지가 생겨났지만 사람이 없 자 여와는 황토를 빚어서 사람을 만든다. 그러나 곧 힘들고 지쳐 더 쉬운 방법을 궁리하다가 노끈을 진흙 속에 넣었다가 휘둘러 한꺼번에 많은 사람 을 만들게 된다. 이때 황토로 빚어 만든 사람은 부귀한 사람이 되었고, 노 끈을 휘둘러서 만든 사람은 빈천한 사람이 되었다.[6]

이와 같은 『풍속통의』의 예를 『산해경』의 '여와지장'의 예와 비교한다면 『풍속통의』의 내용 역시 비현실적이긴 하지만 이해하는 데는 큰 무리가 없 다. 인간을 만드는 여와라는 주체와 인간이라는 객체의 구분이 분명하며 양자 사이를 매개하는 노끈이라는 도구가 있기 때문이다. 이 신화에서 도 구라는 것은 주체와 객체 사이의 경계를 명확하게 만드는 역할을 한다. 왜 냐하면 도구를 사용한다는 것은 주체로서의 내가 자연 혹은 기타 사물을 대상화하는 것을 의미하기 때문이다.[7] 그러므로 이 글이 갖는 환상성에도

---

6) 『風俗通義』: 속설에 따르면 천지가 개벽했을 때 아직 사람이 없자, 女媧가 황토를 빚 어서 사람을 만들었다고 한다. 열심히 일하다가 다 만들 여력이 없자 노끈을 진흙 속에 넣었다가 휘둘러서 사람을 만들었다. 그래서 부귀한 사람은 황토로 만든 사람이고 빈천 한 사람은 노끈을 휘둘러서 만든 사람이다(俗說天地開闢, 未有人民, 女媧摶黃土作人, 劇務力不暇供, 乃引繩于泥中, 擧以爲人, 故富貴者黃土人, 貧賤凡庸者引絚人也).

불구하고 우리는 별다른 거부감 없이 그 내용을 이해할 수 있는 것이다. 이에 반하여 『산해경』의 여와의 예는 우리의 인식의 전환을 요구한다. 인용문에서 여와는 주체이자 객체이기 때문이다.

미분화의 경계는 주객의 차원뿐 아니라 생과 사의 연속성의 측면에서도 보여진다. 양이혜(楊利慧)는 『산해경』의 '여와지장'의 예에서 여와가 열 명의 신으로 변한 것은 바로 고대인들의 시체화생(屍體化生)의 관념을 반영한 것으로 보고, "열 명의 신이 있는데 이름을 여와지장이라고 한다. 여와는 이렇게 신으로 변한다(有神十人, 名曰女媧之腸, 化爲神)"의 '화위(化爲)'를 그 단서로 제시했다. 그녀에 따르면 이 '화위'는 『술이기(述異記)』의 "옛날 반고씨(盤古氏)가 죽어서 머리는 네 개의 산이 되고, 눈은 해와 달이 되며, 피부와 기름은 강과 바다가 되고, 머리카락은 초목이 되었다(昔盤古氏之死, 頭爲四嶽, 目爲日月, 脂膏爲江海, 毛髮爲草木)"의 '위(爲)'와 동일한 의미로, 죽은 뒤에 다시 다른 사물로 변하는 것을 말한다고 했다.[8] 신이 죽은 뒤 시체가 변하여 우주와 사람이 탄생한다는 시체화생형 신화는 중국뿐 아니라 다른 민족의 신화에서도 보편적으로 나타난다.[9] 중국에서 대표적인 예로는 반고 신화를 꼽을 수 있다. 그런데 반고 신화에서는 반고

---

7) 바타유(Georges Bataille)에 따르면 도구는 구분이 불분명한 연속성의 차단이며 바로 그런 목적으로 만들어진다. 도구는 나-아님에 눈뜨게 하며 주체와 객체의 경계를 분명히 해준다. 조르주 바타유, 조한경 옮김, 『어떻게 인간적 상황을 벗어날 것인가』, 서울: 문예출판사, 1999, p.36.

8) 楊利慧, 『女媧的神話與信仰』, p.29.

9) 가장 오래된 신화로 알려진 바빌로니아의 서사시 「에누마 엘리쉬(Enuma Elish)」에서도 마르두크(Marduk)가 최초의 여신인 바다 괴물 티아마트(Tiamat)를 죽이자 티아마트의 시체 조각들이 하늘과 땅, 우주가 되고 살과 피가 섞인 진흙이 인간으로 만들어진다(마이클 그랜트, 서미석 옮김, 『그리스・로마 신화』, 서울: 현대지성사, 1999, p.115). 북유럽에서는 거인 이미르(Imir)가 살해당하자 그의 육체는 육지로, 혈액은 바다로, 뼈는 산으로, 머리카락은 나무로, 두개골은 하늘로, 뇌수는 우박과 눈이 충만한 구름이 된다. 또한 이미르의 눈썹은 미드라르드(중간 세계)가 되어 사람의 거주지가 된다(토머스 불핀치, 『그리스・로마 신화』, pp.388-389).

146

가 죽었다는 것이 '사(死)'라는 단어로 분명하게 명시되어 있지만『산해경』의 예에서는 여와의 죽음이 뚜렷하지 않다. 크리스테바는 이런 경계선상의 이분법이 와해되는 지점을 '어브젝션(abjection)'이라고 명명하고, '어브젝션'은 존재도 부재도 아니며 주체도 대상도 아니라고 말한다. 그녀에 따르면 '어브젝션'은 미분화된 존재이고 이것은 우주 탄생시의 점액질과 같은 성격을 지니며 모계 사회와도 통한다.[10] 그러므로 미분화된 존재들은 시대를 소급할수록, 즉 신화와 같은 우주가 처음 탄생된 시기를 노래한 것에 많은 흔적을 남기게 된다. 그리고 태고의 기억들을 간직한 오래된 신화일수록 미분화된 존재들은 부정적인 시선으로 읽히지 않는다. 주체와 객체, 생과 사의 경계가 모호한 어브젝션의 경지,『산해경』의 미분화된 여신 이미지는 이분법의 틀을 넘어선 우주 탄생기의 사유를 보여준다.

그리고『산해경』에 나타난 여신들은 이른바 여성스러움이라는 잣대로는 남녀의 성별 구분이 힘들다. 예컨대 서왕모는 여성이라고 할 만한 성적인 표징을 갖고 있지 않다.[11] 그러나 그녀는 분명히 여성의 호칭을 갖고 있는

---

10) 크리스테바는 이런 주체와 객체의 미분화의 상태, 타자 속에 자아가 스스로 유지되는 상태, 다시 태어나려는 열망과 끝없는 재도전이지만 곧 언제나 실패이며 자기 해산, 자체의 분열로 이어지는 그런 경계를 어브젝션이라고 보았다. 그녀는 어브젝션의 개념이 인체에서 방출되는 소변이나 피, 정액, 대변과도 같은 것이라고도 말하였다. 즉 이런 오물들은 인체에서 나왔으므로 주체, 나에 속하기도 하지만 또한 인체로부터 분리되므로 내가 아닌 것이 될 수도 있기 때문이다. 즉 주체와 객체의 질서가 생기기 이전의 미분화의 경계인 것이다. 자세한 것은 줄리아 크리스테바(Julia Kristeva), *Powers of Horror : An Essay on Abjection*, translated by Leon S. Roudiez, New York : Columbia University Press, 1982, p.1을 참고한다.

11) 『山海經』「大荒西經」: 어떤 사람이 머리 꾸미개를 꽂고 호랑이 이빨에 표범의 꼬리를 하고 동굴에 사는데 이름을 서왕모라고 한다(有人, 戴勝, 虎齒, 有豹尾, 穴處, 名曰西王母).
　　『山海經』「西山經」: 서왕모는 그 형상이 사람 같지만 표범의 꼬리에 호랑이 이빨을 하고 휘파람을 잘 불며 더부룩한 머리에 머리 꾸미개를 꽂고 있다. 그녀는 하늘의 재앙과 五刑을 주관하고 있다(西王母其狀如人, 豹尾虎齒而善嘯, 蓬髮戴勝, 是司天之厲及五殘).

데 서왕모의 모(母)자는 상형문자로서 어머니의 가슴을 본뜬 것이기 때문
이다. 만약 서왕모가 남신이었다면 굳이 어머니의 가슴을 뜻하는 모(母)자
를 집어넣었을 리 없다. 중성적인 서왕모의 이미지에도 불구하고 서왕모라
는 호칭으로 표시한 것은 여성으로서의 성을 뚜렷이 밝히려는 의도가 아니
었을까? 마찬가지로 여신이라면 아름다운 외모를 떠올리는 우리의 고정관
념으로는 여와도 여신으로 선뜻 다가오지 않는다.

열 명의 신이 있는데 이름을 여와장이라고 한다. (여와는 이렇게) 신으로
변화하여 율광야에 사는데 길을 가로질러 살고 있다.[12]

위의 신화에서 우리는 여와의 성별을 정확하게 판단하기 힘들다. 여신으
로서 우리에게 익숙한 여와가 『산해경』에서는 분명하게 여성의 육체적 표
징을 지니지 않아서 중성적인 느낌을 줄 뿐 아니라 남성과의 성적인 결합
도 없이 마치 무성(無性) 생식을 하는 것처럼 보이기 때문이다.[13]
이처럼 자타(自他)와 남녀의 구분이 모호할 뿐 아니라 반인반수의 외모
까지 한 여신의 중성적인 이미지는 자크 라캉(Jaques Lacan)식으로 말하자
면 거울 단계로 진입하기 이전 어린아이 단계로 이야기할 수 있을 것이다.
라캉은 사람이 막 태어나서 아직 언어를 모르고 거울 단계로 진입하기 전
에는 오믈렛과 같은 미정형체로서 아직 성조차도 개별화되지 않은 양성적

『山海經』「海內北經」: 서왕모가 책상에 기대어 있는데 머리 꾸미개를 꽂고 있다.
그 남쪽에 세 마리의 파랑새가 있어 서왕모를 위해 음식을 나른다(西王母梯几而戴乘
杖, 其南有三靑鳥, 爲西王母取食).

12) 『山海經』「大荒西經」: 有神十人, 名曰女媧之腸, 化爲神, 處栗廣之野, 橫道而處.

13) 이런 여와의 이미지 때문에 베른하르드 칼그렌(Bernhard Karlgren)은 여와가 부족의
이름이며 반드시 여성을 지칭하지 않는다고 주장하기도 한다. 그러나 이에 대해 앤 비
렐(Anne Birrell)은 호칭상 '女'자를 가진 신들을 분석해 보았을 때 모두 여성이었고, 남
성신들 중 '여'자를 가진 신은 없었으며, 칼그렌의 주장은 가부장적이라고 반박한다.
Anne Birrell, *Chinese Mythology*, p.162.

(兩性的)인 존재라고 보았다.[14]

『산해경』은 이와 같은 상징계로 들어가기 이전, 상상계에서의 인간의 무의식을 반영한다고 볼 수 있으며 이런 상상계에서 여신은 가부장적 사회 질서 안에서 구성된 여성성이라는 억압적 정체성으로부터 자유로운 무정형화된 모습으로 나타나는 것이다. 이처럼 가부장제의 개념들이 부재하는 『산해경』의 세계에서 여성은 오늘날 남녀에게 부과되는 성역할에 구속받지 않기 때문에[15] 하늘의 재앙과 다섯 가지 형벌이라는 무시무시한 직분을 관장하는 서왕모로서, 치우(蚩尤)를 죽이고 전쟁에서 승리를 거두는 황제녀발로서 등장할 수 있었다.[16] 『산해경』은 다양한 여신의 이미지를 통하여 태고의 가장 원초적인 여성의 모습이 바로 자유롭고 주체적인 존재였음을 보여준다.

그렇다면 신화에서 여신의 이미지가 미분화된 모호함으로 표현될 수 있었던 사회적인 배경은 무엇일까? 그것은 『산해경』이 역사적으로 모계제의 영향 아래 있었던 은나라 문화를 반영하고 있는 데서 찾을 수 있다. 모계 사회는 오늘날 가부장제의 지배적인 개념들이 고착화되기 이전으로, 가부

---

14) 여기에서 라캉이 말하는 성은 생물학적인 성(sex)이 아닌 젠더(gender)의 의미이다. 어린아이가 막 태어나서는 남녀의 생물학적인 성은 분명히 존재하지만 상징계로 들어가기 전이므로 사회·문화적인 여성성과 남성성은 아직 존재하지 않는다는 의미이다. Chris Weedon, *Feminist Practice and Poststructualist Theory*, New York : Basil Blackwell, 1988, p.50.

15) 이 부분에 대한 좀더 깊은 이해를 돕기 위해서 생물학적인 성(sex)과 사회·문화적인 성(gender)의 개념을 먼저 짚고 넘어가야겠다. 우리는 남녀를 구분할 때, 여성·남성처럼 흔히 '성'이라는 용어를 쓴다. 그런데 여성학에서는 이 '성'의 개념을 생물학적인 성과 사회·문화적인 성으로 좀더 세분하여 사용한다. 생물학적인 성이 해부학적인 특징에 근거하여 남성 혹은 여성을 결정하는 신체적·유전적인 의미를 담고 있다면 사회·문화적인 성은 사회·문화적인 과정에서 획득·형성된 것으로서 성이 생물학적인 속성 외에 다른 사회적 속성들에 의해 형성된다는 점을 강조한다. 이런 젠더의 개념은 생물학적으로 남녀가 다르다는 것을 부정하려는 것이 아니라 현재의 여성다움·남성다움의 규정에는 사회·문화적인 영향이 있음을 분명히 하려는 의도에서 나온 것이다. 자세한 내용은 한국 여성연구소, 『새여성학 강의』, 서울 : 동녘, 2000, pp.30-31을 참고한다.

16) 西王母에 대해서는 이 책의 118-119쪽의 인용문을, 魃에 대해서는 108쪽의 인용문을 참고한다.

장적 사회와는 상이한 가치 체계에 의해 유지되고 있었을 것이다. 즉 고정적인 성역할로부터 자유로운 여성성이 존재하고 그래서 여성성과 남성성의 경계가 모호하며, 생과 사, 주체와 객체의 경계도 분명하게 이분화되기 보다 맞물려 돌아가는 원시 사유에 의해 영향을 받았을 것이다. 그러므로 모계적 유풍의 은 문화를 반영한 『산해경』이 다른 신화보다 원초적인 여신 이미지를 풍부히 간직할 수 있었던 것이다.

제2절 남신의 보조자 그리고 배우자

앞에서 살펴보았던 미분화된 여신은, 오늘날의 이른바 이분법적인 성 정체성에 구속받지 않은 주체적이고 자유로운 이미지를 보여주었다. 그러나 미분화된 여신의 이미지는 『산해경』 같은 오래된 신화서에만 국한되어 나타나며 대부분의 여신은 남신의 보조자·배우자로서 등장하는 경우가 많다. 이와 같이 좀더 후대에 기록된 여신들을 미분화된 여신들과 비교했을 때 앞서의 세 가지 미분화가 점차 분명해지는 것을 볼 수 있다. 우선 외모에서 동물과 혼재되다가 여성의 성별이 뚜렷해지고, 둘째 주체와 객체의 모호한 경계는 사라지며, 따라서 독립적이기보다는 남성신의 보조자 혹은 배우자로서 역할을 담당하게 된다.

1 남신의 보조자
— 발(魃)을 중심으로

여기에서 보조자란 남신의 배우자는 아니지만 남신을 돕는 역할을 담당하는 여신을 가리킨다. 남신의 보조자로서 여신의 이미지는 『산해경』의 여신 발을 통해 살펴볼 수 있다. 『산해경』의 발은 아버지인 황제의 명을 받아 치우와 싸우는 남신의 보조적인 존재이다.[17] 『산해경』의 발 신화를 살펴보자.

푸른 옷을 입은 사람이 있어 이름을 황제녀발(黃帝女魃)이라고 한다. 치우(蚩尤)가 무기를 만들어 황제를 치자 황제가 이에 응룡(應龍)으로 하여금 기주야(冀州野)에서 그를 공격하게 하였다. 응룡이 물을 모아 둔 것을 치우가 풍백(風伯)과 우사(雨師)에게 부탁하여 폭풍우로 거침없이 쏟아지게 하였다. 황제가 이에 천녀(天女)인 발을 내려보내니 비가 그쳤고 마침내 치우를 죽였다. 발이 다시 (하늘로) 올라갈 수 없게 되자 그가 머무는 곳에서는 비가 내리지 않았다. 숙균(叔均)이 황제에게 이 사실을 아뢰자 후에 그녀를 적수(赤水)의 북쪽에 두어 살게 하였고 숙균은 그리하여 밭농사의 책임자가 되었다. 발이 때때로 그곳을 빠져나오면 그를 쫓아내려는 사람들은 "신이여! (적수의) 북쪽으로 돌아가소서"라고 명령하듯이 말하였다. 그리고 우선 물길을 깨끗하게 하고 크고 작은 도랑을 터서 통하게 해놓았다.[18]

오늘날 중국인들이 자칭 염황(炎黃)의 자손이라고 할 만큼, 황제는 신들 가운데 독보적인 신격을 차지하고 있다. 그런데 위의 인용문에 보이는 황제는 온 천하를 지휘하는 위엄 있는 모습과는 거리가 멀다. 황제는 치우와의 전쟁에서 고전하다가 처음에는 응룡을 시켜서 치우를 공격하고, 그것도 실패해서 결국 자신의 딸인 발의 힘을 빌려 겨우 치우를 제거한다. 이 신

---

17) 魃은 이중적인 여성 이미지를 갖는다. 즉 『山海經』「大荒西經」의 전반부에서는 女戰士로 주체적인 여성 이미지가 돋보인다. 반면 신화 후반부에서는 공적을 인정받지 못하고 쫓겨나는 男神의 보조자로서의 이미지가 나타난다.

18) 『山海經』「大荒北經」: 有人衣青衣, 名曰黃帝女魃. 蚩尤作兵伐黃帝, 黃帝乃令應龍攻之冀州之野. 應龍畜水, 蚩尤請風伯雨師, 縱大風雨. 黃帝乃下天女曰魃, 雨止, 遂殺蚩尤. 魃不得復上, 所居不雨. 叔均言之帝, 後置之赤水之北. 叔均乃爲田祖. 魃時亡之. 所欲逐之者, 令曰神北行, 先除水道, 決通溝瀆.

화에서 치우를 죽이고 전쟁을 승리로 이끈 것은 다름 아닌 발이라는 여신이다. 발은 비, 즉 물을 다스리는 여신으로, 황제는 그녀의 도움을 받아서 비를 멈추고 치우를 이긴다. 만약 치우와의 전쟁에서 발의 도움이 없었다면 황제는 치우에게 패했을 것이고, 그 결과 오늘날 신의 계보는 황제가 아닌 치우 중심으로 구성되었을지도 모른다. 물론 그렇다면 중국인들은 황제가 아닌 치우의 자손임을 자랑스러워해야 할 것이다.

그러나 발의 이런 지대한 공적에도 불구하고 신화에는 그녀에 대한 어떤 포상이나 칭찬도 보이지 않을 뿐 아니라, 심지어 부정적인 이미지나 불행한 말로를 제시하고 있다. 비를 멈추게 하여 전쟁을 승리로 이끈 발의 위대한 능력은 어느새 지상 사람들을 가뭄 때문에 고생하게 만드는 원흉이 된다. 그래서 그녀는 재앙의 근원으로 위험시되었고 숙균에게 이런 사실이 발각되면서 결국 적수의 북쪽으로 쫓겨났다.

그런데 이 신화의 내용 전개에서 우리는 몇 군데 석연치 않은 점을 발견할 수 있다. 발이 왜 승천할 수 없게 됐는지를 추측할 수 있는 연결 고리가 전혀 없다는 것이다. 물을 다스리는 천녀 발의 능력이 별안간 가뭄을 유발하는 원흉으로 돌변한 배경도 분명치 않다. 게다가 그녀는 최고신인 황제의 딸이다. 황제가 일개 신하인 숙균의 말만 듣고서 자신의 딸을 귀양 보내고 오히려 숙균을 밭농사의 책임자로 임명했다는 내용은 납득하기 힘든 부분이다. 신화에서 발은 자신의 공적을 전혀 인정받지 못하고 결국 "때때로 적수 북쪽을 빠져나오려다가 그를 쫓아내려는 사람들에게 "신이여! (적수의) 북쪽으로 돌아가소서'"라고 저지당하는 비참한 신세가 되고 말았다. 그런데 같은 『산해경』에서 우리는 위의 인용문과 비슷한 이야기를 두 군데 더 발견할 수 있다.

대황(大荒)의 동북쪽 모퉁이에 흉려토구(兇犂土丘)라는 산이 있다. 응룡이 남쪽 끝에 사는데 치우와 과보(夸父)를 죽이고 다시 하늘로 올라가지 못했다. 그리하여 하계에 자주 가뭄이 들었는데 가뭄이 들 경우 응룡의 모

습을 만들면 큰비가 내렸다.[19]

　　……응룡이 치우를 죽이고 난 후 또 과보를 죽이고 남방으로 가서 살았
기 때문에 남방에는 비가 많다.[20]

　이 두 인용문을 앞서의 인용문과 비교했을 때 내용상 몇 가지 차이점이
발견된다. 우선 황제와 발의 존재를 어디에서도 찾을 수 없다는 점이다. 그
리고 치우를 죽이고 승천하지 못한 것은 응룡의 일로 되어 있다는 것이다.
그렇다면 이들 신화의 차이를 어떻게 해석해야 하는 것일까? 먼저 신화의
시기적인 선후를 따져본다면 위의 두 신화가 좀더 고태(古態)를 간직한 것
으로 추정된다.[21] 그리고 위의 두 신화에서는 남방으로 쫓겨간 것이 응룡
이며, 응룡은 물에 관한 모든 것을 주재하고 원래는 가뭄까지도 그의 소관
이었다. 즉 비참한 말로를 걷던 발의 신세는 원래 응룡의 것이었는데 후에
황제의 딸인 발이 그 악역을 대신하게 된 것이다.[22]
　이런 결과들을 종합해 볼 때 우리는 짧은 행간의 미세한 차이에서 한

---

19) 『山海經』「大荒東經」: 大荒東北隅中, 有山名曰凶犁土丘. 應龍處南極, 殺蚩尤與
　　夸父, 不得復上. 故下數旱, 旱而爲應龍之狀, 乃得大雨.

20) 『山海經』「大荒北經」: 應龍已殺蚩尤, 又殺夸父, 乃去南方處之, 故南方多雨.

21) 黃帝와 魃이 등장하는 신화는 뒤의 두 신화보다 후대에 성립된 것으로 생각된다. 우
　　선 뒤의 두 신화에 비해 앞의 신화는 계급 구조가 뚜렷이 나타나 있다. 황제와 叔均의
　　君臣 관계가 그것이다. 그리고 황제와 발이 父女의 관계로 설정되어 있고 아버지인 황
　　제에게 권위가 부여되어 있어서 이미 가부장제의 영향을 받은 신화임을 짐작케 한다.
　　또한 뒤의 두 신화가 신들 간의 다툼을 '殺'이라는 원초적인 살해를 의미하는 단어를
　　썼다면 앞의 신화는 '무기를 만들다' 혹은 '군사를 일으키다'라는 의미의 '作兵'이라는
　　단어를 썼으므로 좀더 후대에 만들어졌을 가능성이 많다.

22) 魃의 부정적인 이미지는 漢代의 『神異經』으로 가면 더욱 뚜렷해지는 것을 볼 수 있
　　다. 부魃은 가뭄의 惡神으로, 사람들에 의해서 변소에 던져지고 죽임을 당하는 불행한
　　신세가 된다. 자세한 내용은 송정화·김지선 역주, 『穆天子傳·神異經』, 서울: 살림출
　　판사, 1997, p.261을 참고한다.

가지 중요한 사실을 발견할 수 있다. 바로 여성에 대한 부정적인 이미지의 부여가 그것이다. 응룡의 역할 가운데 유독 가뭄이라는 부정적인 임무를 여성의 것으로 만든 이면에는 자연을 양육하고 창조하는 여신의 힘을 경계하고 그 권위를 축소하려는 의도가 숨어 있다.[23] 그리고 이런 의도로 인해 여신은 황제의 명령에 따라 쫓겨날 수밖에 없는 보조적인 존재로 전락하게 되었다.[24]

2 남신의 배우자
— 여와, 서왕모, 항아(姮娥), 시조모를 중심으로

『산해경』에서 미분화된 여신의 이미지로서, 남신과 결합하지 않고 열 명의 신을 창조해낸 여와는 이제 남성 배우신을 얻게 된다. 그녀는 황제의 도움을 받아 음과 양을 만들고, 상병(上駢)과 함께 귀와 목을 만들며, 상림

---

23) 캐럴린 머천트(Carolyn Merchant)는 모계에서 가부장제로 넘어가면서 여성 이미지의 변화가 일어나며 그 원인이 자연을 양육하는 어머니로서의 태도가 남성 가부장제에서는 도움이 되지 않았기 때문으로 본다. 그래서 여성은 양육하는 어머니에서 심지어 미친 여성으로까지 그 이미지가 변화된다는 것이다. 자세한 내용은 Carolyn Merchant, *The Death of Nature : Women, Ecology and the Scientific Revolution*, New York : Harper & Row, 1980, p.2를 참고한다.

24) 그런데 중국 신화에서는 魃과 같이 부정적인 자연 이미지가 부여되면서 점차 불행해진 여신이 있는 반면, 西王母와 女媧처럼 후대에도 계속 추앙된 여신이 있다. 즉 여신이라고 해서 반드시 일괄적으로 부정적인 자연 이미지가 부여되는 것은 아니다. 여신의 문제도 다양한 요인들이 개입되어 있기에 단순하게 도식적으로 생각할 수 없다는 것이다. 여신 안에서도 이런 차이가 나타나는 원인은 차후 더 심도 있게 연구되어야 하겠으나 지금으로서는 이 부분도 '여성과 性'이라는 문제가 결부된 것으로 생각된다. 즉 발의 경우 생식적인 기능보다 女戰士로서의 이미지가 두드러지므로 어떤 남성과의 결합을 이루지 못하고 지위를 상실한 채 부정적으로 각인된다. 즉 여신도 결국 여성으로 읽히기 때문에 그 시대에 요구되는 여성적인 이미지 확보의 여부에 따라 그 死活이 결정되었다.

(桑林)의 도움을 받아 팔과 손을 만든다.

황제는 그녀를 도와 남녀의 생식기를 만들었고, 상병은 그녀를 도와 귀와 눈을 만들었고, 상림은 그녀를 도와 팔과 손을 만들었는데, 이것은 여와가 매일 일흔 번 사람을 생성하는 과정이다.[25]

그런데 사람을 만들어내는 성스러운 작업은 원래 여와의 고유한 영역인데 난데없이 황제와 상병, 상림의 남신들이 개입되는 까닭은 무엇일까?[26] 이 신화에는 여신의 고유한 영역을 남신의 영역으로 은밀하게 대체해 가면서 그녀의 신성한 권위에 도전하려는 남성 중심적인 심리가 깔려 있다. 이런 의도 아래에서 여와는 결국 후세로 가면서 복희의 아내 혹은 누이로 점차 지위가 격하된다.[27] 한대의 화상석도 이제 복희와 교미함으로써만 사람을 생산할 수 있는 배우신으로 전락한 여와의 모습을 보여준다.[28]

---

25) 『淮南子』「說林訓」: 黃帝生陰陽, 上騈生耳目, 桑林生臂手, 此女媧之所以七十化也.

26) 이에 대하여 蔡俊生은 모계 사회에서 부계 사회로 넘어가면서 부계 씨족 시대의 남성 신화 인물이 인류 시조의 대열로 비집고 들어오기 시작했다고 분석하였다. 黃帝와 上騈, 桑林이 모두 女媧가 칠십 번 化生하는 과정에서 창조된 신이므로 인류를 창조한 여와의 神的 능력을 대체할 수 있는 지위에는 이르지 못하였다. 그러나 이 신화에서 주목할 점은 바로 이들 男神들의 개입의 문제이다. 인류 창조 신화에 남신이 출현하는 것은 바로 부계 씨족 시대의 남녀 兩性의 사회적 지위의 변화를 반영한다. 이에 대한 자세한 논의는 蔡俊生, 「神話與現實: 中國史前時代兩性關係的投影」, 閔家胤 主編, 『陽剛與陰柔的變奏: 兩性關係和社會模式』, p.32를 참고한다.

27) 『路史』「後紀」 引 『風俗通義』: 女媧, 伏羲之妹.
盧仝, 「與馬異結交詩」: 女媧本是伏羲婦.

28) 漢代의 石刻에 그려진 다양한 女媧와 伏羲의 그림을 보면 모두 상반신은 사람의 형태이고 하반신은 용 혹은 뱀의 형상을 하고 있다. 그 가운데 1939년 四川省 重慶 沙坪壩에서 발견된 석각은 복희와 여와의 半人半獸의 형태를 보여주는 대표적인 예라 할 수 있다. 이에 대한 자세한 내용은 李福淸(Boris Riftin), 「人類始祖伏羲女媧的肖像描繪」, 馬昌儀 編, 『中國神話故事論集』, 臺北: 中國民間文藝出版社, 1988, p.28을 참고한다.

『산해경』에서 『목천자전』으로 가면서 변화된 서왕모의 모습도, 시대의 이데올로기에 맞추어 다른 모습으로 적응해 가야 했던 여성의 운명을 반영한다. 『목천자전』은 전국 시대의 기록으로, 주나라 목왕(穆王)이 서쪽으로 여러 나라들을 여행하는 환상적인 내용을 담고 있다. 특히 「권삼(卷三)」에 나오는 주목왕과 서왕모의 만남은 신화적인 색채가 가장 농후한 부분이다. 『산해경』에서 반인반수의 모습을 하고 재앙과 오형(五刑)을 주재했던 서왕모는 『목천자전』에 이르러 사랑에 빠진 여인의 모습으로 변화한다.

길일 갑자일에 천자는 서왕모에게 초대받아 갔다. 흰 규(圭)와 검은 벽(璧)을 가지고 서왕모를 만나 꽃무늬 비단끈 400장과 □ 비단끈 1,200장을 즐거이 바쳤다. 서왕모는 두 번 절하고 그것을 받았다. □ 을축일에 천자가 요지(瑤池) 가에서 서왕모에게 술을 대접했다. 서왕모는 천자를 위해 노래하기를 "흰 구름은 하늘에 떠 있고 산 언덕은 절로 솟아 있습니다. 길은 아득히 멀어 산과 내가 그 사이에 있습니다. 그대가 죽지 않고 돌아오실 수 있기를 바랍니다." 천자가 답하여 말하기를 "나는 동쪽 땅으로 돌아가 화하(華夏)를 조화롭게 다스리고 모든 백성들이 편안해지면 나는 그대를 보러 돌아올 것입니다. 3년이 되면 다시 황야로 돌아올 것입니다." 서왕모가 또 천자를 위해 읊조리면서 "(저는) 저 서쪽 땅으로 가서 그 황야에서 삽니다. 호랑이와 표범이 무리를 이루고 까마귀와 까치가 함께 살지요. (천제께서) 황야를 떠나지 말라고 명령하셨습니다. 저는 하느님의 딸이요, 그대는 어떤 속세 사람이길래 또 저를 떠나려 하십니까. 생황을 불어 혀를 울리니 마음이 홀가분해집니다. 속세 사람인 그대는 하늘만 바라보시는군요." 천자는 말을 몰아 엄산(弇山)의 돌에 올라 이름과 공적을 기록하고 홰나무를 심었다. (비석 상단에) 서왕모의 산이라고 적었다.[29]

---

29) 『穆天子傳』卷三: 吉日甲子, 天子賓于西王母. 乃執白圭玄璧以見西王母, 好獻錦組百純, □組三百純. 西王母再拜受之. □乙丑. 天子觴西王母于瑤池之上. 西王母爲天子謠曰, 白雲在天, 山陵自出. 道里悠遠, 山川間之. 將子無死, 尚能復來. 天子

그녀는 이제 무시무시한 야수의 외피를 벗고 주목왕이 돌아오기를 손꼽아 기다리는 여인이자, 황야를 떠나지 말라는 천제의 명령에 복종해야 하는 착한 딸로 지위가 격하되어 있다. 주목왕이 속세의 문명적 인간이라면 서왕모는 호랑이, 표범과 무리를 짓고 까막까치와 더불어 살아가는 자연이요, 화하(華夏)의 백성들을 조화롭게 다스리는 주목왕이 이성의 화신이라면 떠나는 님을 보면서 생(笙)을 불며 슬픔을 달래는 서왕모는 감성의 화신이다.

물론 자연과 소통하는 생태적인 감수성은 여신에게서 찾아볼 수 있는 긍정적인 측면일 수도 있다. 그러나 우리가 주목해야 할 것은 이런 만남 자체가 궁극적으로 주목왕의 낯선 주변 지역에 대한 탐색과 지배 과정에 있다는 점이다. 천자는 서왕모를 만난 후 화하로 돌아가면서 얼른 엄산(弇山)에 올라 기념비를 세우고 자신의 이름과 공적을 기록한 뒤 홰나무까지 심어 자신의 영역에 들어왔음을 공표한다. 그리고 비석 상단에 엄산 대신에 '서왕모의 산'이라는 새로운 이름을 명명하고 새긴다. 목왕에 의해 새로운 이름이 부여된다는 것은 엄산이라는 주변 공간이 중심으로 편입됨을 의미할 뿐 아니라 서왕모라는 여신이 목왕의 지배 아래 놓이게 됨을 말한다.[30]

그런데 이런 지배 과정이, 서구 신화에서 마르두크(Marduk)가 티아마트(Tiamat)를 죽이고 제우스(Zeus)가 대지의 여신 티폰(Typhon)을 살해하는

答之曰, 予歸東土, 和治諸夏, 萬民平均, 吾顧見汝. 比及三年, 將復而野. 西王母又爲天子吟曰, 徂彼西土, 爰居其野. 虎豹爲羣, 於鵲與處. 嘉命不遷. 我惟帝女, 彼何世民, 又將去子. 吹笙鼓簧, 中心翔翔, 世民之子, 唯天之望. 天子遂驅升于弇山, 乃紀名迹于弇山之石, 而樹之槐. 眉曰西王母之山.

30) 『穆天子傳』에서는 주변 공간에 대한 장악이 몇 가지 방법을 통하여 이루어진다. 命名과 朝貢, 採集이 그것이다. 『목천자전』에서는 주인공 穆王이 낯선 곳을 여행하면서 가는 곳마다 새로운 이름을 지어 명명하고 있는 것을 볼 수 있다. 문자로 기록한다는 것은 낯선 것을 친숙하게 자기 안으로 끌어들인다는 의미를 갖는다. 사물은 이름을 통해서 결정된 의미로 고정되며 이 순간 이미 주변적인 의미 공간을 벗어나 중심 공간으로 들어오게 된다. 이에 대한 자세한 내용은 송정화, 「『穆天子傳』 試析 및 譯註」, 이화여대 중문과 석사학위논문, 1994, pp.25-26을 참고한다.

극단적인 형태를 취했던 것과는 다르게, 여와와 복희는 좋은 배필로서, 서왕모와 주목왕은 연인으로서 묘사되어 있어 호혜적인 관계 속에 조화롭게 이루어지는 듯이 비쳐진다. 우리는 서구가 문명과 자연, 이성과 감성, 남성과 여성과 같은 이분법으로 지배와 피지배의 대립적인 극한 상황에 놓여 있을 때, 우리네 동양은 상호 포용하고 조화를 이루며 이상적인 세계를 추구한 것으로 신비화하여 생각하기 쉽다. 그러나 『목천자전』에서도 보았듯이 정도의 차이와 방법이 다를 뿐 동서양 구분 없이 인간에게는 중심과 주변, 성(聖)과 속(俗), 자아와 타자를 구분하고 지배하고자 하는 속성이 존재하며 남녀의 문제도 예외는 아니었던 것 같다.

주목왕 다음으로 서왕모의 배우자로서 등장하는 인물은 동왕공(東王公)이다. 『신이경』의 「곤륜천주(崑崙天柱)」에는 곤륜산에 희유(希有)라는 큰 새가 있어 왼쪽 날개로는 동왕공을, 오른쪽 날개로는 서왕모를 펼쳐 덮는다는 기록이 나오는데,[31] 이런 동왕공의 등장은 음양오행설에 근거한 것으로, "목공(木公)은 동왕부(東王父)라고도 하고 동왕공이라고도 한다. 무릇 청양(淸陽)의 원기이며 만물의 으뜸이다"[32]라고 한 『태평어람(太平御覽)』 권1의 내용이 이를 뒷받침해준다. 여기에서 청과 양은 동쪽에 해당되고 목공(木公)의 목 또한 오행으로 볼 때 동쪽에 해당되므로, 동왕공은 서왕모와 음양의 양극 구조를 이루기 위해 설정된 인물이라고 할 수 있다.[33]

그런데 이런 음양오행설이야말로 오랫동안 유가(儒家)에서 남녀 차별의 문화를 고착시키기 위한 근거로 이용되어왔다. 음양이 출발부터 차등의 개념이었는지에 대해서는 여전히 의견이 분분하지만 분명한 것은 이것이 응용되는 과정에서는 이미 등가의 것이 아니었다는 점이다. 서구의 이분법이 지배와 피지배의 상호 부정적인 대립의 관계였다면 음양의 이분법은 본래

---

31) 『神異經』 「中荒經」 : 上有大鳥, 名曰希有. 南向, 張左翼覆東王公, 右翼覆西王母.
32) 『太平御覽』 卷一 : 木公, 亦云東王父, 亦云東王公. 蓋淸陽之元氣, 百物之先也.
33) 김지선, 「『神異經』 試論 및 譯註」, 이화여대 중문과 석사학위논문, 1993, p.42.

한쪽 항의 다른 쪽 항에 대한 절대적 부정이 아닌 상대적인 대립이고, 이에 따라 남성과 여성도 상호 절대적으로 부정되는 존재가 아니라 상호 교감에 의해 화합하여야 그 존재가 완결되는 것으로 생각되었다.

그러나 이상화된 음양의 개념이 역사 현실의 상황에서는 다른 결과를 가져오게 된다. 비록 서구 이분법의 극명한 대립과 상호 부정은 아닐지라도 음양의 사유 방식은 상호 보완적인 종속 관계를 일반화시키는 데 기여했다.[34] 음양 사상의 영향을 받은 『신이경』에서부터 서왕모는 동왕공이라는 공식적인 배우자를 얻고 상호 보완적인 관계를 맺지만 후대의 도교로 가면 차별적인 관계가 되어 동왕공보다 낮은 신격에 결국 위치하고 만다. 음양이 출발에서는 등가의 관계였을지라도 현실에서는 차등의 관계로 고착되기 때문이다. 신화의 세계를 떠나는 순간 인간은 이미 자연을 타자화된 존재로 인식하게 되었고, 여성이 남성에게 주도권을 넘기는 순간 만물을 낳고 기르는 여신의 생명력은 더 이상 숭배 대상이 되지 못했다. 시대의 변화 속에서 여와와 서왕모는 독립적인 위치로부터 남성의 배우자로서 종속적인 길을 걸을 수밖에 없었던 것이다.

남성의 배우자 역할을 하는 여신으로는 항아도 있다. 항아는 중국 신화에서 흔히 남편 예(羿)가 얻어온 불사약을 가지고 혼자 달로 도망가는 몰염치한 여신으로 등장한다. 이런 항아 신화가 처음 문헌에 보이는 것은 『회남자(淮南子)』「남명훈(覽冥訓)」이다.[35] 그런데 『회남자』에서는 구체적으로 항아가 예와 어떤 관계인지를 밝히지 않았으며 다만 예가 서왕모에게서 불사약을 얻었고, 항아가 그것을 가지고 달로 가버린 사실만 언급했다. 항아가 예의 처임을 명시한 것은 『회남자』에 주석을 단 동한(東漢)의 고유(高誘)에 와서이다.

---

34) 김혜숙, 「陰陽 존재론과 여성주의 인식론적 함축」, 『한국여성학회지』 제15권 2호 별쇄, 1999, pp.8-15.

35) 『淮南子』「覽冥訓」: 羿가 西王母에게 불사약을 청하였는데 항아가 그것을 훔쳐 달로 달아나 버렸다(羿請不死之藥於西王母, 姮娥竊之而奔月).

항아는 예의 처이다. 예가 서왕모에게서 불사약을 얻어서 먹어보기도 전
에 항아가 훔쳐먹고 신선이 되어 달로 도망가 월정(月精)이 되었다.[36]

동한이라는 상당히 늦은 시기에 와서야 비로소 신화 속에서 항아와 예는
부부의 연을 맺게 되었다. 고유의 주는 『회남자』의 원문과 비교했을 때 내
용상 다소 윤색된 부분이 있다. 항아가 예의 처라는 사실뿐 아니라, 『회남
자』에서는 단순히 불사약을 훔쳐 달로 도망갔던 항아가 고유 주에 오면 신
적인 존재로까지 격상되어 있기 때문이다. 그런데 이처럼 고유의 주석에서
알 수 있는 사실, 즉 항아가 예의 처라는 사실은 몇 가지 자료를 검토해보
면 후대에 와서 덧붙여진 것이다. 전국 시대 초에 저작되었으나 일실되었다
고 추정되는 『귀장(歸藏)』[37]에서는 "옛날 항아가 서왕모의 불사약을 먹고
달로 달아나 월정이 되었다"고 기록하고 있다.[38] 『귀장』의 항아는 비록 달
로 달아났지만 서왕모의 불사약을 먹고 달의 요정이 된 신비로운 이미지이
며 예와는 무관하다. 더군다나 예가 어렵사리 구해온 불사약이나 훔쳐먹는
구차한 이미지도 아니다. 그러므로 『귀장』과 『회남자』의 기록 그리고 고유
의 주를 종합해 볼 때 몇 가지 결론을 얻을 수 있다. 바로 항아는 본래 예
의 처가 아니었으며 예도 서왕모와 무관했다는 것이다. 오늘날 우리가 항아
분월(姮娥奔月) 신화라고 하면 흔히 떠올리는 항아가 두꺼비가 되는 내용
은 더욱 후대에 부가된 것이다. 앞서의 모든 신화적 모티프를 갖춘 항아분
월 신화는 동한 장형(張衡)의 『영헌(靈憲)』에 와서야 비로소 나타난다.

예가 불사약을 서왕모에게 청하였는데 항아가 그것을 훔쳐 달로 달아나

<hr>

36) 高誘 注 : 姮娥羿妻. 羿請不死之藥於西王母, 未及服之, 姮娥盜食之, 得神奔入月
  中, 爲月精也.
37) 오늘날에는 『歸藏』의 원본이 전해지지 않고 고문헌에 산재되어 발견된다. 그러나 東
  晉의 郭璞은 그의 책에서 『귀장』을 이미 여러 번 인용한 바 있다.
38) 『文選』 「祭顔光祿文注經」 引 『歸藏』 : 昔姮娥以西王母不死之藥服之, 遂奔月爲月精.

려다가 유황(有黃)에게 점을 쳤다. 유황이 점을 쳐보고 말했다. "길하다! 귀매괘(歸妹卦)를 얻었으니 홀로 서쪽으로 가다가 날이 어두워지더라도 놀라거나 두려워 말라. 후에 크게 번창하리라." 항아는 마침내 달에 몸을 맡겼는데 두꺼비가 되었다.[39]

장형의 『영헌』에는 항아가 예의 불사약을 훔쳐 달로 도망가는 도중 유황에게 점을 치는 부분과 두꺼비로 변신하는 내용이 새롭게 첨가되어 있다. 그래서 지금까지의 항아에 관한 신화들을 정리해보면 몇 가지를 알 수 있는데, 처음에는 항아가 예와 무관했고 마찬가지로 예도 서왕모와 무관했으며 항아가 두꺼비로 변하는 내용도 동한 시기에 와서야 나타난다는 것이다.[40] 시대 변화에 따라 항아 신화에 새로운 내용이 부가되면서 오늘날의 항아분월 신화가 탄생되었음을 알 수 있다.

그런데 한 가지는 여전히 의문점으로 남는다. 전국 시대의 저작인 『귀장』을 항아에 관한 신빙성 있는 최초의 기록으로 간주한다면, 예와 아무런 연고도 없던 항아가 어째서 『회남자』에 오면 굳이 예의 처로 설정되고 더욱이 악처로 묘사되었나 하는 점이 그것이다. 이 문제를 좀더 심도 있게 분석하기 위해서는 항아의 전신인 『산해경』의 상희(常羲) 신화를 먼저 살펴보아야 한다.

어떤 여자가 지금 달을 목욕시키고 있다. 제준의 아내인 상희가 달을 열두 개 낳아 여기에서 처음으로 그것들을 목욕시켰다.[41]

---

39) 張衡, 『靈憲』: 羿請不死之藥于西王母, 姮娥竊之以奔月, 將往, 枚筮之于有黃, 有黃占之曰, 吉, 翩翩歸妹, 獨將西行, 逢天晦芒, 毋驚毋恐, 後且大昌. 姮娥遂託身於月, 是爲蟾蜍(嚴一苹 選輯, 『百部叢書集成 · 靈憲』, 臺北 : 藝文印書館, p.3).

40) 이런 항아 신화의 변천에 대하여 선정규 교수는 西方의 不死 관념이 東方에 전래되면서 서방의 西王母 신화가 동방의 영웅신 羿와 그의 처 항아와 융합되었고 신선 사상의 흥기와 더불어 奔月과 月精의 내용이 새롭게 들어간 것으로 본다. 자세한 내용은 선정규, 『중국 신화연구』, p.183을 참고한다.

상희라는 이름은 상의(常儀), 상의(尙儀), 상의(常宜) 등과 통용되고 모두 항아(姮娥)와 항아(嫦娥)의 이명이다. 종경문(鍾敬文)과 원가(袁珂)도 항아가 상희에서 변형된 인물임을 주장하고 있어,[42] 상희를 항아의 전신으로 보아도 별 무리가 없을 듯하다. 더군다나 『산해경』 신화가 은대부터 구전되어 오다가 주대부터 한대에 걸쳐 집중적으로 기록되었다는 주장을 수용한다면 우리는 항아가 달의 여신 상희로부터 나왔음을 인정할 수 있다. 그리고 『산해경』의 상희를 본질적인 의미에서 조망해보면 앞 절의 미분화된 여신에서도 이야기한 주체와 객체의 미분화의 상태를 엿볼 수 있다. 달이라는 사물, 즉 객체는 상희라는 여신의 몸 속에서 잉태되는데, 이것은 곧 자궁을 통해 모체와의 일치를 경험하는 미분화된 순간을 보여준다. 이처럼 객체와 주체의 경계가 모호한 이미지는 신화 모티프 중에서도 보다 원시적인 것이다. 그러므로 『산해경』의 상희가 항아보다 좀더 오래된 형태이며, 홀로 달을 출산하고 목욕시키는 자애로운 월모신의 이미지를 갖고 있다고 할 수 있다. 『산해경』의 상희의 모습에서는 남편을 배반하고 홀로 불사약을 먹으려는 탐욕스러움은 전혀 찾아볼 수 없다.

그렇다면 이처럼 항아가 달 어머니의 존귀한 자리에서 예라는 궁수의 아내로 전락해 버린 데에는 어떤 의도가 감추어져 있는 것이 아닐까? 우선 상징적인 측면에서 보면 항아는 달의 여신으로 음에 해당되고, 예는 태양의 신으로 양에 해당된다. 예가 열 개의 태양 중 아홉 개를 쏘아 떨어뜨렸으니 태양과는 대립적인 신으로 여겨질 수도 있으나 돌이켜 생각하면 태양을 통제할 수 있는 능력을 지닌 태양신이기도 하다. 그러므로 항아와 예는 부부로서 음과 양의 상호 보완적이면서도 상대적인 힘을 상징한다. 그러나 이들의 힘의 균형은, 부부간의 윤리를 무시하고 남편을 배반하는 악녀의 이미지

---

41) 『山海經』 「大荒西經」: 有女子方浴月. 帝俊妻常義, 生月十有二, 此始浴之.

42) 자세한 내용은 鍾敬文, 「馬王堆漢墓帛畵的神話意義」, 『鍾敬文民間文學論集(上)』, 上海 : 上海文藝出版社, 1982, p.139 ; 袁珂, 「姮娥奔月神話初探」, 『神話論文集』, 上海 : 上海古籍出版社, 1982, p.166을 참고한다.

가 항아에게 일방적으로 부가되면서 음과 양, 여성과 남성 중 후자 쪽에 기울어진다. 상희는 열두 개의 달을 몸소 출산하는 위대한 어머니로부터 불사약을 탐하여 결국 남편을 배반하는 부도덕한 여인으로 권위를 실추하게 되고, 이것은 바로 음에 대한 양, 달에 대한 태양의 승리를 의미하는 것이다.

배우자로서의 여신 형상을 표현한 또다른 예로 시조모 신화를 이야기할 수 있다. 시조모 신화에서 여성은 여전히 처녀의 몸으로 위대한 시조를 출산하지만 모두 신령한 감응을 받고 아들을 낳는다. 뇌택(雷澤) 가의 큰 발자국을 밟고 복희를 낳은 화서씨(華胥氏),[43] 신룡(神龍)에게 감화되어 염제를 낳은 여등(女登),[44] 밝게 빛나는 북두성을 보고 황제를 임신한 부보(附寶),[45] 적룡(赤龍)과 결합하여 요(堯)를 낳은 경도(慶都)[46] 등의 예가 그렇다. 상(商)의 시조모인 간적(簡狄)은 하늘에서 떨어진 현조(玄鳥)의 알을 삼키고 시조인 설(契)을 낳았으며,[47] 강원(姜嫄)은 거인의 발자국을 보고 호기심으로 밟은 뒤 임신하여 주(周)의 시조인 기(棄)를 낳았다.[48] 신화에서 처녀신이 홀로 생명을 창조했던 것과 달리 시조모 전설에서는 각

---

43) 『太平御覽』 卷78 引「詩緯含神霧」: 大迹出雷澤, 華胥履之. 生宓犧.

44) 『史記』「補三皇本紀」: 炎帝神農氏, 姜姓. 母曰女登, 爲少典妃, 感神龍而生炎帝人神牛獸, 長於姜水, 因以爲姓.
　　『春秋緯元命苞』: 少典妃女登游於華陰, 有神龍首感之於常羊, 生神農.

45) 『竹書紀年』: 黃帝母附寶, 見電繞北斗, 樞星光照野, 感而孕.

46) 『竹書紀年』: 堯母慶都與赤龍合婚, 合伊常, 堯也.

47) 『楚辭』「天問」: 簡狄在臺嚳何宜, 玄鳥致貽女何喜.
　　『史記』「殷本紀」: 殷契, 母曰簡狄, 有娀氏之女, 爲帝嚳次妃. 三人行浴, 見玄鳥墜其卵, 簡狄取呑之, 因孕生契.

48) 『史記』「周本紀」: 周后稷, 名棄. 其母有邰氏女, 曰姜原. 姜原爲帝嚳元妃. 姜原出野, 見巨人迹, 心忻然說, 欲踐之, 踐之而身動, 如孕者. 居期而生子, 以爲不祥, 棄之隘巷, 馬牛過者, 皆辟不踐. 徙置之林中, 適會山林多人. 遷之而棄渠中冰上, 飛鳥以其翼履荐之. 姜原以爲神, 遂牧養長之. 初欲棄之, 因名曰棄.
　　『詩經』「大雅·生民」: 厥初生民, 時維姜嫄, 生民如何, 克禋克祀, 以弗無子, 履帝武敏……誕置之隘巷, 牛羊腓字之. 誕置之平林, 會伐平林. 誕置之寒冰, 鳥覆翼之. 鳥乃去矣, 后稷呱矣.

시조모들이 천신(天神)이나 영적 존재와 같은 외부의 신성한 힘에 의존한다. 여신의 초자연적인 출산은 모계 사회의 흔적을 보여주는 것이기도 하다. 이런 시조모 전설에서는 여신의 출산이라는 신비로운 경험이 주로 묘사되어 있고, 아직 여성에게 어떤 윤리적인 의무도 부여되지 않아서 여성의 몸은 출산의 도구로만 인식되지 않는다. 그런데 한대 유향(劉向)의 『열녀전(列女傳)』에 이르면 시조모의 이야기는 훨씬 길고 자세해진다. 시조모의 신비한 출산과 창조적 능력에 맞추어졌던 논의의 초점이, 『열녀전』의 「설모간적(契母簡狄)」[49]과 「기모강원(棄母姜嫄)」[50]에서는 위대하고 초인적인 시조를 낳은 매개자이자 아들을 훌륭하게 교육시킨 부덕(婦德)으로 옮아가는데, 이것은 이제 여성이 어머니로서 사회에서 정체성을 얻어야 했음을 말해준다.[51]

---

49) 『列女傳』「母儀傳·契母簡狄」: 契의 어머니 簡狄은 有娀氏의 장녀이다. 堯임금 때 (簡狄은) 여동생과 함께 玄丘의 냇가에서 목욕을 하고 있었다. 그때 현조가 알을 물고 날아가다가 떨어뜨렸는데 오색이 찬란하여 무척 아름다웠다. 간적과 그 여동생은 그것을 가지려고 앞다투어 달려갔다. 간적이 먼저 그 알을 집어서 입에 물고 있다가 잘못하여 삼켜버렸고 마침내 설을 낳았다(契母簡狄者, 有娀氏之長女也. 當堯之時, 與其妹娣, 浴於玄丘之水. 有玄鳥銜卵, 過而墜之, 五色甚好. 簡狄與其妹娣, 競往取之. 簡狄得而含之, 誤而吞之. 遂生契焉).

50) 『列女傳』「母儀傳·棄母姜嫄」: 棄의 어머니 姜嫄은 邰侯氏의 딸이다. 堯임금 때 길을 가다가 거인의 발자국을 보고 호기심이 생겨 발자국을 밟아 보았다. 그리고 집에 돌아와서 임신을 하게 되었다. 점점 배가 불러오자 이상하고 기분이 나빠서 복서로 점을 치고 하늘에 제사지내며 제발 임신이 아니기를 빌었다. 그러나 결국 아들을 낳았다(棄母姜嫄者, 邰侯之女也. 當堯之時, 行見巨人跡, 好而履之. 歸而有娠. 浸以益大, 心怪惡之. 卜筮禋祀, 以求無子, 終生子).

51) 「契母簡狄」에서 입으로 알이나 기타 음식물을 삼키는 행위는 생식기에서 수정이 일어나는 과정이 상징적으로 표현된 것이며 더 나아가 간적이 입으로 알을 삼킨 사실의 이면에는 그녀가 野合으로 임신한 비밀이 숨겨져 있다. 마찬가지로 「棄母姜嫄」에서 땅 위에 나 있는 거인의 발자국을 밟으며 걸어갔다는 것도 고대 사회에서 일어날 수 있었던 야합에 의한 처녀의 임신이 후대 기록자의 유가적 관점에 의해 은폐되어 상징적으로 표현된 것으로 볼 수 있다. 자세한 내용은 송정화, 「신화 속의 처녀에서 역사 속의 어머니로」, 『中國語文學誌』 제9집, 2001, pp.389-390을 참고한다.

제3절 신성한 여신에서 욕망의 여성으로
―「산귀(山鬼)」·「고당부(高唐賦)」·「신녀부(神女賦)」를 중심으로

후세로 가면서 『산해경』에서의 반인반수 이미지는 점차 사라지고, 『목천자전』이나 『신이경』에서의 남성의 보조자·배우자의 이미지가 고정되면서 이제 훨씬 인격화된 형태의 여신 이미지가 만들어진다. 그런데 이런 변화가 반드시 시간적인 경과와 궤를 같이하는 것일까? 대체적으로 그렇다고 볼 수 있다. 시간을 소급해갈수록 초현실적인 사유가 자연스럽게 수용되었고, 여신은 인간과 동물, 자아와 타자, 남성과 여성의 경계가 불분명한 이미지로 표현될 수 있었다. 그런데 점차 여성의 현실적 지위가 하락하면서 여신은 더 이상 과거의 탈경계적인 이미지에 머물지 않았다. 주객을 구분하는 인간의 인식이 싹트면서, 동물이 아닌 인간, 남성이 아닌 여성으로서 여신은 자신의 정체성을 굳혀갔다. 우리는 앞서의 『목천자전』과 『신이경』 등의 서왕모로부터 이와 같은 과도기적 여신 이미지를 찾아볼 수 있었다. 그러나 『목천자전』이나 『신이경』 등의 여신 이미지가 오늘날 통념적인 의미에서의 여성미를 구현했다고 보기는 힘들다. 이들로부터는 여성으로서의 구체적인 목소리와 정감을 느끼기 힘들기 때문이다. 그래서 점차 신화의 여신은 남성과 사랑을 나눌 수 있는 이른바 여성적인 매력을 발산하는 인격체로 변모한다. 여신은 남성과 사랑을 나누는 인신 연애(人神戀愛)의 주인공으로서 아름다운 외모를 지녔으며 자신의 성적인 욕망을 드러내기도 했다. 그렇다면 이러한 사랑의 주체이자 대상으로서의 여신 이미지는 어떤 배경에서 형성된 것일까? 그리고 이 이미지가 갖는 궁극적인 의미는 무엇일까? 여기에서는 「산귀」, 「고당부」, 「신녀부」의 여신을 통하여, 욕망을 표출하는 주체로서의 여신과 남성의 무의식 속에 자리한 욕망의 대상으로서의 여신 이미지를 분석하고자 한다.

1 욕망을 꿈꾸는 주체

여기에서 다루고자 하는 여신 이미지는 욕망하는 주체라는 점에서 기존의 여신들과는 차이가 있다. 즉 여성으로서의 감정과 행동을 자발적으로 표현할 수 있는 여신이라는 것이다. 『초사』「구가(九歌)」 중 「산귀」, 「고당부」의 무산신녀(巫山神女), 「신녀부」의 여신은 바로 이런 이미지를 보여주는데, 이 가운데 무산신녀는 초회왕(楚懷王)과 경계를 초월한 사랑을 보여줌으로써 아름다운 여신의 원형적 이미지를 구현하였다.

양왕(襄王)이 송옥(宋玉)과 운몽(雲夢)의 들에서 놀았는데 조운관(朝雲館)에 기운이 서려 있다가 순식간에 계속해서 변화하는 것을 보았다. 왕은 이것이 무슨 기운인지를 물었다. 송옥은 대답하기를 "옛날 선왕께서 고당(高唐)에서 노니시다가 노곤해져 낮잠을 주무시는데 꿈속에서 한 여인을 만나셨습니다. 여인은 '저는 천제의 막내딸로 이름은 요희(瑤姬)라 합니다. 시집가기 전에 죽어서 무산(巫山)의 누대에 묻혔는데 왕께서 놀러오신다는 소식을 들었습니다. 바라옵건대 잠자리를 준비해 모시고자 합니다'라고 말하였고 선왕께서는 그녀와 사랑을 나누셨습니다. 그녀는 떠나면서 '저는 무산 남쪽에 있는데 높은 언덕에 막혀 있습니다. 새벽에는 아침 구름이 되고 저녁에는 지나가는 비가 되어 아침저녁으로 양대(陽臺)의 아래쪽에 있겠습니다'라고 말하였습니다. 선왕께서 아침에 보시니 과연 그녀가 말한 대로였습니다. 그래서 그녀를 위해 사당을 세우고 조운(朝雲)이라 이름하셨습니다."[52]

---

52)「高唐賦」序: 楚襄王與宋玉游于雲夢之野, 望朝雲之館有氣焉, 須臾之間, 變化無窮. 王問此是何氣也. 玉對曰, 昔先王游于高唐, 怠而晝寢, 夢見一婦人, 自云, 我帝之季女, 名瑤姬, 未行而亡, 封于巫山之臺, 聞王來游, 愿荐枕席. 王因幸之. 去乃言妾在巫山之陽, 高丘之阻, 旦爲朝雲, 暮爲行雨, 朝朝暮暮, 陽臺之下. 旦而視之, 果如其言. 爲之立館, 名曰朝雲.

물론 인신 연애의 모티프는 전국 시대의 저작인 『목천자전』에도 성균과
여신의 만남으로 묘사되어 있다. 그러나 편년체(編年體)와 유사한 역사 서
술 체재를 갖춘 『목천자전』에는 주목왕과 서왕모의 만남이 마치 역사 기록
처럼 간결하고 건조하게 표현되어 있어 신화로서의 무게는 느껴지지만 「고
당부」 같은 문학적인 생동감은 찾아보기 힘들다.

그리고 『목천자전』에서 서왕모가 주목왕을 떠나 보내면서 생황을 구슬
프게 불 수밖에 없었던 소극적인 면모를 지녔다면, 「고당부」의 무산신녀는
초회왕에게 동침하고 싶다고 거리낌없이 구애하는 적극적인 모습을 보인
다. 그래서 왕과 하룻밤을 보낸 뒤, 새벽에는 아침 구름으로 저녁에는 지나
가는 비가 되어 기다리는 열정적인 사랑을 보여준다. 「고당부」에서 남녀간
의 사랑을 주도하는 주체는 무산신녀이다. 왕은 꿈속에서 그녀의 사랑에
응했을 뿐 먼저 자발적인 행동을 취하지는 않았다. 이처럼 성적인 욕망을
내보이고 사랑을 위해 실제로 행동하는 여신의 모습은 기존의 신화에서는
찾아볼 수 없었던 적극적인 이미지이다. 이러한 사랑의 화신으로서의 무산
신녀의 이미지는 어떻게 이루어진 것일까? 우선 무산신녀의 본명인 요희
에 주목해보자. 요희라는 본명은 원래 『산해경』의 요초(瑤草)에서 유래한
것이다.

　다시 동쪽으로 200리를 가면 고요산(姑媱山)이라는 곳이다. 염제의 딸이
　여기에서 죽어 그 주검을 여시(女尸)라 이름하였는데 요초(䔄草)로 화하였
　다. 그 잎은 서로 겹쳐나고 꽃은 노랗고 열매는 새삼 같은데 이것을 먹으면
　남에게 사랑받는다.[53]

위의 인용문에서 염제의 딸이 고요산에서 죽어 요초로 변했다는 내용은

---

53) 『山海經』 「中山經」: 又東二百里, 曰姑媱之山. 帝女死焉, 其名曰女尸, 化爲䔄草,
　其葉胥成, 其華黃, 其實如菟丘, 服之媚于人.

「고당부」의 요희가 천제의 딸로서 죽어 무산에 묻혔다는 내용과 일맥상통한다. 더욱이 그것을 먹었을 때 남에게 사랑받을 수 있다는 요초의 이미지는 「고당부」에서의 요희의 성적 매력을 연상시킨다.

「고당부」의 여신 이미지는 곧바로 「고당부」의 속편 격인 「신녀부」에 계승되어 더욱 매력적인 여신의 이미지로 재창조된다. 진대(晉代)의 곽박(郭璞) 역시 『산해경』의 "이것을 먹으면 남에게 사랑받는다(服之媚于人)"에 대한 주(注)에서 "남에게 사랑을 받는 것으로 일명 황부초(荒夫草)"라고 이야기한 바 있다. 남자 혹은 남편을 망친다는 의미의 '황부(荒夫)'라는 단어에서 우리는 두 가지 사실을 발견할 수 있다. 첫째 '남에게 사랑받는다'에서 사랑의 의미가 남녀간의 사랑을 가리킨다는 점과, 둘째 곽박의 시대만 해도 이미 여성의 성욕은 통제해야 할 대상으로서 부정적으로 인식되었다는 점이다. 섭서헌(葉舒憲) 역시 여성이 요초를 먹으면 특별한 성적 매력을 지닌다고 해석하였다. 즉 요희의 요(瑤)는 섭서헌에 따르면 요(嬌)와 통하며 음행(淫行)으로 남을 유혹하는 것이니,[54] 「고당부」의 요희 즉 무산신녀를 사랑의 화신이자 욕망의 주체로 보아도 무리가 없을 것이다.

그녀의 옷은 비할 바 없이 아름다워 온몸을 비단으로 둘러 눈부신 색채가 온 사방을 비추는 듯하였다. 비단 저고리에 짧은 치마를 입었고, 살찌지도 마르지도 않았으며, 키는 크지도 작지도 않았다. 걸음걸이는 살랑살랑, 물결이 이는 듯 그 광채가 방안을 비추었다. 문득 자태를 바꾸면 유연하고 아리따운 모습이 마치 노니는 용이 구름을 타고 비상하는 듯하다. 맵시 있게 걸친 얇은 비단 겉옷은 몹시도 섬세하고 아름다워 몸에 꼭 맞고, 머리에는 향기로운 기름을 발랐으며, 몸에는 두약(杜若) 내음이 물씬 풍기었다.[55]

---

54) 葉舒憲, 『高唐神女與維納斯』, p.394.

55) 「神女賦」: 其盛飾也, 則羅紈綺繢盛文章, 極服妙采昭萬方. 振繡衣, 被袿裳, 穠不短, 纖不長. 步裔裔兮曜殿堂. 忽兮改容, 婉若遊龍乘雲翔, 嫷被服倪薄裝. 沐蘭澤, 含若芳.

이처럼 「고당부」에서 추구한 여신 이미지는 외형적인 아름다움의 측면에서는 「신녀부」로 계승되지만, 인신 연애의 원형적인 측면에서는 『초사』「구가」의 산귀와 좀더 긴밀한 연계성을 갖는다. 「산귀」는 제목이 산귀신으로 되어 있지만 귀신보다는 여신, 신녀의 이미지를 묘사한다고 보는 것이 정확하다.

산귀의 연원에 대해서는 기존 학계의 의견이 분분하다. 원가(袁珂)는 산귀를 『산해경』의 무라(武羅)에서 분화된 것으로 보았고,[56] 고천성(顧天成)·손작운(孫作雲)·문일다·곽말약(郭沫若) 등은 송옥의 「고당부」·「신녀부」와 연결하여 그 원형을 무산신녀로 보았다. 특히 손작운은 「산귀」와 「고당부」를 비교 분석하여 두 작품 모두 인신 연애가 주제이고 여자가 남자에게 구애하는 점, 남자는 초왕이고 여자는 산신이며, 산들이 모두 초 지역에 있다는 몇 가지 근거를 제시하면서 산귀와 무산신녀를 동일한 신으로 간주하였다.[57] 그러므로 이런 몇 가지 주장들을 참고했을 때, 『초사』의 산귀가 산신이고 인간과 사랑을 나누며 결국 비극적인 결말에 이른다는 점에서 「고당부」의 여신과 연관되어 있음을 알 수 있다. 그리고 "벽려 적삼 입고 새삼 덩굴 띠 매고 정겨운 곁눈질에 웃음을 머금은" 여신의 모습은 「고당부」 여신이나 『산해경』의 무라, 서왕모보다도 더욱 여성적 매력을 갖춘 인간화된 여신 이미지를 보여준다.

그렇다면 신화에서 이처럼 영웅적인 인간 제왕과 사랑을 나누는 미모의 여신 이미지는 어떤 배경에서 만들어진 것일까? 영웅의 자태를 지닌 인간 제왕과 아름다운 여신의 만남이라는 신화적인 주제는 『초사』와 「고당부」 이후로 위진남북조의 지괴 소설(志怪小說)과 송(宋)·원(元)의 희곡(戲曲) 등의 민간 문학뿐 아니라 시·산문에 이르기까지 다양한 줄거리를 파생한 하나의 원형으로서 작용하였다. 이런 원형을 중국 문학에서는 일반적으로 인

---

56) 袁珂, 『中國神話故事』, 臺北 : 河洛圖書公司, 1976, p.93.
57) 孫作雲, 「九歌山鬼考」, 『淸華學報』 第11卷 第4期, 1936.

신 연애라 지칭하는데 그 발생 배경에 대해서는 다각적인 해석이 가능하다. 왜냐하면 신화 속의 이미지들은 어떤 집단의 무의식의 반영이며 또 이런 집단 무의식이란 의식 곧 현실적인 상황과도 밀접한 연관성을 지니기 때문이다. 그러므로 하나의 이미지를 파악하기 위해서는 우선 그 문화·종교적인 배경을 검토해야 할 필요가 있다.

『초사』「산귀」와 「고당부」의 무산신녀, 「낙신부(洛神賦)」를 비교하였을 때 이 세 작품은 모두 산귀와 불분명한 화자, 무산신녀와 초회왕, 복비(宓妃)와 위왕(魏王)이라는 여신과 인간 사이의 애틋한 사랑이라는 공통점을 갖는데, 여기에는 뿌리 깊은 문화·종교적인 생성 배경이 있다. 소설림(蘇雪林)은 산귀가 나오는 「구가」 전체를 원고인(遠古人)들의 인제(人祭)의 변형으로 파악하고, 인신 연애의 형식으로 제의를 거행함으로써 우주의 조화와 평화, 국가의 안녕을 도모했다고 주장했다.[58] 그리고 「산귀」의 지역적 배경이 되는 초나라는 예로부터 무(巫)적인 분위기가 농후하여 무의 접신 의례가 보편적으로 유행하였는데 이런 접신 의례의 특징은 남녀의 만남과 결혼의 형식을 취한다는 것이다.[59] 즉 일반적으로 남신을 불러들일 때는 미소녀, 여신을 내릴 때는 미소년을 무로 써서 연애라는 달콤한 형식으로 오신(娛神)하고 강신(降神)토록 하여 강복(降福)이나 제재(除災)를 기구했다는 것이다.[60] 이런 맥락에서 「산귀」는 무와 아름다운 산귀와의 접신 의례로 파악될 수 있다. 마찬가지로 「고당부」의 초회왕과 무산신녀의 만남, 「낙신부」의 위왕과 복비의 만남도 무의 접신이라는 제사 의례가 문학적으로 표현된 것으로 볼 수 있다. 섭서헌 역시 「고당부」를, 성왕과 여사제와의 의례적인 결합이 인신 연애라는 신화적 제재를 통하여 문학으로 구현된 것으로 해석하였다.[61]

---

58) 蘇雪林, 『屈原與九歌』, 臺北 : 文津出版社. 1992.

59) 宋公文·張君, 『楚國風俗志』, 武漢 : 湖北敎育出版社, 1995.

60) 윤순, 「楚辭·九歌·山鬼의 巫歌的 고찰」, 『중국어문학』 11집, 1986, p.7.

61) 葉舒憲, 『高唐神女與維納斯』, pp.394-395.

그런데 이런 여사제는 세계 보편적으로 종교의 초기 단계에서 나타났으며 결코 우연히 출현한 것이 아니었다. 고대 사회는 신정 일치(神政一致)의 사회로 왕은 곧 신이었고 정치적인 권력뿐 아니라 제사장의 권한까지 장악해야 했다. 그러나 왕도 본래는 유한한 생명과 능력을 지닌 인간에 불과했기 때문에 자신을 신과 동격으로 신성화시켜줄 다양한 상징적 장치가 필요했다. 이런 정치적인 목적을 위하여 고안된 장치가 바로 고귀한 신성을 지닌 여신과의 제의적 결합이었다. 왕은 여신과의 상징적인 결합을 통하여 우주와 자연의 영속과 번영을 도모하였고, 신성한 왕권을 확보할 수 있었다. 고대 사회에서 여사제의 존재 의미는 이러한 고대의 사회, 정치적인 맥락에서 파악될 수 있다.

고대 바빌론에서도 여사제는 이와 비슷한 역할을 수행했다. 바빌론의 경우를 보면 도시는 큰 사원을 중심으로 형성되었고 사원의 한복판에는 여신상이 놓여 있었다. 여신상과 신전은 여신의 화신이자 보호자인 성스러운 처녀들이 수호했는데, 이들의 중요한 역할 가운데 하나는 예배를 드리러 온 남성들과 신성한 의례를 거행하는 것이었다. 그 당시 처녀 사제들은 여신의 현현(顯現)으로 여겨졌고, 그들과의 결합은 여신과의 종교적인 합일을 통해 풍요의 힘을 얻는 과정이었다.[62]

중국에서도 처녀 숭배의 예를 종교 의례에서 찾아볼 수 있다. 다음 『한서(漢書)』「지리지(地理志)」의 인용문을 참고해 보자.

어릴 적부터 환공(桓公)의 형 양공(襄公)은 음란하여 누이와 여동생이 시집갈 수 없게 되자 나라 안 백성들의 장녀들 또한 시집갈 수 없도록 명하고 무아(巫兒)라 이름하였다. (이들은) 집안의 제사를 주관하였는데, 이들이 시집가면 집안이 이롭지 않았다. 민간에서는 오늘날까지 풍속이 되었다.[63]

---

62) 에스터 하딩, 『사랑의 이해—달 신화와 여성의 신비』, pp.164-175.
63) 『漢書』「地理志」: 始桓公兄襄公淫亂, 姑娣妹不嫁, 于是令國中民家長女不得嫁, 名曰巫兒, 爲家主祠, 嫁者不利其家. 民至今以爲俗.

위의 인용문에 따르면 제(齊)나라에는 무아라는 여성들이 있었는데 이들
은 시집가지 않은 처녀들로 집안의 제사를 주관하는 신성한 역할을 수행하
였다. 물론 위의 인용문에서 무아라는 처녀 사제들이 탄생하게 된 배경을
보면, 그것이 군주의 음란함을 무마하려는 정치적인 의도에서 비롯되었고
신성함과는 무관했다. 그러나 궁극적으로 그들은 제사를 주관하는 역할을
담당했고, 이것은 그들이 신성한 능력을 지녔다는 사실로 볼 수 있다. 즉
남성 가장의 역할인 제사를 처녀 사제가 맡았다는 사실은 전국 시대까지만
해도 지역에 따라서는 처녀 숭배의 유풍이 있었음을 말해준다. 사실 처녀
사제는 제나라에만 존재했던 것이 아니고 다양한 지역에서 일녀(佚女)·유
녀(游女)·요녀(瑤女)·시녀(尸女)·여시(女尸) 등 각기 다른 호칭으로 불
릴 정도로 유행했다.[64] 이들 처녀 사제는 처녀신의 현현으로 숭배되었는데
반드시 결혼하지 않은 여성이어야 했고, 여신을 대신하여 성왕과 의식적으
로 결합하는 종교적인 임무를 지녔다.

그래서 인신 연애와 처녀신 숭배의 정치, 종교적인 배경을 이해한다면
「고당부」에 잠재된 여신과 성왕의 만남도 단순한 차원에서 형성된 것이 아
니라는 것을 알 수 있다. 우선 「고당부」에서 초회왕과 운우의 정을 나눈
무산신녀 요희는 처녀 사제였을 것이다. 이런 사실은 앞에서 제시한 「고당
부」 서(序)의 내용에서 알 수 있는데 우리는 다음의 몇 가지 구절에 주목
할 필요가 있다. 먼저 요희가 "천제의 막내딸이었으나", "시집도 가기 전에
죽어버려 무산의 누대에 묻혔다"는 부분이다. 즉 그녀는 시집가기 전에 죽
어버린 처녀의 신분이었다. 그리고 요희가 회왕과 이별하면서 "새벽에는
아침 구름으로 저녁에는 지나가는 비로" 변하여 "아침저녁으로 양대 아래
쪽에 있겠다"고 이야기한 부분은 그녀의 무(巫)적인 변신 능력을 보여준다.
이 밖에도 회왕과 비록 꿈속이지만 신성한 결합을 이룬 몇 가지 사항들을
정리해 볼 때, 우리는 요희가 고대 사회에 있었던 처녀 사제의 구비 조건

---

64) 葉舒憲, 『高唐神女與維納斯』, pp.392-393.

에서 조금도 벗어나지 않는다는 것을 알 수 있다. 문학으로 구현된 영웅 제왕과 아름다운 여신의 만남이라는 신화적 제재는 바로 이런 문화적·종교적·정치적인 배경에서 탄생한 것이다. 「고당부」의 무산신녀와 초회왕, 『초사』의 산귀와 가상의 연인,『목천자전』의 서왕모와 주목왕은 이와 같은 인신 연애 모티프로 의미지을 수 있으며, 이때 여신은 아름다운 여성적 이미지이자 욕망의 주체가 된다.

2 에로티시즘의 대상

앞서 살펴보았듯이 「산귀」와 「고당부」에 나타난 여신은 적극적으로 자신의 욕망을 표출했다는 점에서 기존의 여신과는 구별되었으며, 좀더 문학적으로 생동하는 여신의 이미지를 보여주었다. 그런데 이들 작품에 공통적으로 보이는 인신 연애 모티프에서 여신 못지않게 중요한 인물은 바로 남성 배우자인데, 그들의 시선과 욕망도 동시에 문학 작품에 녹아 있기 때문이다. 남성 배우자의 입장에서 「산귀」와 「고당부」를 읽어가다 보면 그들의 끊임없는 여성에 대한 추구를 느낄 수 있다. 이런 여성 즉 여신을 갈망하는 것을 '구녀(求女) 모티프'라고 명명할 수 있다면 「산귀」의 산귀, 「고당부」의 신녀는 모두 남성 배우자가 추구하는 이상적인 대상이 된다. 물론 「고당부」에서는 무산신녀가 오히려 적극적이고, 「산귀」에서도 남성의 여신에 대한 추구가 구체적으로 표현되지는 않았지만, 여신에 대한 추구는 이미 작품 구성의 동기이자 목적으로 작용하고 있다.

우선 「산귀」에는 이미 언급하였듯이 남성 무가 연인 관계에서 여신을 강신케 하는 인신 연애 모티프가 깔려 있다. 작품에서는 주로 산귀라는 여신의 목소리가 드러나 있지만, 그 이면에는 남성 무의 부름과 여신의 강림이 공명한다. 그래서 「산귀」에는 가상의 님이 늘 의식적으로 설정되어 있다. 이런 님은 그대(子, 君), 사랑하는 사람(所思), 님(公子)으로 표현된다.

그리고 여신의 아름다운 외모에 대한 묘사를 통해, 보이는 대상으로서의 여신과 그녀를 바라보는 남성 배우자의 시선이 교차된다. 즉 "벽려 적삼 입고 새삼 덩굴 띠 매었으며 정겨운 곁눈질에 웃음을 머금은 아름다운 얼굴의" 외모는 모두 "님이 아리따운 것을 좋아하기" 때문인 것이다. 「고당부」에서도 적극적으로 구애하는 것은 여신이지만, 여신과의 하룻밤을 꿈꾼 주체는 회왕이다. 그리고 「고당부」에서는 왕이 무산신녀와 사랑을 나누고 그녀를 위해 사당을 짓는데, 이것은 남성 배우자의 여신에 대한 무의식적인 추구의 표현이다. 추구의 범위를 좁혀 본다면 그것은 작자의 무의식을 반영한 것일 수도 있고, 범위를 좀더 넓혀 본다면 보편적인 남성들의 무의식을 반영한 것일 수도 있다. 그런데 『초사』「산귀」나 「고당부」는 모두 남성 작가가 쓴 작품이며 기본적으로 남성 무와 산귀, 초회왕과 무산신녀 사이의 인신 연애 모티프를 갖추고 있다. 이들 작품에 나타난 구녀 모티프란 바로 남성의 여성에 대한 무의식적인 욕망의 반영이라고 말할 수 있다.

남성의 여신에 대한 추구는 심리학적 측면에서 어머니와의 원초적 조우(遭遇)에 대한 욕망으로 해석할 수 있다. 루스 이리가레이(Luce Irygaray)에 따르면 신화적 질서를 떠받치고 있는 것은 어머니의 기능이고, 그것은 언제나 욕망의 차원에 놓여 있다. 그래서 그녀에 대한 욕망은 늘 아버지의 법에 의해 금지되고 검열, 억압받는다.[65] 신화에서는 이런 어머니에 대한 욕망의 금지와 억압이 모친 살해나 인신 연애의 비극적인 결말로 상징화되어 나타난다. 바빌론 신화에서 마르두크가 티아마트를 죽이고, 제우스가 대지의 여신 티폰을 살해하는 것은 바로 아버지의 법이 어머니에 대한 욕망을 억압하는 것의 상징적 표현이다. 모든 질서와 문화는 아버지의 언어이자 법이고, 여기에서 어머니는 금지되고 배제되며, 어머니와의 밀착은 죽음의 위협을 가져올 만큼 위험하다. 그래서 원형적 어머니와의 조우는 작품에서 어둠과 위협의 부정적인 분위기로 묘사되고 금기시된다.

---

65) 루스 이리가레이 외, 권현정 엮음, 『성적 차이와 페미니즘』, 서울: 공감, 1997, pp.259-260.

「산귀」에서 두 번째 단락의 "깊은 대숲에 살아 하늘조차 보이지 않고, 산길마저 험난하여 홀로 늦게 왔다"[66]는 대목이나 세 번째 단락의 "산 위에 우뚝 홀로 서 있는"[67] 외로운 모습, "끝없는 어둠에 낮도 밤같이 어둡고 동풍이 비를 내리는"[68] 캄캄한 분위기, 여섯 번째 단락의 "천둥이 우르르 울리고 비는 억수같이 내려 잔나비 떼 구슬피 밤을 새워 슬피 우는"[69] 암울하고도 어두운 시적 분위기는 무의식에서조차 여성에 대한 추구가 용납될 수 없음을 보여준다.

「고당부」에서도 우리는 여성에 대한 추구가 무의식에서부터 검열, 억압받고 부정적으로 표현되는 것을 볼 수 있다. 무산신녀는 왕과 하룻밤을 보내지만 더 이상 함께 있을 수 없다. 그녀는 "무산의 남쪽에 있지만 높은 언덕에 막혀 있으며 새벽에는 아침 구름, 저녁에는 지나가는 비가 되어"[70] 사랑하는 님을 겨우 만날 수 있을 뿐이다. 「고당부」에서는 더 구체적이고 분명하게 공간적인 한계를 제시하고 있는 것이다. 또한 무산신녀는 요희라는 이름이 있음에도 불구하고 조운이라는 아버지의 이름으로 새롭게 명명되며, 그녀의 관할인 무산에는 회왕에 의해 새로운 사당이 세워진다. 이리가레이는 "많은 가부장적 전통에서는 신성한 공간의 경계를 정하기 위하여 대지에 말뚝을 박으며, 그것은 희생에 근거하는 남성들만의 회합을 위한 장소를 정의한다"[71]고 말했는데, 가부장적 사회에서는 공간에 대한 점유가 바로 성적인 지배의 개념과 맞물려 있음을 지적한 것이다.

「고당부」에서는 무산신녀를 끊임없이 욕망하면서도 결코 완전한 합일을 허용하지 않고 그녀와의 통로를 높은 언덕으로 막아 버린다. 그리고 요희

---

66) 「山鬼」: 余處幽篁兮終不見天. 路險難兮獨後來.

67) 「山鬼」: 表獨立兮山之上.

68) 「山鬼」: 杳冥冥兮羌晝晦, 東風飄兮神靈雨.

69) 「山鬼」: 雷塡塡兮雨冥冥, 猿啾啾兮又夜鳴.

70) 「高唐賦」序: 妾在巫山之陽, 高丘之阻, 旦爲朝雲, 暮爲行雨.

71) 루스 이리가레이 외, 『성적 차이와 페미니즘』, p.266.

라는 이름을 지우고 아버지의 권위로 조운이라는 이름을 새롭게 명명한다. 이런 차단과 단절 그리고 명명은 무의식에서조차 어머니와 일치하고픈 욕구가 금기시되었음을 보여준다.

이상으로 「산귀」와 「고당부」를 중심으로 살펴본 결과, 사랑의 대상으로서의 여신 이미지가 기존의 여신 이미지와 차별화되는 점은, 여신이 보조적인 위치에 머물지 않고 욕망을 적극적으로 표현하고 실천하는 주체로 묘사된 데 있었다. 이런 여신 이미지는 주로 인간과 신의 사랑이라는 인신연애의 주제를 취하고 있었는데, 이를 구녀 모티프라는 의미 측면에서 살펴본다면 근원으로서의 어머니 혹은 어머니의 자궁으로의 회귀에 대한 원초적인 욕구라는 심리적인 동기와 밀접한 관계가 있었다. 그리고 이런 어머니에 대한 추구는 금지와 억압에 의해 신화에서 암울하고 부정적인 이미지로 표현되었다.

제4절 자연과 공존하는 여신
—『산해경』을 중심으로

중국 신화를 그리스·로마 신화와 비교했을 때 우리는 몇 가지 차이점을 발견할 수 있다. 먼저 그리스·로마 신화가 체계적인 이야기 형식을 갖추고 있다면 중국 신화는 단편적인 형식에다 내용도 앞뒤가 맞지 않는 것이 많고, 그리스·로마 신화의 신이 대부분 인간의 모습을 취하고 있다면 중국 신화의 신은 반인반수(半人半獸)의 형태를 취한 것이 많다는 점이다. 중국의 가장 오래된 신화서인 『산해경』을 예로 들어보면 그 속에는 온갖 혼합적인(hybrid)인 동물 이미지가 살아 숨쉰다.[72] 여와는 상반신은 사람이

---

72) 중국 신들이 이처럼 半人半獸의 형태가 많은 것에 반하여 그리스 신들은 대부분 인간화되었다. 『일리아스』에 황소눈을 한 헤라, 올빼미 눈의 아테나 등과 같이 동물의 형상을 한 신들의 흔적이 희미하게 남아 있는 것은 사실이나 중국 신들과는 근본적인 차이가

지만 하체는 뱀의 꼬리를 했고, 서왕모는 심지어 표범 꼬리에 호랑이 이빨을 한 무시무시한 모습이다. 그래서 만약 보티첼리(Botticelli)의 그림에 나오는 조개 껍데기 위에 고혹적인 자태로 서 있는 비너스의 이미지를 기대했다가는 십중팔구 실망하게 된다. 그러나 우리가 인간 중심적인 시각에서 한 발짝 벗어나 인간을 자연의 일부로 파악하는 관점에서 반인반수의 이미지를 바라본다면 또다른 의미를 찾을 수 있다. 반인반수의 신들은 우리에게는 비록 낯설고 아름답진 않지만 동물 즉 자연에 대한 고대인들의 인식이 긍정적이었음을 말해주기 때문이다. 그래서 지고의 존재인 신도 반인반수의 모습으로 형상화될 수 있었던 것이다. 신화에서 땅, 나무, 물 같은 자연은 인간과 생태적인 조화의 관계에 있었고 생산과 창조의 원천으로 간주되었다. 땅은 끊임없이 새로운 생명을 싹틔웠고, 나무는 영원히 시들지 않는 푸르름을 주었으며, 물은 우리의 갈증을 해소시켜 주었다. 자연은 일회적인 삶을 살지 않으며 순환, 반복하여 영원히 산다. 그런데 이런 자연의 주기적인 재생과 생명력은 신화에서 특히 여성의 생식력과 동일시되었으며, 여성은 자연의 속성에 가장 가깝게 인식되었다.

중국인의 전통적인 사유에서 인간은 우주 만물 중 하나이며 인간과 자연 사이에는 근본적인 대립이나 투쟁은 존재하지 않는다. 물론 공자(孔子)의 유교 철학은 노자(老子)의 그것과는 차이가 있어서 자연보다는 인간의 윤리 규범을 더욱 비중 있게 다룬다. 그러나 그것은 상대적인 차이일 뿐이어서 서구의 인간 중심적인 사고와 비교한다면 근본적으로는 물아일체적(物我一體的), 천인합일적(天人合一的)인 사유를 바탕으로 하고 있다. 그리고 이런 세계관은 신화에서부터 원류를 찾아볼 수 있다. 중국 고대인들의 원초적인 세계관에 근접해볼 수 있는 원전으로는 『산해경』을 들 수 있는데, 이 책의 전편을 감싸고 있는 보편적인 사유는 물아일체적인 관념이

있다. 그 이유는 그리스 사람들은 세계 창조에 있어서 그 精髓가 사람이므로 신들도 자신들의 모습인 것이 당연하다고 믿었기 때문이다. 이것은 중국에 비해 인문주의 전통이 빨리 싹텄음을 말하는 것이다.

다. 다음의 인용문을 보자.

이곳의 어떤 나무는 생김새가 닥나무 같은데 결이 검고 빛이 사방을 비
춘다. 이름을 미곡(迷穀)이라고 하며 이것을 몸에 차면 길을 잃지 않는다.
이곳의 어떤 짐승은 생김새가 긴꼬리원숭이 같은데 귀가 희고 기어다니다가
사람같이 달리기도 한다. 이름을 성성(狌狌)이라고 하며 이것을 먹으면 달
음박질을 잘하게 된다.[73]

빛을 사방으로 비추는 미곡을 몸에 지니면 길을 잃지 않게 되고, 사람같
이 잘 달리는 성성이를 잡아먹으면 달음박질을 잘하게 된다는 것은 제임스
조지 프레이저(James George Frazer)의 이른바 공감주술적(共感呪術的) 사
고로, 자연과 인간 사이의 소통이 가능하다는 전일적(全一的, holistic)인 우
주관을 바탕으로 한다. 이와 비슷한 예를 우리는 『산해경』의 도처에서 쉽
게 발견할 수 있다.

이곳의 어떤 짐승은 생김새가 너구리 같은데 갈기가 있다. 이름을 유(類)
라고 하며 저 홀로 암수를 이루고 이것을 먹으면 질투하지 않게 된다.[74]

이곳의 어떤 풀은 잎이 혜초(蕙草) 같으며 뿌리는 도라지 같고 검은 꽃
에 열매를 맺지 않는다. 이름을 골용(菅蓉)이라고 하는데 이것을 먹으면 자
식이 없게 된다.[75]

---

73) 『山海經』「南山經」: 有木焉, 其狀如穀而黑理, 其華四照, 其名曰迷穀, 佩之不迷.
   有獸焉, 其狀如禺而白耳, 伏行人走, 其名曰狌狌, 食之善走.
74) 『山海經』「南山經」: 有獸焉, 其狀如貍而有髦, 其名曰類, 自爲牝牡, 食者不妒.
75) 『山海經』「西山經」: 有草焉, 有葉如蕙, 其本如桔梗, 黑華而不實, 名曰菅蓉, 食
   之使人無子.

한 몸에 암수의 양성을 모두 지녔기 때문에 그 짐승을 먹으면 질투하지 않게 된다는 생각, 열매를 맺지 않는 풀을 먹으면 그 풀과 마찬가지로 자식이 없게 된다는 내용은 모두 물아일체의 사고에서 비롯된 것이다.

그렇다면 이러한 『산해경』의 생태적인 세계관은 오늘날과는 동떨어진 고대의 화석일 뿐일까? 카를 구스타프 융(Carl Gustav Jung)에 따르면 신화는 고대인들의 집단 무의식으로, 인간의 뇌리에 잠재되어 있다가 일종의 환상으로서 계속해서 의식과 상호 작용을 하여 실제 생활에도 영향을 미친다. 이때 신화는 죽어 있는 화석이 아니라 살아 숨쉬는 상상력이며 일상적인 경험과는 다른 의미를 현실에 부여함으로써 현실의 색채를 더욱 풍부하게 해준다. 이런 맥락에서 클라이드 클럭혼(Clyde Kluckhohn)은 인간이 새로운 것을 창안하기보다 신화를 반복하고자 하며, 반복되는 신화는 그 사회의 문화적인 연속성을 유지시켜 안정을 가져온다고 보았다.[76] 결국 새로운 것의 창안이란 다름아닌 신화의 반복이라 해도 과언이 아니며 그래서 신화의 의미는 오늘날에도 여전히 유효한 것이다.

그렇다면 우리는 무엇 때문에 신화를 반복하며 또 신화의 반복을 통해서 무엇을 얻을 수 있는가? 우리가 현실이라고 하는 것은 사실 자세히 보면 실재와 환상이 함께 어우러져 이루어진 것이다. 현실의 어느 것도 순수하게 실재적이거나 환상적인 것은 없으며, 그것은 사실 실재와 환상이 결합된 것이다. 그래서 현실의 개인의 삶도 집단 무의식인 신화에 의해 제한을 받는다. 예를 들어 인간이 꾸는 꿈은 환상이라는 개인의 심리 영역에만 국한된 것이 아니며 집단적인 신화로부터 영향을 받는다. 인간은 신화로부터 자신의 꿈을 제한받고 꿈을 통해서 집단 무의식을 경험하면서 궁극적으로 집단적인 정체성(collective identity)을 얻을 수 있다.[77] 그리고 개인의 꿈,

---

76) Clyde Kluckhohn, "Myth and Rituals : A General Theory," *Harvard Theology Review* 35, No. 2, 1942, p.55.

77) Dorothy Eggan, "The Personal Use of Myth in Dreams," *Myth : A Symposium,* edited by Thomas A. Sebeok, Bloomington and London : Indiana University Press, 1972, p.109.

즉 환상을 통해서 신화는 계속해서 반복, 재현되며 우리는 신화의 반복을 통해 현실에서의 심리적인 안정을 얻게 된다. 『산해경』에 나타난 자연과의 합일을 추구하는 생태적인 사고도 결코 고대의 화석으로 죽어 있는 것이 아니라 우리들의 무의식에 늘 잠재되어 오늘로의 부활을 꿈꾼다. 다시 말해서 우리는 『산해경』과 같은 신화를 통하여 동아시아의 집단 무의식을 경험하고 심리적 안정을 느낄 수 있으며 궁극적으로 자신의 정체성까지도 찾아갈 수 있는 것이다.

1 자연과 소통하기 : 변신과 출산

『산해경』에는 서왕모·여와·무라·여시·제지이녀·여축시·희화·상희·황제녀발 등 많은 수의 여신들이 다양한 모습으로 등장한다. 이들의 모습은 한 가지 공통점을 갖는데, 그것은 모두 자연과 친밀한 관계를 맺고 있으며 생명과 창조의 이미지를 띠고 있다는 점이다. 로즈마리 래드퍼드 루터 (Rosemary Radford Ruther)는 고대 사회의 여성이 생명을 생산하는 능력을 지녔고 여성의 출산이란 죽음과 재탄생의 생태적 순환과 동일시되었다고 말한 바 있다.[78] 이런 인식 때문에 고대 사회에서는 여신 숭배의 종교가 보편적으로 존재했으며 최초의 신의 개념도 여신의 순환하는 생명력에서 나왔다고 생각되었다. 섭서헌은 최초의 신이 여신이었고, 천부(天父)의 관념이 지모(地母) 관념보다 후대에 발생했으며, 만물을 창조한 신은 지모신이었음을 주장했다. 그는 특히 신(神)이라는 글자에 주목하였다. 그래서 신은 신(申)이고 음기가 구부러졌다 펴졌다 하는 모습으로 생명 양육의 주기성과 변화를 나타내며, 이런 끊임없는 순환 변화로부터 신의 개념이 인신(引伸)되었

---

78) Rosemary Radford Ruther, *New Woman/New Earth : Sexist Ideologies and Human Liberation,* New York : Seabury, 1975, p.194.

다는 것을 알아냈다.[79]

『산해경』의 여신들을 살펴보면 그의 견해는 어느 정도 타당성을 갖는다. 오늘날에 비해 『산해경』의 인간과 자연의 관계는 훨씬 친밀하고, 인간은 자연에 대해 배타적이기보다 상호 소통을 추구하였으며, 이런 능력이 남성보다 여성에게 더 많이 내재되어 있기 때문이다. 그렇다면 『산해경』에서 여신들은 어떤 방식으로 자연과 소통을 추구하였을까? 『산해경』의 여신들이 자연과 소통하는 고유한 방식으로는 변신과 출산의 두 가지를 들 수 있다. 엄밀히 말한다면 출산만을 여성 고유의 능력으로 말할 수 있겠지만, 변신을 통해서도 여신이 우월한 능력을 발휘했음을 볼 수 있으므로 여신의 독특한 자연과의 소통 방법으로 간주할 수 있다.

1) 변신

변신에 대한 본격적인 논의에 앞서 우선 자연이라는 개념의 범주를 짚고 넘어가는 것이 좋겠다. 일반적으로 자연이라고 하면 우리가 일상생활에서 접하는 나무와 풀, 동물 등으로 특별히 그 범위를 따져야 할 문제 의식을 느껴본 적이 없는 것들이다. 그러나 생태론자들은 이런 자연도 크게 두 개의 범주로 구분한다. 우선 인간 외의 모든 자연물들, 즉 동식물뿐만 아니라 돌이나 흙, 물 같은 생명이 없는 자연물까지를 포함하는 개념이 있다. 동아시아 사회에서는 자연이라고 했을 때 일반적으로 이런 모든 것을 지칭하기 때문에 우리에게는 이 범주의 자연이 더 자연스럽다. 그러나 서구의 생태론자들은 좀 다르다. 그들이 생태 문제와 환경 문제를 언급하면서 이야기하는 자연은, 보통 동물이나 식물 같은 생명을 가진 존재들을 가리키는 경우가 많다. 돌이나 흙 같은 존재들은 무생물이므로 적극적인 개발 대상이 되어도 별다른 가책을 느낄 필요가 없다는 것이 그네들의 보편적인 인식이다.[80] 벌써 자연이라는 개념의 범위 문제만 놓고도 동아시아와 서구

---

79) 葉舒憲, 『高唐神女與維納斯』, p.5.

는 차이를 보이는데 동아시아 사회가 좀더 물아일체적 사고의 경향이 짙다
고 할 수 있겠다. 그래서 돌이나 흙, 물을 생명이 있는 존재로 생각하였고,
인간과 상호 소통할 수 있다고 여겼던 것이다. 이 글에서 말하는 자연의
개념이란 이처럼 물아일체적 사고가 바탕이 되는 광범위한 범주의 자연을
가리킨다.

『산해경』에는 온전한 사지를 가진 정상적인 신의 형태뿐만 아니라 반인
반수의 혼합적인 형태와 죽었다가 풀이나 새로 변하는 다양한 변신의 예들
이 나온다. 이런 예들은 온전한 신체에 대한 우리의 일상적 사고를 뛰어넘
어서 이성주의적 인식에 대한 도전과 해체로서 다가오기도 하고, 동시에
우리 안에서 숨죽이고 있는 원시적인 감성과 무의식을 환기하기도 한다.
변신이란 중국의 도교 개념을 빌리자면 이른바 원기론적(元氣論的) 사고
에서 비롯되었다. 자연과 인간은 원초적인 기운, 즉 원기를 공유하고 있고
이 원기의 증감 및 속성의 변화에 따라 형체가 바뀔 수 있다는 사고가 그
것이다. 낙형군(樂蘅軍)은 중국의 변형 신화를 동태 변형(역동 변형)과 정
태 변형으로 분류했는데, 그에 따르면 동태 변형이란 하나의 형상이 다른
형상으로 변하는 것으로 흔히 우리가 변형이라고 부르는 개념이고, 정태
변형은 변하는 과정이 구체적으로 드러나진 않지만 이미 변한 상태의 경
우, 즉 반인반수의 형태까지도 포함되는 것이다.[81] 그런데 반인반수의 경우
는 어떤 형태에서 다른 형태로 변한다기보다는 서로 다른 이질적 형태의
복합체라는 느낌을 더 많이 주기 때문에, 이 글에서는 그 중 동태 변형만

---

80) 서구의 생태학에서 자연은 일반적으로 동식물에 한정된 개념이다. 즉, 돌이나 흙 같은
    무생물은 자연의 범주에서 제외된다. 이런 사고는 동물을 자연 가운데 대표격으로 여겼
    던 데카르트(Decartes)의 사고를 계승한 것이다. 그러나 동물로 대표되는 자연도 서구에
    서는 인간과 동격으로 간주되지 못하는데 왜냐하면 동물은 인간처럼 역사를 형성하지
    못하기 때문이다. Luc Ferry, *New Ecological Order*, Chicago & London : The University of
    Chicago Press, 1995, pp.3-7.

81) 樂蘅軍, 「中國原始變形神話試探(上 · 下)」, 『中外文學』 卷28 · 29期, 臺北 : 中外
    文學月刊社. 1974.

을 변신으로서 다루고자 한다.

그렇다면 『산해경』에 나오는 변신의 예는 구체적으로 어떤 것이 있을
까? 여와는 동해에서 놀다가 물에 빠져 죽어 정위(精衛) 새로 변하고, 여
시는 죽어서 남에게 사랑받는 요초로 변하며, 미상의 여인은 실을 토해내
는 애벌레로 변하기도 하고, 여와는 자신의 몸으로 열 명의 신을 화생(化
生)해 낸다. 이와 같은 예에서 보듯이 변신의 과정을 경험하는 것은 여성
이 대부분이다. 반면에 남성이 변신하는 예는 준조(駿鳥)로 변한 산신의
아들 고(鼓)가 유일하다. 다음 『산해경』의 인용문을 참고해보자.

　　다시 북쪽으로 200리를 가면 발구산(發鳩山)이라는 곳인데 산 위에서는
산뽕나무가 많이 자란다. 이곳의 어떤 새는 생김새가 까마귀 같은데 머리에
무늬가 있고 부리가 희며 발이 붉다. 이름을 정위라고 하며 그 울음은 자신
을 부르는 소리 같다. 이 새는 본래 염제의 어린 딸로 이름을 여와(女娃)라
고 하였다. 여와는 동해에서 노닐다가 물에 빠져 돌아오지 못하였는데 그리
하여 정위가 되어 늘 서쪽 산의 나무와 돌을 물어다가 동해를 메우는 것이
다. 장수(漳水)가 여기에서 나와 동쪽으로 흘러 황하에 이른다.[82]

　　다시 동쪽으로 200리를 가면 고요산(姑媱山)이라는 곳이다. 염제의 딸이
여기에서 죽어 그 주검을 여시라고 이름 붙였는데 요초로 화하였다. 그 잎
은 서로 겹쳐 나고 꽃은 노랗고 열매는 새삼 같은데 이것을 먹으면 남에게
사랑받는다.[83]

---

82) 『山海經』「北山經」: 又北二百里, 曰發鳩之山, 其上多柘木. 有鳥焉, 其狀如烏,
　　文首, 白啄, 赤足, 名曰精衛, 其鳴自詨. 是炎帝之少女名曰女娃, 女娃游于東海, 溺
　　而不返, 故爲精衛, 常銜西山之木石, 以堙于東海. 漳水出焉, 東流注于河.

83) 『山海經』「中山經」: 又東二百里, 曰姑媱之山. 帝女死焉, 其名曰女尸, 化爲蓄草,
　　其葉胥成, 其華黃, 其實如菟丘, 服之媚于人.

구사야(歐絲野)가 대종(大踵)의 동쪽에 있는데 한 여인이 무릎을 꿇고 나무에 기대어 실을 토해내고 있다.[84]

열 명의 신이 있는데 이름을 여와장(女媧之腸)이라고 한다. (여와는 이렇게) 신으로 변화하여 율광야(栗廣野)에 사는데 길을 가로질러 살고 있다.[85]

그 (산신의) 아들을 고(鼓)라고 하는데 형상은 사람의 얼굴에 용의 몸을 하고 있다. ……고도 준조(鵔鳥)로 변하였는데 그 생김새는 솔개 같고 붉은 발에 곧은 부리, 노란 무늬에 흰 머리를 하고 있다.[86]

그런데 변신의 예에서 여성의 성별을 가진 신적 존재가 특히 많은 이유는 무엇일까? 이것은 두 가지 관점에서 해석이 가능하다. 우선 신화에 나타난 변신을 기능주의적인 관점에서 해석하는 것이다. 기능주의적인 입장이란 신화가 현실을 바탕으로 만들어졌고 현실에 대해 일정한 기능적 작용을 한다고 보는 것으로, 이때 신화는 사회 집단의 결속력을 강화하기도 하고 현실에서의 억울함에 대한 보상이나 위무(慰撫)의 역할을 하기도 한다. 그래서 동해에 빠져 죽은 여와는 자신의 목숨을 앗아간 동해를 새가 되어서까지 메우고 또 메운다. 한창나이에 죽어버린 여시도 자신의 젊음을 보상받으려는 듯, 먹으면 사랑받는 풀로 변신한다. 이 경우 변신은 한풀이와 위무라는 기능적인 차원에 그 생성 원리를 두고 있다. 그렇다면 변신이란 이런 기능주의적인 측면에서만 해석이 가능한 것일까? 물론 변신을 기능주의적인 측면에서 해석할 수는 있지만 다른 해석의 장도 함께 열어두어야 할 것이다. 왜냐하면 여인이 뽕나무로 변했다든가 여와의 창자가 열 명의

---

84) 『山海經』「海外北經」: 歐絲之野在大踵東, 一女子跪據樹歐絲.

85) 『山海經』「大荒西經」: 有神十人, 名曰女媧之腸, 化爲神, 處栗廣之野, 橫道之處.

86) 『山海經』「西山經」: 其子曰鼓, 其狀如人面而龍身……鼓變化爲鵔鳥, 其狀如鴟, 赤足而直喙, 黃文而白首.

신으로 변신한 예는 이런 독법으로는 읽어낼 수가 없기 때문이다. 즉 신화란 현실에 대해 일정한 기능적인 역할을 하는 것이 사실이지만, 한풀이나 현실 도피 같은 것은 신화의 이차적인 기능이며 신화 자체의 형성 원리나 가치로 보기 어렵다. 그리고 현실을 위해서만 신화가 존재한다고 본다면 신화적 상상력이 갖는 역동성은 반감될 것이며, 신화의 존재 의미는 매우 협소한 범주에 머물게 될 것이다.

신화는 무엇보다도 상상력의 산물이다. 어떤 부분은 완전히 상상에서 나온 것일 수도 있고, 또 어떤 부분은 현실에 대한 고대인들의 해석일 수도 있는데, 표현 방식은 한결같이 상징 혹은 이미지라는 현실을 우회하는 방식을 취한다. 그러므로 『산해경』에서 남성보다 여성의 변신이 많은 현상도, 여성에 대한 위무와 한풀이라는 기능주의적 입장에서만 해석할 것이 아니라 보다 다양한 해석의 여지를 허용해야 한다. 그리고 더 근원적인 의미를 파악하기 위해서는 태고에 여성이 어떻게 인식되었으며, 여성 고유의 속성이 변신이라는 표현 방식과 어떻게 조우할 수 있었는지, 그 소통적 원리를 탐구해야 할 것이다.

그렇다면 『산해경』의 원문을 통해본 다양한 여성 변신의 예는 무엇을 의미한다고 볼 수 있을까? 그것은 자연을 보다 인간과 친근한 존재로 생각하고 특히 순환, 반복하는 주기성의 측면에서 여성과 밀접하게 생각했던 원시 인류의 사고에서 비롯되었다고 볼 수 있다.

2) 출산

앞의 변신의 예에서 보았듯이 신화 시기의 자연이란 인간이 자신의 형태를 변화시킨다면 얼마든지 소통 가능한 친근한 관계에 있었다. 적어도 이런 가능성에 대한 상상이 비현실적인 것으로 배제되거나 억압받지 않았으며, 변신을 통해 자연과 합일할 수 있다는 상상은 현실에도 영향을 끼치며 의미를 가졌다. 예컨대 여와가 정위 새로 변신하는 신화는 상상의 산물이기도 하지만 당시 사람들에게는 실제로 믿어졌을지 모른다. 왜냐하면 신화에서 보듯 무의식과 상상은 이성적 사고와 명확하게 구별되는 것이 아니며, 의식이 무의식을 통제하듯이 무의식은 의식에 힘을 발휘할 수 있었기 때문이다. 의식과 무의식, 상상과 이성적 사고의 경계란 신화에서는 서로 넘나듦이 허용되는 상호 교류와 조화를 지향한다는 의미가 컸다.

그렇다면 신화에서 여신은 또 어떤 방법으로 자연과 소통할 수 있었을까? 자연과 일치하고픈 인간의 간절한 바람은 여신을 통해 어떻게 상징화되어 있는가? 앞에서 살펴보았듯이 여신의 변신이 더욱 자유로울 수 있었던 원인은 궁극적으로 여성의 몸에 있었다. 여성의 생리적 주기성은 자연의 순환적 주기성과 동일시되었기 때문에 원시인들의 사유에서 여성의 몸은 곧 자연을 의미했다. 이런 여성의 몸이 신화에서 자연과의 합일을 체현(體現)하는 또다른 방식은 임신과 출산이었다.[87]

동해의 밖, 감수(甘水) 사이에 희화국(羲和國)이 있다. 희화라는 여자가 있어 지금 감연(甘淵)에서 해를 목욕시키고 있다. 희화는 제준의 아내로 열 개의 해를 낳았다.[88]

어떤 여자가 지금 달을 목욕시키고 있다. 제준의 아내인 상희가 달을 열 두 개 낳아 여기에서 처음으로 그것들을 목욕시켰다.[89]

순(舜)의 부인 등비씨(登比氏)가 소명(宵明)과 촉광(燭光)을 낳았다.[90]

---

87) 샤를린 스프레낙은 대부분의 여성들이 자연과의 일치, 합일을 남성과는 다른 방식으로 경험해 왔는데 '몸의 비유' 다시 말해 생리, 오르가슴, 임신, 자연 분만, 그리고 모성애를 통하여 이 같은 경험을 한다고 말한다. Charlene Spretnak, *The Politics of Women's Spirituality,* New York : Anchor Books, 1982, p.17.
88) 『山海經』「大荒南經」: 東海之外, 甘水之間, 有羲和之國. 有女子名曰羲和, 方日浴于甘淵, 羲和者, 帝俊之妻, 生十日.
89) 『山海經』「大荒西經」: 有女子方浴月. 帝俊妻常義, 生月十有二, 此始浴之.
90) 『山海經』「海內北經」: 舜妻登比氏生宵明·燭光.

186

위의 인용문에서 해와 달은 인간과 무관하게 하늘에 떠 있는 존재가 아니라 연못에서 목욕을 하는 생동하는 존재이다. 그리고 빛인 소명과 촉광, 해와 달도 모두 여성의 몸에서 태어났다. 특히 첫 번째 인용문은, 일반적으로 신화에서 태양을 남성의 상징, 달을 여성의 상징으로 구분하는 것과는 달리, 더 이른 시기에는 달뿐 아니라 태양도 여성적인 상징으로 간주했음을 보여준다. 졌다가 다시 떠오르는 순환 주기를 반복하는 특징 때문에 태양과 달은 여성과 동일시되었으며, 본래는 여성의 주관 아래에 있었던 것이다. 그리고 여신은 출산을 통해 자연에게 살아 숨쉬는 생명을 부여할 수 있었고 그렇게 자연과의 소통을 추구하였다. 출산은 육체적인 측면뿐 아니라 감정적인 측면에서도 인간이 자연과 정서적으로 교감할 수 있는 매개가 된다. 출산이야말로 인간에게는 가장 중요하고 보편적인 모습이며, 아이를 낳는 육체적 능력은 여성에게 한정된 것이긴 하지만 출산 과정은 모든 인류에게 정서적으로 중요한 의미를 지닌다. 왜냐하면 아이를 출산하는 순간 여성뿐 아니라 남성 그리고 새로운 생명체 사이에 감정적 유대감이 형성되기 때문이다. 그래서 출산은 단순히 생물학적인 의미를 초월하여 정서적인 의미도 갖는다.[91]

신화에 나타난 여성의 몸은 어떤 의미를 지니는가?『산해경』신화에서 보듯이 여성의 몸은 단순히 임신과 출산이라는 생리적인 기능만을 수행하는 것이 아니다. 여성의 몸은 아이를 낳고 씻는 모성의 구현으로 받아들여지며, 임신은 불결하거나 금기시되기보다 자신의 몸 안에 다른 생명을 받아들이는 친근한 행위로 표현된다.『산해경』은 인간과 자연의 조화로운 관계를 유지하고 관용과 보살핌의 미덕을 되살리는 중요한 매개가 바로 여성의 몸이 될 수 있음을 우리에게 은밀히 제시하고 있다.

---

91) 아라시카 라자크, 「출산에 관한 우머니스트적 분석을 향하여」, 정현경·황혜숙 옮김, 『다시 꾸며보는 세상』, 서울: 이화여대 출판부, 1996, p.253 재인용.

2 자연적 이미지 : 갑각류, 동굴, 물

오늘날 중국 신화의 신통보(神統譜)는 여와나 서왕모 등 소수의 여신을
제외하면 대체로 황제·염제 등의 남신을 중심으로 그 계통이 이루어져 있
다. 이 같은 현상은 중국 문명의 성립이 부권제의 사회 질서와 남존여비의
의식을 기반으로 이루어져 왔고, 이런 인식 체계의 영향 하에서 신화가 만
들어졌기 때문이다. 그러나 태고의 대지모(大地母) 여신에 대한 고대인들
의 신앙은 소멸되지 않고 여전히 신화에 남아 있는데, 『산해경』에 나타난
다양한 상징들이 이를 뒷받침해 준다. 우선 『산해경』에는 대지모 여신의
영원불멸의 순환성이 상징적으로 표현되어 있다. 다음의 여축시(女丑之尸)
의 예를 살펴보자.

여축시가 살아 있는데 열 개의 태양이 그녀를 태워 죽였다. (그것은) 장
부국(丈夫國)의 북쪽에 있다. (그녀는) 오른손으로 얼굴을 가렸다. 열 개의
태양은 위쪽에 살며 여축(女丑)은 산꼭대기에 산다.[92]

위의 신화는 삶과 죽음의 연속이라는 모순적 관념을 통하여 여성의 영
원불멸의 힘을 보여주는 좋은 예이다. 먼저 "여축시가 살아 있다"는 첫 부
분에서부터 우리는 모순을 느낄 수 있다. 여축시의 시(尸)는 죽은 시체를
의미한다. 그래서 여축시라는 호칭은 이미 죽음의 이미지를 내포하는데, 그
런 그녀가 살아 있다는 것은 분명히 모순이기 때문이다. 그리고 강렬한 태
양빛 때문에 그녀는 또다시 죽음에 이르게 되는데, 이처럼 죽음에서 삶으
로 다시 죽음으로 이어지는 여축시의 신화는 바로 여성의 순환하는 생명력
을 상징하는 것이다.[93] 에드워드 셰이퍼(Edward H. Schafer)는 여축시의 죽

---

92) 『山海經』 「海外西經」 : 女丑之尸生而十日炙殺之. 在丈夫北. 以右手鄣其面. 十日
居上, 女丑居山之上.

93) 이런 여축시 신화는 레비브륄(Lévy-Bruhl)의 참여의 법칙(the law of participation)을

음을 사회학적인 측면에서 파악하여, 고대에 가뭄이 들었을 때 무당을 햇빛에 쪼이거나 태워 죽이던 "제의적 노출(Ritual Exposure)"이라고 설명한 바 있다.[94] 그러나 신화 해석은 단일한 층위의 해석만으로는 협소한 결론에 이를 수 있으므로 좀더 다각적인 측면에서의 해석이 필요하다. 그래서 여축시의 신화도 좀더 천착하여 시(尸)·생(生)·살(殺)로 이어지는 부조화와 모순의 함축적인 의미를 파악한다면 표면의 제의적 의미에 담긴 여성의 재생의 힘에 대한 고대인들의 신앙을 느낄 수 있다. 비렐(Anne Birrell) 역시 여축시의 푸른색 옷이 그녀의 재생 능력을 보여준다고 주장했는데, 푸른색은 생명과 주기적인 재생, 물, 초목의 성장, 삶을 의미하기 때문이다.[95]

1) 갑각류

여축시뿐만 아니라 『산해경』의 기타 신화에서도 여성에게 순환하고 불멸하는 자연의 이미지를 부여하는 상징들을 발견할 수 있다. 바로 달팽이,

---

상기시킨다. 타일러(Tyler)나 프레이저(Frazer)가 주술로부터 종교로 다시 과학으로 진화한다는 관점을 견지하며 원시 사고를 비논리적인 사고로 파악한 데 반해, 레비브륄은 원시 사고가 비합리적이거나 법칙을 잘못 적용한 결과가 아니라 자체의 고유한 정합성·합리성을 지니는데 이것이 바로 참여의 법칙이라고 하였다. 이 참여의 법칙은 모든 것이 연속적이고 상관되어 있다는 사고로, 현대 서구의 사고에서는 논리적으로 분별된 양상이라고 생각되는 현실을 원시인들은 참여적인 사고에 의해 신비적 통일체로 용해시킨다는 것이다. 따라서 원시인들의 '인간'의 범주 역시 광범위하다. 즉 원시인들의 사회는 삶과 죽음이 연속되어 있으며 산 자로만 구성된 것이 아니라 죽은 자로도 구성되어 있고, 산 자와 죽은 자 모두가 사회생활에 적극 개입한다는 것이다. 여축시의 신화에서 보이는 尸·生·殺의 연속성도 오늘날의 시각에서는 비록 부조화와 모순일지 모르지만, 세계를 연속적이고 상관적인 틀 안에서 파악했던 고대인들의 참여적인 사고를 반영하는 것이다. 레비브륄의 견해에 대해서는 Stanley Jeyeraja Tambiah, *Magic, Science, Religion and the Scope of Rationality*, Cambridge : Cambridge University Press, 1990, pp.84-108을 참고한다.

94) E. H. Schafer, "Ritual Exposure in Ancient China," *Havard Journal of Asiatic Studies* vol. 14, 1951.

95) Anne Birrell, *Chinese Mythology*, p.170.

대합조개, 게같이 주기적으로 탈피하는 특징을 갖는 동물들이 그것이다. 다음의 여신 무라(武羅)와 여축(女丑)의 예를 통해 살펴보자.

……그곳에는 달팽이와 대합조개가 많다. 신 무라가 이 지역을 맡고 있는데 그 형상은 사람의 얼굴에 아름다운 표범 무늬, 가는 허리에 흰 치아를 하고 귀를 뚫어 고리를 해 달고 있다.[96]

바다 한가운데에 두 사람이 있다. 이름을 여축이라고 하는데 여축은 커다란 게를 가지고 있다.[97]

위의 두 인용문에서 여신 무라는 달팽이와 대합조개가 많은 곳을 관장하며, 여축은 게를 동반하고 다닌다. 세계 보편적으로 달팽이와 조개, 게는 딱딱한 껍데기 속에 흰 살을 감춘 외형 때문에 여성 생식기를 상징하는 것으로 여겨졌으며, 주기적으로 오래된 껍데기를 벗고 새 껍데기를 얻어 탈피하는 습성은 여성의 생리와 통한다고 생각되었다. 중국에서도 조개는 방합(蚌蛤)이라고 하여 게·진주·자라 등과 마찬가지로, 찼다가 이지러지는 순환을 반복하며, 음기를 대표하는 달 그리고 물과 관련이 있는 것으로 인식되었다.[98] 옛 덴마크어에서도 굴을 의미하는 쿠데피스크는 동시에 여성

---

96) 『山海經』「中山經」: ……是多僕纍, 蒲盧, 神武羅司之, 其狀人面而豹文, 小要而白齒, 而穿耳以鐻.

97) 『山海經』「大荒東經」: 海內有兩人, 名曰女丑. 女丑有大蟹.

98) 『呂氏春秋』「精通」: 달은 모든 陰氣의 본원이다. 보름이 되면 조갯살이 가득 차며 모든 음기도 차고 그믐이 되면 조갯살도 텅 비고 모든 음기도 이지러져 차지 않는다 (月也者, 群陰之本也, 月望則蚌蛤實, 群陰盈, 月晦則蚌蛤虛, 群陰虧)(『四部叢刊·子部·呂氏春秋』, 臺北: 臺灣商務印書館, 1965, p.55).
『淮南子』「天文訓」: 달이 이지러지면 조갯살이 차지 않는다(月死而蠃蚌膲)(『四部叢刊·子部·淮南子』, p.18).
『大戴禮記』 卷十三 「易本命」: 조개와 자라의 알은 달과 함께 이지러지기도 하고 차기도 한다(蚌蛤龜珠, 與月虧盈)(『四部叢刊·經部·大戴禮記』, 臺北: 臺灣商務

190

의 외음부를 의미했으며, 아즈텍 사람들에게는 달팽이가 수태·임신·분만을 상징하였다. 아즈텍 사람들은 달팽이가 껍데기에서 나오듯이 사람도 어머니의 배에서 태어난다고 생각하였다.[99] 이처럼 조개·굴·달팽이는 모태의 주술적인 힘을 상징했고, 부적이나 장신구로서 이것들을 차고 있으면 여성은 수태의 힘을 얻고 동시에 액운에서 보호받을 수 있다고 믿었다. 그래서 주술과 의술에서도 조개와 진주, 굴을 실제로 효험이 있다고 생각했는데, 『산해경』의 여축과 게의 연계 역시 이런 맥락에서 파악할 수 있을 것이다. 브로니슬라브 말리노프스키(Bronislaw Malinowski)도, 게는 바닷길과 지세를 잘 아는 생명체로서 영적인 능력을 지니며 주기적으로 탈피하기 때문에 영원히 죽지 않는다는 신앙을 고대인들에게 심어주었다고 했다.[100] 그리스·로마 신화의 여신 아프로디테가 바다 거품 속 조개 껍데기에서 탄생하는 모습도 조개·게·달팽이가 지닌 불사(不死)의 상징 의미가 표현된 것이다.

2) 동굴

조개 같은 탈피 동물 외에 『산해경』에서 여신에게 불사와 생산력의 이미지를 부여하는 상징으로는 동굴을 들 수 있다. 서왕모는 항아분월(姮娥奔月) 신화와 위진남북조의 지괴 소설(志怪小說)에서 불사약을 지닌 여신으로 등장하는데, 이때 그녀의 거처는 바로 동굴이었다.

어떤 사람이 머리 꾸미개를 꽂고 호랑이 이빨에 표범의 꼬리를 하고 동굴에 사는데 이름을 서왕모라고 한다.[101]

印書館, p.70).

99) 미르체아 엘리아데, 이재실 옮김, 『이미지와 상징』, 서울: 까치글방, 1998, pp.141-145.

100) Bronislaw Malinowski, *Magic, Science, Religion and Other Essays,* 1948, rpt. Garden City, New York: Doubleday Anchor Books, 1954, p.129.

101) 『山海經』「大荒西經」: 有人, 戴勝, 虎齒, 有豹尾. 穴處, 名曰西王母.

신화에서 동굴은 재생을 뜻하며, 이런 재생의 이미지는 한국의 단군 신화(檀君神話)에서도 찾아볼 수 있다. 곰은 동굴 속에서 쑥과 마늘을 먹으며 삼칠일을 견디어 사람으로 변신하는데 이것은 인류학적인 측면에서 통과 제의의 과정으로 볼 수 있다. 그리고 이때의 동굴은 새로운 삶, 즉 재생의 의미를 갖는다. 마찬가지로 그리스·로마 신화에서 여신 아르테미스와 무녀 시빌레의 거처도 동굴이었다.[102] 그런데 이런 여신들의 동굴은 신성시되었고, 신성한 동굴을 침입한 자는 가차없이 처벌받았다. 젊은 사냥꾼 악타이온은 아르테미스의 동굴에 뛰어들어 목욕하는 장면을 우연히 목격했다가 수사슴으로 변했고, 결국 사냥꾼이 풀어놓은 개에게 물려죽고 만다. 마찬가지로 서왕모가 거처하는 동굴도 안쪽으로는 약수연(弱水淵)이 있고 바깥으로는 물건을 던지면 즉시 타버린다는 염화산(炎火山)이 있어 범접할 수 없는 신성한 장소이다.

서해의 남쪽, 유사(流沙)의 언저리, 적수(赤水)의 뒤편, 흑수(黑水)의 앞쪽에 큰 산이 있는데 이름을 곤륜구(昆侖丘)라고 한다. 신—사람의 얼굴에 호랑이의 몸인데 꼬리에 무늬가 있으며 모두 희다—이 있어 여기에 산다. 산 아래에는 약수연이 둘러싸고 있으며 그 바깥에는 염화산이 있어 물건을 던지면 곧 타버린다. 어떤 사람이 머리 꾸미개를 꽂고 호랑이 이빨에 표범의 꼬리를 하고 동굴에 사는데 이름을 서왕모라고 한다. 이 산에는 온갖 것이 다 있다.[103]

이와 같은 동굴의 불사 이미지는 무엇보다도 텅 빈 자궁을 연상시키는 동굴의 모양에서 왔다. 동굴이란 텅 비고 어두우며 축축한 느낌을 주는데

---

102) 토머스 불핀치, 『그리스·로마 신화』, p.59·329.

103) 『山海經』「大荒西經」: 西海之南, 流沙之濱, 赤水之後, 黑水之前, 有大山, 名曰昆侖之丘. 有神—人面虎身, 有文有尾, 皆白—處之. 其下有弱水之淵環之, 其外有炎火之山, 投物輒然. 有人, 戴勝, 虎齒, 有豹尾, 穴處, 名曰西王母. 此山萬物盡有.

이것은 곧 여성적인 이미지와 통한다. 텅 비어 있음은 역으로 그 안이 무엇인가로 채워질 수 있다는 가능성의 상태로, 이런 맥락에서 노자는 일찍이 허(虛)는 실(實)이요, 유(有)는 무(無)에서 나온다는 주음 사상(主陰思想)을 전개한 바 있다. 텅 비어 있음이란 텅 빈 상태에서 정체되는 것이 아니라 오히려 그 안이 채워질 수 있는 창조의 시작이라는 것이다. 허와 무는 확장하여 계곡, 구멍과 동일한 이미지의 범주로 파악되기도 한다. 그래서 소병(蕭兵)은 구멍·동굴·계곡은 모두 텅 빈 자궁이라는 상징 원리에 착안하여, 노자의 "계곡의 신〔谷神〕"이란 바로 "오묘한 암컷〔玄牝〕"이고 도(道)의 영원함과 무한함을 상징하며 이 모두가 여성 숭배에 기초한 것으로 해석했다.[104]

그리스·로마 신화에서도 동굴과 깊숙한 틈새, 땅속 구멍은 중요한 의미를 지닌다. 우선 당시의 중요한 신탁소(神託所)는 지하의 동굴이나 땅의 균열된 틈새에 세워졌다. 그리스 신탁소 가운데 가장 유명한 것은 델포이에 있는 아폴론의 신탁소로 파르나소스산 중턱에 있었는데, 이 산 중턱에는 길고 깊숙한 틈이 나 있고 지하 동굴과 연결되어 있으며 영기(靈氣)가 뿜어져 나왔다. 트로포니오스의 신탁소에도 지하 동굴과 통하는 틈이 나 있었고, 러시아 신화에서는 농부가 막대기 혹은 손가락으로 땅에 구멍을 파고 거기에 귀를 대고 대지의 말을 들었다고 한다.[105]

중국의 민속학 자료를 보아도 동굴은 여성의 자궁과 연결되어 수태 능력을 상징한다. 사천성의 마사인(摩梭人)들은 여신 길택마사(吉宅摩梭)를 숭배하는데 그녀의 거처는 유구산(有九山)의 바위 동굴이고 그 안에는 작은 연못이 있다.[106] 그리고 사천성의 석굴에는 여신 파정납목(巴丁拉木)의 생식기로 여겨지는 타아와(打兒窩)라는 바위 절벽이 있는데 불임 여성들은

---

104) 蕭兵, 노승현 옮김, 『노자와 성』, 서울: 문학동네, 2000, pp.19-20.

105) 토머스 불핀치, 『그리스·로마 신화』, p.430.

106) 宋兆麟, 「原始的生育信仰: 兼論圖騰和石祖崇拜」, p.131.

이 석굴에 돌을 던져 돌이 들어가면 임신의 징조로 여겼다.[107] 납서족(納西族)은 아직도 화산암으로 이루어진 간목산(幹木山)의 북쪽 기슭과 서북쪽 웅덩이를 여성의 생식기로 생각한다.[108] 이런 여성적 이미지의 동굴은 도교의 이른바 신선들의 거처가 되기도 했다. 온몸에 털이 나 있고 득도하여 170여 살이나 산 모녀(毛女)는 바위 동굴에 거처했으며,[109] 적송자(赤松子)는 종종 곤륜산 위 서왕모의 석실에서 머물렀다고 한다.[110]

3) 물

마지막으로 『산해경』에서 여신과 연결된 자연 상징으로는 물이 있다. 고대인들에게 물은 만물 창조의 어머니였고, 옛 그리스어에서 물을 가리키는 아르케(arche)는 '만물의 어머니'를 의미했다. 천주교에서 숭배하는 성모 마리아도 원래 바다의 여신을 통칭했고, 영어에서 어머니를 일컫는 'mother'의 앞 글자인 'm(ma)'의 본뜻도 물속의 파도이다. 한자에서도 해(海)자에 어머니 모(母)자가 들어가 있는데,[111] 이 모든 예들은 바로 고대에 물을 어

---

107) 宋兆麟, 『兩性同體與繁殖巫術』, 北京 : 中國歷史博物館, 1988, p.12.

108) 嚴汝嫻·宋兆麟, 『永寧納西族的母系制』, 雲南 : 雲南人民出版社, 1983, p.201.

109) 『列仙傳』「毛女」: 모녀는 자가 옥강이며 화음산에서 살았다. 사냥꾼들이 대대로 그녀를 보았는데 몸에 털이 나 있었다. 스스로 말하기를 "(나는) 진시황의 궁녀로서 진나라가 망하자 떠돌아다니다가 산으로 들어가 난을 피했다. (산속에서) 谷春을 만났는데 (그가) 솔잎을 먹는 법을 가르쳐 주어 마침내 배고픔과 추위를 느끼지 않고 몸이 날듯이 가볍게 되었으며 170여 살이나 되었다"고 하였다. (모녀가) 머물던 바위 동굴 속에서 거문고 타는 소리가 들렸다고 한다(毛女者, 字玉姜, 在華陰山中. 獵師世世見之, 形體生毛, 自言, 秦始皇宮人也. 秦壞, 流亡, 入山避難, 遇道士谷春, 敎食松葉, 遂不饑寒, 身輕如飛, 百七十餘年. 所止巖中, 有鼓琴聲云).

110) 『列仙傳』「赤松子」: 적송자는 신농 때의 우사이다. 수정을 복용했으며 (그 비법을) 신농에게 가르쳤다. 불속에 들어가 스스로를 태울 수 있었다. 종종 곤륜산 위에 가면 늘 西王母의 석실에 머물렀으며 비바람을 따라 (산을) 오르락내리락 하였다(赤松子者, 神農時雨師也. 服水玉以敎神農, 能入火自燒. 往往至崑崙山上, 常止西王母石室中, 隨風雨上下).

111) 王孝廉, 『水與水神』, p.1.

머니로 여긴 신앙의 흔적이다.

　여제(女祭)와 여척(女戚)이 그 북쪽에 있는데 두 개의 강 사이에 살며 척(戚)은 뿔 술잔을, 제(祭)는 도마를 잡고 있다.[112]

　여자국(女子國)이 무함(武咸) 북쪽에 있는데 두 여인이 함께 살며 물이 그것을 에워싸고 있다. 혹은 한집안에 거처한다고도 한다.[113]

이처럼 『산해경』의 여신들 중 많은 수가 물과 연결되어 있는데, 물이 가진 창조적인 능력이 여성의 생식력과 통한다고 생각되었기 때문이다.[114] 그밖에도 염제의 어린 딸 여와는 동해에서 빠져 죽어 정위 새로 변했고,[115] 천제의 두 딸은 장강(長江)의 깊은 곳 혹은 바다 한가운데에 거처하였으며,[116] 등비씨(登比氏)의 두 딸 역시 황하의 큰 연못에서 살았다.[117] 다음의

112) 『山海經』「海外西經」: 女祭女戚在其北, 居兩水間, 戚操角觚, 祭操俎.

113) 『山海經』「海外內經」: 女子國在巫咸北, 兩女子居, 水周之. 一日居一門中.

114) 그렇다면 男神은 물과 무관한가? 『山海經』에서 남신과 물의 관계는 여신과 물의 관계만큼 밀접하지 않다. 『산해경』에서는 여신을 분명히 女자나 母자로 표시하고 있으나 남신임을 표시하는 표지는 분명치 않아서 우선 남신만을 구별해내는 것도 쉽지 않기 때문이다.

115) 『山海經』「北山經」: 다시 북쪽으로 200리를 가면 發鳩山이라는 곳인데 산 위에서는 산뽕나무가 많이 자란다. 이곳의 어떤 새는 생김새가 까마귀 같은데 머리에 무늬가 있고 부리가 희며 발이 붉다. 이름을 精衛라고 하며 그 울음은 자신을 부르는 소리 같다. 이 새는 본래 炎帝의 어린 딸로 이름을 女娃라고 하였다. 여와는 동해에서 노닐다가 물에 빠져 돌아오지 못하였는데 그리하여 정위가 되어 늘 서쪽 산의 나무와 돌을 물어다가 동해를 메우는 것이다. 漳水가 여기에서 나와 동쪽으로 흘러 黃河에 이른다(又北二百里, 曰發鳩之山, 其上多柘木. 有鳥焉, 其狀如烏, 文首, 白喙, 赤足, 名曰精衛, 其鳴自詨. 是炎帝之少女名曰女娃, 女娃游于東海, 溺而不返, 故爲精衛, 常銜西山之木石, 以堙于東海. 漳水出焉, 東流注于河).

116) 『山海經』「中山經」: 다시 동남쪽으로 120리를 가면 洞庭山이라는 곳인데 산 위에서는 황금이 나고, 기슭에서는 은과 철이 많이 나며, 나무는 아가위·배·귤·유자나무, 풀은 간초·미무·작약·궁궁이가 많이 자란다. 天帝의 두 딸이 이곳에 살고 있는

두 인용문은 물이 지닌 생식 능력을 보여주는 좋은 예이다.

그 나라에는 신령한 우물이 있어 그것을 들여다보기만 해도 곧 임신한다고 한다.[118]

황지(黃池)라는 연못이 있는데 부인들이 들어가 목욕을 하고 나오면 곧 임신을 하였다. 만약 사내아이를 낳을 경우 세 살이 되자마자 죽어 버렸다.[119]

최초에 물은 여성적 이미지로 여겨졌다. 위의 예문에서 보듯이 고대인들은 물을 생명 창조의 힘의 원천으로 여겼고 여성의 생식력과 동일시했기 때문이다. 그런데 물은 본래 창조뿐 아니라 파괴의 두 가지 상반된 속성을 공유한다. 『산해경』에서도 물은 죽음과 새로운 탄생이라는 이중적인 속성을 보여준다.

동해의 밖, 감수(甘水) 사이에 희화국(羲和國)이 있다. 희화라는 여자가 있어 지금 감연(甘淵)에서 해를 목욕시키고 있다. 희화는 제준의 아내로 열

데 그들이 늘 長江의 깊은 곳에서 노닐면, 澧水와 沅水의 풍파가 瀟水와 湘水의 깊은 곳에서 맞부딪히는데 그곳은 구강 근처에서이다. (그들은 물속을) 드나들 때 반드시 회오리바람과 폭우를 동반한다. 이곳에는 괴상한 신들이 많은데 형상은 사람 같지만 뱀을 머리에 이고 양손에 쥐고 있다. (여기에는) 괴상한 새도 많다(又東南一百二十里, 曰洞庭之山, 其上多黃金, 其下多銀鐵, 其木多柤 梨橘柚, 其草多葌蘪蕪芍藥芎藭. 帝之二女居之, 是常遊于江淵. 澧沅之風, 交瀟湘之淵, 是在九江之間, 出入必飄風暴雨. 是多怪神, 狀如人而載蛇, 左右手操蛇. 多怪鳥).

117) 『山海經』「海內北經」: 순의 부인 등비씨가 소명과 촉광을 낳았다. (이들은) 황하의 대택에 살았는데 두 여인은 신통력으로 이곳 사방 100리를 비출 수 있었다. 혹은 등북씨라고도 한다(舜妻登比氏生宵明·燭光, 處河大澤, 二女之靈能照此所方百里. 一日登北氏).

118) 『後漢書』「東夷傳」郭璞 注: 或傳其國有神井, 窺之輒生子.

119) 『山海經』「海外西經」: 有黃池, 婦人入浴, 出卽懷姙矣. 若生男子, 三歲輒死.

196

개의 해를 낳았다.[120]

어떤 여자가 지금 달을 목욕시키고 있다. 제준의 아내인 상희가 달을 열 두 개 낳아 여기에서 처음으로 그것들을 목욕시켰다.[121]

엘리아데(Mircea Eliade)는 물의 상징이 죽음과 재생이라는 상반된 두 의미를 내포하며, 침수(沈水)는 형태 이전으로의 퇴행이자 존재 이전의 미분화 상태로의 회귀이고, 침수로부터의 부상은 우주 창조의 행위를 재현하는 것으로 보았다.[122] 동일한 맥락에서 『산해경』에 나타난 해와 달을 목욕시키는 행위는 불결함을 씻어 내리는 정화의 의미뿐 아니라 해와 달을 침수시켰다가 들어올리는 곧 죽음과 재생의 반복적인 의식으로 해석될 수 있다. 이 경우 목욕을 통한 물과의 접촉은 일시적인 해체를 의미하는데, 해체 뒤에는 반드시 새로운 탄생이 뒤따르므로 생명의 잠재력을 더욱 증대시키는 상징적 의미를 지니게 된다. 세계 보편적으로 전해지는 홍수 신화에서도 물은 세상의 만물을 파괴했다가 다시 생명을 부여하는 이중적인 역할을 한다. 광서(廣西) 융현(融縣) 나성(羅城)에 사는 요족(瑤族)의 전설을 참고해보자.

한 남자와 그의 두 남매가 살고 있었는데 어느 날 갑자기 큰비가 내리기 시작하더니 하늘에서 뇌공(雷公)이 내려왔다. 남자는 뇌공을 잡아 쇠둥우리에 가두고 잠시 집을 비우면서 뇌공에게 절대 물을 주지 말 것을 두 남매에

---

120) 『山海經』「大荒南經」: 東海之外, 甘水之間, 有羲和之國. 有女子名曰羲和, 方日浴于甘淵, 羲和者, 帝俊之妻, 生十日.
121) 『山海經』「大荒西經」: 有女子方浴月. 帝俊妻常羲, 生月十有二, 此始浴之.
122) 엘리아데에 따르면 재계 의식이나 물에 의한 의례적 정화는 창조가 있었던 무시간적 순간을 전격적으로 실재화하는 것을 목적으로 하며, 세계의 탄생이나 새로운 인간의 탄생에 대한 상징적인 반복이다. 자세한 내용은 미르체아 엘리아데, 『이미지와 상징』, pp.165-167을 참고한다.

게 당부했는데, 뇌공을 가엾게 여긴 두 남매는 그에게 물을 주고 결국 온 세상은 홍수에 잠기게 되었다. 온 천지에 물이 넘치니 들과 집, 숲과 마을이 모두 망망대해로 변했고 사람들도 모두 죽게 되었다. 그러다가 갑자기 물이 빠지면서 쇠로 만든 배가 산산조각나면서 남자는 죽고, 부드러운 호리박을 탄 두 남매만이 살아남아 사람의 창시자가 되었다. 이들이 바로 여와와 복희이다.[123]

일본 신화에서도 해(海)자는 '……을 낳다, 잉태하다'의 의미를 지니며, 일본 신들은 대부분 바다와의 접촉을 통해 탄생한다. 이집트의 여신 누트(Nut) 역시 태초에 있었다는 천상의 물을 상징한다.[124]

이상으로 『산해경』을 중심으로 자연과 공존하는 여신의 형상을 살펴보았다. 『산해경』은 가장 오래된 신화서로서 원시 인류의 신화적 사유를 보존하고 있다. 예컨대 도처에 출현하는 반인반수의 신들이 그것이다. 반인반수의 형태는 자연과 인간의 조화를 추구하고자 했던 원시 인류의 생태적 사유를 반영하기 때문이다. 여신들 역시 자연과 대립하기보다 공존하고 있었으며, 특히 변신과 출산이라는 여신 고유의 방법으로 자연과 소통하고 있었다. 정위 새로 변한 여와, 요초로 변한 여시, 누에로 변한 여인, 열 명의 신으로 변한 여와의 예에서처럼 여신은 자신의 몸을 다른 자연물로 변형시키는 과정을 통해 자연과의 합일을 추구하였다.

그리고 그리스·로마 신화에서 변형에 대한 시각이 부정적인 데 반하여,[125] 『산해경』에서 여신의 변형은 자연스러운 것으로 받아들여지고 있었다. 여신의 변형에 대한 부정적인 언급은 전혀 보이지 않는다. 출산 역시 『산해경』에서 여신이 자연과 소통하는 한 방법이었다. 여성이 어린아이를

---

123) 袁珂, 전인초·김선자 옮김, 『中國神話傳說 I』, 서울: 민음사, 1998, pp.163-169.

124) 알레브 라이틀 크루티어, 윤희기 옮김, 『물의 역사』, 서울: 예문, 1995, p.25.

125) 그리스·로마 신화에서 變形이란 신의 뜻을 어겨 벌을 받은 경우이거나 위기의 상황에 몰려 해결책을 구하지 못하였을 때 돌파구의 역할을 하는 경우가 많다.

임신하는 것은 이물질의 생명체를 여성의 몸을 통하여 받아들이는 과정으로 볼 수 있는데, 같은 맥락에서 『산해경』의 여신은 달과 해, 빛과 같은 자연물을 임신, 출산하고 있었다. 그리고 이런 임신과 출산의 과정이 『산해경』에서는 따뜻한 시선으로 그려지고 있었다. 마지막으로 신화에서 여신은 다양한 자연적 형상으로 표현되었다. 게와 달팽이, 대합조개 등의 갑각류와 어둡고 축축한 동굴, 창조와 파괴의 이중적 속성을 가진 물의 이미지를 통하여 여성은 보다 자연과 친밀한 존재가 될 수 있었다.

제5장 중국 여신의 특징과 여성 신화의 기능

신화는 태초의 사건들에 대한 의문을 다양한 지역과 종족 안에서 고유한 언어로 풀어낸 것이다. 그러므로 신화는 인류의 원초적 심성을 반영한다는 보편성의 측면에서는 공통점을 지니지만, 표현 방식이나 내용에서는 개별적인 특징을 갖는다. 그래서 중국 여신의 개별적 특징을 보다 효과적으로 파악하고자 한다면 비교 신화학적 입장에 서서 객관적 자세를 견지할 필요가 있다. 이런 의도 아래서 본장에서는 중국 여신을 그리스·로마 신화의 여신과 비교, 검토하는 과정을 통해 그 특징과 기능을 살펴보고자 한다.

제1절 중국 여신의 특징

중국 여신을 그리스·로마 신화의 여신과 비교했을 때 가장 두드러진 특징으로는 다음 세 가지를 들 수 있다. 첫째 원시성(原始性), 둘째 변화성(變化性), 셋째 모호성(模糊性)이 그것이다.

1 원시성 : 권위 그리고 동물적인 외형

여신은 본래 모계 사회를 배경으로 하여 탄생되고 숭배되었기 때문에 여신의 원초적 형상은 모계 사회의 분위기를 반영한 신성하고 권위적인 이미지였다. 그리고 그 시기에 인간은 천재지변을 극복하는 동시에 자연과 더불어 사는 생태적인 조화를 지향하였다. 따라서 신의 형상도 동물 형태나 반인반수가 될 수 있었고, 신화의 내용도 시체화생(屍體化生)의 예처럼 어떤 인위적인 도구 없이 창조와 소멸이 순환하는 원초적 사고를 보여주었다. 이 책에서는 이처럼 모계적 분위기가 농후하고 자연과 조화의 관계에 있으며 고대의 토템 숭배를 반영하는 여신을, 보다 이른 시기에 형성된 것으로 보고 이것을 중국 여신의 원시적 특징으로 주목해 보고자 한다.

1) 여신의 권위성

그리스·로마 신화에서는 태초에 우주를 창조한 여신으로 가이아(Gaia)를 언급하고 있다. 가이아는 카오스에서 나와 바람을 일으켜 뱀을 만들고 임신하여 우주란(Cosmic Egg)을 낳았으며, 이 알로부터 우주의 온갖 것들을 탄생시킨다. 그러나 우라노스와 결합하여 자식들을 낳은 뒤부터 아들이자 남편인 우라노스에게, 우주의 창조자이자 지배자로서의 최고 지위를 빼앗기고 보조적인 위치에 머물게 되었다.

가이아보다 후대에 등장하지만 제우스의 유일한 견제 세력이 될 수 있었던 여신은 헤라였다. 비록 가부장적 신화에서 제우스의 처로서 긍정적이기보다 의심 많고 질투를 일삼는 부정적 이미지로 그려졌지만,[1] 헤라는 본

---

1) 가이아는, 아들인 크로노스가 남편인 우라노스를 제거하고 우주를 지배하게 되면서 공식적으로 우주의 지배자 위치에서 물러나게 된다. 그러나 가이아는 다른 신들에게 여전히 영향력을 발휘할 수 있었다. 즉 크로노스가 자식들을 삼켜 버리자 레아를 시켜 제우스를 빼돌리도록 했으며, 제우스가 거인 티탄족과 전쟁을 치를 때 천둥·번개의 무기를 얻을 수 있도록 돕기도 하였다. 즉 가이아는 그리스·로마 신화에서 우주의 창조신으로서 大母神의 모습을 구현하고 있다고 볼 수 있다. 자세한 것은 장영란, 『신화 속의 여

래 제우스 출현 이전부터 다산과 풍요를 상징하는 대모신(大母神)이었다.[2] 그리스·로마 신화의 여신들이 대부분 이처럼 남신에 비해 상대적으로 부차적인 지위에 머물며 부정적 이미지로 형상화된 것은, 이미 이른 시기에 그리스·로마 신화가 모계적 분위기에서 벗어나 가부장적 사회 풍토에서 변질되었고 이에 따라 여신도 본래의 면모를 상실했음을 말해준다.

중국의 여신들도 마찬가지였다. 모계가 부계로 대체됨에 따라 남신의 보조자로서의 역할을 수행했고, 주요한 신격을 잃어 유명무실해지거나 성별이 남성으로 전환되기도 했다. 예를 들어 여와(女媧)는 홀로 인류를 창조하고[3] 우주의 대란(大亂)을 평정하던 지존의 지위에 있다가[4] 한대 이후로

성, 여성 속의 신화』, 서울: 문예출판사, 2001, pp.223-224를 참고한다.

2) 호메로스(Homeros)의 『일리아스(Illias)』에는 황소 눈을 한 헤라가 등장하는데 헤라는 처음에는 半人半獸의 大母神이었다. 이에 대한 자세한 내용은 마이클 그랜트, 『그리스·로마 신화』, p.63을 참고한다.

3) 應劭, 『風俗通義』: 속설에 따르면 천지가 개벽했을 때 아직 사람이 없자, 女媧가 황토를 빚어서 사람을 만들었다고 한다. 열심히 일하다가 다 만들 여력이 없자 노끈을 진흙 속에 넣었다가 휘둘러서 사람을 만들었다. 그래서 부귀한 사람은 황토로 만든 사람이고 빈천한 사람은 끈을 휘둘러서 만든 사람이다(俗說天地開闢, 未有人民, 女媧摶黃土作人, 劇務力不暇供, 乃引繩于泥中, 擧以爲人, 故富貴者黃土人, 貧賤凡庸者引絚人也).

4) 『淮南子』 「覽冥訓」: 아주 오랜 옛날 사방을 받치고 있던 기둥이 무너지고 온 천하가 찢어져서 하늘은 대지를 다 덮을 수 없게 되었으며 땅 또한 만물을 두루 실을 수 없게 되었다. 火焰이 만연하여 식힐 수 없었고 홍수가 가득 흘러 다스릴 수가 없었으며 맹수들이 선량한 백성들을 먹어 삼키고 사나운 새들이 노약자들을 채갔다. 그래서 女媧가 오색의 돌을 달구어 하늘의 구멍을 막고 거대한 자라의 다리를 잘라 하늘을 받치는 네 기둥을 만들어 세웠으며 黑龍을 죽여 冀州의 백성들을 구제하고 갈대를 태운 재를 쌓아 평지에서 뿜어 나오는 홍수를 막았다. 하늘도 보수되었고 사극도 세워졌으며 홍수도 멈추고 기주도 안정되고 독충과 맹수도 죽었으며 사람들은 생존하게 되어 대지를 등에 지고 하늘을 가슴에 안았다(往古之時, 四極廢, 九州裂, 天下兼履, 地不周載, 火爁炎而不滅, 水浩洋而不息, 猛獸食顓民, 鷙鳥攫老弱. 於是女媧鍊五色石, 以補蒼天, 斷鼇足, 以立四極, 殺黑龍, 以濟冀州. 積蘆灰以止淫水, 蒼天補, 四極正, 淫水涸, 冀州平, 狡蟲死, 顓民生, 背方州, 抱圓天).

『淮南子』 「天文訓」: 옛날 共工과 顓頊이 天帝의 지위를 다투다가 공공이 화가 나

접어들면 복희(伏羲)의 배우신으로서 더 자주 등장하게 된다.[5] 희화(羲和)
와 상희(常羲) 역시 마찬가지였다. 『산해경(山海經)』에서 해와 달의 어머
니로서 숭고한 역할을 담당했던 희화[6]와 상희[7]는, 이후 신화에서는 유명무

서 不周山을 들이받아 하늘을 받치고 있던 기둥을 부러뜨리고 땅을 잡아매고 있던 그
물을 끊어 버렸다. 하늘이 서북쪽으로 기울어 해, 달, 별이 그쪽으로 옮겨갔으며 땅은
동남쪽이 꺼져 버려 모든 강물과 진흙이 동남쪽으로 향하게 되었다(昔者共工與顓頊
爭爲帝, 怒而觸不周之山, 天柱折, 地維絶, 天傾西北, 故日月星辰移焉. 地不滿東
南, 故水潦塵埃歸焉).
　　『論衡』「談天」: 共工이 顓頊과 天帝의 지위를 두고 싸우다 이기지 못하자 노하여
부주산을 건드려 천주를 부러뜨리고 땅을 잡아매고 있던 끈을 끊어 버렸다. 女媧가 오
색의 돌을 달구어 하늘의 구멍을 메우고 거대한 자라의 다리를 잘라 사극을 세웠다. 그
래서 하늘은 서북쪽이 부족해 해와 달이 그쪽으로 옮겨가고 땅은 동남쪽이 부족해 강
물이 그쪽으로 흐르게 되었다(共工與顓頊爭爲天子, 不勝, 怒而觸不周之山, 使天柱
折, 地維絶. 女媧銷煉五色石以補蒼天, 斷鰲足以立四極. 天不足西北, 故日月移焉,
地不足東南, 故百川注焉).
　　『列子』「湯問」: 옛날 女媧氏가 오색의 돌을 달구어 그 구멍을 메웠고 자라의 다리
를 잘라 사극을 세웠다. 그 후 공공씨와 전욱이 천제의 지위를 다투다가 노하여 부주산
을 건드려 하늘을 받치고 있던 기둥을 부러뜨리고 땅을 잡아매고 있던 끈을 끊어 버렸
다. 그래서 하늘이 서북쪽으로 기울어 해, 달, 별이 그쪽으로 가고 땅은 동남쪽이 꺼져
버려 모든 강물이 그쪽으로 흘러가게 되었다.(昔者女媧氏煉五色石以補其闕, 斷鰲之
足以立四極. 其後共工氏與顓頊爭爲帝, 怒而觸不周之山, 折天柱, 絶地維, 故天傾
西北, 日月星辰就焉, 地不滿東南, 故百川水潦歸焉).
5) 漢代의 다양한 畵像石은 이제 伏羲와 교미함으로써만 인류를 생산할 수 있는 配偶
神으로서의 女媧의 모습을 보여준다. 한대 石刻에 새겨진 여와와 복희를 보면 모두
상반신은 사람의 형태이고 하반신은 용 혹은 뱀의 형상을 하고 있다. 그 가운데 1939년
四川省 重慶 沙坪壩에서 발견된 석각은 복희와 여와의 半人半獸의 형태를 보여주는
대표적인 예라 할 수 있다. 이에 대한 자세한 내용은 李福淸(Boris Riftin), 「人類始祖
伏羲女媧的肖像描繪」, 馬昌儀 編, 『中國神話故事論集』, 臺北 : 中國民間文藝出
版社, 1988, p.28을 참고한다.
6) 『山海經』「大荒南經」: 東海의 밖, 甘水 사이에 羲和國이 있다. 희화라는 여자가
있어 지금 甘淵에서 해를 목욕시키고 있다. 희화는 帝俊의 아내로 열 개의 해를 낳았
다(東海之外, 甘水之間, 有羲和之國. 有女子名曰羲和, 方日浴于甘淵, 羲和者, 帝
俊之妻, 生十日).
7) 『山海經』「大荒西經」: 어떤 여자가 지금 달을 목욕시키고 있다. 帝俊의 아내인 常

실해져 점차 역사화되더니 『사기(史記)』와 같은 역사서에서는 해몰이꾼으로서 남성화되었다. 그러나 중국 여신을 그리스·로마 여신과 동일선 상에서 비교해 보았을 때에는, 상대적으로 중국 여신이 대모신의 지고 무상(至高無上)한 권위를 좀더 보존하고 있음을 알 수 있다.

우선 중국인들은 신에 대한 기본적인 인식이 고대 그리스·로마 사람들과는 달랐다. 여신만 놓고 보더라도 인간과는 격이 다른 신성한 존재로서 평범한 인간들과의 교류란 극히 드물었다. 다만 예외적인 경우는 여신과 제왕의 만남 정도였다. 고대 사회에서 제왕은 천자로 불릴 만큼 신성시되었기 때문에 여성과 남성의 상징적 결합, 즉 음양의 조화를 통하여 우주의 기운을 갱신하고자 하였던 고대인들의 종교적 소망에서 신적(神的) 존재인 제왕만이 여신과 교류할 수 있었던 것이다. 『목천자전(穆天子傳)』의 서왕모(西王母)와 주목왕(周穆王)의 만남이나,[8] 「고당부(高唐賦)」의 무산신녀

義가 달을 열두 개 낳아 여기에서 처음으로 그것을 목욕시켰다(有女子方浴月. 帝俊妻常義, 生月十有二, 此始浴之).

8) 『穆天子傳』 卷三: 吉日 甲子일에 天子는 西王母에게 초대받아 갔다. 흰 圭와 검은 璧을 가지고 서왕모를 만나 꽃무늬 비단끈 400장과 □ 비단끈 1,200장을 즐거이 바쳤다. 서왕모는 두 번 절하고 그것을 받았다. □ 乙丑일에 천자가 瑤池 가에서 서왕모에게 술을 대접했다. 서왕모는 천자를 위해 노래하기를 "흰 구름은 하늘에 떠 있고 산언덕은 절로 솟아 있습니다. 길은 아득히 멀어 산과 내가 그 사이에 있습니다. 그대가 죽지 않고 돌아오실 수 있기를 바랍니다." 천자가 답하여 말하기를 "나는 동쪽 땅으로 돌아가 華夏를 조화롭게 다스리고 모든 백성들이 편안해지면 나는 그대를 보러 돌아올 것입니다. 3년이 되면 다시 황야로 돌아올 것입니다." 서왕모가 또 천자를 위해 읊조리면서 "(저는) 저 서쪽 땅으로 가서 그 황야에서 삽니다. 호랑이와 표범이 무리를 이루고 까마귀와 까치가 함께 살지요. (천제께서) 황야를 떠나지 말라고 명령하셨습니다. 저는 하느님의 딸이요, 그대는 어떤 속세 사람이길래 또 저를 떠나려 하십니까. 생을 불어 혀를 울리니 마음이 홀가분해집니다. 속세 사람인 그대는 하늘만 바라보시는군요." 천자는 말을 몰아 弇山의 돌에 올라 이름과 공적을 기록하고 괴나무를 심었다. (비석 상단에) 서왕모의 산이라고 적었다(吉日甲子, 天子賓于西王母, 乃執白圭玄璧以見西王母, 好獻錦組百純, □組三百純. 西王母再拜受之, □乙丑. 天子觴西王母于瑤池之上. 西王母爲天子謠曰, 白雲在天, 山陵自出, 道里悠遠, 山川間之, 將子無死, 尙能復來. 天子答之曰, 予歸東土, 和治諸夏, 萬民平均, 吾顧見汝, 比及三

(巫山神女)와 초회왕(楚懷王)의 만남이[9] 그 예가 될 수 있다. 그리고 여신의 역할도 사적인 욕망을 성취하기 위한 협소한 범주에 머무는 것이 아니라 인류 전체를 위한 공적 범주로 확장되었다. 중국 신화를 살펴보면 여신들의 감정이나 욕망에 대한 직접적인 언급은 거의 찾아볼 수 없다. 물론 중국 신화가 문자로 정착되는 과정에서 대부분 유교 이데올로기에 충실한 문인 계층의 손을 거쳤기 때문에 유교적 관점에서 벗어난 부분들은 삭제되거나 각색되었을 가능성도 염두에 두어야 할 것이다. 그러나 이 같은 상황을 고려한다고 해도 중국 여신은 그리스·로마 여신보다 좀더 원시적 신성(神性)을 간직하고 있다고 볼 수 있다.

다시 그리스·로마 신화의 여신 헤라를 예로 들어보자. 헤라는 제우스의 정처이자 뭇 여신들을 통치하는 여신들의 우두머리로서 제우스의 유일한 견제 세력으로 등장한다. 제우스가 올림포스 최고의 신으로 등극하기 이전부터 헤라는 대모신으로 숭배되었다. 그러나 신화에 나타난 헤라의 모습은

年, 將復而野. 西王母又爲天子吟曰, 徂彼西土, 爰居其野, 虎豹爲羣, 於鵲與處, 嘉命不遷, 我惟帝女, 彼何世民, 又將去子. 吹笙鼓簧, 中心翔翔, 世民之子, 唯天之望. 天子遂驅升于弇山, 乃紀名迹于弇山之石, 而樹之槐, 眉曰西王母之山).

9)「高唐賦」序 : 襄王이 宋玉과 雲夢野에서 놀다가 朝雲館에 기운이 서려 있다가 순식간에 계속해서 변화하는 것을 보았다. 왕은 이것이 무슨 기운인지를 물었다. 송옥은 대답하기를 "옛날 선왕께서 高唐에서 노니시다가 노곤해져 낮잠을 주무시는데 꿈속에서 한 여인을 만나셨습니다. 여인은 '저는 天帝의 막내딸로 이름은 瑤姬라고 합니다. 시집가기 전에 죽어 巫山의 누대에 묻혔는데 왕께서 놀러오신다는 이야기를 듣고 잠자리를 준비하고자 합니다'라고 말하였고 선왕께서는 그녀와 사랑을 나누셨습니다. 그녀는 떠나면서 '저는 무산의 남쪽에 있는데 높은 언덕으로 막혀 있습니다. 새벽에는 아침구름이 되고 저녁에는 지나가는 비가 되어 아침저녁으로 陽臺의 아래쪽에 있겠습니다'라고 말하였습니다. 선왕께서 아침에 보시니 과연 그녀가 말한 대로였습니다. 그래서 그녀를 위해 사당을 세우고 朝雲이라고 이름지으셨습니다"(楚襄王與宋玉游于雲夢之野, 望朝雲之館有氣焉, 須臾之間, 變化無窮. 王問此是何氣也. 玉對曰, 昔先王游于高唐, 怠而晝寢, 夢見一婦人, 自云, 我帝之季女, 名瑤姬, 未行而亡, 封于巫山之臺, 聞王來游, 愿荐枕席. 王因幸之. 去乃言妾在巫山之陽, 高丘之阻, 旦爲朝雲, 暮爲行雨, 朝朝暮暮, 陽臺之下. 旦而視之, 果如其言. 爲之立館, 名曰朝雲).

중국 여신인 여와의 모습과 비교했을 때 크게 다르다. 즉 우리는 헤라로부터 여신의 신성함보다는 평범한 여성의 희로애락(喜怒哀樂)을 느낄 수 있다. 끊임없이 혼외 정사를 즐기고 심지어 자식까지 낳는 남편 제우스를 보면서 헤라는 보통 여자들처럼 분노하고 질투한다. 그러나 정작 제우스에게는 별다른 조치를 취하지 못하고 여신들과 여성들만을 학대한다. 그래서 제우스는 헤라를 벌주기 위하여 금띠로 그녀의 손을 묶어 구름 끝에 매달아 놓기도 했다.[10] 이런 헤라의 모습은, 중국 여신이 신성하고 경외심을 불러일으키는 것과는 달리 인간적이어서 오히려 친근감을 자아낸다.

그리스·로마 신화에 나오는 트로이 전쟁의 원인과 과정은 그리스·로마 여신들의 특징을 잘 보여주는 한 단면이다. 데살리아 왕의 혼례에 초대받지 못한 분쟁의 여신 에리스(Eris)가 황금사과를 던지자 헤라·아테나·아프로디테의 세 여신은 그것을 잡기 위해 서로 다툰다. 황금사과 위에 '가장 아름다운 여신에게'라는 문구가 씌어 있었기 때문이다.[11] 이와 같은 미에 대한 강렬한 욕망도 중국 여신에게서 찾아볼 수 없는 모습이다. 예컨대 여와는 자신의 몸으로 열 명의 신인(神人)을 탄생시켰고,[12] 혼자 힘으로 밧줄에 진흙을 묻혀 사람을 만들어냈다.[13] 그런데 이 모든 것을 여와 혼자서

---

10) 토머스 불핀치, 『그리스·로마 신화』, pp.53-56.

11) 트로이 전쟁에 대한 자세한 내용은 토머스 불핀치, 『그리스·로마 신화』, pp.257-260 을 참고한다.

12) 『山海經』「大荒西經」: 열 명의 神이 있는데 女媧腸이라고 한다. (여와는 이렇게) 신으로 변하여 栗廣野에 사는데 길을 가로질러 살고 있다(有神十人, 名曰女媧之腸, 化爲神, 處栗廣之野, 橫道而處).

13) 이에 대해서는 제5장 주 3)과 다음의 민간 신화를 참고한다.
　「人最早是圓的」: 盤古가 천지를 개벽한 이후로 女媧는 세상이 너무나 적막하다고 생각하여 인간을 만들기로 결심하였다. 그녀는 태양과 달, 별이 모두 둥그니 인간도 둥글게 만들고자 결심하였다. 그녀는 우선 황토와 물로 둥근 인간을 하나 빚었는데 찬물과 찬흙으로 빚었기 때문에 생기가 없었다. 여와가 그래서 불로 물과 흙을 뜨겁게 데워 다시 빚으니 인간은 곧 활기를 띠게 되었다. 그러나 온도가 너무 높자 인간은 참지 못하고 재빨리 도망가 버렸다. 여와는 화가 나서 홍수와 큰불을 일으켜 인간과 모든 생물

해냈지만 정작 자신을 위한 것은 아니었다. 고통과 희생을 무릅쓰고 자신의 몸으로 생명을 창조해내는 여와의 모습은 숭고함마저 느끼게 한다. 그리고 공공(共工)과 전욱(顓頊)의 두 남신 때문에 무너진 하늘 기둥을 재건하고 천지의 평화를 가져온 여와는 바로 중국인들이 이상적으로 생각했던 여신의 전형이었다. 즉 그녀는 개인보다 공공의 이익을 우선함으로써 인간의 평범한 욕망을 초월할 수 있었던 경지의 존재였다.

2) 동물 혹은 반인반수의 여신 형상

중국 여신이 다른 여신들에 비해 좀더 원초적 형태를 간직하고 있다고 말할 수 있는 또다른 근거는 여신의 외형이다. 최고(最古)의 신화집으로 알려져 있는 『산해경』을 살펴보면 여와와 서왕모의 모습은 인간이라기보다 오히려 동물에 가깝다. 이런 반인반수적 형태는 중국 신화의 일반적인 특징으로 볼 수 있어서, 중국 신화에 나오는 신들은 다수가 동물이거나 반인반수의 형태를 띠고 있다. 예를 들면 여와와 희화는 사람의 얼굴에 뱀의 몸을 했고, 염제(炎帝)는 소의 머리에 사람의 몸을 했으며, 제준(帝俊)은 새머리에 사람 몸을 했다. 그 밖에 자연신의 형상은 대부분 반인반수이거나 몇 가지 동물의 복합체로 묘사되고 있으며, 심지어 영웅신이나 씨족신의 범주에 속하는 곤(鯀, 누런 곰 혹은 누런 용의 모습)과 우(禹, 蛟龍의 모

들을 없애 버렸다. 여와는 다시 인간을 만들기 시작했다. 인간이 만들어지자마자 자신을 떠나는 것을 막기 위하여 그녀는 인간을 오늘날처럼 四肢가 분명하고 오관이 단정하게 만들었다. 인간들은 인간의 조상이 猿人이라고 곧잘 말하는데 이 원인은 圓人(둥근 인간)에서 나왔다고 한다(盤古開天辟地以後, 女媧覺得世間太冷淸, 就決定造人. 她看太陽, 月亮, 星星都是圓的, 就決定把人也造成圓的. 她先用黃土和水捏出了一個圓人, 但由于這個人是用凉水, 冷土捏的, 所以沒有活. 女媧又用火把附近的水和土都燒得很燙, 再一捏, 人果然活了. 可是由于溫度太高, 人乘受不了, 很快就滾走了. 女媧由大怒, 發了一場洪水和大火, 毀滅了人類和一切生物. 女媧又重新造人. 爲防止人造成後馬上離開自己, 她把人造成了現在這樣四肢分明, 五官端正的人. 人們愛說人類的祖先是猿人, 傳說這猿人便由圓人而來)(『山西民間文學』第2期, 1990).

습), 정위(精衛, 새의 모습), 과보(夸父, 원숭이 얼굴에 호랑이 몸) 등도 하나같이 동물의 형태를 하고 있다.[14] 『산해경』에 등장하는 서왕모 역시 사람 얼굴에 호랑이 몸을 하고 호랑이 이빨에 표범 꼬리를 단, 반은 인간이고 반은 짐승인 기이한 모습이다.

그런데 그리스·로마 여신들의 경우 이와는 사뭇 대조적이다. 그녀들은 외형적으로나 성격상 가장 인간화된 신들이다. 물론 그리스·로마 신화에서도 여신의 반인반수적 형태의 흔적을 찾아볼 수 있다. 『일리아스』에는 황소 눈을 한 헤라, 올빼미 눈의 아테나 등과 같이 동물의 형상을 한 신들의 흔적이 희미하게 남아 있기 때문이다.[15] 그러나 이는 중국 신들의 반인반수적 형상과는 차이가 있다. 그리스·로마 신화의 경우 대부분의 신들은 인간의 형태를 했으며, 직접 동물의 형태를 하기보다 동반하거나 변신하는 등의 방식으로 동물과 소통하는 경우가 많다. 오비디우스의 『변신 이야기 (Metamorphoses)』에 나오는 다양한 변신이 대표적인 예라 하겠다.[16]

이처럼 그리스·로마 여신보다 중국 여신들이 상대적으로 더 많이 반인반수의 형태를 지닌 이유는 몇 가지로 생각해 볼 수 있다. 첫째 두 신화의 전승과 보존 과정이 달랐다는 점이다. 즉 중국 신화의 경우, 일찍부터 유교 이데올로기에 의한 정통·비정통의 자의적 분류 아래서 본격적인 연구 대상으로 주목받지 못했던 것이 사실이다. 그런데 이런 냉대는 결과적으로 중국 신화가 본래의 원형을 유지할 수 있었던 중요한 원인이 되었다. 서사 체계 면에서 그리스·로마 신화처럼 구색을 갖추지 못하고 다방면의 서적에 산재되어 기록될 수밖에 없었지만, 이런 악조건이 도리어 중국 신화의 본색을 유지하는 데 도움이 되었던 것이다.

또다른 이유로는 두 신화가 상이한 사유 체계에 뿌리를 두고 자생했다

---

14) 선정규, 『중국 신화연구』, p.32.
15) 마이클 그랜트, 『그리스·로마 신화』, p.63.
16) 오비디우스, 이윤기 옮김, 『변신이야기 1·2』, 서울: 민음사, 2000.

는 것이다. 그리스·로마에서는 일찍이 현실주의적인 사고로 사물을 파악하는 인문주의의 전통이 싹텄다. 그들은 비록 신을 볼 수는 없어도 보이지 않는 존재의 실존에 대하여 강한 믿음을 지니고 있었고 자신의 신들이 바로 인간의 형상을 지닌 것으로 믿었다. 그리스인들은 인간의 사랑과 가능성을 강하게 믿었으므로, 인간이 가장 완벽한 자아의 모습을 취할 때 신격에 근접할 수 있다고 생각하였다. 그래서 신을 인간의 형상으로 표현함으로써 해방감과 정신적 긍지를 느꼈다.[17] 즉 이른 신화 시기부터 그들은 신보다는 인간에게 관심을 기울였던 것이다. 자연에 대한 인식 역시 마찬가지였을 것이다. 그들에게 자연은 더불어 조화를 모색해야 할 대상이 아니라 일찌감치 개발하고 정복해야 할 대상으로서 인식되었다.

중국의 경우는 이와 좀 다르다. 중국인의 전통적인 사유에서 인간은 우주 만물 속에 들어 있는 미미한 존재이며, 인간과 자연 간의 근본적인 대립이나 투쟁은 찾아보기 힘들다. 물론 공자(孔子)의 실용적인 유가 철학은 노자의 무위자연과는 거리를 둔다. 그러나 그 차이란 상대적인 것일 뿐이어서 모두 서구의 인간 중심적인 사고와 변별되는 천인합일적(天人合一的) 사유를 바탕으로 하고 있다. 그리고 이런 세계관의 원류는 신화에서부터 시작된다. 바로 중국의 다양한 반인반수의 신들은 동물 더 나아가 자연과 인간을 연속적으로 파악하고자 했던 고대 중국인들의 사유 체계를 반영하는 예이다.

2 변화성 : 하락한 지위와 여선(女仙)으로의 변화

중국 신화에서 여신은 끊임없이 변화하는 존재이다. 우리가 오늘날 문헌 자료와 화상석(畵像石) 그리고 그림 자료 등을 통하여 만날 수 있는 여신

---

17) 마이클 그랜트, 『그리스·로마 신화』, pp.62-63.

들은 시대마다 조금씩 다른 모습으로 나타난다. 그런데 아무리 이른 시기까지 소급한다 해도 이렇게 문자 기록을 통해 볼 수 있는 여신들은 이미 태초에 신앙되던 모습과는 다르다. 그 변화 과정에는 모계에서 부계로의 사회 구조적인 변화, 각 시대의 철학과 종교의 영향 등 여러 요소가 긴밀하게 연계되어 있다. 그러므로 중국 여신의 변화 양상은 결국 이와 같은 복잡한 요소들을 함께 검토하면서 논의해야 할 문제인 것이다.

중국 여신의 변화 양상은 크게 두 갈래로 정리해 볼 수 있다. 우선 여신은 후대로 가면서 점차 지위가 축소되고 부정적 이미지로 변하기도 하고, 또 이와는 대조적으로 여선의 계보에 편입되면서 제2의 전성기를 구가하기도 한다. 그리고 그 시간적 경계는 여신이 도교라는 종교와 조우하는 시기인 한대(漢代)를 분기점으로 삼을 수 있다.

1) 영향력의 축소와 부정적 이미지

여신들의 영향력이 점차 축소되면서 극단적으로는 악녀나 괴물 같은 부정적인 모습으로 고정되는 현상은 그리스·로마 신화에서도 찾아볼 수 있다. 그리스·로마 신화의 여신들은 대부분 남신의 아내로서 남편에게 복종하는 종속적 위치에 있거나, 추악한 외모와 괴물로 묘사되는 경우가 많다. 뭇 여신들을 거느리는 헤라는 당시에 요구되는 이상적 여성상과 맞지 않는 이른바 남성적인 강인함과 적극성을 지녔기 때문에 줄곧 신화에서 악처(惡妻)로 묘사됐다. 태초에 우주를 창조했던 가이아도 자신이 낳은 아들이자 남편인 우라노스에게 대모신의 지위를 넘겨주고 유명무실한 지위에 만족해야 했다. 사랑의 여신 아프로디테는 출중한 미모에도 불구하고 추한 외모의 헤파이토스와 결혼한다. 페르세포네 역시 지하 세계의 신 하데스에게 납치되어 평생 절기마다 지하와 지상을 오가야 하는 비극적 운명을 감수해야 했다. 이들 여신들은 모두 그리스의 대표적인 여신들이지만 신화에 묘사된 그들의 모습은 부정적인 측면이 많다.

게다가 그리스 신화의 괴물들은 대부분 여성의 형상을 하고 있다. '납치자'라는 뜻을 지닌 바람의 여신 하르피아는 사람들을 괴롭히는 마귀인데, 날개 달린 여성 혹은 얼굴만 여성인 새의 모습을 했다. 선원들을 노래로 유혹한 뒤 물에 빠뜨려 죽이는 세이렌(Seiren) 역시 새의 모습을 한 여성이다. 뱀들로 덮인 머리와 용의 비늘로 덮인 목, 멧돼지의 송곳니와 황금 날개를 지닌 고르고들은 그리스 신화의 대표적인 괴물들이다. 세 자매 중 특히 막내인 메두사(Medusa)가 유명하다. 그런데 외모만을 놓고 본다면 분명 부정적이고 추악한 모습이지만 이들의 이야기에는 늘 이설(異說)이 존재한다. 헤라는 남편 제우스가 나오기 훨씬 전부터 하늘과 땅을 다스렸고, 아프로디테 역시 하늘과 땅이 처음 갈라지는 순간에 태어났다는 이종(異種)의 탄생 신화를 갖는다. 그녀는 하늘과 땅 그리고 분리된 모든 것들을 재결합할 수 있는 능력의 소유자였다. 데메테르와 페르세포네 신화의 이본(異本)에서도 하데스라는 남신은 존재하지 않는다. 데메테르가 대지의 여신, 페르세포네가 곡물의 종자로 나오는데, 이들은 생명을 창조하는 대지모신의 면모를 지닌다. 하르피아인들 역시 초기에는 부드럽고 아름다운 모습이었다고 하며, 메두사도 본래 아름다운 처녀였으나 아테네 신전에서 포세이돈과 정사를 벌이다 아테나의 노여움을 사서 흉측하게 변해버렸다는 것이다.[18]

이처럼 정전(正典)에서 누락된 이본이나 전설을 방증(傍證) 자료로 활용했을 때, 우리는 고정된 여신의 이미지에서 한 걸음 물러나 그 이면의 변화 과정을 감지할 수 있다. 그리고 중국의 여신도 이런 변화 과정에서 예외는 아니다. 제4장에서 살펴보았듯이 달의 여신인 항아는 『산해경』의 상희에서부터 왔다. 『산해경』의 상희는 달을 낳고 돌보는 숭고한 달 어머니의 이미지였다.[19] 그런데 남편을 배신하고 불사약을 가지고 달로 도망가는 항아(姮娥)의 이미지와 점차 겹쳐지면서 파렴치한 여인으로 변모한다.[20]

---

18) 장영란, 『신화 속의 여성, 여성 속의 신화』, 서울: 문예출판사, 2001.

19) 『山海經』「大荒西經」: 어떤 여자가 지금 달을 목욕시키고 있다. 帝俊의 아내인 常義가 달을 열두 개 낳아 여기에서 처음으로 그것을 목욕시켰다(有女子方浴月. 帝俊妻常義, 生月十有二, 此始浴之).

심지어 한대 장형(張衡)의 『영헌(靈憲)』과 간보(干寶)의 『수신기(搜神記)』
에서는 두꺼비로 나오기도 한다. 가부장제 아래에서 여성이 남편에게 복종
하지 않고 주체적으로 행동하는 것은 용인될 수 없었으므로 두꺼비라는 추
한 이미지로 표현될 수밖에 없었던 것이다. 예컨대 오늘날까지 전해지는
"두꺼비가 백조 고기를 먹으려 한다" 즉 자기 분수를 모른다는 의미의 속
담도, 바로 항아가 예를 배반한 신화에서 유래한 것이다.[21] 한 사람의 아내
로서 남편에게 복종하지 않고 주체적인 판단에 따라 행동한 항아의 대담성
은 당시 사회가 바라던 부덕(婦德)에 배치되었고 항아는 결국 악처로 낙인
찍히게 되었다.

　발(魃) 역시 물을 관장하던 권위 있는 여신의 지위에서 하락하여 천상에
서 쫓겨나 평생 사람들의 기피 대상이 되어야 했다.[22] 심지어 한대 『신이경
(神異經)』으로 가면 변소에 던져져 죽임을 당하는 불행한 신세가 된다.

---

20) 『淮南子』「覽冥訓」: 羿가 西王母에게 불사약을 청하였는데 姮娥가 그것을 훔쳐 달
　　로 달아나 버렸다(羿請不死之藥於西王母, 姮娥竊之而奔月).
　　　『文選』「祭顔光祿文注經」引『歸藏』: 옛날 항아가 서왕모에게서 불사약을 얻어먹
　　고 달로 달아나 月精이 되었다(昔姮娥以西王母不死之藥服之, 遂奔月爲月精).
21) 자세한 것은 龔維英, 「姮娥・癩蝦蟆・天鵝及其他」, 『人文雜誌』第1期, 1989를 참
　　고한다.
22) 『山海經』「大荒北經」: 푸른 옷을 입은 사람이 있어 이름을 黃帝女魃이라고 한다.
　　蚩尤가 무기를 만들어 黃帝를 치자 황제가 이에 應龍으로 하여금 冀州野에서 그를
　　공격하게 하였다. 응룡이 물을 모아 둔 것을 치우가 風伯과 雨師에게 부탁하여 폭풍
　　우로 거침없이 쏟아지게 하였다. 황제가 이에 天女인 발을 내려보내니 비가 그쳤고 마
　　침내 치우를 죽였다. 발이 다시 (하늘로) 올라갈 수 없게 되자 그가 머무는 곳에서는
　　비가 내리지 않았다. 叔均이 황제에게 이 사실을 아뢰자 후에 그녀를 赤水의 북쪽에
　　두어 살게 하였고 숙균은 그리하여 밭농사의 책임자가 되었다. 발이 때때로 그곳을 빠
　　져 나오면 그를 쫓아내려는 사람들은 "신이여! (적수의) 북쪽으로 돌아가소서"라고 명
　　령하듯이 말하였다. 그리고 우선 물길을 깨끗하게 하고 크고 작은 도랑을 터서 통하게
　　해놓았다(有人衣青衣, 名曰黃帝女魃. 蚩尤作兵伐黃帝, 黃帝乃令應龍攻之冀州之
　　野. 應龍畜水, 蚩尤請風伯雨師, 縱大風雨. 黃帝乃下天女曰魃, 雨止, 遂殺蚩尤.
　　魃不得復上, 所居不雨. 叔均言之帝, 後置之赤水之北. 叔均乃爲田祖. 魃時亡之.
　　所欲逐之者, 令曰神北行, 先除水道, 決通溝瀆).

남쪽에 있는 어떤 사람은 2척 내지 3척의 키에 웃통을 벗었으며 눈은 정수리에 붙어 있고 걸음걸이는 바람같이 빠른데 이름을 발(魃)이라고 한다. 그 사람이 나타난 나라에서는 큰가뭄이 들며〔세속에서는 한발(旱魃)이라고 부른다〕 천리나 되는 땅이 메마르게 된다. 일명 한모(旱母)·학(狢)이라고도 한다. 발은 사람들이 많이 모이는 곳을 잘 다니는데 발을 본 사람이 잡아다 변소에 던지면 발은 죽고 가뭄도 해결된다(『시경』에는 '한발은 사납기도 하여라'라고 되어 있다). 또는 생포해서 죽이면 재난이 없어지고 복이 내린다고도 한다.[23]

대모신 여와도 끝까지 권위를 유지했지만 본래의 존엄한 신성(神性)을 많은 부분 잃었다. 그녀에게 미명(美名)을 가져다 주었던 인류 창조와 우주 재건의 공적은 이제 여러 남신들에게 골고루 분배되었다.[24] 그리고 여와보다 후대에 나타난 남신 반고(盤古)가 여와의 인류 창조와 우주 재건의 역할을 대신하여 우주 창조신으로서의 입지를 굳혔다.[25] 이런 신화의 변형

---

23) 『神異經』「南荒經·旱魃」: 南方有人, 長二三尺, 袒身而目在頂上, 走行如風, 名曰魃. 所見之國大旱(俗曰旱魃), 赤地千里. 一名旱母, 一名狢. 善行市朝衆中, 遇之者投著厠中, 乃死, 旱災消也(詩曰, 旱魃爲虐), 或曰, 生捕得殺之, 禍去福來(『神異經』의 번역은 『穆天子傳·神異經』, 서울: 살림 출판사, 1997, p.261을 참고한다).

24) 『淮南子』「說林訓」: 黃帝는 그녀를 도와 陰陽의 생식기를 만들었고, 上駢은 그녀를 도와 귀와 눈을 만들었고, 桑林은 그녀를 도와 팔과 손을 만들었는데, 이것은 女媧가 매일 칠십 번 인류를 생성하는 과정이다(黃帝生陰陽, 上駢生耳目, 桑林生臂手, 此女媧之所以七十化也).

25) 『五運歷年記』: 최초에 반고가 태어나 죽게 되자 그의 몸이 화생하였다. 그의 숨은 바람과 구름으로, 그의 목소리는 천둥으로, 그의 왼쪽 눈과 오른쪽 눈은 각각 해와 달로, 그의 사지와 오체는 땅의 사극과 오악으로, 그의 피는 강으로, 그의 근육과 혈관은 지층으로, 그의 살은 토양으로, 그의 머리와 수염은 별자리로, 그의 피부와 몸의 털은 식물과 나무로, 그의 치아와 뼈는 금과 옥으로, 그의 골수는 보석으로, 그의 땀은 비와 연못으로 화하였다. 그리고 그의 몸의 벌레들은 바람의 감응에 의해 인간으로 변했다(首生盤古, 垂死化身, 氣成風雲, 聲爲雷霆, 左眼爲日, 右眼爲月, 四肢五體爲四極五嶽, 血液爲江河, 筋骨爲地理, 肌肉爲田土, 髮髭爲星辰, 皮毛爲草木. 齒骨爲金

은 사회가 가부장제로 진입함에 따른 변화였으며, 이제 신화의 중심은 어머니 신이 아닌 아버지 신으로 옮겨가게 되었다. 시대의 변화에 따라 여신들은 탈신성화되고 역할이 축소되며 부정적 이미지로 다시 그려지게 된다. 그런데 이런 과정은 상징적으로 은밀하게 이루어지고 있어서 그 변화를 쉽게 감지할 수 없다.[26)]

강원(姜嫄)과 간적(簡狄)의 신화를 예로 들어보자. 고대 사회에서 고매신(皐媒神)으로 숭배되던 강원과 간적은[27)] 건국 신화와 만나면서 시조모(始祖母)로 편입된다.[28)] 그런데 시조모로 재현되는 과정에서 그들에게 이전에는 없었던 성적 방종의 혐의가 씌워진다. 고매신에게 올리는 풍요 제의가, 한대 유향(劉向)과 같은 유가들의 손을 거치게 되면[29)] 본래의 신성함

玉, 精髓爲珠石, 汗流爲雨澤, 身之諸蟲, 因風所感, 化爲黎民).

26) 이런 여신과 남신의 지배 관계가, 서구 신화에서 마르두크가 티아마트를 죽이고 제우스가 대지의 여신 티폰을 살해하는 극단적인 형태를 취했던 것과는 다르게, 女媧와 伏羲는 좋은 배필로, 西王母와 목천자는 연인으로 묘사되어 있어 호혜적인 관계 속에 조화롭게 이루어지는 듯이 비쳐진다. 우리는 서구가 문명과 자연, 이성과 감성, 남성과 여성 같은 이분법으로 지배와 피지배의 대립적인 극한 상황에 놓여 있을 때, 우리네 동양은 상호 포용하고 조화를 이루며 이상적인 세계를 추구해 나간 것으로 신비화하여 생각하기 쉽다. 그러나 『穆天子傳』의 신화 내용에서 보듯이 정도의 차이와 방법만이 다를 뿐 동서양 구분 없이 인간에게는 중심과 주변, 성과 속, 자아와 타자를 구분하고 지배하고자 하는 속성이 존재하며 남녀의 문제도 예외는 아니다. 이에 대해서는 송정화, 「신화 속의 처녀에서 역사 속의 어머니로」, 『中國語文學誌』 제9집, 2001, pp.384-385를 참고한다.

27) 聞一多에 따르면 중국 고대사에서 고매신으로 받들어진 여신은 殷의 始祖母인 簡狄과 周의 시조모인 姜嫄이 있는데 고대의 각 민족이 기록한 고매는 모두 그 민족의 先妣이다. 이에 대해서는 聞一多, 「高唐神女傳說之分析」, p.98을 참고한다.

28) 송정화, 「신화 속의 처녀에서 역사 속의 어머니로」, pp.388-389.

29) 漢代의 『列女傳』으로 가면 시조모의 이야기는 훨씬 길고 자세해진 것을 발견할 수 있다. 『열녀전』 가운데 「契母簡狄」, 「棄母姜嫄」 이야기는 시조모의 신비한 출산과 창조적 능력에 맞추어져 왔던 논의의 초점이 위대하고 초인적인 시조를 낳은 매개자이자 그 아들을 훌륭하게 교육시킨 婦德으로 옮겨가는 것을 보여주며, 이것은 여성이 이제 어머니로서 사회의 정체성을 얻어야 했음을 말해준다.

은 탈색되고 성적인 코드만이 부각되면서 부정한 의미로 읽히는 것이다. 강원과 간적이 시조를 임신하기까지의 과정이 현조의 알을 삼켰다든가 거인의 발자국을 밟았다는 등의 상징적 표현을 빌린 것은 이런 성적 방종에 대한 혐오와 은밀한 질책을 보여준다.[30]

스탠리 탐바이아(Stanley Jeyaraja Tambiah)에 따르면 문학의 현실은 작가가 온전히 창작해 낸 것도 아니고, 실제 경험이 그대로 드러나는 것으로도 볼 수 없는 이 모든 것이 부딪혀 만들어진 다중적 현실이다. 이런 다중적 현실에서는 다양한 갈등 요인들이 발생하게 마련이며, 이런 갈등 요인들이 충돌하여 삐걱거릴 때마다 모호하게 무마시키는 문학적 장치가 바로 다의적인 상징이다.[31] 「모의전(母儀傳)」 중 「기모강원(棄母姜嫄)」과 「설모간적(契母簡狄)」에는 신화의 발랄한 처녀신이 가부장제와 만나면서 갈등하고 현실에 적응해 가는 과정이 상징적으로 표현되어 있다. 강원과 간적은 본래 자유분방한 처녀로, 이들은 남녀의 결합을 통해 천지의 기운을 얻고 다산과 풍작을 기원했던 고매 제사에서 임신하게 된다. 고매 제사가 고대 사회에서는 신성한 의식으로 여겨졌다는 사실을 상기한다면, 간적과 강원의 임신은 본래 수치스러운 일이 아니었다. 그러나 『열녀전』이 쓰여진 한나라의 가부장적 분위기에서 처녀의 임신은 수치스러운 일로 간주되었고, "거인의 발자국을 발견하고 호기심으로 밟은 뒤 집에 돌아와 임신을 하였다"[32]라든지 "현조의 알을 물고 있다가 잘못하여 삼켰고 마침내 설을 낳게 되었다"[33]와 같이 상징적으로 표현될 수밖에 없었다. 특히 "배가 점점 불러오자 마음속으로 이상하고 싫어 복서(卜筮)의 점을 쳐서 신에게 제사지내며 임

---

30) 송정화, 「신화 속의 처녀에서 역사 속의 어머니로」, pp.389-391.

31) Stanley Jeyaraja Tambiah, *Magic, Science, Religion and the Scope of Rationality*, p.101.

32) 劉向, 『列女傳』「母儀傳・棄母姜嫄」: 行見巨人跡, 好而履之, 歸而有娠(『四部叢刊・史部・古列女傳』, 臺北: 臺灣商務印書館, p.9).

33) 『列女傳』「母儀傳・契母簡狄」: 簡狄得而含之, 娛而吞之, 遂生契焉(『四部叢刊・史部・古列女傳』, p.10).

신이 아니기를 빌어야 했다"[34]라는 대목은 이들의 임신이 이미 가부장제 사회에서는 환영받을 수 없는 부정한 것이었음을 의미한다.

2) 여신에서 여선으로의 변화

중국 여신들은 가부장제 사회에서 전반적으로 지위의 하락과 역할의 축소를 경험하지만, 전국 시대 이후로 유행한 불사(不死) 관념과 만나면서 여선으로 변모하여 다시 신앙의 대상으로 부상하게 된다. 여자 신선을 의미하는 여선의 선(仙)의 관념은 일찍이 전국 시대부터 기원하였다. 당시에 쓰인 『장자(莊子)』[35]와 『산해경』[36]에는 불사성선(不死成仙)의 관념이 뚜렷하게 나타난다. 불사 관념은 전국 시대 연(燕)나라와 제(齊)나라를 중심으로 방선도(方仙道)로서 체계를 잡아가다가, 한대에 오면 추연(鄒淵)의 계통과 황노도(黃老道)의 양 갈래로 나뉘고, 다시 동한에 가서 부록파(符籙派) 계통의 『태평경(太平經)』과 단정파(丹鼎派) 계통의 『주역참동계(周易參同契)』로 체계화된다.

이처럼 전국 시대에 싹튼 불사 관념을 종교로 체계화하면서 성립된 원시 도교는, 위진남북조에 와서 천사도(天師道)와 상청파(上淸派) 등의 교

---

34) 『列女傳』「母儀傳·棄母姜嫄」: 浸以益大, 心怪惡之, 卜筮禋祀, 以求無子(『四部叢刊·史部·古列女傳』, p.9).

35) 『莊子』「天地篇」: 천년을 살다가 세상이 염증이 나면 하늘로 올라가 신선이 된다(千歲厭世, 去而上僊).

36) 『山海經』「大荒西經」: 대황의 한가운데에 대황산이라는 산이 있는데 해와 달이 지는 곳이다. 이곳의 어떤 사람은 얼굴이 셋인데 전욱의 아들로 세 얼굴에 외팔이다. 세 개의 얼굴을 가진 사람은 죽지 않는다. 이곳을 대황이라 한다(大荒之中, 有山名曰大荒之山, 日月所入. 有人焉三面, 是顓頊之子, 三面一臂, 三面之人不死, 是謂大荒之野).
　『山海經』「大荒南經」: 불사국이 있는데 성이 아씨이며 감목을 먹고 산다(有不死之國, 阿姓, 甘木是食).
　『山海經』「海外南經」: 불사민이 그 동쪽에 있는데 그 사람은 몸빛이 검으며 오래 살고 죽지 않는다(不死民在其東, 其爲人黑色, 壽不死).

파를 결성하면서 본격적으로 종교의 틀을 만들어가게 된다.[37] 그런데 원시 도교가 처음에 종교로서 체계화 작업을 추진할 때 이념적 기반이 되었던 것은 도가 사상이었고, 특히 『도덕경(道德經)』의 영향을 많이 받았다. 도가 사상을 모체로 하였기 때문에 원시 도교는 노자의 주음 사상(主陰思想)을 자연스럽게 수용하게 되었으며,[38] 동한 이후로는 여성 숭배의 전통이 주로 도교 안에서 계승, 발전하게 되었다.

도교가 여성적 원리에 대해 호의적이었던 것은, 이처럼 도가 사상의 흡수라는 사상적 측면뿐 아니라 여성 숭배와 맞물려 도교 각파에서 여성들이 활발하게 활동했던 것도 한몫을 했다.[39] 도교에서 여성의 득세는 도교에 대

---

37) 비슷한 시기 四川에서는 張陵에 의한 五斗米道라는 또다른 교단이 출현하니 후대의 天師道이다. 魏晉南北朝 시기에 접어들어 晉의 남하로 東晉 왕조가 재개됨에 따라 천사도의 교세 역시 江南으로 이전하게 되고, 道士 寇謙之가 북방에 잔류한 귀족을 중심으로 新天師道를 결성한다. 北魏에서 구겸지에 의해 신천사도가 국교로 확립될 즈음 강남 지역에서도 이때까지의 천사도와는 계통을 달리하는 上淸派라는 새로운 교파가 활동하기 시작한다. 상청파는 茅山派로도 불리며 陸修靜과 陶弘景에 이르면 교단의 형태를 갖추게 된다. 이에 대해서는 송정화, 「고대 중국 소설과 도교적 환상—志怪 양식을 중심으로」, 『批評』, 서울: 생각의 나무, 2002, p.273을 인용하였으며, 신선 사상 및 도교의 기원에 대한 자세한 논의는 鄭在書, 『不死의 신화와 사상』, 서울: 민음사, 1994를 참고한다.

38) 老子의 主陰 사상은 『莊子』·『列子』·『淮南子』를 통하여 부연·확대되며 이 책들은 한대 이후 도교의 기본 경전이 된다. 그리고 西漢 말기부터 東漢 중엽에 이르는 시기에 유행했던 『太平淸領書』라는 초기 도교의 경전에는 노자의 『道德經』의 구절이 자주 인용되는 것을 볼 수 있다. 원시 도교 성립에 중요한 공헌을 한 東漢의 『周易參同契』에서도 『도덕경』은 중요한 사상적 기반이 된다. 五斗米道의 창시자인 張陵 역시 『三國志』 「張魯傳」에 따르면 四川 鶴鳴山에서 수도하며 교를 전파할 때 『도덕경』을 주요 경전으로 삼았다고 한다. 또한 隋·唐 이래 明代 正統 연간(1436~1449)에 이르기까지 여러 차례 도교 경전이 수집·편찬되었는데 이때 『도덕경』 주석본이 가장 많은 양을 차지했다. 도교에서 『도덕경』의 중요한 위치는 『正統道藏』에 『도덕경』에 관한 주석본만 무려 50여 종인 것만 보아도 충분히 알 수 있다. 이에 대해서는 잔스추앙, 『여성과 도교』, pp.108-109를 참고한다.

39) 즉 漢代 말부터 三國 시대에 이르는 도교 조직의 건설 초기에 여성은 지대한 공을 세웠다. 『三國志』 권31 「劉焉傳」에 따르면 五斗米道는 제3대 傳人 張魯 때에 와

한 왕실의 보호와 권장의 영향도 컸다. 특히 당나라의 상청파 도교에서 여성들은 창시자, 교훈자이자 성스러운 경전의 소유자로서 전대미문의 숭고한 위치에 올랐는데 이것은 당시 황제들의 여성에 대한 배려 덕분이었다.[40] 그리고 도교는 수련에서도 남성과 다른 여성의 생리적이고 신체적인 차이를 인정했고 이에 알맞은 수련법을 제시했으며, 여성도 수련을 열심히 행하면 선인의 경지에 오를 수 있다고 보았다.[41]

서 급속하게 발전하기 시작하는데 그 이면에는 장로의 어머니인 盧氏의 다방면에 걸친 활동의 힘이 컸다고 한다(잔스추앙, 『여성과 도교』, p.111을 참고한다). 장로의 아버지인 張衡이 사망한 뒤 장로의 어머니는 嗣師의 부인으로서 이 도파의 수령이 되었으며 과부의 몸인데도 종교, 사회적인 활동을 적극적으로 하여 훗날 신선 행렬에 오르게 된다. 『歷世眞仙體道通監後集』 卷二에는 장로 어머니 노씨의 전기가 들어 있다(잔스추앙, 『여성과 도교』, p.112). 나아가 魏華存 같은 여성은 상청파 도교의 창시자가 되어 도파의 건립과 경전 전수에서 주도적 위치를 차지하였다. 한대 이후로 여성들은 도교 교파에서 道士들의 부인이자 女冠으로서 중요한 역할을 담당하였는데 이것이 가장 두드러진 것은 4세기 上淸派에서 최초의 女家長으로 등장하는 위화존의 출현이다. 자세한 내용은 Catherine Despeux, "Women in Taoism," *Taoism Handbook*, translated by Livia Kohn, Leiden : Boston, 2000, pp.387-388을 참고한다.

40) 예를 들어 8세기에 道教官府에서 집계한 통계에 따르면 8세기 憲宗(713~756) 때에는 1,687개의 道觀이 있었는데 이 가운데 1,137개는 남성을 위한 것이고, 550개는 여성을 위한 것이었다고 한다. 여성을 위한 도관의 수가 남성의 것에는 못 미치지만 여성이 도교에서 중요한 역할을 담당했음을 공식적 통계를 통하여 알 수 있다. 唐代에는 많은 귀족 여성들이 과부가 되어 귀의할 곳이 없거나 살벌한 궁정 생활과 정치적 음모에 시달린 나머지 女道士가 되는 경우가 많았다. 당시 도교의 도관은 이런 여성들의 피난처 구실을 하였다. 자세한 내용은 Catherine Despeux, "Women in Taoism," *Taoism Handbook*, p.388을 참고한다.

41) 도교에서는 여성이 남성보다 쉽게 得道할 수 있는 잠재력을 지녔다고 확신했다. 왜냐하면 여성은 어머니로서 타고난 힘을 지녔기 때문이다. 不死의 태아와 상징적인 10개월 동안의 懷妊은 內丹書 속에서 끊임없이 반복되는 개념으로 이런 여성의 어머니로서의 기능은 남성보다 쉽게 득도할 수 있는 잠재력이 된다. 남성은 그들 내부에서 자궁을 만들어 태아를 키우는 방법을 따로 배워야 하는 데 비해 여성은 이런 능력을 이미 소유하고 있다. 內丹 수련에서 氣의 내적 움직임은 여성이 임신하여 자궁 안에 태아를 만드는 행위와 일치하며, 따라서 靈的 수련에서 남성보다 쉽고 빠르게 나아갈 수 있는 것이다.

이상으로 살펴본 바와 같이 도교의 종교적 특징으로 말미암아 신화 속의 여신은 여선이라는 숭배 대상으로 거듭날 수 있었다. 그리고 여선으로의 이러한 변화 과정을 가장 잘 보여주는 여신은 서왕모이다. 서왕모는 『산해경』에 모두 세 차례 등장하는데 반인반수의 외모에 위엄 있는 여신의 이미지로 묘사되어 있다.[42] 그런데 『산해경』과 비슷한 시기에 쓰여진 『목천자전』으로 가면 서왕모는 반인반수의 외모에서 인격화된 형태로 변신하여, 신의 이미지가 여전히 강하긴 하지만 신선의 이미지도 겹쳐서 나타난다. 그녀가, 떠나가는 주목왕의 무사함을 기원하면서 부르는 노래에서 우리는

도교에서는 이처럼 어머니로서의 여성 이미지를 부각시킴과 동시에 실제로는 독신으로 남기를 권장하는 모순된 면을 보여주기도 한다. 즉 자궁에서 태아를 생산하는 임신과 출산의 과정을 내단 수련 과정과 동일하게 이미지화함으로써 교리적인 측면에서는 여성의 모성성을 숭배하지만, 실제 생활에서는 현실의 갈등에서 자신을 자유롭게 하는 방법으로서 독신으로 남도록 함으로써 여성의 어머니로서의 역할을 부정적으로 보고 있다. 자세한 내용은 Catherine Despeux, "Women in Taoism," *Taoism Handbook*, p.402를 참고한다.

42) 『山海經』「西山經」: 다시 서쪽으로 350리를 가면 玉山이라는 곳인데 이곳은 西王母가 살고 있는 곳이다. 서왕모는 그 형상이 사람 같지만 표범의 꼬리에 호랑이 이빨을 하고 휘파람을 잘 불며 더부룩한 머리에 머리 꾸미개를 꽂고 있다. 그녀는 하늘의 재앙과 오형을 주관하고 있다(又西三百五十里, 曰玉山, 是西王母所居也. 西王母其狀如人, 豹尾虎齒而善嘯, 蓬髮戴勝, 是司天之厲及五殘).
『山海經』「海內北經」: 서왕모가 책상에 기대어 있는데 머리 꾸미개를 꽂고 있다. 그 남쪽에 세 마리의 파랑새가 있어 서왕모를 위하여 음식을 나른다. 昆侖虛 북쪽에 있다(西王母梯几而戴勝杖. 其南有三靑鳥, 爲西王母取食, 在昆侖虛北).
『山海經』「大荒西經」: 西海의 남쪽, 流沙의 언저리, 적수의 뒤편, 黑水의 앞쪽에 큰 산이 있는데 이름을 昆侖丘라고 한다. 神―사람의 얼굴에 호랑이 몸인데 꼬리에 무늬가 있고 모두 희다―이 있어 여기에 산다. 산 아래에는 弱水淵이 둘러싸고 있으며 그 바깥에는 炎火山이 있어 물건을 던지면 곧 타버린다. 어떤 사람이 머리 꾸미개를 꽂고 호랑이 이빨에 표범의 꼬리를 하고 동굴에 사는데 이름을 서왕모라고 한다. 이 산에는 온갖 것이 다 있다(西海之南, 流沙之濱, 赤水之後, 黑水之前, 有大山, 名曰昆侖之丘. 有神―人面虎身, 有文有尾, 皆白―處之. 其下弱水之淵環之, 其外有炎火之山, 投物輒然. 有人, 戴勝, 虎齒, 有豹尾, 穴處, 名曰西王母. 此山萬物盡有).

그녀의 불사 이미지를 찾아볼 수 있다.[43] 그리고 『목천자전』과 동시대에 쓰여진 『장자』로 가면 서왕모는 신이라기보다 득도한 여선의 이미지로 등장한다.[44] 한대의 『회남자』에서도 서왕모는 불사약과 연결되어 신선화된다.[45] 이처럼 원시 단계에서 신이었던 서왕모는 점차 불사 관념과 연결되어 여선으로 변하며 이런 과도적 양상은 『목천자전』·『장자』·『회남자』에 잘 나타나 있다.

여선으로서의 서왕모의 이미지가 굳어지는 것은 위진대(魏晉代) 도교의 영향 아래서 창작된 지괴 소설 『한무고사(漢武故事)』와 『한무내전(漢武內傳)』에서이다. 『한무고사』에서 서왕모는 불사약을 가지고 삼청조(三靑鳥)의 시중을 받으며 천상에서 하강하는 신비로운 여선의 모습이다.[46] 여전히

---

43) 『穆天子傳』 권3에서 서왕모는 周穆王에게 "죽지 말고(無死)" 돌아올 것을 당부한다. 자세한 내용은 송정화·김지선 역주, 『穆天子傳·神異經』, pp.115-116을 참고한다.

44) 『莊子』「大宗師」: 서왕모는 得道하여 少廣에 앉아 있는데 그 시작을 알 수 없고 그 끝을 알 수 없다(西王母得之, 坐乎少廣, 莫知其始, 莫知其終).

45) 『淮南子』「精神訓」: 羿가 서왕모에게 불사약을 청하였는데 姮娥가 그것을 훔쳐 달로 도망을 가니 뜻을 잃은 채 다시 불사약을 얻을 수 없었다(羿請不死之藥於西王母, 姮娥竊以奔月, 悵然有喪, 無以續之).

46) 『漢武故事』: 7월 7일에 황제가 承華殿에서 재를 올렸다. 해가 정중앙에 이르자 갑자기 푸른 새가 서쪽에서 날아오는 것이 보였다. 황제가 동방삭에게 그 까닭을 물으니 삭이 대답했다. "西王母가 저녁 무렵 반드시 존상 위에 내려오실 것입니다." …… 이날 밤 물시계가 일곱을 가리킬 때 공중에는 구름이 한 점도 없더니 은은하게 우레 같은 소리가 나고는 하늘 한쪽에 자색의 기운이 일었다. 잠시 후 서왕모가 도착했는데 자색의 수레를 타고 玉女들이 수레의 좌우에서 모셨다. 머리에는 七勝을 쓰고 푸른 구름 같은 기운이 일었다. 두 마리의 푸른 새가 서왕모를 양옆에서 모시고 있었다. 마차에서 내리자 황제가 맞이하면서 인사를 드렸다. 그리고 서왕모를 이끌어 자리에 앉히고 불사약을 청하였다. ……그리고는 복숭아 일곱 개를 꺼내 서왕모 자신이 두 개를 먹고 황제에게 다섯 개를 주었다. ……五更까지 머무르며 세상일로 이야기를 나누었으나 귀신 이야기는 하지 않고 엄숙히 있다 떠났다(七月七日, 上于承華殿齋, 日正中, 忽見有靑鳥從西方來. 上問東方朔, 朔對曰, 西王母暮必降尊像上……是夜漏七刻, 空中無雲, 隱如雷聲, 竟天紫氣. 有頃, 王母至, 乘紫車, 玉女夾馭, 戴七勝, 靑氣如雲, 有二靑鳥, 夾侍母旁, 下車, 上迎拜, 延母坐, 請不死之藥……因出桃七枚, 母自噉二枚, 與帝五枚……留至五更, 談語世事而不肯言鬼神, 肅然便

승(勝)을 머리에 꽂고 삼청조를 동반하고 있어서 『산해경』의 이미지를 연상시키지만 선도(仙桃)와 불사약(不死藥) 등의 도교적 요소들이 한층 가미되어 있다. 『한무고사』보다 좀더 후대에 창작된 『한무내전』으로 가면 서왕모는 더 아름다운 외모의 여선으로 등장한다.[47] 『한무고사』에서의 승은 이제 사라지고 청조도 천선(天仙)으로 대체됨으로써 서왕모는 여신의 이미지를 탈피하고 여선으로 완전히 변모한다.

도교는 여와 신화가 변화, 발전하는 데도 영향을 미쳤다. 최고의 여신이었던 여와는 한대 이후 도교의 체계 안으로 편입되면서 도교의 신선들과 병론(幷論)되었고 그들의 이름 아래로 귀속되었다. 예를 들어 송대(宋代)이후로 가면 옥황상제(玉皇上帝)가 도교 계보 가운데 노자를 초월하고 최고신의 지위에 오르게 되는데, 인류의 시조모였던 여와도 옥황상제가 통치하는 신선 세계의 일개 여선이 된다. 여와보천(女媧補天)이나 조인(造人)과정은 이제 다른 신선들의 도움을 받아야만 가능했고, 모두 옥황상제의 관할하에 이루어졌다. 심지어 여와의 출생이나 외모도 도교적으로 새롭게 각색되었다. 예를 들어 복희와 여와는 본래 천상의 학선(學仙)이었다가 후에 무극노모(無極老母)의 뱃속으로 들어왔으며, 어머니의 뱃속에서부터 말을 할 수 있었다는 식이다.[48] 산서(山西) 교성현(交城縣)의 「담촌의 여와

去). 원문 번역은 魯迅, 조관희 옮김, 『中國小說史略』, 서울 : 살림출판사, 1998, p.80을 따른다.

47) 『漢武內傳』: 王母는 전에 올라 동쪽을 향하여 앉았는데 황색 비단의 긴 적삼을 입고 있었다. 적삼에 새겨진 무늬는 선명하고 빛나는 자태는 아름답고 위엄이 있으며 靈飛의 큰 끈을 차고 허리에는 分頭의 검을 차고 머리에는 太華의 상투를 틀었고 太眞晨嬰의 관을 썼으며 검은 옥으로 장식되고 봉황 무늬가 그려진 신을 신고 있었다. 보아하니 나이는 30세쯤 되었고 키가 적당하였으며 타고난 자태가 온화하고 얼굴이 빼어나게 아름다워 정말 신령스러운 사람이었다(王母上殿, 東向坐, 著黃金袷襹, 文采鮮明, 光儀淑穆, 帶靈飛大綬, 腰分頭之劍, 頭上太華結, 戴太眞晨嬰之冠, 履元璃鳳文之鳥, 視之可年三十許, 脩短得中, 天姿掩藹, 容顔絶世. 眞靈人也).

48) 楊利慧, 「西華采風資料」, 『女媧的神話與信仰』, 北京 : 中國社會科學出版社, 1997, p.112에서 재인용하였다.

전설(女媧在覃村的傳說)」에서도 여와는 먼지떨이를 쥐고 봉황을 탄 처녀로 묘사되어 있는데 여선의 기운이 완연하다.[49] 그리고 여와는 후세의 민간 전설로 가면 여선으로서 여래불(如來佛)·옥황상제 등과 늘 함께 출현한다.[50]

이와 같이 여와는 도교를 만나 계보 안으로 편입됨으로써 종교적인 위상은 상실하지 않았으나 최초의 신성함을 잃었고, 옥황상제나 노자의 휘하에 머무는 데에 만족해야만 했다. 중국의 여신들에게 도교는, 여선으로 거듭남으로써 숭배 대상으로서의 존엄성을 유지할 수 있었던 계기가 되었다. 그러나 모든 여신들이 여신에서 여선으로의 변화에 성공한 것은 아니었고, 대다수의 여신들이 생명력을 잃고 사라졌으며, 동시에 새로운 여선들이 대거 출현하게 되었다.

3 모호성 : 불분명한 신격

그리스·로마 신화의 여신들을 중국의 여신들과 비교하면, 우선 숫자가 많고 그들과 관련된 이야기도 다양하며, 저마다 고유한 신적 역할을 갖고 있다. 즉 헤라는 제우스의 정실 부인이자 여신들의 우두머리이고, 아테나는 지혜의 여신으로서 어머니 없이 아버지 제우스의 머리에서 무장한 채로 튀어나오며, 바다의 물거품에서 탄생한 아프로디테는 사랑과 아름다움의 여신이다. 그 밖에 네메시스는 복수의 여신, 클로토·라케시스·아트로포스는 운명의 여신, 아르테미스는 사냥과 달의 여신, 이리스(Iris)는 무지개의 여

---

49) 楊利慧, 『女媧的神話與信仰』, p.113.

50) 河南 正陽縣의 전설 「옥인과 옥 아가씨(玉人和玉姐)」는 胡玉人과 胡玉婦가 재난 후에 남매로서 혼인하는 이야기인데 女媧와 如來佛·玉皇上帝 등이 출현하여 佛·道 간의 다툼이 벌어진다. 자세한 것은 楊利慧, 『女媧的神話與信仰』, p.113을 참고한다.

222

신 등 많은 여신이 자신만의 고유한 역할을 담당하고 있다.[51] 이들 여신들은 각자의 신직(神職)에 따라 상이한 신화를 가지며, 탄생에서부터 결말에 이르는 비교적 완전한 서사 체계를 갖추고 있다.

이에 비하여 중국의 여신들은 숫자상 많지 않을 뿐 아니라 몇 명의 인물들을 제외하면 역할 역시 분명치 않아서 때로는 한 인물에 다양한 신격이 집중되기도 하고, 때로는 동일한 역할이 다른 여신들에게 중복되어 나타나기도 한다. 여와를 예로 들어보면 무너진 하늘을 기워 우주를 재창조하고[52] 밧줄에 진흙을 묻혀 흔들어서 인류를 탄생시키는[53] 우주와 인류의 창조신이고, 혼인을 매개하는 중매신 즉 고매신이며,[54] 생황(笙簧)을 최초로 제작한 음악신의 면모를 골고루 갖추었다.[55] 이처럼 하나의 신격에 다양한 속성들이 한꺼번에 나타나기도 하고 때로는 동일한 역할을 다양한 신들이 공유하기도 한다. 상희는 제준의 아내로 열두 개의 달을 낳아 목욕시키는 달의 여신인데,[56] 이런 월신(月神)의 형상은 항아에게도 공통적으로

---

51) 토머스 불핀치, 『그리스·로마 신화』, pp.20-30.

52) 이에 대해서는 제5장의 주 4)를 참고한다.

53) 이에 대해서는 제5장의 주 3)을 참고한다.

54) 『風俗通義』: 여와는 기도를 하고 제사를 드리는 신으로, 그녀에게 기도를 하면 중매가 이루어졌다. 이 때문에 혼인 제도를 만들어 행하는 것이 이때부터 분명해졌다(女媧禱祠神, 祈而爲女媒, 因置昏姻, 行媒始此明矣).
　　『路史』「後紀二」: 여와는 어려서 太昊를 보좌하고 神祇에게 빌어 여성을 위해 성씨를 바로잡았다. 혼인을 관장하고 행하여 모든 백성들의 혼인 제도를 관장하니 神媒라 하였다. 중매의 역할을 맡았으니 뒤에 나라가 생기자 고매신으로 제사지내졌다(女媧少佐太昊, 禱于神祇, 而爲女婦正姓氏, 職婚姻, 通行媒, 以重萬民之制, 是曰神媒, 以其載媒, 是以後世有國, 是祀爲皐媒之神).

55) 『世本』: 女媧가 笙簧을 만들었다(女媧作笙簧).
　　『世本』「帝繫篇」: 여와씨가 娥陵氏로 하여금 都良管을 제작하여 천하의 음을 하나로 통일하게 하고 성씨를 斑管으로 명하여 日月星辰을 합하게 하고 充樂이라 이름하였다. 완성되자 천하는 다스려지지 않는 바가 없었다(女媧氏命娥陵氏制都良管, 以一天下之音, 命聖氏爲斑管, 合日月星辰, 名曰充樂, 卽成, 天下無不得理).

56) 이에 대해서는 제5장 주 19)를 참고한다.

나타난다. 『초사』와 『회남자』의 항아분월(姮娥奔月) 이야기에 따르면 항아는 서왕모의 불사약을 훔쳐먹고 달로 도망가는 월신이다.[57] 그런데 월신의 이미지는 서왕모에게서도 찾아볼 수 있다. 한대의 화상석에는 서왕모 주위에 늘 옥토끼와 두꺼비 등 달 속의 신수(神獸)들이 그려져 있다.[58] 이들은 서왕모의 동반자로서 그녀의 관할과 부림을 받았으니 서왕모 역시 인격화된 월신으로 볼 수 있을 것이다.

그리고 그리스·로마 신화에는 지혜·희열·질투·승리·운명·복수 등 수많은 추상적 개념의 여신들이 등장하지만, 중국 여신은 대부분이 대지모신(大地母神)이나 자연신·문화 영웅의 신격을 갖는다. 일반적으로 개념신과 사회 속성을 갖춘 신은 신화 변천의 후기에 나타나므로 중국의 상고 신화가 더 원시적이라고 볼 수 있으며,[59] 그리스·로마 신화는 이에 견주어 볼 때 일찌감치 인문화의 길을 걸었다고 할 수 있다.

같은 맥락에서 중국 여신은 비교적 인문화의 윤색을 덜 받았기 때문에 그리스·로마 신화의 여신처럼 탄생에서부터 성장·결혼·죽음에 이르는 인생 역정에 대한 구체적인 신화 내용을 갖지 않는다. 예를 들어 그리스·로마 신화에서 사랑과 미의 여신 아프로디테는 바다의 물거품에서 탄생하여 뭇 남성들과 다양한 애정 행각을 벌이다 결국 추한 대장장이인 헤파이토스와 결혼하는 비극적 처지에 놓인다. 이처럼 그리스·로마 여신들은 저마다 잘 짜여진 인생의 줄거리를 보여주는데 반하여 중국 여신은 여와와 서왕모만을 예로 들어 보아도 출생과 말로가 신비에 싸여 있을 뿐 구체적인 언급은 찾아볼 수 없다.

하나의 대상으로부터 특징을 추출하고자 할 때는 다른 대상과의 비교가 가장 효과적인 방법이 될 수 있다. 이 책에서는 중국 여신을 그리스·로마

---

57) 이에 대해서는 제5장 주 20)을 참고한다.

58) 林巳奈夫, 김민수·윤창숙 옮김, 『돌에 새겨진 동양의 생활과 사상』, 서울 : 두남, 1996, p.183.

59) 선정규, 『중국 신화연구』, p.31.

여신과 비교, 분석함으로써 고유의 특징을 원시성, 변화성, 모호성의 세 가지로 정리하여 논의해 보았다. 그 결과 중국의 여신은 인류 공영을 도모한 신성한 존재였고, 반인반수적인 형태가 많아서 상대적으로 원시적 성격이 농후하다는 것을 알 수 있었다. 그리고 후세로 가면서 지위가 저락(低落)되고, 성별이 남성화되는 경향을 보였으나 이와는 대조적으로 여선의 계보로 편입되면서 제2의 전성기를 구가하기도 하였다. 이런 여신의 이중적인 변화 양상의 배경에는 도교의 개입이 주도적 역할을 했다는 것도 알 수 있었다. 그리스·로마 여신에 비하여 신격이 모호한 것도 중국 여신의 특징이었다. 이러한 특징은 중국 신화가 비교적 늦은 시기에 인문화의 영향을 받아 원시적 형태를 더 많이 보존할 수 있었기 때문인 것으로 생각된다.

제2절 중국 여성 신화의 기능

　중국 여성 신화의 기능을 본격적으로 논의하기에 앞서, 우선 신화가 갖는 일반적인 기능을 살펴볼 필요가 있다. 여성 신화는 여신들이 중심이 되는 신화만을 선택적으로 범주화한 것이므로, 여성 신화로서 자생적으로 혹은 피동적으로 부여되는 특유의 기능이 있게 마련이다. 그러나 역시 큰 범주에서 보자면 신화의 한 부분을 차지하므로 신화로서의 보편적 기능을 공유한다. 그러므로 신화의 전반적인 기능에 대한 검토에서 출발하여 여성 신화의 독특한 기능이라는 좀더 핵심적 문제에 접근하는 것이 좋겠다.

　일반적으로 신화의 기능을 논한다는 것은 신화의 존재와 가치를 사회와의 긴밀한 연관 속에서 파악하는 기능주의적인 접근을 가리킨다. 이런 기능주의적 접근법은 신화가 사회적 활동과 밀접하게 관련되어 있고, 특히 신화가 곧 의례의 구술 상관물(口述相關物)이라는 입장에서 신화를 분석하는 것인데, 에밀 뒤르켐(Émile Durkeim)이나 말리노프스키(Malinowski) 등이 이 학파의 대표적 인물들이다. 그러나 여기에서 이야기하고자 하는 신화의 기능은 신화를 사회적 현실과 연계해서 파악한다는 점에서는 기능주의적 신화 접근법과 방향을 같이하지만 반드시 일치하지는 않는다. 신화와 실제 사회의 연관성만큼이나 신화 자체에서 생성되는 기능이 또 존재하기 때문이다. 즉 현실적 필요성에서 신화가 만들어지기도 하지만 역으로 신화가 현실에 영향을 끼치기도 하며, 이보다 현실과의 연결 고리에서 벗어나 자유롭게 환상·무의식·상상 등의 차원에서도 신화는 이야기될 수 있기 때문이다. 여기에서의 '기능'도 바로 기능주의 학파에서 말하는 사회적 기능에만 국한된 것이 아닌 좀더 확장된 범주에서의 기능이라고 보는 것이 좋겠다.

신화의 기능으로서 가장 보편적으로 언급되는 것은 신화의 사회적 기능과 교육적 기능이다. 신화의 사회적 기능이란 신화가 한 사회의 질서를 세우고 그 질서를 유효하게 만드는 것을 이른다. 이때 질서라는 것은 그 사회의 고유한 문화를 유지하는 틀로서, 이런 신화의 기능으로 말미암아 사회는 연대감이 충만해지고 통합성이 증진되며 안정감을 얻게 된다.[60]

신화의 교육적 기능이란 신화가 사회 구성원에게 자신의 삶을 특정 상황에서 어떻게 살아갈 것인가를 가르쳐주는 것을 말한다. 이런 관점에서 볼 때 신화는 인간의 모든 행동에 대하여 선례이자 범례가 된다.[61] 그래서 각각의 민족 구성원들은 그들 고유의 신화를 듣고 암송하든가 의례를 통해 반복함으로써 자신들이 지켜야 할 것을 학습하게 된다.[62]

---

60) 신화와 의례는 사회의 최종적 가치 태도에 공식화된 언명을 부여하는 것이다. 신화와 의례는 사회의 연대성을 촉진하고 통합성을 증진하며 문화의 많은 부분을 전달하는 수단을 제공한다. 자세한 내용은 Clyde Kluchhohn, "Myth and Rituals," *Reader in Comparative Religion*, William A. Lessa & Evon Z. Vogt(ed.), New York : Harper & Row Publisher, 1971, pp.71-75를 참고한다.

61) 신화는 성스럽거나 세속적인 인간의 행동뿐만 아니라 인간 자신의 조건에 대해서도 항상 선례이며 범례가 된다. 자세한 내용은 미르체아 엘리아데, 『종교사개론』, p.382를 참고한다.

다음으로 한 가지를 덧붙이자면 신비주의와 관련된 기능이 있다. 우주와 인간의 신비 즉 만물 생성의 원리를 현상으로서 설명하는 과학과 달리, 신화는 상상의 세계와 신비로운 분위기로서 그것을 깨닫게 해준다.[63] 이런 신화의 기능은 현실과의 연관성과는 별도로, 환상성에서 자생하는 초월적인 힘이라고 할 수 있다. 신화의 기능을 대략 이렇게 세 가지로 정리해 본다면 여성 신화는 이런 신화의 기능을 공유하면서 동시에 이와는 변별적이고 독자적인 기능을 가질 것이다. 이제 여성 신화만의 상징 체계가 어떤 기능을 갖는가 하는 좀더 핵심적인 문제를 구체적으로 살펴보자.

1 우주와 인류 창조에 대한 해석

여성 신화의 기능 가운데 가장 보편적이고 중요한 것은 자연과 문화 현상에 대한 해석과 보증이라고 할 수 있다. 이것은 여성 신화뿐 아니라 앞서 고찰하였듯이 신화 일반에 모두 적용될 수 있는 기능이기도 하다. 고대 인들은 생활에서 부딪히는 온갖 현상과 사건을 해석하고 보증해줄 수 있는 무엇인가가 필요했고, 이런 심리에서 비롯된 것이 신화였다. 예컨대 하늘에 떠 있는 해와 달의 유래라든지 홍수의 수습 외에도 천지개벽과 인류의 탄생 등 가장 원초적이고 불가해한 문제들을 신화를 통해서 이해하고 심리적 안정을 얻었던 것이다. 그런데 천지개벽과 인류의 창조 같은 최초의 기원을 묻는 신화에는 지역을 불문하고 대부분 여신이 등장한다. 왜냐하면 이

---

62) 신화는 의례적 상징이나 그것들에 대하여 민족 구성원이 지켜야 할 것을 설명하는 기능을 한다. 이에 대한 자세한 내용은 大林太良, 權泰孝 옮김, 『神話學入門』, 서울: 새문사, 1996, p.146을 참고한다.

63) 조셉 캠벨은 우주와 인간의 신비 즉 만물 생성의 신비를 깨닫게 하는 기능을 신화의 신비주의와 관련된 기능이라고 말한다. 이에 대해서는 Joseph Campbell with Bill Moyers, 이윤기 옮김, 『신화의 힘』, 서울: 고려원, 1992, p.80을 참고한다.

들 신화에서 이야기하고자 하는 개벽과 창조가 바로 여성의 생명 탄생 능력과 상통한다고 생각했기 때문이다. 그래서 생명을 부여하는 원동력으로서 신은 자연스럽게 어머니와 여성으로 인격화될 수 있었다. 다음의 신화를 살펴보자.

> 어떤 여자가 지금 달을 목욕시키고 있다. 제준의 아내인 상희가 달을 열 두 개 낳아 여기에서 처음으로 그것을 목욕시켰다.[64]

> 동해의 밖, 감수 사이에 희화국(羲和國)이 있다. 희화라는 여자가 있어 지금 감연(甘淵)에서 해를 목욕시키고 있다. 희화는 제준의 아내로 열 개의 해를 낳았다.[65]

> 순(舜)의 부인 등비씨가 소명(宵明)과 촉광(燭光)을 낳았다. (이들은) 황하의 대택(大澤)에 살았는데 두 여인은 신통력으로 이곳 사방 100리를 비출 수 있었다. 혹은 등북씨(登北氏)라고도 한다.[66]

상희는 최초의 달을 출산했고, 희화는 해를 낳았으며, 등비씨는 소명과 촉광이라는 빛을 낳았다. 위의 해, 달 그리고 빛의 기원을 설명하는 신화에서 상희와 희화, 등비씨는 어머니이다. 마찬가지로 여와 신화는 태고에 홍수가 발발하고 수습된 경위와 중국의 지형이 서북쪽이 높고 동남쪽이 낮은 지세를 형성하게 된 원인을 설명하고 있다.

---

64) 『山海經』「大荒西經」: 有女子方浴月. 帝俊妻常羲, 生月十有二, 此始浴之.

65) 『山海經』「大荒南經」: 東海之外, 甘水之間, 有羲和之國. 有女子名曰羲和, 方日浴于甘淵, 羲和者, 帝俊之妻, 生十日.

66) 『山海經』「海內北經」: 舜妻登比氏生宵明·燭光, 處河大澤, 二女之靈能照此所方百里. 一曰登北氏.

아주 오랜 옛날 사방을 받치고 있던 기둥이 무너지고 온 천하가 찢어져
서 하늘은 대지를 다 덮을 수 없게 되었으며 땅 또한 만물을 두루 실을 수
없게 되었고 화염(火焰)이 만연하여 식힐 수 없었으며 홍수가 가득 흘러
다스릴 수가 없었고 맹수들이 선량한 백성들을 먹어 삼키며 사나운 새들이
노약자들을 채갔다. 그래서 여와가 오색의 돌을 달구어 하늘의 구멍을 막고
거대한 자라의 다리를 잘라 하늘을 받치는 네 기둥을 만들어 세웠으며 흑룡
(黑龍)을 죽여 기주(冀州)의 백성들을 구제하고 갈대를 태운 재를 쌓아 평
지에서 뿜어 나오는 홍수를 막았다. 하늘도 보수되었고 사극도 세워졌으며
홍수도 멈추고 기주도 안정되고 독충과 맹수도 죽었으며 사람들은 생존하게
되어 대지를 등에 지고 하늘을 가슴에 안았다.[67]

옛날 공공(共工)과 전욱(顓頊)이 천제의 지위를 놓고 다투다가 화가 나
서 부주산(不周山)을 들이받아 하늘을 받치고 있던 기둥을 부러뜨리고 땅
을 잡아매고 있던 그물을 끊어 버렸다. 하늘이 서북쪽으로 기울어 해와 달,
별이 그쪽으로 옮겨갔으며 땅은 동남쪽이 꺼져 버려 모든 강물과 진흙이 동
남쪽으로 향하게 되었다.[68]

원시 사회의 인류는 출생 이후부터 해와 달, 빛과 같은 우주의 근원적
존재들을 접하면서 그 기원에 대하여 의문을 품었고, 탄생의 기원을 어머니
의 창조 능력에서 찾고자 했다. 원인을 알 수 없는 홍수에 대해서도 그들의
호기심을 해결해 줄 만한 그들 나름의 해석 체계가 필요하였다. 파악할 수

---

67) 『淮南子』「覽冥訓」: 往古之時, 四極廢, 九州裂, 天下兼履, 地不周載, 火爁炎而
　　不滅, 水浩洋而不息, 猛獸食顓民, 鷙鳥攫老弱. 於是女媧鍊五色石, 以補蒼天, 斷
　　鼇足, 以立四極, 殺黑龍, 以濟冀州. 積蘆灰以止淫水, 蒼天補, 四極正, 淫水涸,
　　冀州平, 狡蟲死, 顓民生, 背方州, 抱圓天.

68) 『淮南子』「天文訓」: 昔者共工與顓頊爭爲帝, 怒而觸不周之山, 天柱折, 地維絶,
　　天傾西北, 故日月星辰移焉. 地不滿東南, 故水潦塵埃歸焉.

없는 우주의 사실들을 그대로 방치하는 것은 원시 인류에게는 일종의 두려움으로 다가왔을 것이며, 이런 두려움을 불식시키기 위해 그들은 어떻게 해서든지 그 기원을 파악하고 정당성을 부여해야 했다. 그래서 그들 고유의 해석 체계를 담아낼 이야기 틀을 모색하였고, 그렇게 탄생된 것이 바로 신화였다. 그 가운데 특히 여성 신화는 여성의 생명 창조와 복구, 치유의 능력으로서 우주의 기원을 설명하고 있다. 다음의 인용문을 살펴보자.

속설에 따르면 천지가 개벽했을 때 아직 사람이 없자, 여와가 황토를 빚어서 사람을 만들었다고 한다. 열심히 일하다가 다 만들 여력이 없자 노끈을 진흙 속에 넣었다가 휘둘러서 사람을 만들었다. 그래서 부귀한 사람은 황토로 만든 사람이고 빈천한 사람은 끈을 휘둘러서 만든 사람이다.[69]

그 밖에도 『회남자』[70]와 산서(山西) 지방의 민간 신화[71]에서도 보듯이

---

69) 應劭, 『風俗通義』: 俗說天地開闢, 未有人民, 女媧摶黃土作人, 劇務力不暇供, 乃引繩于泥中, 舉以爲人, 故富貴者黃土人, 貧賤凡庸者引絙人也.

70) 『淮南子』「說林訓」: 黃帝는 그녀를 도와 陰陽의 생식기를 만들었고, 上駢은 그녀를 도와 귀와 눈을 만들었으며, 桑林은 그녀를 도와 팔과 손을 만들었는데, 이것은 女媧가 매일 일흔 번 인류를 생성하는 과정이다(黃帝生陰陽, 上駢生耳目, 桑林生臂手, 此女媧之所以七十化也).

71) 「人最早是圓的」: 盤古가 천지를 개벽한 이후로 여와는 세상이 너무나 적막하다고 생각하여 인간을 만들기로 결심하였다. 그녀는 태양과 달, 별이 모두 둥그니 인간도 둥글게 만들고자 결심하였다. 그녀는 우선 황토와 물로 둥근 인간을 하나 빚었는데 찬물과 찬흙으로 빚었기 때문에 생기가 없었다. 여와는 그래서 불로써 물과 흙을 뜨겁게 데워 다시 빚으니 인간은 곧 활기를 띠게 되었다. 그러나 온도가 너무 높자 사람은 참지 못하고 재빨리 도망가 버렸다. 여와는 화가 나서 홍수와 큰불을 일으켜 인간과 모든 생물들을 없애 버렸다. 여와는 다시 인간을 만들기 시작했다. 인간이 만들어지자마자 자신을 떠나는 것을 막기 위하여 그녀는 인간을 오늘날처럼 四肢가 분명하고 오관이 단정하게 만들었다. 인간들은 인간의 조상이 猿人이라고 곧잘 말하는데 이 원인은 圓人(둥근 인간)에서 나왔다고 한다(盤古開天辟地以後, 女媧覺得世間太冷淸, 就決定造人. 她看太陽, 月亮, 星星都是圓的, 就決定把人也造成圓的. 她先用黃土和水捏出了一個圓人, 但由于這個人是用涼水, 冷土捏的, 所以沒有活. 女

230

원시 인류는 인간의 기원을 여성의 생명 창조 원리에서 찾고자 하였다.

범위를 좀더 넓혀서 소수민족 신화로 가면 여성 신화는 더욱 다양한 신격과 풍부한 소재로써 우주와 인류 창조를 이야기하고 있다. 요족(瑤族)의 밀락타(密洛陀), 만족(滿族)의 다활곽(多闊霍), 동족(侗族)의 살천파(薩天巴), 납호족(拉祜族)의 액사(厄莎), 이족(彝族)의 아홉 명의 여신, 몽고족(蒙古族)의 맥덕이(麥德爾), 수족(水族)의 아훤(阿暅) 등은 모두 천지개벽과 인류 창조에 대한 인류의 원초적 물음을 해석하고 보증하는 역할을 한다.[72]

嫋又用火把附近的水和土都燒得很燙, 再一捏, 人果然活了. 可是由于溫度太高, 人承受不了, 很快就滾走了. 女媧由大怒, 發了一場洪水和大火, 毀滅了人類和一切生物. 女媧又重新造人. 爲防止人造成後馬上離開自己, 她把人造成了現在這樣四肢分明, 五官端正的人. 人們愛說人類的祖先是猿人, 傳說這猿人便由圓人而來)(『山西民間文學』第2期, 1990).

72) 密洛陀는 瑤族의 여신으로, 태고에 천지가 혼돈에 싸여 있을 때 두 어깨로 天上을 받치고 두 다리로 땅을 밟고 서서 하늘과 땅을 구분하였다. 그 후 공모양의 불꽃으로 해와 달을 만들고 銀구슬로 별을 만들어, 혼돈에 싸인 우주를 光明의 세계로 변화시키고, 아홉 명의 아들을 보내어 인류를 다스리게 하였다. 滿族의 여신 多闊霍의 신화를 보자. 다활곽은 生育의 능력을 지닌 여신이었다. 하루는 宇宙神인 阿布卡赫赫이 악마 耶魯里와 決戰을 벌이다가 실수로 돌 안에 살고 있는 여신 多闊霍을 삼키게 된다. 그녀를 삼키자마자 阿布卡赫赫의 몸은 녹아서 눈은 해와 달이 되고 머리카락은 숲이 되고 땅은 江河가 되었다. 侗族의 여신 薩天巴는 자신의 거대한 두 유방으로 하늘과 땅을 창조하였다고 한다. 拉祜族의 여신 厄莎는 태고에 천지를 나누기 위해 扎羅와 娜羅를 시켜 하늘과 땅을 만들게 했다. 그러나 찰라는 하늘을 너무 작게, 나라는 땅을 너무 크게 만들어 버리자 액사는 등나무 줄기로 땅의 맥을 만들어 땅을 한데 모아 크기를 줄이니, 땅은 울퉁불퉁하게 변하고 높은 산, 깊은 계곡, 강, 늪이 나타나게 되었다. 그 밖에도 彝族의 신화를 보면, 천지는 원래 하나로 혼돈되어 있는데 아홉 명의 여신이 철 빗자루로 하늘을 쓸어 올리고 땅을 쓸어 내리자 하늘과 땅이 비로소 나뉘게 되었다. 蒙古族의 신화에서도 천지를 만든 것은 여신 麥德爾이다. 그녀는 우주의 혼돈 시기에 흰 神馬를 타고 우주를 돌아다녔다. 이때 불이 일어나 우주의 흙먼지를 태우니 그 재가 아래로 떨어졌다. 흙먼지는 점점 쌓여 땅이 되었다. 맥덕이는 거북에게 명하여 땅을 등에 지게 하니, 이때부터 하늘과 땅이 나뉘게 되었다. 水族의 신화에서 인간에게 불을 처음 전해준 것도 여신 阿暅이다. 그녀는 인간들이 들짐승을 잡아다가 날로 먹는 것을 보고 가엾게 여겨 천상의 불씨를 훔쳐 인간들에게 몰래 보내는데, 후에 이 사실이 발각되어 天神으로부터 벌받게 된다. 그 밖에

그러나 여성의 생명 창조의 능력은 후세에 만들어진 신화에서는 더이상 주체적이고 권위 있는 것으로 생각되지 않았다. 건국 신화 속의 시조모들은 창조 여신과 마찬가지로 생명을 낳는 역할을 하지만, 국가 건설을 정당화하기 위한 보조적인 존재로서 등장할 뿐이다. 시조모 신화는 이들의 창조적 능력보다 어머니로서의 역할에 주목한다. 이와 같은 현상은 시조모 신화가 대부분 은·상나라에서 주나라로 넘어가는 모계에서 부계로의 과도기를 반영했고, 가부장적 분위기의 주나라와 한나라 때에 집중적으로 문자화됐기 때문이다.

신화는 무(巫)와 시인, 예술가 혹은 역사가에 의하여 문자로 기록되고 전해지는 과정에서 온전히 상고(上古)의 사실과 사고만을 담을 수 없었고, 각 시대의 이데올로기에 맞게 혹은 정리자의 취향에 따라 새로운 내용이 첨가되거나 삭제되었다.[73] 그리고 이들 기록자와 독자가 대부분 남성이었다는 사실을 감안한다면, 신화의 내용은 당연히 남성들의 기본적인 가치관으로부터 벗어날 수 없었고 그들의 기호를 고려해야 했으며, 이 과정에서 여성은 주변적 존재가 될 수밖에 없었다. 예를 들어 호메로스가 펴낸 『일리아스』와 『오딧세이』 역시 그리스 전체를 교육할 정도로 그 영향력이 컸으나, 결국 그것은 군사적 귀족이라고 하는 특정한 청자들을 위해 만들어진 것이었다. 호메로스는 부권적이고 군사적인 성향이 강했으며, 자신과 비슷한 성향을 지닌 청자들과 관계가 없거나 그들의 관심을 끌 수 없는 여성적이고 종교적인 모든 관념을 적당히 회피하였다.[74]

이와 같이 가부장 사회에서는 이미 신성(神性)이 남성적 이미지로만 정의되었고 여성은 주변적 존재로 위치지어졌으나, 좀더 이른 시기의 신화로

도 소수민족의 신화에는 여신들에 대한 많은 자료가 보존되어 있으며 그 내용도 생동적이고 흥미로운 것이 많다. 이에 대한 자세한 논의는 吳曉東, 『中國少數民族民間文學』, 北京 : 中央民族大學出版社, 1999, pp.31-58을 참고한다.

73) 선정규, 『중국 신화연구』, p.19.

74) 장영란, 『신화 속의 여성, 여성 속의 신화』, pp.27-28.

가면 여성은 최초의 대모신으로서 우주와 인류의 창조를 해석하고 증명하는 기능을 수행하고 있었다.

2 여성에 대한 훈육

앞서 살펴보았듯이, 신화는 공동체의 도덕을 보호하고 실현하며 인간의 행동 지침에 대한 실제 규칙들을 제시할 뿐 아니라, 가치 체계의 전형을 제공하는 기능을 한다. 그래서 현실과 불가분의 관계에서 사회 전체에 대해 실제적인 영향력을 행사할 수 있다. 신화의 이런 사회적 영향력은 매우 자연스럽고 은밀하게 이루어지는데 그것은 신화가 지닌 서사 문학적인 특징 때문이다. 신들과 우주 만물에 대한 환상적인 이야기들을 흥미롭게 풀어가고 있기 때문에 사람들은 신화 속의 남성과 여성의 이미지를 별다른 거부감 없이 수용하게 되고, 역으로 신화는 자연스럽게 그들을 교육하는 기능을 담당하게 된다. 그러므로 신화는 신성한 신들의 이야기라는 차원을 넘어서 시대적 이데올로기와 밀착되어 강력한 교화의 기능을 수행해 왔다. 특히 여성 신화는 주나라 이후로 갈수록 여성을 현모양처 혹은 아름다운 성적 대상이라는 극단적인 두 가지 양상으로 표현해냈다. 은대부터 꾸준히 추진되어온 가부장제를 정착시키기 위한 다양한 장치들 중에서 신화도 여성 훈육의 역할을 적절히 수행해 온 셈이다.

부계 사회가 언제부터 시작되어 모계 사회를 대신하게 되었는지는 어떤 자료도 명확한 근거를 제시하지 못하고 있어 그 시기를 단정지을 수 없다. 그렇지만 일반적으로 중국의 사회학자들은 남성이 무력으로 공동체의 여성을 약탈하고 독점하면서 부계 사회가 시작되었으며, 주대부터 부계제가 모계제를 대체하고, 종법제(宗法制)에 따른 가족 제도가 형성되었다고 주장한다.[75]

주대의 상층 문인들이 저술한 철학서와 역사서들은 대부분 그 당시의 가부장적 이데올로기에 부합하는 내용으로 일관되어 있다. 예를 들어 당시의 대표적인 철학서인 『주역(周易)』은 이미 양(陽) 중심의 상징 체계를 담고 있었다.[76] 『주역』은 양과 음에 양동음정(陽動陰靜)이라는 특성을 부여하고 이것을 건(乾)과 곤(坤)의 속성으로 유추하여, 건양(乾陽)은 강강(剛强)하고 곤음(坤陰)은 유약(柔弱)하다는 관념을 고정시킨다. 일견 이것은 부창부수(夫唱婦隨)와 부처일체(夫妻一體)처럼 조화를 지향하는 성별 철학인 듯 보이지만, 결국 당시의 가부장적 이데올로기에서 조화라는 미명 아래 제도화된 차별론이다. 그런데 『주역』은 이미 춘추 시대에 귀족 여성들 사이에서 보급되었던 것으로 보인다.[77] 예컨대 역사서에는 점복(占卜)과 역(易)에 밝은 귀족 여성에 대한 기록이 자주 보이며, 그 중 노선부인(魯宣夫人) 목강(穆姜)은 대표적 인물이었다. 공자 역시 『논어(論語)』에서 여성과 소인(小人)을 함께 비하했고,[78] 여성의 의무는 무엇보다 남편과 시부모를 잘 받들고 건강한 사내아이를 낳는 것으로 보았다.[79]

---

75) 진동원, 송정화·최수경 옮김, 『중국, 여성 그리고 역사』, 서울: 박이정, 2005, p.44.

76) 乾卦에서 陽을 만물의 시작으로 명명함으로써 생물학적 경험에 정면으로 위배되는 父生母育의 신화, 陽尊陰卑의 질서를 구축하였으며, 坤卦에서 여자는 유순하고 순종해야만 이로우며, 陽을 주도적으로 先唱하는 존재로 고정시키는 등 이미 男尊女卑의 철학적 이론을 세워놓고 있는 것이다. 자세한 것은 김종미, 「陽剛과 陰柔의 變奏」, 한국유교학회 동계학술대회 발표문, 2000, p.24를 참고한다.

77) 『周易』뿐 아니라 『詩經』·『尚書』·『禮記』 같은 귀족 계층이 규제하는 경전 문헌이 이미 春秋 시대부터 확산되었으며, 이와 같은 남성의 이익을 대표하는 禮制 道德은 모범적 여성을 교육하여 그들을 충실한 집행자이며 수호자로 만들어 갔다. 閔家胤 主編, 『陽剛與陰柔的變奏: 兩性關係和社會模式』, pp.158-159를 참고한다.

78) 『論語』 卷十七: 공자가 말씀하시길 여자와 소인은 기르기가 어려우니 가까이하면 불손해지고 멀리하면 원망한다(子曰唯女子與小人, 爲難養也. 近之則不遜, 遠之則怨).

79) 유가의 기초를 다진 공자가 중시한 것은 正命分이었다. 『論語』 「顏淵」과 「子路」에서 "임금은 임금다워야 하고 신하는 신하다워야 하고 아비는 아비다워야 하고 아들은 아들다워야 한다(君君, 臣臣, 父父, 子子)"라고 말했듯이, 이른바 正命分이란 예의 규정에 따라 사회와 가정의 역할 및 상응하는 책임과 의무가 달라진다는 것이다. 나아가 공자는 이것을 성별 관계에도 적용하여 여성이란 小人과 同類이며 현모양처가 되는 것이 가장 명분에 합당한 것으로 보았다.

　가부장제의 정초를 위해 역사서와 경전뿐 아니라 신화 역시 일조했다. 특히 구전되던 신화가 지식 계층인 남성의 손을 거쳐 문자화되면서 자연스럽게 많은 부분이 수정, 각색되었을 것이며, 이것은 신화에 나타난 여신의 권위가 점차 축소되는 현상에서도 입증된다. 그래서 신화에서 독립적이고 주체적이던 여와의 형상은 점차 복희의 누이로 바뀌었고, 여성들은 이런 여신을 보면서 여성이 남성의 보조자인 것이 본래부터 자연스럽고 이상적인 것으로 생각했다. 그래서 항아처럼 남편을 배반한 경우에는 가차없이 부덕한 여인으로 낙인찍혀 두꺼비가 되고, 무산신녀처럼 외간 남성과 사랑에 빠지면 음탕한 여자로 질타받으며, 시조모처럼 훌륭한 아들을 출산하면 현모로서 칭송되는 내용에 호응하고 공감했다.[80]

　시조모 신화를 좀더 자세히 살펴보면 흥미로운 사실을 발견할 수 있다. 화서씨(華胥氏)는 뇌택(雷澤) 가에 찍힌 큰 발자국을 밟고 나서 복희를 낳았고, 여등(女登)은 신룡(神龍)에게 감응받아 염제(炎帝)를 낳았다. 마찬가지로 부보(附寶)와 경도(慶都)는 각각 별빛, 적룡(赤龍)과 결합하여 황제와 요(堯)를 낳았다고 한다. 상(商)의 시조모인 간적은 현조의 알을 삼킨 뒤 시조 설(契)을 낳았고, 주(周)의 시조모 강원은 거인의 발자국을 밟고 나서 기(棄)를 출산하였다. 여와가 홀로 생명을 창조했던 것과는 달리 시조모들은 외부의 영물류(靈物類)와의 감응으로 출산을 한다. 이들은 신비한 출산과 초자연적인 생육 과정을 통해 신성(神性)을 획득하는데,[81] 이런 시조모 신화는 모계에서 부계로의 과도기적 상황을 보여주는 것이다. 시조모들은 단순히 시조인 아들을 낳는 매개적 역할을 할 뿐이지만, 여전히 민족의 시조모신으로서 이른 시기의 모계적 유풍을 반영하기 때문이다. 그리고 이런 시조모 신화는 『열녀전(列女傳)』 같은 여교서(女敎書)에 수용되

---

80) 신화가 어떤 담론보다도 교육적 기능이 광범위하고 영속적일 수 있는 이유는 그것이 하나의 무의식으로서 그 민족 구성원에게 문학 혹은 다양한 예술의 형태로 끊임없이 영향을 준다는 사실에 있다.

81) 謝選駿, 「中國古籍中的女神」, 『神與神話』, pp.189-190.

면서부터 본격적으로 여성 훈육의 기능을 발휘하게 된다.

우리는 상대적으로 이른 시기의 문헌인 『초사』와 『시경』의 간적, 강원 신화와 『열녀전』의 「설모간적(契母簡狄)」·「기모강원(棄母姜嫄)」 신화를 비교함으로써 본래의 신화가 작자와 시대적 요구에 따라 어떻게 각색되었고, 훈육의 기능을 수행했는지를 파악할 수 있다.

간적은 제단 쌓아 제사드리며
제곡(帝嚳)과 무엇을 기구하였나?
현조(玄鳥)가 알을 예물로 주었는데
그녀는 왜 그렇게 기뻐하였나?[82]

처음 이 백성을 낳으신 분은 바로 강원일세.
어떻게 백성을 낳으셨나?
정결하게 제사지내시어
자식 없을 나쁜 조짐을 내쫓으시고
하느님의 엄지발가락 자국을 밟으시자 마음 기뻐져
그곳에 머물러 쉬셨네.
곧 아기를 배고는 삼가시어
아기를 낳아 기르셨으니
이분이 바로 후직(后稷)일세.

이윽고 정하여진 달이 찬 다음
초산인데 쉽기가 새끼 양 낳듯
찢어지고 갈라지는 일조차 없이
아무런 재앙과 해가 없었네.

---

82) 『楚辭』「天問」: 簡狄在臺, 嚳何宜, 玄鳥致貽, 女何喜.

236

이리하여 신령스러움을 나타냈으니
천제께서 어찌 편치 않으시리.
정성어린 제사가 아니 어여쁘시랴.
편안하게 아들을 낳으셨다네.

그 아기 좁은 골목에 버려두니
소와 양이 덮어주며
그 아기 숲에 버려두니
나무꾼이 보고서 구해 왔노라.
차디찬 얼음판에 버려두니
새들이 날개 펴고 덮어 주었네.
새들이 날아간 다음에는
후직이 소리내어 울었느니라……[83]

위의 두 예문에서는 시조모의 신비로운 출산에 대한 내용이 위주가 되
어 있다. 그런데 이런 시조모 신화가 『열녀전』으로 가면 훨씬 내용이 길고
자세해진다.

기(棄)의 어머니 강원은 유태씨(有邰氏)의 딸이다. 요임금 때에 길을 가
다가 거인의 발자국을 발견하고 호기심으로 밟은 뒤 집에 돌아와 임신을 하
였다. 배가 점점 불러오자 마음속으로 이상하고 싫어 복서(卜筮)의 점을 쳐
서 신에게 제사지내며 임신이 아니기를 빌었다. 그러나 결국 아기를 낳았다.
그녀는 불길하다 여기고 아기를 좁은 골목에 버렸는데 소와 양이 피해가며

---

83) 『詩經』「大雅·生民」: 厥初生民, 時維姜嫄, 生民如何, 克禋克祀, 以弗無子, 履
帝武敏, 歆攸介攸止, 載震載夙, 載生載育, 時維后稷. 誕彌厥月, 先生如達, 不坼
不副, 無菑無害, 以赫厥靈, 上帝不寧, 不康禋祀, 居然生子, 誕置之隘巷, 牛羊腓
字之. 誕置之平林, 會伐平林. 誕置之寒冰, 鳥覆翼之. 鳥乃去矣, 后稷呱矣……

밟지 않았다. 그래서 아기를 숲 속에 버리자 나무꾼이 풀을 엮어서 덮어주는 것이었다. 그래서 차가운 얼음 위에 버리자 날아가던 새가 날개를 접어 감싸주는 것이었다. 강원은 신기하게 여겨 아기를 안고 돌아와 기라고 이름하였다.

강원은 성품이 조용하고 한결같았으며 씨를 심고 거두는 일을 좋아하였다. 기가 장성하자 강원은 그에게 뽕나무와 삼나무 심는 법을 가르쳐 주었다. 기는 총명하고 어질어 강원의 가르침을 잘 터득하였고 마침내 이름을 얻게 되었다. ……군자가 평한다. "강원은 조용하면서도 어머니의 가르침을 중시하였다. 『시경』에서 노래하길 '위대한 강원이여! 그 덕이 올바르니 하늘도 그녀에게 의지하셨네', '문덕(文德)이 있으신 후직이시여! 그 덕이 하늘에 비할 만하니 우리 백성들을 먹여 살리시네'라고 했는데 바로 이 같은 경우를 두고 한 말이다."

찬미해 노래한다. "기의 어머니 강원은 맑고 조용하며 한결같네. 거인의 발자국을 밟고 임신하였는데 두려워 아이를 들에다 버렸네. 날짐승과 들짐승들이 덮어주고 날개로 감싸주니 다시 데려와 정성스럽게 길렀네. 마침내 아들을 천자의 보좌로 키웠으니 어머니의 도를 다한 것이네."[84]

전체 내용 가운데 집중적으로 묘사된 것은 강원의 영험한 출산이 아니다. 이보다는 오히려 강원이 어떻게 아들 기를 주나라의 시조로서 훌륭하게 교육시켰는지가 주된 관심사로 부각되어 있다. 특히 "군자가 평한다(君

---

84) 『列女傳』「母儀傳·棄母姜嫄」: 棄母姜嫄者, 邰侯之女也. 當堯之時, 行見巨人跡, 好而履之, 歸而有娠, 浸以益大. 心怪惡之, 卜筮禋祀, 以求無子. 終生子. 以爲不祥, 而棄之隘巷, 牛羊避而不踐. 乃送之平林之中, 後伐平林者, 咸薦之覆之. 乃取置寒冰之上, 飛鳥傴翼之. 姜嫄以爲異, 乃收以歸. 因命曰棄. 姜嫄之性, 清靜專一, 好種稼穡. 及棄長, 而敎之種樹桑麻. 棄之性明而仁, 能育其敎, 卒致其名……君子謂, 姜嫄靜而有化. 詩云赫赫姜嫄, 其德不回, 上帝是依. 又曰思文后稷, 克配彼天, 立我烝民. 此之謂也. 頌曰棄母姜嫄, 清靜專一, 履跡而孕, 懼棄於野, 鳥獸覆翼, 乃復收恤, 卒爲帝佐, 母道既畢(『四部叢刊·史部·古列女傳』, pp.9-10).

子謂)", "찬미해 노래한다(頌曰)"와 같은 전체 내용에 대한 제삼자의 객관화된 평어(評語)를 덧붙임으로써 현모로서의 여성의 도리를 힘주어 강조한다.『열녀전』에서는 간적의 신화를 빌려와, 여성은 "조용하면서도 어머니의 가르침을 중시해야 하고", "아들을 천자의 보좌로 키워 어머니의 도리를 다해야 함"을 교육하고 있는 것이다.『열녀전』의 설의 어머니 간적 이야기 역시 마찬가지로 해석할 수 있다. 다음의 인용문을 살펴보자.

설의 어머니 간적은 유융씨(有娀氏)의 장녀이다. 요임금때 (간적이) 여동생과 현구(玄丘)의 냇가에서 목욕을 하던 중이었다. 현조가 알을 물고 날아가다가 떨어뜨렸는데 오색 찬란하며 매우 아름다웠다. 간적과 여동생은 그것을 가지려고 서로 다투었다. 간적이 그것을 차지하여 입에 물고 있다가 잘못하여 삼켰고 마침내 설을 낳았다.

간적은 성품이 사람들 사이의 일을 해결하기 좋아했고, 위로 하늘의 역법(曆法)을 깨우쳐서 남에게 은혜 베풀기를 즐겨하였다. 설이 장성하자 그녀는 설에게 윤리의 준칙을 가르쳤고 그 법도를 따르도록 하였다. 설은 성품이 총명하고 인자로워 가르침을 잘 받드니 마침내 명성을 이룰 수 있었다. 요임금은 설을 사도(司徒)의 관직에 임명하고 박(亳) 땅에 봉했다. 요임금이 세상을 떠나고 순임금이 즉위하자 칙명을 내렸다. "설이여! 백성들은 화목하지 않고 오륜(五倫)이 조화를 이루지 못하고 있소. 그대가 사도의 직을 맡아 오교(五敎)의 예를 신중하게 펴되 관용을 염두에 두시오." 설의 후손은 대대로 박 땅에 봉해졌고 은나라의 탕왕(湯王) 때가 되면서 흥성하여 천자가 되었다.

군자는 평한다. "간적은 인자하며 예를 갖추었다.『시경』에서 노래하길 '유융씨가 강성하여 딸로 하여금 상(商)의 태조 설을 낳게 하였네', '하늘이 현조에게 명하여 알을 떨어뜨리게 하니 간적이 상의 태조를 낳았도다'라고 했는데 바로 이 같은 경우를 두고 한 말이다."

찬미해 노래한다. "설의 어머니 간적은 인자하고 공손해지기 위해 노력하였네. 알을 삼켜 아기를 낳았으며 스스로 덕을 닦았네. 아들을 가르침에 사물의 이치에 밝았고 은혜를 두루 베푸니 덕이 있었네. 설이 천자의 보좌가 될 수 있었던 것은 모두 어머니의 공이 있어서라네."[85]

위의 인용문에 보이는 "간적은 인자하고 예를 갖추었다"는 군자의 말씀은 『초사』에는 전혀 나오지 않는다. "인자하고 공손해지기 위하여 노력하고", "아들을 가르침에 사물의 이치에 밝았고 은혜를 두루 베푸니 덕이 있었다"는 간적에 대한 칭송도 『열녀전』에 와서 새롭게 삽입된 구절이다.

그런데 이와 같이 시조모 신화를 새롭게 각색하여 여성 훈육을 도모한 데는 유교가 지배 원리로서 대두된 한대라는 시대적 배경이 있다. 한고조(漢高祖) 유방(劉邦)은 공신들과 일족들을 제후왕(諸侯王)과 열후(列侯)로서 각 지역에 봉건(封建)하는 군현제(郡縣制)를 실행하였고, 유교의 통치 이념 아래서 예교(禮敎)를 법제화하였다.[86] 기존에 모호했던 예제(禮制)를 『예기(禮記)』와 같은 책으로 성문화했고 남녀 유별을 더욱 강조했으며 여성의 정절을 법률로서 장려하였다. 『한서(漢書)』와 『후한서(後漢書)』에는 정절을 지킨 순종적 부인에게 나라에서 비단을 하사하고 표창하는 사례들이 자주 나온다. 조정에서 이렇게 예법을 제창하자 사회에서도 예법을 정하여 여성의 모범적 표준으로 삼고 장려하려는 움직임이 일었다. 유향의 『열녀전』과 반소(班昭)의 『여계(女誡)』는 이런 사회적 분위기에서 만들어

---

85) 『列女傳』「母儀傳 · 契母簡狄」: 契母簡狄者, 有娀氏之長女也. 當堯之時, 與其妹娣浴於玄丘之水. 有玄鳥銜卵, 過而墜之. 五色甚好, 簡狄與其妹娣競往取之. 簡狄得而含之, 誤而吞之, 遂生契焉. 簡狄性好人事之治, 上知天文, 樂於施惠. 及契長, 而敎之理, 順之序. 契之性聰明而仁, 能育其敎, 卒致其名. 堯使爲司徒, 封於亳. 及堯崩, 舜卽位, 敕之曰, 契, 百姓不親, 五品不遜, 汝作司徒而敬敷五敎在寬. 其後世世居亳, 至殷湯興爲天子. 君子謂, 簡狄仁而有禮. 詩云有娀方將, 立子生商. 又曰天命玄鳥, 降而生商. 此之謂也. 頌曰契母簡狄, 敦仁勵翼, 吞卵生子, 遂自脩飾. 敎以事理, 推恩有德. 契爲帝輔, 蓋母有力(『四部叢刊 · 史部 · 古列女傳』, p.10).

86) 동양사학회, 『東洋史』, 서울: 지식산업사, 1991, p.66.

졌다.[87]

시조모 신화는 모계에서 부계로 넘어가는 과도기적 사회 배경을 살필 수 있는 귀중한 자료이다.[88] 주나라부터 본격화된 부권 중심적인 사회 체제는 한대에 이르면 완전히 공고화된다. 『초사』와 『시경』에 등장했던 시조모 여신인 간적과 강원도, 한대의 『열녀전』에서는 유교적 윤리에 충실한 모범적 어머니로서 재현됐다. 시조모 여신은 이제 위대한 아들의 어머니로서만 정체성을 인정받을 수 있었다. 그리고 이렇게 만들어진 어머니상은 이후 장구한 역사 동안 이상적인 여성상으로 인식되었고, 오늘날까지 여성에 대하여 훈육적 기능을 발휘하고 있는 것이다.

---

87) 그러나 이 두 책은 가부장제 아래에서 남성이 여성을 억압할 수 있는 정당한 근거로 이용되었다. 본격적으로 禮敎를 앞세워 母性과 婦德을 적극 장려하자 劉向·班昭 등도 작품을 통하여 유가에서 바라는 이상적 여인상을 교육하고자 했던 것이다. 이에 대한 자세한 내용은 진동원, 『중국, 여성 그리고 역사』, pp.79-80을 참고한다.

88) 涂元濟는 『詩經』「大雅·生民」의 姜嫄과 棄신화를, 어머니쪽 씨족인 姜族과 아버지쪽 씨족인 姬族 간의 아들 쟁탈전이라는, 모계에서 부계로 넘어가는 과도기적 배경이 반영된 신화로 분석하였다. 이에 대한 자세한 내용은 涂元濟, 「從母系制過渡到父系的一場奪子之戰─對詩經生民神話的一種解釋」, 『中國古代·近代文學研究』 第9期, 北京: 人民大學出版社, 1981을 참고한다.

제6장 중국 문학 속에 나타난 여신들

　신화의 온갖 요소들 즉 이야기의 소재나 모티프 그리고 신화적 상상력은 오늘날의 문화 전반에 여전히 강력한 영향력을 행사하고 있다. 신화의 기원을 따진다면 오늘날과 무려 수천 년의 시간적 거리를 두고 있음에도 신화가 아직도 유효한 까닭은 무엇일까? 이처럼 신화가 영속할 수 있는 비결은 시공간을 초월하여 상징과 이미지로서 받아들여지기 때문이다. 그래서 오늘날까지 신화는 상징과 이미지가 힘을 발휘하는 문학과 예술 방면에서 원형으로서 끊임없이 재현되고 있으며, 그 중에서도 특히 문학은 신화와 불가분의 관계에 있다.

　문학의 구조 역시 최초에는 신화의 서사 구조를 모방하면서 시작되었다. 노스롭 프라이(Nothrop Frye)는 신화가 문학의 구조적 원리가 되었다고 이야기한 바 있다. 그런데 그는 신화와 문학을 상호 독립적인 등가의 개념으로 논하기보다, 신화를 원시인들의 단순하고 유치한 상상력의 표현으로 인식하였다. 즉 문학을 통하여 신화는 비로소 발전될 수 있다는 주장인데[1]

---

1) 자세한 내용은 Nothrop Frye, "Archetypes of Literatures," *Myth and Method*, J. E.

이러한 그의 견해는 신화의 가치를 역사 발전론적 인식에 따라 평가 절하하는 오류로 지적되기도 한다. 그러나 신화를 문학으로 가기 위한 전단계로 보기보다는, 시공의 범주를 뛰어넘어 문학뿐 아니라 예술 등 문화 전반에 지대한 영향을 끼친 원형적 심상으로 파악하는 것이 정확할 것이다.

그렇다면 본래의 신화가 문학과 조우할 때 어떤 변화가 발생할까? 우선 신화는 구전되던 방식에서 문자로 기록된다. 그리고 문자 기록을 통하여 성문화(成文化)됨으로써, 자연현상에 대한 해석이나 제의 과정에 대한 구술(口述) 등의 신화적 본의를 점차 상실하고[2] 대신 문학적 형식을 갖추게 된다.

이와 같이 신화가 문학화되는 과정을 왕효렴(王孝廉)은 해소(解消) 작용과 순화(醇化) 작용의 두 가지로 설명하였다. 첫째 신화가 구전에서 성문화될 때 개별적 문학 형태에서 점점 체계화된 문학 형태로 들어가게 되고, 이에 따라 신화에 내재된 비문학성이 희박해지고 문학성은 농후해진다. 그래서 자연의 본의를 탐구하고 역사 발전을 해석하며 제의에 실용되는 효과 등 신화의 실제적 공리주의(功利主義)가 점차 사라지게 되는데 이것이 해소 작용이라는 것이다. 둘째 예술적 가치와 효과 면에서 문학 작품으로서의 신화의 감상적 의의는 점차 제고되는데, 이것이 신화의 순화 작용이라는 것이다. 이처럼 신화는 이른바 해소와 순화 과정을 거쳐 문학 안에 수용된다.[3] 그리고 원형으로서의 신화는 우리에게 내재된 원초적 공감대를

Miller. Jr.(ed.), Lincoln : University of Nebraska Press, 1960, p.147을 참고한다.

2) 魯迅은 신화가 문학의 원류라는 사실을 긍정하면서도 신화의 문학적 수용에 대해서는 부정적인 입장을 표명했다. 그는 신화가 비록 문학을 낳기는 했으나 시인은 신화의 적이 되기도 한다고 말했다. 왜냐하면 시인이 찬미하는 노래를 부르고 공덕을 서술할 때마다 꾸미지 않을 수 없어 그로 인해 신화의 본모습을 잃게 되기 때문이라는 것이다. 그래서 그는 詩歌가 신화를 확대·보존케 하는 긍정적 역할뿐 아니라 변질케 하는 부정적 역할도 공유했다고 본다. 자세한 내용은 노신, 『中國小說史略』, pp.40-41을 참고한다.

3) 자세한 내용은 王孝廉, 『中國神話與傳說』, 臺北 : 聯經出版社, 1977, pp.7-8을 참

자극하여 감동과 재미를 부여하고, 상상력을 자극하여 일상적 사고를 전환
시킴으로써 새로운 인식의 틀을 제시하기도 한다.

제1절 중국 소설과 여신들

1 신화와 소설

노신(魯迅)이 『중국소설사략(中國小說史略)』에서 "신화가 소설의 원류"
라고 단정한 이후 대부분의 중국소설사에서는 노신의 관점을 채용하여 소
설의 기원을 신화에서부터 찾는다. 그런데 신화와 소설을 연관시키는 관점
이 노신에 와서야 시작된 것은 아니다. 이미 이전에도 많은 문인들이 신화
적 내용이 풍부한 저작을 소설로 분류한 바 있기 때문이다. 예를 들어 최
고(最古)의 신화서라고 알려져 있는 『산해경(山海經)』은 명나라 호응린(胡
應麟)의 『소실산방필총(少室山房筆叢)』에 따르면 지괴 소설(志怪小說)의
원조로 인식되었고,[4] 청나라 초기에 편찬된 『사고전서(四庫全書)』에서는
자부(子部) 중의 소설가류(小說家類)로 분류되었다.[5]

소설 가운데 신화와 가장 밀접한 연관성을 갖는 것은 양한(兩漢) 시대
와 위진남북조 시대의 지괴 소설[6]이다. 중국 소설의 최초 형태라고 할 수

고한다.

4) 明代 胡應麟은 『少室山房筆叢』에서 "『山海經』은 고금을 통해 괴이한 것을 말한
원조이다(山海經, 古今語怪之祖)"라고 하였다.

5) 『四庫全書』를 편찬한 紀昀은 『산해경』이 "책 속에 山水를 서술하고 있는데 신기하
고 괴이한 것들이 많이 들어 있어서…… 실체를 조사하여 이름을 정한다면 실로 소설
가운데 가장 오래된 것이다(書中序述山水, 多參與神怪……核實定名, 實則小說之
最古者耳)"라고 말하였다.

6) 여기에서 지괴 소설이란 魏晉南北朝 시대의 지괴뿐 아니라 兩漢 시대의 神仙說話

있는 지괴 소설은 신화와 여러 측면에서 상통한다. 고대 사회에서 신화를 주로 장악했던 것은 신을 부르고 모실 수 있는 종교적 권한을 가진 무격(巫覡)이었다. 이러한 사실은 신화 자료를 가장 많이 보존한『산해경』을 보아도 알 수 있다.『산해경』에는 특히 무의 활동에 대한 기록이 많고 제의와 제물에 대한 묘사도 자주 보이기 때문이다. 그래서 노신은『중국소설사략』에서『산해경』이 "옛날의 무서(巫書)였다"고 추정한 바 있다.[7]

그런데 최초의 지괴 작가들은 방사(方士) 신분을 가졌거나 방사 기질이 농후한 사람들이 많았다. 이들은 오경(五經)보다는 위서(僞書)와 기서(奇書)를 탐독하였고, 신선술(神仙術)과 다양한 주술(呪術)에 능통하였으며, 기질적으로도 중원(中原)의 유생(儒生)과는 달랐다.[8] 예를 들어『동명기(洞冥記)』의 작가인 곽헌(郭憲)은『후한서(後漢書)』「방술열전(方術列傳)」에 기록될 만큼 방술을 좋아했고,『박물지(博物志)』의 작가인 장화(張華)도 술수와 방기(方技)에 정통하였다.『수신기(搜神記)』를 지은 간보(干寶) 역시『진서(晉書)』「본전(本傳)」에 따르면 음양과 술수를 좋아하였다고 한다.[9] 그러므로 내용의 측면에서 보았을 때 지괴 소설에 나오는 초현실적 귀신 이야기와 신선담(神仙譚), 다양한 점복(占卜)과 해몽, 그리고 예언은 분명 방사 계층과 관련이 있다고 생각된다.

까지를 포함하는 개념이다.

7) 魯迅은『산해경』에 제사 의례가 많이 나오며 제물로서 멥쌀이 사용되고 있는 것 등을 근거로『산해경』이 옛날의 巫書였을 것으로 본다. 자세한 내용은 魯迅,『中國小說史略』, p.44를 참고한다.

8) 지괴의 작가를 모두 方士라고 볼 수는 없으나 방사의 활동이 지괴 발생에 절대적 영향을 끼쳤음은 이미 魯迅을 위시한 王國良·李劍國 등의 중국 학자들이 지적한 바 있다(왕국량은『魏晋南北朝志怪小說硏究』에서, 이검국은『唐前志怪小說史』에서 방사와 지괴 발생의 긴밀한 연관성에 대하여 언급하였다). 방사들은 출신 지역부터 유생들과 구별되었다. 그들은 주로 燕·齊 지방 즉 中原이 아닌 邊方 출신이었고 따라서 이질적 주변 문화를 흡수하여 중원의 유생들과는 다른 성향을 띠고 있었다. 또한 五經보다는 僞書와 奇書를 탐독하였고 神仙術과 다양한 呪術에 능통하였다.

9)『晋書』「本傳」: 性好陰陽術數.

왕요(王瑤)는 이런 방사의 원류를 무에서 찾고 있다.[10] 물론 무는 후세로 가면서 방사뿐 아니라 방술을 좋아하는 사(士) 집단과도 긴밀한 연관성을 가졌다. 그러나 최초의 방사는 역할과 성격 면에서 무에서 분기(分岐)된 것으로 보이며, 지괴 소설은 이러한 신화와의 밀접한 연계 속에서 탄생할 수 있었다.[11]

2 소설 속의 여신들

그렇다면 신화를 모태로 탄생한 소설에서 여신은 어떤 양상으로 수용되어 있을까? 여기에서 연구의 범위를 미리 설정해둘 필요가 있다. 앞서 살펴보았듯이 소설은 신화의 요소들을 다량으로 흡수하고 있어서, 소설에 나타난 여신의 수용 양상 역시 매우 다양하다. 그래서 여신 기록의 일체를 정리한다는 것은 사실상 불가능하다. 그러므로 이 책에서는 먼저 신화의 수용이 뚜렷한 한대 소설과 지괴 소설에서 여신의 전반적인 양상을 살피고, 그 중 수용 양상이 비교적 분명하고 특징적인 여신들인 서왕모, 여와, 항아를 중심으로 분석해 나가고자 한다.

진한대(秦漢代)에는 신선 사상의 유행으로 신선 설화가 출현하여 유행하였다. 한대는 초기부터 문제(文帝)·두태후(寶太后) 등 황실에서 도가를 받들어 신선가(神仙家)들도 우대를 받았으며, 무제(武帝) 때에 이르면 방사들의 활동이 더욱 분주해진다. 한대에는 정통 유학마저 음양오행설, 천인감응설(天人感應說) 등 신비주의의 영향을 받았고, 후한(後漢) 시기에 이

---

10) 소설과 방사 사이의 연관성에 대한 논의는 王瑤, 「小說與方術」, 『中古文學史論』, 臺北 : 長安出版社, 1948을 참고한다.

11) 鄭在書 교수는 殷 및 東夷系 신화가 周代 이후 억압되어 후대에 道敎的 상상력으로 표출되었다가 방사들의 說話主義的 속성에 의해 지괴 소설로 탄생하였다고 주장한다. 이런 견해에 대해서는 鄭在書, 『不死의 신화와 사상』, p.103을 참고한다.

르면 장도릉(張道陵)의 오두미도(五斗米道)와 장각(張角)의 태평도(太平道) 등의 초기 도교가 형성되었다. 그리고 이런 신비주의적인 사회 분위기는 다양한 신선 설화의 탄생을 촉진시켰다. 그 가운데 유명한 작품으로 유향(劉向)의『열선전(列仙傳)』을 꼽을 수 있다.『열선전』은 총 2권으로 72명의 신선들의 이야기를 기록하고 있다.[12] 여성 인물로는 모녀(毛女), 여궤(女几), 구익부인(鉤翼夫人) 그리고 강비이녀(江妃二女)가 있는데, 대부분 여신보다 여선(女仙)의 형상에 가깝다. 그 중『열선전』의「강비이녀」에는『산해경』의 제지이녀(帝之二女)가 변화된 모습으로 등장한다. 흥미로운 것은『열선전』의 이녀와『산해경』의 이녀를 비교해보면 각각 여선과 여신으로서 그 이미지가 확연히 다르다는 점이다.『산해경』의 이녀는 우선 천제의 두 딸이므로 이미 신분상으로 신적(神的) 특성을 갖추고 있다. 그래서 그들이 깊은 강 속에 있다가 강물 위로 드나들게 되면 반드시 회오리바람과 폭풍우가 일어난다. 그녀들 주위의 기이한 신들과 새들도 신화적인 색채를 배가하는 요소들이다. 이에 비하여 강비이녀는 강의 신녀(神女)라는 점에서는『산해경』의 제지이녀와 비슷하지만, 화려한 옷과 사뿐한 걸음걸이에 남성과 농담까지 주고받는 완전히 인간화된 여선이다.

위진남북조 시대로 가면 본래부터 신앙되어온 무속(巫俗)과 진(秦)·한(漢) 이래의 신선 사상이 더욱 성행하고, 서역(西域)으로부터 불교가 전래되면서 지괴 소설이 활발히 창작되기 시작한다. 이 당시 지괴 소설로는『박물지(博物志)』·『습유기(拾遺記)』·『속제해기(續齊諧記)』·『신이경(神異經)』·『한무내전(漢武內傳)』·『십주기(十洲記)』·『한무동명기(漢武洞冥記)』·『술이기(述異記)』·『열이전(列異傳)』·『수신기(搜神記)』·『지괴(志怪)』·『수신후기(搜神後記)』·『견이전(甄異傳)』·『이원(異苑)』·『제해기(齊諧記)』·『집이기(集異記)』·『현중기(玄中記)』·『한무고사(漢武故事)』·『유

---

12)『列仙傳』의 성립, 구성 등에 대한 자세한 내용은 鄭宣景,「『列仙傳』에 대한 敍事學的 硏究 및 譯註」, 이화여대 중문과 석사학위논문, 1995를 참고한다.

명록(幽明錄)』이 있다. 이런 작품들은 신화나 신선 설화 혹은 역사 이야기·기타 이문(異聞)들을 소재로서 풍부하게 흡수하고 있는데, 특히 여신의 수용 양상을 살필 수 있는 것으로는 『박물지』·『습유기』·『신이경』·『한무내전』·『수신기』·『한무고사』를 꼽을 수 있다. 이 가운데 『한무내전』과 『한무고사』는 뒤에서 자세히 언급하기로 하고, 나머지 작품들을 중심으로 여신들의 형상을 논의해 보도록 하겠다. 『박물지』는 지리 박물지류(地理博物志類)의 대표작으로 꼽히며 장화가 지은 것으로 알려져 있다. 『박물지』에는 온갖 산천 지리와 신화, 전설, 역사 이야기뿐 아니라 다양한 여신들도 기록되어 있다. 즉 적제(赤帝)의 딸인 요(媱),[13] 요초(瑤草)로 변한 염제(炎帝)의 딸,[14] 상부인(湘夫人),[15] 서왕모(西王母)[16]가 그들이다.[17] 『습

---

13) 『博物志』卷三「異鳥」: 까마귀와 비슷하게 생긴 새가 있는데 머리에 무늬가 있고 부리는 희며 발은 붉은색이다. 이름하여 精衛라 한다. 옛날 赤帝의 딸 이름이 媱였는데 그녀가 東海에 놀러 갔다가 溺死하여 돌아오지 못했다. 그녀의 정령이 정위가 되었다. 그러므로 정위는 항상 서산의 돌과 나무를 가져다가 東海를 메웠다(有鳥如烏, 文首, 白喙, 赤足, 曰精衛. 故精衛昔赤帝之女名媱往遊于東海, 溺死而不返, 其神化爲精衛常取西山之木石, 以塡東海). 이하 『博物志』의 번역은 盧敏鈴, 「『博物志』試論 및 譯註」, 이화여대 중문과 석사학위논문, 1997을 참고한다.

14) 『博物志』卷三「異草木」: 古媱山에서 炎帝의 딸이 죽어 瑤草로 변하였는데 그 잎이 무성하고 그 꽃받침이 황색이며 열매는 콩과 같다. 그것을 먹는 자는 다른 사람에게 사랑을 받는다(古媱山, 赤女化爲瑤草, 其葉鬱茂, 其蕚黃, 實如豆, 服者媚於人).

15) 『博物志』卷六「地理考」: 洞庭湖의 君山에는 천제의 두 딸이 사는데 그들을 湘夫人이라 한다. 또 『荆州圖經』에는 "湘君이 노는 곳이기 때문에 君山이라 한다"고 되어 있다(洞庭君山, 帝之二女居之, 曰湘夫人. 又荆州圖經曰, 湘君所遊, 故曰君山).

16) 『博物志』卷九「雜說」上: 老子가 다음과 같이 말하였다. 모든 백성의 목숨은 모두 西王母에게 달려 있다. 오직 王, 聖人, 眞人, 仙人, 道人의 목숨만은 九天君에게 속해 있다(老子云, 萬民皆付西王母, 唯王, 聖人, 眞人, 仙人, 道人之命上屬九天君耳).

   『博物志』卷八「史補」: 漢武帝는 神仙道를 좋아하여 名山大澤에 제사를 지내며 신선이 되기를 구하였다. 이때 서왕모가 흰 사슴을 탄 使者를 보내 무제에게 그녀가 곧 도착할 것이라고 알렸다. 이에 承華殿에 휘장을 드리우고 기다렸다. 7월 7일 밤 물시계가 七刻을 알릴 때 서왕모가 紫雲車를 타고 승화전 서남쪽에 이르렀다. 동쪽을 향하여 앉았는데 머리 위에는 玉勝을 했고 푸른 기운이 자욱한 것이 구름 같았다.

유기』에는 구하(九河)의 신녀인 화서(華胥),[18] 설(契)을 낳은 간적(簡狄),[19]

까마귀 크기의 삼청조(三靑鳥)가 서왕모의 좌우에서 시중을 들고 있었다. 이때 九微燈을 켜놓았다. 무제는 서쪽을 바라보고 앉았고, 서왕모는 복숭아 일곱 개를 찾아 꺼냈다. 그 크기는 탄환만한데 다섯 개는 무제를 주고 서왕모는 두 개를 먹었다. 무제가 복숭아를 먹고 그 씨를 무릎 앞에 놓으니 서왕모가 "이 씨로 무엇을 하려 하시옵니까?" 하니 무제가 "이 복숭아 맛이 너무 좋아 심을까 합니다"라고 대답하였다. 이에 서왕모는 웃으며 "이 복숭아는 3,000년에 한 번 열매를 맺습니다"라고 하였다. 오직 무제만이 서왕모와 마주 앉고 그 종자는 모두 나아갈 수 없었다. 이때 동방삭이 승화 전의 남쪽 곁채의 붉은 새가 새겨진 들창에서 서왕모를 몰래 훔쳐보고 있었다. 서왕모가 돌아보며 무제에게 "저 창에서 엿보고 있는 아이는 세 번이나 와서 제 복숭아를 훔쳐간 적이 있습니다"라고 하였다. 무제가 이에 매우 이상히 여기고 이로부터 세상 사람들이 東方朔을 신선이라 하였다(漢武帝好仙道, 祭祀名山大澤 以求神仙. 時西王母遣使乘白鹿告帝當來, 乃供帳承華殿以待之. 七月七日夜漏七刻, 王母乘紫雲車而至於殿西, 南面東向, 頭上戴玉勝, 靑氣鬱鬱如雲. 有三靑鳥如烏大俠侍母旁. 時設九微燈. 帝東面西向, 王母索七桃, 大如彈丸, 以五枚與帝, 母食二枚. 帝食桃, 輒以核著膝前, 母曰, 取此核將何爲. 帝曰, 此桃甘美, 欲種之. 母笑曰, 此桃三千年一生實, 唯帝與王對坐, 其從者皆不得進, 時東方朔竊從殿南朱鳥牖中窺母. 母顧之謂帝曰, 此窺牖小兒, 嘗三來盜吾此桃. 帝乃大怪之, 由此世人謂東方朔神仙也).

17) 『博物志』에는 이들 여신 외에도 東海의 神女, 鉤弋夫人이 나온다.

18) 『拾遺記』 卷二 「夏禹」: ……禹가 이르길 "華胥가 성스런 아들을 낳았다는데 바로 당신이오?"라고 물었다. (신은) 대답하길 "화서가 九河의 神女로 나를 낳았소"라고 했다. 이에 玉冊을 찾아 우에게 주었는데 길이가 1척 2촌으로 열두시의 숫자에 합하였으며 천지를 측량하는 것이었다. 우는 이 책을 잡고서 水土를 평정하였다. 뱀의 몸을 하고 있는 신은 바로 伏義였다(禹曰華胥生聖子, 是汝耶. 答曰, 華胥是九河神女, 以生余也. 乃探玉簡授禹, 長一尺二寸, 以合十二時之數, 使量度天地, 禹卽執持此簡, 以平定水土. 蛇身之神, 卽義皇也). 이하 『습유기』 원문의 번역은 金映志, 「『拾遺記』試論 및 譯註」, 이화여대 중문과 석사학위논문, 1994를 참고한다.

19) 『拾遺記』 卷二 「殷湯」: 商의 시작은 神女 簡狄이 뽕나무밭에서 놀다가 검은 새가 땅에 떨어뜨린 알을 보았는데 오색 무늬로 '八百'이라는 글자가 씌어 있었다. 간적이 그것을 주워 옥광주리 안에 보관하고 붉은 비단으로 덮었다. 밤에 꿈에서 神母가 나타나 말하기를 "네가 이 알을 품으면 金德을 계승할 성스러운 아들을 낳게 될 것이다"라 하였다. 간적은 알을 품은 지 1년 만에 임신을 하였고 14개월이 지나서야 설을 낳았다. 상나라 800년 만에 알의 문양에 조화되었다. 비록 일찍이 액운을 만났지만 후예들이 번성했다(商之始也, 有神女簡狄, 遊於桑野, 見黑鳥遺卵於地, 有五色文, 作八百字, 簡狄拾之, 貯以玉筐, 府以朱紱. 夜夢神母謂之曰, 爾懷此卵, 卽生

목왕(穆王)과 서왕모가 등장하며[20] 『신이경』에는 한발(旱魃)[21]과 서왕모[22]가 기록되어 있다. 다음으로 『수신기』에는 서왕모와 적제의 딸이 등장한다. 그런데 이 소설들에 나타난 여신의 수용 양상은 각기 조금씩 다르다.

聖子, 以繼金德. 狄乃懷卵, 一年而有娠, 經十四月而生契. 祚以八百, 葉卵之文也. 雖遭旱厄, 後嗣興焉).

20) 『拾遺記』卷三「周穆王」: 36년, 왕이 동쪽 大騎谷을 순행하다가 春宵宮에 의지해 쉬면서 方士를 불러모아 仙術의 요령을 구하였다. 뿔 없는 용·고니·용·뱀 등이 난데없이 허공을 의지하여 나왔다. ……서왕모가 비취빛 봉황이 끄는 가마를 타고 왔는데 무늬진 호랑이와 무늬 있는 표범이 앞에서 인도하고 조각된 기린과 붉은 노루가 뒤에서 따랐다. 붉은 옥으로 장식된 신발을 끌고 푸른 부들포 자리와 노란 왕골로 짠 자리를 펴놓고 옥 장식된 휘장 안에서 함께 만났다. 맑고 깨끗한 琬琰의 즙을 술로 올렸다. 또 洞淵의 붉은 꽃, 겸주의 달콤한 눈, 崐流의 하얀 연꽃, 陰岐의 까만 대추, 만 년에 한 번 열리는 시원한 복숭아, 천상이나 되는 녹색 연뿌리와 파란 꽃 피는 흰 귤을 진상했다……(三十六年, 王東巡大騎之谷, 指春宵宮, 集諸方士仙術之要, 而螭鵠龍蛇之類, 奇種憑空而出……西王母乘翠鳳之輦而來, 前導以文虎文豹, 候列雕麟紫麋. 曳丹玉之履, 敷碧蒲之席, 黃莞之薦, 共玉帳高會. 薦淸澄琬琰之膏以爲酒. 又進洞淵紅蘤, 嵊州甛雪, 崐流素蓮, 陰岐黑棗, 萬歲氷桃, 千常碧藕, 靑花白橘……).

21) 『神異經』「南荒經·旱魃」: 남쪽에 있는 어떤 사람은 2 내지 3척의 키에 웃통을 벗었으며 눈은 정수리에 붙어 있고 걸음걸이는 바람같이 빠른데 이름을 魃이라고 한다. 그 사람이 나타난 나라에서는 큰가뭄이 들며(世俗에서는 旱魃이라고 부른다) 천 리나 되는 땅이 메마르게 된다. 일명 旱母·狢이라고도 한다. 발은 사람들이 많이 모이는 곳을 잘 다니는데 발을 본 사람이 잡아다가 변소에 던지면 발은 죽고 가뭄도 해결된다(『詩經』에는 "한발은 사납기도 하여라"라고 되어 있다). 또는 생포해서 죽이면 재난이 없어지고 복이 내린다고도 한다(南方有人, 長二三尺, 袒身而目在頂上, 走行如風, 名曰魃. 所見之國大旱(俗曰旱魃), 赤地千里. 一名旱母, 一名狢. 善行市朝衆中, 遇之者投著厠中, 乃死, 旱災消也(詩曰, 旱魃爲虐), 或曰, 生捕得殺之, 禍去福來).

22) 『神異經』「中荒經·崑崙天柱」: ……그 위에는 이름을 希有라고 하는 큰 새가 있는데 머리는 남쪽으로 향하여 왼쪽 날개로는 東王公을, 오른쪽 날개로는 서왕모를 펼쳐 덮는다. 등 위의 조그마한 부분에는 깃이 없다. (서왕모는 동왕공과) 19,000리나 (떨어져 있지만) 해마다 희유의 날개를 타고 동왕공을 만나러 간다(上有大鳥, 名曰希有. 南向, 張左翼覆東王公, 右翼覆西王母. 背上小處無羽, 一萬九千里, 西王母歲登翼上之東王公也).

250

우선 『박물지』는 지리 박물지의 서술 체제 때문에 모든 이야기가 간단 명료하며 여신의 이야기도 마찬가지이다. 그리고 고문헌의 여신 기록을 크게 개조하지 않고 원형 그대로의 사실 전달에 충실하려는 경향을 보인다. 예컨대 『박물지』 권8 「사보(史補)」의 한무제와 서왕모의 인신 연애(人神戀愛) 고사[23]는 『한무내전』의 원문과 비교했을 때 다섯 글자가 다를 따름이다.

『습유기』의 여신 형상은 『박물지』에 비해서 신비주의적인 색채가 강하다. 예를 들어 『습유기』 권3 「주목왕」에는[24] 『목천자전』의 주목왕과 서왕모의 만남이 재현되어 있는데 이미 신선의 풍모를 갖추고 있다. 『목천자전』에서 팔준마(八駿馬)가 끄는 수레를 타고 서왕모의 나라로 떠났던 주목왕은 『습유기』에서는 황금과 푸른 옥으로 장식된 수레를 몰고 기(氣)와 바람을 타고서 서왕모의 나라로 출발한다. 연회에 대한 묘사도 더 자세하고 환상적이다. 그들은 음기(陰岐)의 까만 대추, 만 년에 한 번 열리는 복숭아, 녹색 연뿌리 등 선계(仙界)의 음식을 나눠먹고 천상의 음악을 연주한다.

『신이경』은 『산해경』의 체제와 내용을 본뜬 작품으로, 가장 특징적인 점은 음양오행설의 틀 안에서 『산해경』을 재현했다는 것이다. 예를 들면 『신이경』에서 서왕모는 동왕공(東王公)이라는 배우자를 얻어 각각 음과 양으로서 서쪽과 동쪽에 위치한다.[25]

『수신기』의 항아(姮娥)와 적제의 딸 이야기는 장형(張衡)의 『영헌(靈憲)』과 『산해경』의 신화를 대부분 그대로 수록했으며, 직녀(織女) 이야기만이 새롭게 첨가되어 독립적인 줄거리를 갖추고 있다.

한나라와 위진남북조는 신선 사상이 유행하고 초기의 도교 교단인 오두미도와 태평도가 성립되며 불교가 유입되는 시기이다. 이 당시 사람들의

---

23) 이에 대한 원문은 제6장 주 16)을 참고한다.
24) 이에 대한 원문은 제6장 주 20)을 참고한다.
25) 이에 대한 원문은 제6장 주 22)를 참고한다.

관심사는 신화 시기의 우주와 사물의 기원보다 불안한 현세에서 불사를 성취할 수 있는 신선이나 기이한 존재들에 있었다. 그래서 소설 속의 여신도 신화의 원시적인 이미지에서 벗어나 보다 인간화된 여선의 형상을 갖추게 되었다. 다음으로는 소설에서의 수용 양상이 비교적 분명하고 특징적인 서왕모·여와·항아를 중심으로 지괴 소설 이후 현대에 이르는 변화 양상과 그 내적 의미를 좀더 자세하게 살펴보도록 하겠다.

1) 서왕모

서왕모에 대한 최초의 기록이 보이는 것은 『산해경』이다. 『산해경』에는 모두 세 군데에 걸쳐 서왕모가 등장하는데, 흥미로운 것은 각 편의 성립 시기를 감안했을 때[26] 후대로 갈수록 그 모습이 조금씩 다르게 그려지고 있다는 점이다. 상대적으로 이른 시기의 것으로 보이는 「서산경(西山經)」의 서왕모는 사람의 모습이지만 표범 꼬리를 달고 호랑이 이빨을 지녔으며 휘파람을 잘 부는 존재이다. 그리고 옥산(玉山)에 살면서 머리 꾸미개〔勝〕를 꽂고 하늘의 재앙과 다섯 가지 형벌을 주관한다. 즉 반인반수의 신의 이미지이다. 「서산경」보다 약간 후대의 기록인 「대황서경(大荒西經)」의 서왕모는 여전히 표범 꼬리와 호랑이 이빨을 하고 불꽃이 활활 타오르는 염화산(炎火山)에 살고 있다. 다음으로 「해내북경(海內北經)」의 서왕모는 여전히 머리에 꾸미개를 달았지만 이제 책상에 앉아서 세 마리 푸른 새의 시중을 받는다. 즉 최초에 동물적 이미지였던 서왕모의 모습은 후대로 갈수록 인격화되는 것이다. 그리고 『산해경』의 서왕모는 속세와 격리된 염화산이라는 초월적 공간에 살면서 형벌과 재앙을 주관하는 불사와 죽음의 이미지를 동시에 갖는다.

그런데 『산해경』보다 늦게 성립된 『목천자전』에서 서왕모는 반인반수의

---

26) 『山海經』 각 편의 성립 시기에 대해서는 鄭在書, 「解題」, 『山海經』, 서울 : 민음사, 1993 ; 徐敬浩, 『山海經研究』, 서울 : 서울대 출판부, 1996, pp.65-77을 참고한다.

형상으로부터 벗어나 목왕과 사랑을 나누는 여신의 이미지로 변모한다.
『목천자전』을 계기로 서왕모는 고귀한 신의 위치에서 내려와 인간에게 보
다 친숙한 선(仙)의 존재가 된다. 그래서 한대로 가면 서왕모는 민간의 열
렬한 숭배자들을 확보하게 된다. 당시의 다양한 신화 기록과 문헌 자료들
은 서왕모에 대한 당시 사람들의 깊은 신앙을 보여준다. 특히 서한(西漢)
에서 동한(東漢)으로의 양한(兩漢) 교체기라는 불안한 사회 현실에서 사람
들은 서왕모의 부적을 지니면 죽지 않을 것이라고 믿었고 노래하고 춤추며
서왕모에게 제사를 올렸다. 그리고 그 과정에서 밤에 불을 들고 지붕에 올
라가거나 북을 두드리며 소리를 지르는 등 광적인 상황을 연출하기도 하였
다.[27] 서왕모가 불사약을 지닌 선인이자 인간의 장생불사를 주관하는 존재
로 인식되기 시작하면서[28] 서한 말에는 서왕모에 대한 신앙이 이처럼 광적
인 민간 종교 운동으로 발전하게 되었다.[29]

　서왕모는 후대로 가면서 점차 신(神)에서 선(仙)으로, 반인반수의 중성
적 이미지에서 여성적 이미지로 변하였고, 위진남북조의 지괴 소설로 가면
인간에게 불사약이나 선도(仙桃) 등 장생의 비법을 전수하는 여선의 모습
으로 고정된다. 위진남북조 지괴 소설 가운데 서왕모에 대해 비교적 자세

---

27)　『漢書』「哀帝」：哀帝建平四年春, 大旱, 關東民傳行西王母籌, 經歷郡國, 西入
　　關至京師, 民又會聚祠西王母, 或夜持火上屋, 擊鼓號呼相驚恐.
　　　『漢書』「五行志·下」：哀帝建平四年正月, 民驚走, 持稿或取一枚, 傳相付與曰,
　　行詔籌, 道中相過逢. 多至千數或被髮跣踐或夜折關, 或踰牆入. 或乘車騎奔馳.
　　以置驛傳行, 經歷郡國二十六, 至京師, 其夏京師郡國民聚會里巷阡佰, 設祭張博
　　具, 歌舞祀西王母, 又傳書曰, 母告百姓佩此書者不死, 不信我雅言, 視門樞下當有
　　白髮, 至秋止.

28) 서왕모에 대한 漢代 사람들의 신앙은 『淮南子』에서도 찾아볼 수 있다. 『회남자』
　　「覽冥訓」에는 "불사약을 서왕모에게 청하였는데, 항아가 훔쳐서 달로 달아났다(請不
　　死之藥于西王母, 姮娥竊以奔月)"라는 구절이 나온다.

29) 이런 서왕모에 대한 광적인 숭배는 장기간 계속된 정치·사회적 혼란 상태에서 출구
　　를 찾지 못하던 민중의 불안감이 長生不死를 주관하던 서왕모에 대한 신앙을 돌파구
　　로 삼으면서 일어난 것이다. 이에 대한 자세한 논의는 全虎兌, 「漢畵像石의 西王母」,
　　『美術資料』 제59호, 서울: 國立中央博物館, 1997, p.22를 참고한다.

하게 기록한 것으로는 『한무고사』,[30] 『박물지』, 『한무내전』[31]을 꼽을 수 있다. 다음의 『박물지』의 내용을 살펴보자.

한무제는 신선도를 좋아하여 명산 대택(名山大澤)에 제사를 지내며 신선이 되기를 구하였다. 이때 서왕모가 흰 사슴을 탄 사자를 보내 무제에게 그녀가 곧 도착할 것이라고 알렸다. 이에 승화전(承華殿)에 휘장을 드리우고 기다렸다. 7월 7일 밤 물시계가 칠각(七刻)을 알릴 때 서왕모가 자운거(紫雲車)를 타고 승화전 서남쪽에 이르렀다. 동쪽을 향하여 앉았는데 머리 위에는 옥승을 했고 푸른 기운이 자욱한 것이 구름 같았다. 까마귀 크기의 삼청조(三靑鳥)가 서왕모의 좌우에서 시중을 들고 있었다. 이때 구미등(九微燈)을 켜놓았다. 무제는 서쪽을 바라보고 앉았고 서왕모는 복숭아 일곱 개를 찾아 꺼냈다. 그 크기는 탄환만한데 다섯 개는 무제를 주고 서왕모는 두 개를 먹었다. 무제가 복숭아를 먹고 그 씨를 무릎 앞에 놓으니 서왕모가

---

30) 『漢武故事』: 7월 7일에 황제가 승화전에서 재를 올렸다. 해가 정중앙에 이르자 갑자기 푸른 새가 서쪽에서 날아오는 것이 보였다. 황제가 동방삭에게 그 까닭을 물으니 삭이 대답했다. "서왕모가 저녁 무렵 반드시 존상 위에 내려오실 것입니다." …… 이날 밤 물시계가 일곱을 가리킬 때 공중에는 구름이 한 점도 없더니 은은하게 우레 같은 소리가 나고는 하늘 한쪽에 자색의 기운이 일었다. 잠시 후 서왕모가 도착했는데 자색의 수레를 타고 옥녀들이 수레의 좌우에서 모셨다. 머리에는 칠승을 쓰고 푸른 구름과 같은 기운이 일었다. 두 마리의 푸른 새가 서왕모를 양옆에서 모시고 있었다. 마차에서 내리자 황제가 맞이하면서 인사를 드렸다. 그리고는 서왕모를 이끌어 자리에 앉히고 불사약을 청하였다. ……그리고는 복숭아 일곱 개를 꺼내 서왕모 자신이 두 개를 먹고 황제에게 다섯 개를 주었다. ……오경까지 머무르며 세상일에 대해서는 이야기를 나누었으나 귀신 이야기는 하지 않고 엄숙히 있다 떠났다(七月七日, 上于承華殿齋, 日正中, 忽見有靑鳥從西方來. 上問東方朔, 朔對曰, 西王母暮必降尊像上……是夜漏七刻, 空中無雲, 隱如雷聲, 竟天紫氣. 有頃, 王母至, 乘紫車, 玉女夾馭, 戴七勝, 靑氣如雲, 有二靑鳥, 夾侍母旁, 下車, 上迎拜, 延母坐, 請不死之藥……因出桃七枚, 母自噉二枚, 與帝五枚……留至五更, 談語世事而不肯言鬼神, 肅然便去). 원문 번역은 魯迅, 『中國小說史略』, p.80을 따랐다.

31) 『漢武內傳』의 서왕모 형상에 대해서는 255-256쪽을 참고한다.

"이 씨로 무엇을 하려 하시옵니까?" 하니 무제가 "이 복숭아 맛이 너무 좋아 심을까 합니다"라고 대답하였다. 이에 서왕모는 웃으면서 "이 복숭아는 3,000년에 한 번 열매를 맺습니다"라고 하였다.[32]

그런데 소설에 나타난 서왕모의 형상이 모두 같은 것은 아니다. 장생불사를 주관하는 여선이라는 것은 동일하지만 그 중『한무고사』와『박물지』의 서왕모는『산해경』과『목천자전』의 신화적 분위기를 상대적으로 보존하고 있다.『한무고사』에서는 서왕모가 여전히 머리에 일곱 개의 승(勝)을 장식하였고 두 마리의 청조(靑鳥)의 시중을 받으며 천상에서 하강한다.『박물지』에서는 승은 보이지 않지만 위의 예문에서 보듯이 "까마귀 크기의 삼청조가 서왕모의 좌우에서 시중을 들고 있다." 그러나『한무내전』으로 가면『산해경』에 나오는 승이나 청조는 더 이상 나타나지 않으며, 승을 꽂는 대신에 쪽을 찌고 청조 대신 아름다운 두 명의 시녀를 거느린다. 그리고『한무고사』와『박물지』에 비해서『한무내전』은 상대적으로 도교적인 색채가 짙다.『한무내전』에 묘사된 서왕모의 하강 장면을 보자.

그날 밤 이경이 지나자 갑자기 서남쪽에서 마치 흰 구름 같은 것이 일더니 뭉게뭉게 밀려왔다. 곧바로 궁정으로 가로질러 오더니 순식간에 가까워졌다. 구름 속에서 피리와 북 소리 그리고 사람과 말들의 소리가 들렸다. 반식경이 지나자 서왕모가 도착했다. 궁전 앞으로 신들이 내려오는 것이 마치 새가 모여드는 듯했다. 어떤 이는 용과 호랑이를 타고 오고 어떤 이는 사자를 타고 오고 어떤 이는 흰 호랑이를 타고 오고 어떤 이는 흰 기린을

---

32)『博物志』: 漢武帝好仙道, 祭祀名山大澤 以求神仙. 時西王母遣使乘白鹿告帝當來, 乃供帳承華殿以待之. 七月七日夜漏七刻, 王母乘紫雲車而至於殿西, 南面東向. 頭上戴玉勝, 靑氣鬱鬱如雲, 有三靑鳥如烏大俠侍母旁. 時設九微燈, 帝東面西向. 王母索七桃, 大如彈丸, 以五枚與帝, 母食二枚. 帝食桃, 輒以核著膝前. 母曰, 取此核將何爲. 帝曰, 此桃甘美, 欲種之. 母笑曰, 此桃三千年一生實.

타고 오고 어떤 이는 흰 학을 타고 오고 어떤 이는 헌거(軒車)를 타고 오고 어떤 이는 천마(天馬)를 타고 왔다. 신선 수만 명이 모이자 궁궐 안이 환하게 밝아졌다. 도착하고 나서는 그를 시종하던 선인들은 어디론가 사라져 버리고 서왕모만이 아홉 색깔의 얼룩용이 모는 붉은 구름의 수레를 타고 있는 것이 보였다.[33]

『한무고사』와 『박물지』에서 서왕모의 강림에 대한 묘사가 상대적으로 간략한 것에 비하여 『한무내전』에는 서왕모 외에 다양한 선인들과 신수(神獸)들까지도 자세하게 기록되어 신비로운 분위기가 배가되어 있다. 또한 『한무고사』와 『박물지』에는 서왕모의 장생불사의 능력이 주로 선도(仙桃)와 관련되어 있지만 『한무내전』으로 가면 시해(尸解)·수일(守一)·존사(存思) 등 도교 수련법을 통하여 서왕모의 능력이 구체적으로 표현되고 있다. 이상 당나라 이전 소설에서 볼 수 있는 서왕모는 천상에서 하강하여 인간 제왕에게 선도 혹은 장생의 비법을 전수하는 아름다운 여선이라고 볼 수 있다. 그리고 이런 서왕모의 이미지는 이미 『산해경』에서부터 싹트고 있었다.

당대 이후로 가면 전기 소설(傳奇小說) 가운데 신괴류(神怪類) 작품들이 신화의 영향을 많이 받는다. 그러나 여신은 아름다운 여성의 외모와 관련하여 잠깐씩 언급될 뿐, 작품에서 비중 있게 다루어지지는 않아 여신에 대해서는 크게 주목할 만한 작품을 찾기 어렵다. 당대 소설에서는 서왕모 같은 여신보다는 여선이나 신녀(神女), 용녀(龍女) 혹은 현실의 여성들이 이야기의 중심이 된다.[34]

---

33) 『漢武內傳』: 到夜二更之後, 忽見西南如白雲起, 鬱然直來, 徑趨宮庭, 須臾轉近. 聞雲中簫鼓之聲, 人馬之響. 半食頃, 王母至也. 縣投殿前, 有似鳥集, 或駕龍虎, 或勝獅子, 或御白虎, 或乘白麟, 或控白鶴, 或乘軒車, 或乘天馬, 群仙數萬, 光曜庭宇, 既至, 從官不復知所在, 唯見王母乘紫雲之輦, 駕九色斑龍.

34) 唐代 傳奇에 나타난 여성 형상에 대해서는 최진아, 「唐代 愛情類 傳奇 硏究」, 연

송대(宋代)에는 이미 설화(說話)가 성행하고 있었기 때문에 소설들도 자연히 화본(話本)의 영향을 받았다. 그 중『대당삼장법사취경기(大唐三藏法師取經記)』와『대송선화유사(大宋宣和遺史)』의 두 권이 유명한데 그 중『대당삼장법사취경기』에는 서왕모가 반도연회(蟠桃宴會)를 주관하는 여선으로 등장한다. 그러나 당대의 전기와 마찬가지로 줄거리는 법사(法師)와 후행자(猴行子)를 중심으로 전개되며, 후행자가 800살이었을 때 반도(蟠桃) 열 개를 훔쳐먹었다가 서왕모에게 붙잡혀 쇠몽둥이로 맞는 회상 장면에서 서왕모를 잠깐 언급하는 것이 전부이다.[35]

도교를 믿고 도사를 숭상하는 분위기는 송대 선화(宣和) 연간에 극도에 달하였으며, 원(元)나라 때에도 불교가 유행하기는 하였으나 여전히 도교를 더 존중하였다. 게다가 역대로 이어져 내려온 유(儒)·불(佛)·도(道) 삼교의 다툼은 미해결 상태로부터 점차 상호 수용의 국면으로 발전하여 이른바 근원이 같다는 동원(同源) 원리를 내세워 통합되기 시작하였다. 이런 사회적, 종교적 상황은 문학에도 그대로 영향을 미쳐 당시에 신선담(神仙譚)이 크게 유행하였으니 이른바 신마 소설(神魔小說)이 그것이다. 명(明)나라 장무구(張無咎)의『평요전(平妖傳)』은 신마 소설의 선구라 할 수 있으며 후대에 창작된 수많은 신마 소설들의 전범이 되었다.『평요전』에도 서왕모의 반도회에 대한 묘사가 나오는데, 서왕모의 신격은 옥황대제(玉皇大帝)와 비슷한 위치까지 올라갔다.[36] 그리고 명칭에서도 기존의 문학 작품에 보이던 서왕모 혹은 왕모가 아닌 서천금모(西天金母)라는 도교적 명칭이 사용되었다.

세대 중문과 박사학위논문, 2002를 참고한다.

35) 魯迅,『中國小說史略』, pp.270-277.

36)『平妖傳』: 忽一日間, 正值西天金母蟠桃勝會, 玉帝引著一班仙官將吏. 都往崑崙山瑤池赴宴, 怎見得. 有這古風一篇爲證……崑崙乃在赤水陽, 古稱地首天中央. 星晨隔輝掛天柱, 明引避行其旁. 瑤房積石開玄圃, 寶樹琪花顔色古, 中有蟠桃萬丈高, 含蕊千年才一吐. 千年結實千年熟, 渥丹斗大如紅玉, 此時王母開壽筵, 十萬仙眞共觀祝.

　명대 오승은(吳承恩)의 『서유기(西遊記)』 제5회에도 서왕모는 왕모낭랑
(王母娘娘)으로 불리며 반도회를 주관한다.

　　제천대성(齊天大聖)은 한동안 둘러보더니 토지신(土地神)에게 물었다.
"복숭아 나무가 몇 그루나 되오?" 토지신이 대답하기를 "3,600그루가 있습
니다. 앞쪽에 있는 1,200그루는 꽃과 열매가 작고 3,000년에 한 번 열매가
익습니다. 이것을 먹으면 신선이 되어 도를 깨닫게 되며 몸이 단단해지고
가벼워집니다. 중간에 있는 1,200그루는 꽃이 여러 겹으로 피고 열매가 단
데 6,000년에 한 번 익고 그것을 먹으면 무지개를 타고 하늘을 날 수 있으
며 불로장생합니다. 뒤쪽에 있는 1,200그루는 보랏빛 무늬가 있고 씨가 작
습니다. 9,000년에 한 번 익는데 그것을 먹으면 천지일월과 수명을 같이하
게 됩니다." ……어느 날 서왕모가 주연을 베푸는데 보각(寶閣)과 요지(瑤
池)를 크게 개방하여 반도회(蟠桃會)를 열었다. 그래서 홍의(紅衣) · 청의
(靑衣) · 소의(素衣) · 조의(皁衣) · 자의(紫衣) · 황의(黃衣) · 녹의(綠衣)를
입은 일곱 선녀들에게 각각 화람(花籃)을 머리에 이고 반도원(蟠桃園)으로
가서 복숭아 열매를 따 반도회를 준비하도록 하였다.[37]

　서왕모의 반도회 모티프가 『서유기』의 이야기 전개에 이용된 것은 『서
유기』가 궁극적으로 후행자의 불경 획득을 위한 서역 여행을 근간으로 하
고 있기 때문이다. 즉 신비한 서역으로의 구도(求道) 여행을 이야기하는
데는 『목천자전』에서부터 서방을 지키는 여신으로 등장한 서왕모가 최적의

---

37) 『西遊記』 第五回 : 大聖看玩多時, 問土地道, 此樹有多少株數. 土地道, 有三千
　　六百株. 前面一千二百株, 花微果小, 三千年一熟, 人喫了成仙了道, 體健身輕, 中
　　間一千二百株, 層花甘實, 六千年一熟, 人喫了霞擧飛昇, 長生不老. 後面一千二
　　百株, 紫紋細核, 九千年一熟, 人喫了與天地齊壽, 日月同庚……一朝王母娘娘設
　　宴, 大開寶閣瑤池, 做蟠桃勝會. 卽著那紅衣仙女, 靑衣仙女, 素衣仙女, 皁衣仙女,
　　紫衣仙女, 黃衣仙女, 綠衣仙女, 各頂著花籃, 去蟠桃園摘桃建會.

인물이었던 것이다.

　명대의 대표적 신마 소설(神魔小說)로 손꼽히는 『봉신연의(封神演義)』
에도 서왕모가 출현한다. 『봉신연의』는 『봉신전(封神傳)』이라고도 하며 작
가는 허중림(許仲林)으로 알려져 있다. 이 책은 상(商)나라와 주(周)나라
의 싸움을 불교와 도교 사이의 종교 분쟁으로 허구화하여 서술했는데, 불
교와 도교의 온갖 신선과 요괴들이 등장하여 환상적인 느낌을 준다. 『봉신
연의』 84회에 등장하는 금령성모(金靈聖母)는 바로 도교에서 부르는 서왕
모의 별칭이다.

　　각설하고 노자와 원시(元始)는 만선진(萬仙陣) 안으로 쳐들어가 통천교
주(通天敎主)를 포위하였다. 금령성모는 세 명의 대사에게 포위당하니……
옥여의(玉如意)로 네 명의 대사에게 한참 동안 대항하다가 자기도 모르는
사이에 머리 위의 금관이 땅에 떨어져 머리가 흩어졌다. 그래서 성모는 머
리를 풀어헤치고 큰 싸움을 벌였다. 한참 싸우고 있을 때 연등도인(燃燈道
人)과 맞닥뜨렸다. 연등도인은 정해주(定海珠)를 부려 성모의 정수리를 정
통으로 맞혔다. 가련하도다. 바로 이와 같도다.

　　신으로서의 위치는 별들의 우두머리였으니
　　북궐(北闕)의 향 연기 만년까지 남아 있으리.

　　연등도인은 정해주로 금령성모를 때려죽였다.[38]

　도교의 여선 전집인 『용성집선록(墉城集仙錄)』[39]에 따르면 서왕모는 서

---

38) 『封神演義』 八十四回 : 話說老子與元始衝入萬仙陣內, 將通天敎主裹住. 金靈聖
　　母被三大士圍在當中……用玉如意招架三大士多時, 不覺把頂上金冠落在塵埃, 將
　　頭髮散了. 這聖母披髮大戰, 正戰之間, 遇着燃燈道人, 祭起定海珠打來, 正中頂
　　門. 可憐. 正是封神正位爲星首, 北闕香煙萬載存, 燃燈將定海珠把金靈聖母打死.

화금모(西華金母) 혹은 왕모낭랑, 서모금모(西姥金母), 요지금모(瑤池金母)로 불렸고 금령(金靈)의 기운을 다스렸다.[40] 그러므로 『봉신연의』에 나오는 금령성모 혹은 요지금모란 바로 서왕모를 가리킨다고 볼 수 있다. 『봉신연의』의 서왕모는 기존의 소설에 비해 도교적인 분위기가 더욱 농후하다. 그리고 장생불사라는 주제를 효과적으로 전달하기 위한 매개적 역할에 국한되지 않고 직접 신선들과의 전투에 참여하는 적극적 형상으로 그려진다. 그러나 청대 소설인 『경화연(鏡花緣)』에서는 전반부에 잠시 등장하는 주변적 인물에 머문다.[41]

이상의 소설에 나타난 서왕모의 형상을 종합해 볼 때 우리는 몇 가지 사실을 알 수 있다. 우선 『산해경』에 처음 등장하는 서왕모는 하늘의 재앙과 형벌을 주관하는 공포스러운 형상에서 출발한다. 그러다가 한대에 이르러 정치적 혼란을 겪으면서 서왕모는 벽사(辟邪)와 기복(祈福)의 대상으로 신앙되었고, 위진남북조 시대의 지괴 소설로 오면 도교의 영향 아래서 장생불사를 주관하는 여선으로서 자리 매김하게 된다. 서왕모가 장수의 상징인 선도(仙桃) 모티프와 결합하게 되는 것은 위진남북조 시대의 『한무고

---

39) 도교의 신선 전기로 총6권으로 되어 있다. 唐末 五代의 杜光庭이 편찬하였다. 모두 36명의 女仙의 전기를 기록하고 있다. 서왕모가 墉城에 거주하면서 여선들을 다스렸기 때문에 『墉城集仙錄』이라고 이름 붙였다고 전한다. 자세한 내용은 張志哲 主編, 『道敎文化辭典』, 上海 : 江蘇古籍出版社, 1994, p.1007을 참고한다.

40) 『墉城集仙錄』: 西王母一號金母, 乃西華之至妙, 洞陰之極尊, 以主金靈之氣, 理于西方……西華至妙之氣, 化而生金母焉. 金母生于神州伊川, 生而飛翔, 以主陰靈之氣, 理于西方. 亦號西王母. 母養群品, 三界十方好之登仙者, 咸所隷屬. 所居龜山, 亦稱瑤池金母, 號西華金母.

41) 『鏡花緣』 第一回 : 四位仙姑, 也都跟著, 齊上瑤池行禮. 各獻祝壽之物. 侍從一一收了. 留衆仙筵宴. 王母坐在中間, 旁有元女, 織女, 麻姑, 嫦娥及衆女仙, 左右相陪, 其餘各仙, 俱列瑤臺兩旁, 遙遙侍坐, 王母各賜仙桃一枚, 衆仙拜謝, 按次歸座, 說不盡天庖盛饌, 王府仙醪. 又聞仙藥和鳴, 雲停風靜. 不多時, 歌舞已罷, 嫦娥向衆仙道. 今日金母聖誕, 難得天氣淸和, 各洞仙長, 諸位星君, 莫不齊來祝壽, 今年之會, 可謂極盛(李汝珍, 『鏡花緣』, 王雲雨 主編, 『國學基本叢書』, 臺北 : 臺灣商務印書館, 1968, p.3).

사』와 『박물지』부터였다. 그리고 서왕모는 더 이상 표범 꼬리에 호랑이 이빨을 한 반인반수의 형상이 아니라 이른바 여성적인 매력을 지닌 아름다운 여선으로 탈바꿈한다. 소설에서 서왕모의 출현은 이후 송·원대를 지나 명·청대까지 이어진다. 이 가운데 서왕모의 형상이 가장 생동감 있고 역할 비중이 큰 것은, 명대의 신마 소설이다. 신마 소설에는 온갖 신선들과 기이한 존재들이 출현하여 도교의 환상적 분위기가 충만하다. 서왕모 역시 영험한 도술을 구사할 수 있는 신비로운 여선으로 등장하며 선계의 옥황상제와 비견할 만큼 지위도 높아진다.

2) 여와

『초사』나 『산해경』 같은 오래된 신화서에 나타난 여와의 본모습은 인류를 창조하고 자신의 몸으로 열 명의 신인을 화생(化生)하는 창조의 여신이었다. 고대 사회에서 인류 탄생은 천지개벽만큼이나 인간의 근원적인 의문이었다. 여와는 이런 의문을 해결하기 위해 고대인들이 온갖 상상력을 동원하여 구상해낸 신적 존재였다. 사람들은 여와라는 창조신을 만들어놓고 인류 기원에 대한 자신들의 무지에서 비롯된 불안과 공포에서 비로소 벗어날 수 있었다. 그러나 시간이 경과함에 따라 사람들의 관심사는 인류 탄생이나 우주 기원 같은 추상적인 것에서 점차 현실적인 것으로 옮겨갔다. 그들은 일상생활의 난제를 해결하기 위해 고심하였고 인류 탄생과 우주 기원 같은 근원적인 문제에는 무관심해졌으며, 이에 따라 여신 여와도 더 이상 관심의 대상이 될 수 없었다.

이런 현상은 서왕모와 크게 다르다. 서왕모는 원시 인류의 자연 숭배에서 발전되었으나 한나라 때에 오면 본래의 신성(神性)에다 선성(仙性)까지 더해져 지고무상(至高無上)한 대모신(大母神)으로 승격하게 된다. 정권 다툼에 민란(民亂)까지 겹쳐 극심한 혼란기를 맞은 동한 말엽에 사람들은 현실을 도피할 심정으로 선경 낙원(仙境樂園)을 추구하였고, 낙원을 다스리는 서왕모에 대하여 무한한 동경을 품게 되었다. 그래서 서왕모는 본래 창세(創世)나 조인(造人)의 신성한 신직(神職)을 소유하지 않았으나 난세에 사람들을 안위(安慰)하는 모성적 능력을 발휘함으로써 오히려 최고의 여신격(女神格)으로 부상할 수 있었다. 이에 비해 여와의 고귀한 신직은 민중들의 실제적 문제에 대해 더 이상 해결책을 제시할 수 없었다. 그리고 서왕모가 한대 이후 도교와 조우하면서 신선 계보에 자연스럽게 편입되었던 것과는 달리 여와는 도교의 신보(神譜)에도 적극적으로 수용되지 못하였다.[42] 다만 한대의 다양한 화상석(畵像石)에서 볼 수 있듯이 복희와 결합한 합체상(合體像)으로서 주로 숭배되었다.[43]

여와의 지위가 이처럼 하락한 것은 소설에서도 나타난다. 여와는 소설에서 본래의 신성한 대모신 이미지가 아닌, 복희와 남매로 등장하거나 이야기 전개에 실마리를 던져주는 매개적 역할을 하는 데 그친다. 그 가운데 여와의 모습이 생동적으로 표현된 것은 『독이지(獨異志)』로, 여와는 오빠와 남매간으로 등장하여 부부와 부채의 기원을 알려준다.

옛날 우주가 처음 열렸을 때 여와 남매 두 명이 곤륜산에 살았는데 천하에는 아직 사람이 없었다. 그래서 부부가 되기로 했는데 또한 스스로 창피하였다. 오빠는 여동생과 곤륜산에 올라 기도하였다. "하늘이시여, 만약 우리 두 사람을 부부로 맺어주고자 하신다면 연기를 합치시고 만약 그렇지 않으면 연기를 흩어 놓으소서." 그러자 연기가 합쳐졌다. 여동생은 곧 오빠에

---

42) 서왕모 신앙이 점차 흥성함에 따라 여와와 서왕모의 지위의 존비 관계도 변화를 보인다. 山東 勝縣 王開의 畵像石 가운데 서왕모가 중앙에 단정히 앉아 있고 伏羲와 여와가 각각 規와 矩를 잡고 옆에 서 있는 도상을 볼 수 있다. 자세한 내용은 陳履生, 『神畵主神硏究』, 北京 : 紫金城, 1987, p.12를 참고한다.

43) 여와와 복희의 이름은 모두 『淮南子』에 처음 보이며 畵像石의 交尾圖는 대략 漢末에 와서야 출현했다. 聞一多는 합체상의 출현 시기에 근거하여 西漢 말부터 東漢 말까지가 여와와 복희가 가장 활약했던 시기라고 추측하였다. 이에 대한 자세한 내용은 魏光霞, 「西王母神仙信仰」, 鄭志明 主編, 『西王母信仰』, 臺北 : 南華管理學院, 1997, p.289를 참고한다.

게 다가가서 풀을 모아 부채를 만들어 그의 얼굴을 가렸다. 오늘날 사람들이 아내를 맞을 때 부채를 쥐는 것은 그 일을 본뜬 것이다.[44]

명·청대 소설로 가면 여와는 본래의 창조신이나 고매신(皐媒神), 남매신의 기존 형태에서 벗어나 사건 발단의 원인을 제공하는 역할을 담당하게 된다. 예를 들어 명대의 『봉신연의』는 주나라 무왕(武王)이 상나라의 주(紂)를 멸한 이야기로 시작되는데, 여기에서 여와는 사건 발단의 도화선이 된다. 제1회 「주왕이 여와궁에서 향을 올리다(紂王女媧宮進香)」를 보면 어느 날 주왕(紂王)은 여와에게 제사를 드리기 위하여 여와 사당으로 간다. 그런데 여와의 신상을 본 순간 자기도 모르게 여와 신상의 아름다움에 미혹되어 음란하고 사악한 마음을 품게 된다. 주왕의 음탕함에 분노한 여와는 복수하기 위하여 호리정(狐狸精)을 달기(姐己)로 변신시켜 주왕을 유혹하고 마침내 은나라를 멸망시킨다. 즉 『봉신연의』에는 여와가 "오색석을 모아 그것을 단련하여 하늘을 메웠다(五色石, 煉之以補靑天)"는 신화가 삽입되어 있기도 하지만, 여와의 "용모가 단정하고 아름다우며 상서로운 기운이 풍기고 미모에 생기가 완연하여(容貌端麗, 瑞彩翩躚, 國色王姿, 宛然如生)", "주왕이 한번 보자 정신이 혼란해지고 음란한 마음이 생길(紂王一見, 神魂飄蕩, 陡起淫心)" 정도였다고 표현되어 있어서 『초사』와 『산해경』에서의 숭고한 이미지와는 전혀 다르다. 이른바 매혹적인 여성미를 풍기면서 계략을 꾸미는 세속적인 이미지인 것이다.

여와의 소설적 수용을 살필 수 있는 작품으로는 명대 주유(周游)의 『개벽연역통속지전(開闢衍繹通俗志傳)』(일명 『개벽연의』)의 「여와가 군사를 일으켜 공공을 치다(女媧興兵誅共工)」를 들 수 있다. 이 작품에는 여와가

---

44) 『獨異志』: 昔宇宙初開之時, 有女媧兄妹二人, 在崑崙山而天下未有人民. 議以爲夫妻, 又自羞恥. 兄卽與其妹上崑崙山, 呪曰, 天若遣我兄妹二人爲夫妻, 而煙悉合, 若不, 使煙散. 于煙合. 其妹卽來就兄, 乃結草爲扇, 以障其面. 今時人取婦執扇, 象其事也.

병사들을 일으켜 공공(共工)과 싸우고 결국 공공을 패망케 하는 여전사의
이미지로 그려져 있다. 이 밖에 명대의 『서유보(西遊補)』에도 여와에 대한
간단한 언급이 나온다.

행자(行者)〔이때는 우미인(虞美人)으로 화해서 녹주(綠珠) 등과 연회하
고 난 다음 작별하고 나왔다]는 즉시 본래의 모습을 나타내고 머리를 들어
살펴보니 그곳이 바로 여와의 문 앞이었다. 행자는 크게 기뻐하며 말했다.
"우리 하늘이 소월왕(小月王)이 보낸 한 무리의 답공사자(踏空使者)에게
산산조각으로 밟혀 구멍이 났는데 어제는 도리어 그 죄명을 나에게 뒤집어
씌웠다. ……듣자 하니 여와는 하늘을 보수하는 데 오랫동안 익숙하니 오늘
여와에게 부탁해서 나 대신 잘 좀 고쳐 달라고 해야지."[45]

청대 『홍루몽(紅樓夢)』에 나타난 여와의 역할은 명대 소설과는 또 다르
다. 『홍루몽』 제1회에서는 여와 신화가 책 전반의 내용을 암시하는 설자
(楔子)[46] 역할을 한다.

멀고 먼 옛날, 아득한 태곳적이니 여와가 돌을 깎아 하늘을 받치던 때의
일이다. 대황산(大荒山)의 무계애(無稽崖)라는 곳에서 높이 120척, 둘레
240척이나 되는 큰 돌을 3만 6,501개를 만들었다. 여와는 그중 3만 6,500개
만 쓰고 남은 한 개를 청경봉(靑埂峰) 아래에 버려 두었다. 그런데 그 돌은
여와의 손길을 거친 뒤부터 영기(靈氣)가 통하여 마음대로 걸어다니고 큰
바위나 작은 옥으로 변하기도 하였다. 그러나 다른 돌들은 모두 하늘을 받

---

45) 『西遊補』第五回 : 行者(時化爲虞美人與綠珠輩宴後辭出)卽時現出原身, 擡頭看
　　看, 原來正是女媧門前. 行者大喜道, 我家的天, 被小月王差一班踏空使者碎, 鑿
　　開, 昨日反拖罪名在我身上……聞得女媧久慣補天, 我今日竟央女媧替我補好.
46) 중국 고대 소설에서 볼 수 있는 이야기의 시작 부분으로, 본 이야기 앞에서 어떤 사
　　건을 이끌어 내기 위해 따로 설명하는 절(節)을 말한다.

치는 거룩한 존재로 빛을 내고 있는데, 자기 혼자만 재간이 모자라 버림받은 것을 생각하니 여간 억울하고 부끄러운 일이 아니었다. 그래서 이 돌은 늘 울적한 심화를 누를 길이 없었고 마냥 눈물과 한숨으로 날을 보냈다.[47]

짧은 문장이지만 우리는 여기에서 여와가 돌을 깎아 하늘을 받치는 보천(補天) 신화, 진흙 같은 무생물로부터 인간을 만들어내는 조인(造人) 신화가 문학적으로 재창조된 것을 볼 수 있다.

여와보천(女媧補天) 신화의 연원은 『회남자』,[48] 『논형(論衡)』,[49] 그리고

---

47) 『紅樓夢』 第一回 : 却說那女媧氏煉石補天之時, 于大荒山無稽崖煉成高經十二丈, 方經二十四丈的大頑石三萬六千五百零一塊, 只用了三萬六千五百塊, 單單剩下一塊未用, 棄在靑埂峰下. 誰知此石自經鍛煉之後, 靈性已通. 因見衆石俱得補天, 獨自己無才, 不得入選, 遂自怨自嘆, 日夜悲號. 이하 『紅樓夢』의 번역은 曹雪芹, 안의운·김광렬 옮김, 『完譯 紅樓夢』, 서울 : 청년사, 1992를 참고한다.

48) 『淮南子』 「覽冥訓」 : 아주 오랜 옛날 사방을 받치고 있던 기둥이 무너지고 온 천하가 찢어져서 하늘은 대지를 다 덮을 수 없게 되었으며 땅 또한 만물을 두루 실을 수 없게 되었다. 화염이 만연하여 식힐 수 없었으며 홍수가 가득 흘러 다스릴 수가 없었고 맹수들이 선량한 백성들을 먹어 삼키며 사나운 새들이 노약자들을 채갔다. 그래서 女媧가 오색의 돌을 달구어 하늘의 구멍을 막고 거대한 자라의 다리를 잘라 하늘을 받치는 네 기둥을 만들어 세웠으며 黑龍을 죽여 冀州의 백성들을 구제하고 갈대를 태운 재를 쌓아 평지에서 뿜어 나오는 홍수를 막았다. 하늘도 보수되었고 사극도 세워졌으며 홍수도 멈추고 기주도 안정되고 독충과 맹수도 죽었으며 사람들은 생존하게 되어 대지를 등에 지고 하늘을 가슴에 안았다(往古之時, 四極廢, 九州裂, 天下兼履, 地不周載, 火爁炎而不滅, 水浩洋而不息, 猛獸食顓民, 鷙鳥攫老弱. 於是女媧鍊五色石, 以補蒼天, 斷鼈足, 以立四極, 殺黑龍, 以濟冀州. 積蘆灰以止淫水, 蒼天補, 四極正, 淫水涸, 冀州平, 狡蟲死, 顓民生, 背方州, 抱圓天).

49) 『論衡』 「談天」 : 共工이 顓項과 天帝의 지위를 두고 싸우다 이기지 못하자 노하여 부주산을 건드려 천주를 부러뜨리고 땅을 잡아매고 있던 끈을 끊어 버렸다. 여와가 오색의 돌을 달구어 하늘의 구멍을 메우고 거대한 자라의 다리를 잘라 사극을 세웠다. 그래서 하늘은 서북쪽이 부족해 해와 달이 그쪽으로 옮겨가고 땅은 동남쪽이 부족해 강물이 그쪽으로 흐르게 되었다(共工與顓項爭爲天子, 不勝, 怒而觸不周之山, 使天柱折, 地維絶. 女媧銷煉五色石以補蒼天, 斷鼈足以立四極. 天不足西北, 故日月移焉, 地不足東南, 故百川注焉).

『열자(列子)』[50]에서 찾을 수 있다. 이들 문헌에 나오는 여와보천 신화의 내용을 개괄해보면, 태고에 공공이 전욱과 싸우다가 노하여 부주산을 들이받아 하늘이 무너졌고 여와가 돌을 단련하여 그 구멍을 메웠다는 것이다. 신화에서 여와가 돌을 단련한 이유는 공공과 전욱이라는 두 남신의 다툼으로 인해 하늘에 구멍이 났기 때문이었다. 이에 반하여 『홍루몽』에는 여와가 무슨 이유로 돌을 단련하였는지 그 배경이 드러나 있지 않다. 이것은 신화 본연의 자세한 이야기를 생략하고 간결하게 압축해 버림으로써 여와 신화를 신화적 맥락이 아닌 소설적 맥락에서 설자의 기능으로 파악하고자 했기 때문이다. 여와보천에 쓰이지 못한 돌은 결국 천상에서 무용지물이 되어 속세로 하강할 수밖에 없었다. 그런데 만약 돌의 속세 하강에 대하여 적절한 구실을 제공한 여와보천 신화가 첫머리에 설정되지 않았다면 돌이 일승일도(一僧一道)의 인도를 받아 청경봉을 떠나 겪게 되는 역정은 자연스럽게 연결되지 못했을 것이다. 이처럼 여와보천 신화는 『홍루몽』에서 이야기의 실마리를 제시하는 역할을 한다.

그리고 잠명자(潛明玆)에 따르면 『홍루몽』의 여와 신화는, 사(死)와 재생의 모티프를 효과적으로 전달하여 원시(原始) → 역겁(歷劫) → 회귀(回歸)로 연결되는 숙명론적 세계관을 구성한다.[51] 소설 도입부에서 여와가 하늘을 메우는 데 쓰지 않은 돌이〔原始〕속세에서 가보옥(賈寶玉)으로 환생하여 온갖 인생 역정을 체험하다가〔歷劫〕결국 최후에는 원래의 청경봉으로 돌아가기 때문이다〔回歸〕. 그리고 『홍루몽』에서는 진(眞)과 가(假), 즉

---

50) 『列子』「湯問」: 옛날 女媧氏가 오색의 돌을 달구어 그 구멍을 메웠고 자라의 다리를 잘라 사극을 세웠다. 그 후 共工氏와 顓頊이 천제의 지위를 다투다가 노하여 부주산을 건드려 하늘을 받치고 있던 기둥을 부러뜨리고 땅을 잡아매고 있던 끈을 끊어버렸다. 그래서 하늘이 서북쪽으로 기울어 해, 달, 별이 그쪽으로 가며 땅은 동남쪽이 꺼져버려 모든 강물이 그쪽으로 흘러가게 되었다(昔者女媧氏煉五色石以補其闕, 斷鰲之足以立四極. 其後共工氏與顓頊爭爲帝, 怒而觸不周之山, 折天柱, 絶地維, 故天傾西北, 日月星辰就焉, 地不滿東南, 故百川水潦歸焉).

51) 潛明玆, 『中國神話學』, 寧夏 : 人民出版社, 1996, pp.457-458.

266

사실과 환상이 교묘하게 교차됨으로써 환상적 색채를 더하고 있는데 특히 여와보천 신화가 구조적인 측면에서 그런 역할을 담당하고 있다. 여와보천 신화로 인하여 어디까지가 현실이고 어디까지가 비현실인지 경계는 더욱 모호해지고, 현실 세계는 신화와 꿈, 선계(仙界)와 맞물려 돌아가게 된다.

여와보천 신화 외에 『홍루몽』에 수용된 또 하나의 신화는 여와조인(女媧造人) 신화이다. 여와조인 신화는 『풍속통의(風俗通義)』[52]와 『형초세시기(荊楚歲時記)』[53]에서 찾아볼 수 있다. 『풍속통의』에서는 여와가 황토로 사람을 만들고, 『형초세시기』에서는 여와가 만물을 창조하던 중 이렛날에 사람을 만든다. 이런 여와조인 신화가 『홍루몽』에서는 돌이 여와의 손을 거친 뒤 영기가 통하게 되어 걷고 생각하게 되었다는 내용으로 변하여 문학적으로 각색되었다. 무생물인 돌은 생명을 부여받음으로써 속세에서 옥(玉, 賈寶玉)으로의 환생이 가능하게 되었다. 『홍루몽』의 원제목이 『석두기(石頭記)』라는 것에서도 알 수 있듯이 석두 즉 돌은 『홍루몽』의 중요한 소재이자 등장 인물(즉 賈寶玉)로서 큰 비중을 차지한다. 앞서 살펴보았듯이 돌은 제1회에 처음 등장하여 온갖 인생 역정을 경험하다가 결말에서 다시 천상으로 회귀한다.

그런데 이런 돌은 『홍루몽』에서 다양한 신화적 주제들과 연결되어 있다. 즉 오색석(五色石), 난생(卵生) 신화와의 관련성이 그것이다.

---

52) 『風俗通義』: 속설에 따르면 천지가 개벽했을 때 아직 사람이 없자, 여와가 황토를 빚어서 사람을 만들었다고 한다. 열심히 일하다가 다 만들 여력이 없자 노끈을 진흙 속에 넣었다가 휘둘러서 사람을 만들었다. 그래서 부귀한 사람은 황토로 만든 사람이고 빈천한 사람은 끈을 휘둘러서 만든 사람이다(俗說天地開闢, 未有人民, 女媧搏黃土作人, 劇務力不暇供, 乃引繩于泥中, 擧以爲人, 故富貴者黃土人, 貧賤凡庸者引絙人也).

53) 『荊楚歲時記』「按問禮俗」: (여와가) 정월 초하루에 닭을 만들고, 이튿날에는 개를 만들고, 사흘날에는 양을 만들고, 나흗날에는 돼지를 만들고, 닷샛날에는 소를 만들고, 엿샛날에는 말을 만들고, 이렛날에는 사람을 만들었다[(女媧)正月一日爲鷄, 二日爲狗, 三日爲羊, 四日爲猪, 五日爲牛, 六日爲馬, 七日爲人].

뜻밖에 그 후 또 아들을 하나 낳았는데 더욱 기이한 것은 태어날 때 입
안에 오색 영롱한 옥을 물고 있더라는 거야. 그 위에는 꽤 많은 글자가 새
겨져 있다는군.[54]

보채(寶釵)가 구슬을 손바닥에 받아서 보니 크기가 참새알만한데 아침 노
을이 비낀 듯 뽀얀 광채가 서렸고 반들반들한 겉은 오색 무늬로 아롱지고 있
었으니 대황산(大荒山) 청경봉(靑埂峰) 아래에 있던 큰 바위의 화신이었다.[55]

위의 인용문에 보이는 오색 영롱한 통령보옥(通靈寶玉)은 신화에서 그
연원을 찾을 수 있다. 여와가 보천할 때 썼던 옥이 오색이었고 『산해경』에
보이는 밀산의 옥 역시 오색의 빛이 났기 때문이다.[56]

그래서 여와가 오색의 돌을 단련하여 하늘을 기우고 거대한 자라의 다리
를 잘라 사극(四極)을 세웠다.[57]

여와가 오색의 돌을 단련하여 하늘을 기우고 거대한 자라의 다리를 잘라
사극을 세웠다.[58]

옛날 여와씨가 오색의 돌을 단련하여 그 구멍을 메웠고 자라의 다리를
잘라 세웠다.[59]

---

54) 『紅樓夢』第一回 : 不想後來又生一位公子, 說來更奇, 一落胎胞, 却裏便銜下一
　　塊五彩晶的玉來, 上面還有許多字迹.
55) 『紅樓夢』第八回 : 寶釵托在掌上, 只見大如雀卵, 燦若明霞, 寶潤如五色酥, 花
　　紋纏護.
56) 이에 대한 자세한 내용은 崔溶澈, 「『紅樓夢』的文學背景硏究」, 臺灣大 碩士學位
　　論文, 1983, p.95를 참고한다.
57) 『淮南子』「覽冥訓」: 於是女媧煉五色石, 以補蒼天.
58) 『論衡』「談天」: 女媧銷煉五色石以補蒼天, 斷鰲足以立四極.

황제(黃帝)가 이에 밀산의 옥꽃을 취하여 종산(鍾山)의 남쪽에 그 씨를
뿌렸다. ……거기서 피어나는 오색은 강함과 부드러움을 조화시킨다.[60]

『홍루몽』 제2회에서 보았듯이 통령보옥은 그 크기가 '참새알만한 것'으
로 묘사되어 있어 난생 신화와도 연관되어 있다. 난생 신화라고 하면, 은의
시조모 간적이 현조가 떨어뜨린 알을 삼키고 설을 낳았다는 고사가 대표적
이며, 『사기(史記)』「은본기(殷本紀)」, 『열녀전』「모의전(母儀傳)」 그리고
『습유기』에도 나타난다. 그 중 특히 『습유기』의 내용은 『홍루몽』의 돌 신
화와 비슷하다.

상(商)의 시작은 신녀 간적이 뽕나무밭에서 놀다가 검은 새가 땅에 떨어뜨
린 알을 보았는데 오색 무늬로 '팔백(八百)'이라는 글자가 씌어 있었다. ……
간적은 알을 품은 지 1년 만에 임신을 하였고 14개월이 지나서야 설(契)을
낳았다.[61]

『습유기』에서 알에 오색 무늬가 있고 팔백이라는 글자가 씌어 있다는
내용은, 『홍루몽』에서는 돌에 오색 영롱하고 기묘한 글이 새겨져 있는 것
으로 바뀌어 있다. 그리고 『습유기』에서 설이 알에서 탄생했던 것이 『홍루
몽』에서는 돌이 속세에 떨어져 가보옥으로 환생하는 것으로 변형되었다.
그러므로 『홍루몽』의 돌 신화는 여와보천 신화, 조인 신화뿐 아니라 오색
석, 난생 신화와도 관련되어 있으며, 이들 고대 신화가 문학적으로 재창조
된 것으로 볼 수 있다. 이상에서 살펴보았듯이 『홍루몽』에서 여와는 여와

---

59) 『列子』「湯問」: 昔者女媧氏煉五色石以補其闕, 斷鼇之足以立四極.

60) 『山海經』「西山經」: 黃帝乃取峚山之玉榮, 而投之鍾山之陽……五色發作, 以和
　　柔剛.

61) 『拾遺記』第二「殷湯」: 商之始也, 有神女簡狄, 遊於桑野, 見黑鳥遺卵於地, 有
　　五色文, 作八百字……狄乃懷卵, 一年而有娠, 經十四月而生契.

보천 신화, 조인 신화를 통하여 이야기의 도입을 유도하고 환상 색채를 배가하는 역할을 한다.

그런데 『홍루몽』에서 여와는 경환선고(警幻仙姑)라는 인물로 변형되어 남녀의 혼인과 생식을 주관하는 고매신의 역할도 수행하고 있다. 『노사(路史)』에는 "여와가…… 혼인을 관장하고 행하여 모든 백성들의 혼인 제도를 관장하니 신매(神媒)라 하였다. 중매의 역할을 맡았으니 뒤에 나라가 생기자 고매신으로 제사지내졌다"[62]라는 기록이 나온다. 『풍속통의』에서도 "여와는 기도를 하고 제사를 드리는 신으로 그녀에게 기도를 하면 중매가 이루어졌고 이 때문에 혼인 제도가 만들어지게 되었다"[63]라고 하였다. 이런 고매신으로서의 여와의 형상은 『홍루몽』 안에서 경환선고로 재창조되었다. 제5회의 경환선고의 임무를 언급한 대목을 살펴보자.

나는 이한천(離恨天) 관수해(灌愁海)에 살고 있어요. 방춘산(放春山) 견향동(遣香洞)인 태허환경(太虛幻境)의 경환선고가 바로 저랍니다. 인간 세상의 애정 문제와 남녀 사이의 치정(癡情) 관계를 맡아보는 것이 내 직무이지요.[64]

그리고 경환선고는 가보옥이 몽유(夢遊)할 때 자신의 동생인 겸미(兼美)를 아내로 삼아 성애의 도를 깨닫게 하는데, 이것 역시 고매신인 여와를 연상케 한다.

"그런데 내게 아명을 겸미, 자를 가경(可卿)이라고 하는 동생이 있는데

---

62) 『路史』「後紀二」：女媧……職婚姻, 通行媒, 以重萬民之制, 是曰神媒, 以其載媒, 是以後世有國, 是祀爲皐媒之神.

63) 『風俗通義』：女媧禱祠神, 祈而爲女媒, 因置昏姻.

64) 『紅樓夢』第五回：吾居離恨天之上, 灌愁海之中, 乃放春山遣香洞太虛幻境警幻仙姑是也. 司人間之風情月債, 掌塵世之女怨男痴.

그 애를 당신의 아내로 드리지요. 오늘은 좋은 날이니 이 밤으로라도 식을 올리도록 하세요……." 경환선고는 이렇게 말하고 나서 남녀간의 육체 관계에 대한 비밀을 가르쳐 주었다. 그리고 보옥(寶玉)을 방안에 떠밀어 넣고는 문을 닫은 다음 가버렸다.[65]

이상으로 살펴보았듯이 여와는 『홍루몽』에서, 여와보천 신화와 조인 신화를 통해 이야기의 실마리를 풀어가는 역할을 담당할 뿐 아니라, 보옥에게 금릉십이채우부책(金陵十二釵又副冊)을 보여주고 「홍루몽」 12곡을 들려주며 운우의 정을 가르치는 경환선고로서 재창조되었다.

신화는 고대 사회의 공동체적 창작물로서 밑바탕에 집단의 무의식을 자연스럽게 내포하고 있다. 일반적으로 집단 무의식을 수용하고 나아가 새로운 의미를 창조하는 데 성공한 문학 작품은 불후의 생명력을 얻게 되는데, 이런 맥락에서 볼 때 『홍루몽』은 신화 원형의 운용과 재창조라는 측면에서 성공적인 작품이라고 이야기할 수 있다.

여와 신화는 현대 소설에서도 문학 소재로 활용된다. 노신의 『고사신편(故事新編)』 중 「보천(補天)」에서는 여와 신화를 현대적으로 각색하여 당시 세태를 풍자하고 있다. 노신은 1922년 여와와 관련된 다양한 신화 모티프들, 예컨대 사람을 만들고〔造人〕, 하늘을 메우며〔補天〕, 갈대재를 쌓아 넘쳐나는 홍수를 막아내고〔積蘆灰止淫水〕, 자신의 몸으로 열 명의 신인(神人)을 화생시키는〔女媧之腸〕 문학 소재들을 새롭게 구성하여 소설 「보천」을 지었다. 노신은 태고 시기 우주의 웅장한 아름다움, 흙을 빚어 인간을 만들어 내는 창조의 기쁨, 하늘의 구멍을 막아내는 숭고한 희생을 여와의 입장에서 자세하게 묘사함으로써 『초사』와 『산해경』에서의 대모신 여와의 형상을 재현해냈다. 그리고 여신 여와와 인간들 사이의 갈등, 인간들의

---

65) 『紅樓夢』 第五回 : 再將吾妹一人, 乳名兼美, 表字可卿者, 許配與汝. 今夕良時, 卽可成姻……說畢, 便秘授以雲雨之事, 推寶玉入房中, 將門掩上自去.

탐욕으로 상처받고 지쳐 가는 여와의 모습 등을 통하여 현실을 예리하게
비판하였다.

3) 항아

신화에서 항아가 최초로 등장하는 것은 전국 시대의 『귀장(歸藏)』[66]이다.
그런데 『귀장』의 항아에서는, 오늘날 우리가 흔히 알고 있는 남편 예(羿)
를 배반하는 부덕한 이미지는 찾아볼 수 없다.[67] 우리에게 익숙한 항아 이
미지는 서한의 『회남자』[68]를 거쳐 동한 말 장형의 『영헌』에 와서야 비로소
완성된다.

예가 불사약을 서왕모에게 청하였는데 항아가 그것을 훔쳐 달로 달아나
다가 유황(有黃)에게 점을 쳤다. 유황이 점을 쳐보고 말했다. "길하다, 귀매
괘(歸妹卦)를 얻었으니 홀로 서쪽으로 가다가 날이 어두워지더라도 놀라거
나 두려워 말라. 후에 크게 번창하리라." 항아는 마침내 달에 몸을 맡기고
두꺼비가 되었다.[69]

이와 같은 기록들 때문에 항아는 후대 문학에서 달의 정령 곧 월신(月

---

66) 전설에 따르면 태고에 『易』이 神農을 통해 黃帝에게 전해졌다. 황제는 坤을 중첩하
여 卦 가운데 가장 앞에 두었다. 곤은 토지를 상징하며 만물이 모두 돌아가서 그 안
에 숨는 것으로 그래서 이름을 '歸藏易'이라 불렀다. 오늘날에는 『귀장』의 원본은 전
해지지 않으며 고문헌에 산재되어 발견된다. 東晉의 郭璞도 자신의 책에 『귀장』을
인용하였다.

67) 『文選』「祭顔光祿文注經」 引『歸藏』: 옛날 姮娥가 서왕모에게서 불사약을 얻어먹
고 달로 달아나 월정이 되었다(昔姮娥以西王母不死之藥服之, 遂奔月爲月精).

68) 『淮南子』「覽冥訓」: 羿가 서왕모에게 불사약을 청하였는데 姮娥가 그것을 훔쳐
달로 달아나 버렸다(羿請不死之藥於西王母, 姮娥竊之以奔月).

69) 張衡, 『靈憲』: 羿請不死之藥于西王母, 姮娥竊之以奔月, 將往, 枚筮之于有黃,
有黃占之曰, 吉, 翩翩歸妹, 獨將西行, 逢天晦芒, 毋驚毋恐, 後且大昌, 姮娥遂託
身於月, 是爲蟾蜍.

神)으로서의 신비한 이미지와 남편을 버린 파렴치한 이미지의 상반된 두 이미지를 공유하게 된다. 동진(東晉)의 간보가 지은 『수신기』에서도 항아는 불사약을 훔쳐 달로 도망가 두꺼비로 변한 여선의 형상으로 그려져 있다.

위진남북조를 거쳐 당나라 이후로 가면 항아의 문학적 수용은 주로 시가와 희곡에서 활발하게 이루어졌다. 소설 방면에서는 상대적으로 소설의 창작 열기가 뜨거웠던 명·청대에 와서야 항아의 형상이 특징적인 작품들을 만날 수가 있다. 명대의 『여선외사(女仙外史)』와 『개벽연의(開闢演義)』에는 항아분월(姮娥奔月) 고사가 간단히 언급되어 있으며, 『서유기(西遊記)』에 오면 항아는 저팔계와 연인 관계로 비중 있게 다뤄진다. 『서유기』에서 저팔계는 항아와 함께 왕모낭랑(王母娘娘, 곧 西王母)의 반도회(蟠桃會)에 참여하여 선도를 먹고 장생한다. 제95회에서 저팔계는 항아[70]를 처음 본 순간 미모에 반해 열렬히 구애한다.

(항아가 강림하자) 저팔계(豬八戒)는 욕정이 일어나는 것을 참지 못하고 공중으로 뛰어올라 무지개 치마의 선녀를 안으며 말했다. "누님, 나와 당신은 예전부터 알던 사이이니 우리 즐겨봅시다."[71]

이런 항아와 저팔계의 연애담도 신화에서부터 그 원형을 찾을 수 있다. 『서유기』에서 저팔계는 하백이 변신한 것으로 바로 이들의 사랑은 하백과 낙빈(洛嬪)의 사랑 이야기를 연상케 한다.[72] 그러나 『서유기』의 항아에서는

---

70) 吳承恩은 항아를 衆嫦娥仙子·霓裳仙子 혹은 衆嫦娥·太陰星君으로 불렀는데 모두 달신의 이미지를 지닌다.

71) 『西遊記』第九十五回: 豬八戒動了欲心, 忍不住, 跳在空中, 把霓裳仙子(姮娥) 抱住道. 姐姐, 我與你是舊相識, 我和你耍子兒去也.

72) 河伯과 洛嬪의 연애 고사가 처음 등장한 것은 『楚辭』「天問」에서이다. 『楚辭』「天問」: 천제가 이예를 내려보낸 것은 하조의 백성에게 죄를 내리기 위함 이었네. 어찌하여 河伯을 쏘아서 낙수의 여신을 아내로 삼으려 하였나(帝降夷羿, 革 孼夏民, 胡射夫河伯, 而妻彼洛嬪).

서왕모·불사·달과 관련된 여신의 신비로운 이미지를 찾아보기는 힘들다. 성격에 대한 자세한 묘사가 생략되어 있으며, 외형적인 아름다움에만 초점이 맞추어져 서술되어 있기 때문이다.

청대(淸代)의 『요재지이(聊齋志異)』 권8의 「항아」에서도 작가 포송령(蒲松齡)은 항아를 순결한 이미지로 보지 않는다. 그녀는 원래 천상의 신이었다가 속세로 쫓겨나는데, 속세에서도 그녀는 여우가 변신한 전당(顚當)이라는 여시종과 함께 애정 사건에 연루되어 물의를 일으킨다. 『요재지이』에서 항아는 절세의 미인이지만 신화에서와 마찬가지로 남편 종자미(宗子美)를 버리고 제멋대로 행동하는 자유분방한 성격의 소유자이다.[73]

노신의 소설 『고사신편』의 「분월(奔月)」에서도 항아는 사치스러운 귀부인으로 전혀 호감 가는 인물이 아니다.[74] 어느 날 그녀는 큰 동물들이 수렵으로 모두 사라지고 까마귀와 거위만 남아 자신의 시중을 드는 것에 불만을 느낀다. 그래서 예를 두고 혼자 도사에게서 구해온 선약(仙藥)을 먹고 월궁(月宮)으로 도망친다.[75]

후대의 소설 작품에서 항아의 형상이 이렇게 부정적으로 재현된 것은

『초사』「천문」에 따르면 예가 하백을 쏘아서 하백의 연인인 洛嬪 즉 복비를 아내로 삼았다는 것을 알 수 있다. 낙빈은 거만하지만 미모의 여신이었다고 한다.

『초사』「離騷」: 나는 (구름의 신) 풍륭을 불러 구름 타고가, 복비의 소재를 찾으라 이르네. ……제 아름다움 믿고서 교만하여 날마다 제멋대로 방탕하여 놀기만 하네. 참으로 아름답지만 예의를 모르니 이내 버려 두고 달리 찾아보네(吾令豊隆乘雲兮, 求宓妃之所在……保厥美以驕傲兮, 日康娛以淫游, 雖信美而無禮兮, 來違棄而改求).

미모의 낙빈은 예의 처인 항아와 동일한 인물로 추정된다. 이에 대한 자세한 내용은 龔維英, 『女神的失落』, 河南 : 河南大學出版社, 1993, pp.370-371을 참고한다.

73) 자세한 내용은 蒲松齡, 김혜경 옮김, 『聊齋志異』, 서울 : 민음사, 2002, pp.334-349를 참고한다.

74) 그러나 항아가 모두 이렇게 부정적 이미지로만 그려진 것은 아니다. 소설에서 이런 경향이 농후하고, 희곡과 시에서는 오히려 아름다운 仙女로 묘사되는 경우가 많다. 이에 대해서는 이 책의 여신의 詩的 수용 부분에서 다루고자 한다.

75) 袁珂, 『神話論文集』, 臺北 : 漢京文化事業有限公司, 1987, p.108.

전통적인 유교 사회에서 남편을 배반하고 뭇 남성들과 애정 행각을 벌인 항아의 죄가 너무 컸기 때문일 것이다. 엄격한 일부일처(一夫一妻) 사회에서 항아 같은 여성은 정조 관념을 상실하여 부정하게 인식되었고, 이런 사고 때문에 문학에서 항아는 결코 긍정적으로 형상화되지 못했던 것이다.[76]

제2절 중국 시와 여신들

1 신화와 시

우선 신화와 시를 언어의 측면에서 살펴보았을 때 양자는 상통하는 부분이 있다. 첫째 신화와 시는 모두 언어의 연속적인 과정으로 이해하는 것이 불가능하다. 로만 야콥슨(Roman Jakobson)에 따르면 언어 행위에는 두 가지 방식이 쓰이는데 바로 선택(selection)과 조합(combination)이다. 선택은 비슷한 것을 유추하는 것으로 유사성에 바탕을 두고, 조합은 문장을 형성하는 것으로 인접성에 바탕을 둔다. 야콥슨은 이런 이론을 전제로 "시적 기능은, 등가(等價)의 원칙을 선택의 축에서 조합의 축으로 투사하는 일"로 정의하였다. 야콥슨의 선택과 조합의 언어적 개념은 탐바이아(Stanley Jeyaraja Tambiah)에 이르러 다시 참여와 인과성의 개념으로 확장된다. 그에 의하면 참여는 감정적 소통 및 감각적 언어를 강조하고, 인과성은 도구적 활동과 인식의 언어에 역점을 두며 이성적이고 분석적 활동을 통해 이루어진다. 그리고 이러한 참여와 인과성은 대조적이면서도 상보적인 개념이라

---

76) 오늘날까지 전해지는 "두꺼비가 백조 고기를 먹으려 한다(癩蝦蟆想吃天鵝肉)," 즉 자기의 분수를 알지 못한다는 의미의 속담도 바로 항아가 분수도 모르고 예를 배반하여 홀로 불사약을 먹은 신화에서 유래했다는 견해가 있다. 자세한 것은 龔維英, 「姮娥・癩蝦蟆・天鵝及其他」,『人文雜誌』第1期, 1989를 참고한다.

는 것이다. 신화와 시를 소설과 비교했을 때 소설에서는 언어 행위의 선택과 조합 가운데 주로 조합의 행위가 주도적으로 작용한다.[77] 즉 인접성에 바탕을 둔 감각적이고 다가적(多價的)인 언어를 선별하여 사용하는 선택의 행위보다, 정보나 이야기를 조리 있게 체계적으로 전달하는 조합의 행위가 소설에서는 좀더 중요하게 작용한다는 것이다. 이에 비하여 신화와 시의 언어에서는 감정적인 소통과 감각적인 효과를 줄 수 있는 선택 과정이 중요하다. 그래서 소설을 읽듯이 우리는 신화와 시를 이해할 수 없다. 신화와 시는 사건의 연속적 과정으로 전달되는 것이 아니며, 오히려 하나의 총체적 물음으로서 의미가 전달된다고 할 수 있다.

이와 같은 신화와 시의 공통된 특징은 결국 양자 모두가 상징의 방식에 의해 이미지로서 표현되기 때문일 것이다. 이런 표현상의 특징 때문에 신화와 시는 듣거나 보는 사람에 따라 다양한 방식으로 해석될 수 있는 가능성을 또한 공유한다. 그래서 신화와 시를 접하는 순간 사람들은 상징이라는 의미 체계를 이해하기 위하여 각자 마음속으로 일종의 재구성 작업을 하게 되는 것이다.[78] 결국 신화와 시는 양자의 가장 기본적 구성 요소인 언

---

77) 이에 대한 자세한 내용은 Stanley Jeyaraja Tambiah, *Magic, Science, Religion and the Scope of Rationality*, pp.84-108을 참고한다.

78) 그러나 신화와 시는 유사점을 공유하는 동시에 차이점도 갖는다. 즉 앞서 살펴보았듯이 본질적으로 양자는 긴밀한 관계에 있으나 용도와 기능상에서는 차이가 있다. 먼저 신화는 태고 시기 고대인들이 일상생활에서 겪게 되는 천재지변의 원인이나 우주와 인류의 기원 등 불가해한 문제들에 대한 근원적인 물음을 담고 있다. 따라서 그것은 인류의 집단 무의식의 원형으로, 개인보다는 사회 전체의 틀 안에서 생산되고 사회 전체에 대하여 영향을 미친다. 그러나 시는 반드시 그렇지 않다. 물론 신화가 태고에 전해질 때는 소설보다는 시의 형식을 갖추었을 것이다. 신화는 본래 시처럼 吟誦되던 것이기 때문이다. 그러나 중국에서 시조모 신화를 노래한 일부의 『詩經』 작품과 서사시를 제외하면 시란 일반적으로 개인의 감정을 노래한 개인 창작이 대부분이다. 또한 王孝廉의 견해에 따르면 신화의 은유는 신화 자체가 목적이며 기타 목적의 수단이 될 수 없다. 그러나 시의 은유는 단순하게 예술적 장식이 되거나 시의 기타 효과를 위한 수단이 될 수도 있다. 이런 견해에 대해서는 王孝廉, 『中國神話與傳說』, 臺北 : 聯經出版社, 1977, p.31을 참고한다.

어의 측면에서 볼 때, 언어의 논리적 조합보다는 유추에 의한 선택의 행위
가 중요하며, 표현에서도 상징이라는 동일한 방식을 취한다는 점 때문에
밀접한 연관성을 가질 수밖에 없다.

2 시 속의 여신들

앞서 살펴보았듯이 신화와 시는 본질적으로 유사성을 갖는다. 그러므로
오랫동안 시에서는 신화적 소재와 주제를 채용해 왔다. 신화 속의 여신도
각 시대마다 시에서 다양한 형상으로 표현되어 왔다. 우선 이르게는 중국
시 문학의 대표격이라 할 만한『시경(詩經)』과『초사』에서 여신의 수용 양
상을 살필 수 있다.『시경』은 고대의 가요집으로 총 305편으로 되어 있으
며 15개 나라의 민요인「국풍(國風)」과 귀족들의 시인「소아(小雅)」·「대
아(大雅)」, 제례 음악인「주송(周頌)」·「노송(魯頌)」·「상송(商頌)」으로 구
성되어 있다.『시경』가운데 특히「대아」의 '생민(生民)'은 고대 사회에서
고매신으로 숭배받았던 강원의 감생(感生) 신화를 시로서 표현하였다.

> 처음 이 백성을 낳으신 분은 바로 강원일세
>
> 어떻게 백성을 낳으셨나?
>
> 정결하게 제사지내시어
>
> 자식 없을 나쁜 조짐을 내쫓으시고
>
> 하느님의 엄지발가락 자국을 밟으시자 마음 기뻐져
>
> 그곳에 머물러 쉬셨네.
>
> 곧 아기를 배고는 삼가시어
>
> 아기를 낳아 기르셨으니
>
> 이분이 바로 후직일세.[79]

　'생민'에서 여신은 건국 시조를 낳은 어머니로만 부각될 뿐이어서 여신의 창조적이고 생동하는 힘은 잘 드러나지 않는다. 이보다 굴원(屈原)의 『초사』에 이르면 더 풍부한 여신의 수용 양상을 볼 수 있다. 『초사』「천문(天問)」에서 굴원은 자신의 신화적 상상력을 끌어와 우주의 기원과 자연의 변화, 온갖 사물의 생사 변화에 대한 근원적 물음을 던지는데, 그 중에는 여신에 대한 질문도 들어가 있다. 즉 배우자도 없이 아홉 자녀를 낳은 여기(女岐), 인류를 창조한 여와, 낙수의 여신 복비(宓妃), 현조(玄鳥)의 알을 삼키고 아들을 잉태한 간적(簡狄) 등에 대한 의문이 그것이다.

> 여기는 결혼도 하지 않았는데
> 어찌 자식을 아홉이나 낳았나.[80]

> 여와가 세상 만물을 화육(化育)하는 본체(本體)라면
> 그녀는 또 누가 만들었을까.[81]

> 천제(天帝)가 이예(夷羿)를 내려보낸 것은
> 하조(夏朝)의 백성에게 죄를 내리기 위함이었네.
> 어찌하여 하백(河伯)을 쏘아서
> 낙수의 여신을 아내로 삼으려 하였나.[82]

> 간적이 제단을 쌓아 제사드리며
> 제곡(帝嚳)과 무엇을 기원하였나.

---

79) 『詩經』「大雅·生民」: 厥初生民, 時維姜嫄, 生民如何. 克禋克祀, 以弗無子, 履帝武敏, 歆攸介攸止. 載震載夙. 載生載育, 時維后稷.
80) 『楚辭』「天問」: 女岐無合, 夫焉取九子.
81) 『楚辭』「天問」: 女媧有體, 孰制匠之.
82) 『楚辭』「天問」: 帝降夷羿, 革孽夏民, 胡射夫河伯, 而妻彼雒嬪.

현조가 알을 예물로 주었는데

그녀는 왜 그렇게 기뻐하였나.[83]

위에서 보듯이 『초사』「천문」에는 여신들이 매우 간단히 언급되어 있지
만 여신의 원시적인 형태가 잘 나타나 있다. 여기가 남편 없이 아홉 아들
을 낳았다는 사실로부터 『초사』「천문」의 모계적 유풍을 느낄 수 있으며,
뱀의 몸체를 한 여와로부터 태고의 반인반수적 여신을 만날 수가 있다.

고대의 무가였던 『초사』「구가(九歌)」 가운데 「상부인(湘夫人)」과 「산
귀(山鬼)」에서도 여신의 형상을 볼 수 있다. 『초사』는 초나라를 중심으로
창작되어 유행한 노래이기 때문에 여신들 역시 지역적 특색을 반영한다.
예를 들어 상부인[84]은 초 문화의 중심지였던 원수(沅水)와 상수(湘水) 가
운데 상수 지역에서 숭배되던 여신이었다.

천제의 따님께서 강가의 섬에 강림하셨는데,

아득히 보이지 않으니 마음 서럽네.

가을바람 소슬한데

동정호는 물결치고 나뭇잎은 떨어지네.

흰 번풀을 밟고 서서 멀리멀리 바라보네.

황혼에 만나기로 님과 기약하였기에,

새가 어이 마름풀 위에 모이고

그물을 어이 나무 위에 치는가.

원수 가에 구리 때 자라고 예수(醴水) 가엔 난초가 자라건만,

---

83) 『楚辭』「天問」: 簡狄在臺, 嚳何宜, 玄鳥致貽, 女何喜.

84) 상부인의 유래에 대해서는 학자들마다 견해가 다르다. 湘君과 상부인을 합쳐서 堯임
   금의 두 딸로 舜임금의 왕비가 된 娥皇과 女英을 가리키기도 하고 상군은 순임금이
   고 상부인이 二妃라는 설도 있다. 마지막으로 상군과 상부인은 『列仙傳』의 江妃二
   女라는 해석도 있다. 자세한 내용은 선정규, 『중국 신화연구』, p.251을 참고한다.

님을 그리워하면서도 한마디 말을 못하네.

마음이 흐릿하여 멀리 내다보아도

그저 졸졸 흐르는 물만 보이네…….[85]

「구가」의 상부인은 『산해경』의 반인반수적 여신이나 『초사』 「천문」의 여신과는 다르며, "(천제의 아들을 기다리며) 아득히 먼 곳을 바라보다 서러움에 젖는(目眇眇兮愁予)" 가녀린 여성으로 표현되어 있다. 「산귀」의 여신은 상부인보다도 아름답고 여성적인 분위기를 지닌다. 그녀는 "벽려 적삼 입고서 새삼덩굴 띠 매고, 정겨운 곁눈질에 웃음을 머금은" 매혹적인 모습이다. 그리고 "님 생각에 하릴없이 시름에 젖는" 완전히 인간화된 여신이다.[86]

---

85) 『楚辭』 「九歌·湘夫人」: 帝子降兮北渚, 目眇眇兮愁予. 嫋嫋兮秋風, 洞庭波兮木葉下. 登白蘋兮騁望, 與佳期兮夕張. 鳥萃兮蘋中. 罾何爲兮木上, 沅有茝兮醴有蘭, 思公子兮未敢言, 荒忽兮遠望, 觀流水兮潺湲…….

86) 『楚辭』 「九歌·山鬼」: 나는 산골짜기 외진 곳에 살아, 벽려 적삼 입고서 새삼덩굴 띠 매었네. 정겨운 곁눈질에 웃음을 머금은 아름다운 얼굴. 그대 나를 사랑함은 이 아리따운 모습 좋아서여라. 붉은 표범 끄는 수레 타고 얼룩 너구리 시종 삼아 백목련 수레에 계수나무 가지 깃발. 석란 적삼 입고서 두형 허리띠 매고서. 향기로운 꽃을 꺾어 사랑하는 님에게 드리네. 나는 깊은 대숲에 살아 하늘조차 보이지 않고, 산길마저 험난하여 홀로 늦게 왔노라. 산 위에 우뚝 홀로 서면 구름은 자욱히 저 아래 흘러가네. 끝없는 어둠에, 아! 낮도 밤같이 어둡고, 동풍이 불어닥쳐 우신이 비를 내리네. 님을 머물게 해 즐거움에 돌아갈 것도 잊게 하고파. 이미 늙었거늘 누가 나를 다시 꽃피게 할까? 영지를 캔다네. 산간에서 돌은 첩첩이 쌓였고 칡넝쿨은 우거졌네. 님 원망에 서글퍼져 돌아갈 것도 잊었는데, 그대 나를 생각해도 틈이 없어 못 오시나. 산중에 사는 나는 두약같이 향기롭고, 돌 샘물 마시고 송백 그늘에서 산다네. 그대 날 그리워한다 해도 긴가민가하여라. 천둥은 우르릉 울리고 비는 억수같이 내리는데 잔나비 떼 구슬피 밤을 새워 슬피 우네. 바람이 싸늘 불어 나뭇잎 쓸쓸히 지는데, 님 생각에 하릴없이 시름에 젖는구나(若有人兮山之阿, 被薛荔兮帶女羅, 既含睇兮又宜笑, 子慕予兮善窈窕 乘赤豹兮從文狸, 辛夷車兮結桂旗, 被石蘭兮帶杜衡, 折芳馨兮遺所思, 余處幽篁兮終不見天, 路險難兮獨後來. 表獨立兮山之上, 雲容容兮而在下, 杳冥冥兮羌晝晦, 東風飄兮神靈雨, 留靈脩兮憺忘歸, 歲既晏兮孰華予. 采三秀兮於山間, 石磊磊兮葛蔓蔓, 怨公子兮悵忘歸, 君思我兮不得閒, 山中人兮芳杜若, 飮石泉兮蔭

한대에 이르면 제국의 위대함을 과시할 목적으로 황제의 공적을 찬양하고 사물을 아름답고 자세하게 묘사한 부(賦)가 창작되기 시작한다. 부는 대부분 가공송덕(歌功頌德)하는 내용이기 때문에 신화적인 내용보다도 황제의 웅대한 사냥터 등 현실적인 대상을 소재로 삼은 것이 많다. 그러나 굴원의 『초사』 계통을 계승한 「고당부(高唐賦)」와 「신녀부(神女賦)」[87] 그리고 조식(曹植)의 「낙신부(洛神賦)」[88]에서는 아름다운 여신 형상을 찾아볼 수 있다. 이들은 시에서 왕과 더불어 대화하고 사랑을 나누는 생기 있고 적극적인 신녀의 형상이다. 이러한 여신과 인간의 사랑이라는 이른바 인신 연애 모티프는 『목천자전』의 주목왕과 서왕모의 만남 이후, 후세의 문학 작품에서 애용되는 소재가 되었다.

松柏, 君思我兮然疑作. 雷塡塡兮雨冥冥, 猿啾啾兮又夜鳴, 風颯颯兮木蕭蕭, 思公子兮徒離憂).

87) 「神女賦」: 신녀의 아름다움은 천지의 윤기를 머금고 있도다. 그 옷의 화려함은 마치 비취의 빼어남에 상아의 아름다움을 더한 듯…… 곧고 맑은 깨끗함을 품었어라. 끝내 나와 함께할 수 없어 서로 괴로워하며 아름다운 말만 주고받네. 난초 같은 향기를 토하며 몸을 합치니 마음은 편안하고 기쁘며 정신은 끝없이 누리려고만 하네(夫何神女之姣麗兮, 含陰陽之渥飾. 被華藻之可好兮, 若翡翠之奮翼……懷貞亮之潔淸兮, 卒與我乎相難, 陳嘉辭而云對兮. 吐芬芳其若蘭, 精交接以來往兮, 心凱康以樂歡, 神獨亨而未結兮).

88) 「洛神賦」: 낙수로 흘러드니 정신은 갈팡질팡하고 홀연히 생각도 흩어지누나. 아래로 굽어보아도 살필 것 없고 고개 들어 보아도 볼 것 없는데 바위 가에 아리따운 한 여인이 보이네. 그가 수레꾼에게 멈추라 하며 말하길 "너는 저 여인을 본 적이 있느냐. 저 여인은 누구길래 이다지 아름다운고." 수레꾼이 대답하길 "소인이 듣자온대 낙수신의 이름을 복비라 하온즉 군께서도 지금 보셨나이다." ……내 마음 그 빼어난 아름다움에 기뻐하여 진정되지 않건만, 둘 합하기에 좋은 중매쟁이가 없구나. 물결에 실어 이 내 말 전해볼까. 바라건대 이 진실한 편지를 먼저 보낸 뒤에 허리띠를 풀어 청하려 하네. 아! 님이 글을 쓰셨는데, 아! 예 익혀 시로 뜻을 밝히셨네. 붉은 옥구슬을 들어 내게 화답하네(流眄乎洛川, 於是精移神駭. 忽焉思散, 俯則未察, 仰以殊觀, 覩一麗人, 于巖之畔. 迺援御者而告之曰, 爾有覿於彼者乎. 彼何人斯若此之豔也. 御者對曰, 臣聞河洛之神, 名曰宓妃, 然則君主所見……余情悅其淑美兮, 心振蕩而不怡. 無良媒以接懽兮, 託微波而通辭, 願誠素之先達, 解玉佩而要之. 嗟佳人之信修, 羌習禮而明詩. 抗瓊珶以和予兮).

한대의 시와 부를 거쳐서 위진남북조와 당대의 시에 이르기까지 신화의 시적 수용은 더욱 활발하게 이루어진다. 한대의『고시 19수(古詩十九首)』, 위진남북조의 유선시(遊仙詩), 그리고 당시(唐詩)에 오면서 여신들은 점차 신선화되었다. 흥미로운 점은 위진남북조와 당대의 시에서는 여신들 가운데 주로 서왕모와 여와, 항아가 소재로서 즐겨 사용되었다는 것이다. 그러므로 위진남북조 이후의 작품들은, 이들 세 명의 여신을 중심으로 시적 수용 양상을 검토하고자 한다.

1) 서왕모

시에 등장하는 서왕모의 형상을 종합해보면 완전히 신선이거나 신화적인 고태(古態)를 유지하고 있다. 동진(東晋) 도연명(陶淵明)의 「독산해경(讀山海經)」은 서왕모의 원시적 이미지가 잘 보존되어 있는 경우이다.

> 훨훨 나는 삼청조(三靑鳥)
> 깃털 색이 기이하고도 아름답구나.
> 아침에는 왕모(王母)를 위해 일하고
> 저녁에는 삼위산(三危山)으로 돌아간다.
> 나는 이 새에게 부탁해
> 왕모에게 말하고자 하는데
> 이 세상에서 필요한 것은
> 다만 술과 장수하는 것뿐이라고.[89]

이 시는『산해경』의 원시적인 서왕모의 형상을 그대로 가져왔다. 서왕모가 머리 꾸미개를 꽂고 삼청조의 시중을 받는 내용은 「해내북경(海內北經)」

---

89)「讀山海經」其五 : 翩翩三靑鳥, 毛色奇可憐. 朝爲王母使, 暮歸三危山. 我欲因此鳥, 具向王母言. 在世無所須, 唯酒與長年.

에 나오며,[90] 삼청조의 거주지인 삼위산도 「서산경」에 보인다.[91] 그리고 『목
천자전』에서 주목왕과 요지 가에서 주연을 벌였던 아름다운 서왕모의 모습
도 시 속에서 찾아볼 수 있다.

> 옥대(玉臺)에 노을이 지니 아름답고
> 왕모는 뛰어난 미인이라.
> 옥대와 왕모는 천지와 함께 생겨났는데
> 언제쯤인지 알 수 없네.
> 신령스러운 변화는 무궁하고
> 머무르는 곳은 한 산이 아닌데.
> 술이 얼큰하여 노래를 부르니
> 어찌 속세의 말이겠는가?[92]

그런데 『목천자전』에서는 서왕모와 주목왕의 만남과 이별을 통해 서왕
모의 여성미를 간접적으로 표현한 데 반해서, 「독산해경」에서는 서왕모를
뛰어난 미인으로 직접적으로 묘사하고 있어서 양자간에 차이를 보인다. 즉
전국 시대에 씌어진 『목천자전』에서는 서왕모가 『산해경』의 반인반수의 형
태에서 벗어나 인간화되는 단계까지는 왔으나 그녀의 외모는 아직 큰 관심
의 대상이 되지 못하다가, 이후 도연명의 「독산해경」에 이르러 아름다운
외모가 부각되기 시작한 것이다.
　당시에 이르면 신화적 소재는 시 창작에 더욱 애용되면서 시인의 처지

---

90) 『山海經』「海內北經」: 서왕모가 책상에 기대어 있는데 머리 꾸미개를 꽂고 있다.
　　그 남쪽에 세 마리의 파랑새가 있어 서왕모를 위해 음식을 나른다. 곤륜허의 북쪽에
　　있다(西王母梯几而戴勝杖, 其南有三靑鳥, 爲西王母取食, 在崑崙虛北).
91) 『山海經』「西山經」: 다시 서쪽으로 220리를 가면 삼위산이라는 곳인데 세 마리의
　　파랑새가 여기에 살고 있다(又西二百二十里, 日三危之山, 三靑鳥居之).
92) 「讀山海經」其二: 玉臺凌霞秀, 王母怡妙顔, 天地共俱生, 不知幾何年. 靈化無
　　窮已, 館宇非一山, 高酣發新謠, 寧效信中言.

와 성격, 재능 등의 차이에 따라 다양하게 표현되었다. 황영무(黃永武)는 특히 이백(李白)·이상은(李商隱)·이하(李賀)의 작품을 예로 들면서 이들 시 속의 신화는 다만 전고(典故)에 그치는 것이 아니고, 그렇다고 외면적 장식도 아니며, 시인의 내면 깊은 곳의 처량한 현실에 대한 감탄이자 조소이며 위로라고 해석한 바 있다.[93] 서왕모의 형상 역시 시인에 따라 아름다운 여신으로 표현되기도 하고 영험한 능력의 소유자로서 선적(仙的) 분위기가 부각되기도 했다. 먼저 이백의 『고시 59수(古詩五十九首)』를 보자.

> 주목왕의 팔황(八荒)의 포부
> 한무제의 만승의 존귀함.
> 목왕의 쾌락은 끝이 없고
> 무제의 호방함은 어찌 다 논할 수 있으리.
> 서해의 끝에서 왕모와 주연을 갖고
> 북궁(北宮)에서 상원부인(上元夫人)을 맞이하네.
> 요수(瑤水)에는 백운의 노래가 들리고
> 옥술잔에는 마침내 부질없는 말만 남아 있네.
> 영험한 자취가 서린 곳에 잡초만 무성하니
> 다만 천년의 영혼을 슬퍼하노라.[94]

---

93) 黃永武에 따르면 李白·李商隱·李賀의 신화적 수용 양상은 각기 다르다. 이백은 道家 仙人을 숭배하므로 仙鄕과 帝闕에 대하여 특히 관심이 많았고, 이상은은 屈原처럼 香草와 美人으로 자신의 실의과 고독을 비유하는 것을 즐겼다. 이하 시의 근본도 『초사』에 있었다. 그는 하루 종일 迎神하는 분위기에 취해서 신화 고사를 재현해 냈는데 그 목적은 모두 자신의 내적 의식을 펴내는 데 있었다. 황영무는 또한 이 시인들의 신화 운용을 여섯 개 방면으로 개괄하였다. 첫째 생명의 짧음을 조소하는 것, 둘째 자연의 한계를 극복하는 것, 셋째 생활의 가난과 고달픔을 노래하는 것, 넷째 여름날 긴 낮의 적막을 깨뜨리는 것, 다섯째 억압된 性愛를 암시하는 것, 마지막으로 인생의 自卑를 보상하는 것의 여섯 가지가 그것이다. 潛明玆, 『中國神話學』, pp.460-461.

이 시에는 두 개의 서왕모 신화가 일정한 규칙성을 갖고 혼재되어 있다. 우선 첫째 구와 둘째 구를 보면, 첫째 구에서는 주목왕을 이야기했고, 두 번째 구에서는 한무제라는 인물을 등장시켰다. 두 인물은 모두 고대의 제왕으로, 각각『목천자전』과『한무내전』에서 서왕모의 상대역이었다. 그리고 다음 3구에서는 목왕의 풍류적인 성격을 노래했고, 4구에서는 무제의 호방한 성격을 이야기했다. 계속해서 5·6구에서는 왕모와 상원부인을, 7구에서는『목천자전』에서의 요지연을, 8구에서는 하강한 서왕모와 한무제의 주연을 읊었다. 이처럼 전체적인 구조를 분석해 보았을 때, 이 시는『목천자전』과『한무내전』의 서왕모 신화를 채용하여 각 구마다 인물, 성격, 여신, 연회의 순서로 노래함으로써 시의 리듬감을 살리고 있다. 나아가 읽는 이로 하여금 시 속의 전고를 하나씩 알아가는 재미도 준다. 마지막으로 시인은 9구와 10구에서 인생 무상을 토로하는 것으로 끝을 맺는다.[95] 이백의 「대렵부(大獵賦)」에서도 서왕모와 주목왕의 형상을 시적 소재로 삼고 있는데,[96] 이것으로 보아 당시에 서왕모와 주목왕의 신화가 문인들에게 문학적 소재로서 애용되었음을 추측할 수 있다. 마찬가지로 포용(鮑溶)의 「회산시(懷山詩)」에도 서왕모가 등장한다.

서왕모는 지도를 가지고 동쪽으로 와서 순임금에게 바쳤다네.[97]

---

94)『古詩五十九首』其四十三: 周穆八荒意, 漢皇萬乘尊. 淫樂心不極, 雄豪安足論. 西海宴王母, 北宮邀上元. 瑤水聞遺歌, 玉杯竟空言. 靈跡成蔓草, 徒悲千載魂.

95) 吳文義 역시 이 시는 1·3·5·7구에서 周穆王을, 2·4·6·8구에서는 漢武帝에 대하여 서술하고 있지만 마지막 9·10구에 이르러 작게는 玄宗의 崩御를 애도하는 것으로, 넓게 보면 인생무상을 읊고 있는 시로 귀착되었다고 분석한 바 있다. 자세한 내용은 吳文義, 「西王母 神話 硏究」, p.65를 참고한다.

96)「大獵賦」: 목왕의 황당함을 비웃고 서왕모에게 흰 구름을 노래하리라(哂穆王之荒誕, 歌白雲于西母).

97)「懷山詩」: 西母持地圖, 東來獻虞舜.

「회산시」의 서왕모는『대대례기(大戴禮記)』의 서왕모와 흡사하다.『대대례기』의 서왕모는 천하를 평정한 순임금에게 공물을 바치러 온 군주로, 신이라기보다 역사적 인물로서의 색채가 짙다.[98]

그런데 이와 달리 이상은은 서왕모 신화를 시의 소재로 채용하여 자신의 내면의 회포를 표출하고 있다.

> 요지의 서왕모는 비단 드리워진 창을 열었으나
> 땅을 흔들도록 애처로운 「황죽가(黃竹歌)」만 들린다.
> 팔준마(八駿馬)는 하루에 3만 리를 달리거늘
> 목왕은 무슨 일로 다시 오지 않으시나.[99]

위의 시 「요지」에 대한 해석에는 크게 두 가지 견해가 있다. 첫째 신선에 대한 추구를 풍자했다고 보기도 하고, 둘째 인생의 짧음을 노래했다는 의견도 있다.[100] 분명한 점은 이 시가『목천자전』에서 서왕모가 주목왕과 이별한 뒤에 재회를 기약하는 장면을 연상케 한다는 것이다.[101]

---

98) 『大戴禮記』「少間」: 옛날 순임금이 하늘의 덕으로서 요임금의 왕위를 계승하여 공덕을 펴고 예를 정하니 북방 유도의 백성이 와서 따르고 복종하였다. 또 남쪽으로 교지를 평정하니 온 천하에 따르지 않는 이가 없었다. 서왕모가 와서 그곳에서 나는 흰 옥을 바쳤다(昔虞舜以天德嗣堯, 布功散德制禮, 朔方幽都來服, 南撫交趾, 出入日月, 莫不率俾, 西王母來, 獻其白琯).

99) 「瑤池」: 瑤池阿母綺窓開, 黃竹歌聲動地哀, 八駿日行三萬里, 穆王何事不重來. 시의 번역은 이종진 編著,『李商隱詩選』, 서울: 민미디어, 2001, p.31을 참고한다.

100) 潛明玆,『中國神話學』, p.461.

101) 『穆天子傳』卷三: 吉日 甲子일에 天子는 서왕모에게 초대받아 갔다. 흰 圭와 검은 璧을 가지고 서왕모를 만나 꽃무늬 비단끈 400장과 □ 비단끈 1,200장을 즐거이 바쳤다. 서왕모는 두 번 절하고 그것을 받았다. □ 乙丑일에 천자가 瑤池 가에서 서왕모에게 술을 대접했다. 서왕모는 천자를 위해 노래하기를 "흰 구름은 하늘에 떠 있고 산 언덕은 절로 솟아 있습니다. 길은 아득히 멀어 산과 내가 그 사이에 있습니다. 그대가 죽지 않고 돌아오실 수 있기를 바랍니다." 천자가 답하여 말하기를 "나는 동쪽 땅으로 돌아가 華夏를 조화롭게 다스리고 모든 백성들이 편안해지면 나는 그대를 보

『산해경』에 나오는 서왕모의 삼청조도 당시에서 애용되는 소재였다. 이
상은의 「무제(無題)」를 보자.

　　만나기 어렵다 해도 이별은 더욱 어려워
　　봄바람은 힘 없고 꽃들은 다 시들었네.
　　봄누에가 죽어야 누에 실 다 만들어지고
　　촛불이 꺼져야 촛농이 마르는 법.
　　새벽 화장에 아름답던 머리 변할까 걱정하고
　　한밤에 읊조리니 달빛의 싸늘함 느껴지네.
　　봉래산(蓬萊山) 여기에서 얼마 멀지 않으니
　　파랑새야, 나를 위해 살짝 알아봐주렴.[102]

이상은은 여기에서 선경(仙境)인 봉래산과 서왕모의 파랑새를 결합시켰
는데, 『산해경』에서도 파랑새는 삼위산이라는 전설의 산에서 살았다. 이상

러 돌아올 것입니다. 3년이 되면 다시 황야로 돌아올 것입니다." 서왕모가 또 천자를
위해 읊조리면서 "(저는) 저 서쪽 땅으로 가서 그 황야에서 삽니다. 호랑이와 표범이
무리를 이루고 까마귀와 까치가 함께 살지요. (천제께서) 황야를 떠나지 말라고 명령
하셨습니다. 저는 하느님의 딸이요, 그대는 어떤 속세 사람이길래 또 저를 떠나려 하
십니까. 생을 불어 혀를 울리니 마음이 홀가분해집니다. 속세 사람인 그대는 하늘만
바라보시는군요." 천자는 말을 몰아 弇山의 돌에 올라 이름과 공적을 기록하고 槐나
무를 심었다. (비석 상단에) 서왕모의 산이라고 적었다(吉日甲子, 天子賓于西王母,
乃執白圭玄璧以見西王母, 好獻錦組百純, □組三百純. 西王母再拜受之, □乙丑.
天子觴西王母于瑤池之上. 西王母爲天子謠曰, 白雲在天, 山陵自出, 道里悠遠, 山
川間之, 將子無死, 尙能復來. 天子答之曰, 予歸東土, 和治諸夏, 萬民平均, 吾顧
見汝, 比及三年, 將復而野. 西王母又爲天子吟曰, 徂彼西土, 爰居其野, 虎豹爲羣,
於鵲與處, 嘉名不遷, 我惟帝女, 彼何世民, 又將去子. 吹笙鼓簧, 中心翔翔, 世民
之子, 唯天之望.　　天子遂驅升于弇山, 乃紀名迹于弇山之石, 而樹之槐, 眉曰西王
母之山).

102)「無題」: 相見時難別亦難, 東風無力百花殘. 春蠶到死絲方盡, 蠟炬成滅淚始乾.
　　曉鏡但愁雲鬢改, 夜吟應覺月光寒. 蓬山此去無多路, 靑鳥殷勤爲探看.

의 작품들에 나타난 서왕모의 이미지는 여신과 여선 그리고 역사적 인물에 이르기까지 다양하다. 그러나 후세 문학에서 서왕모의 가장 대표적인 이미지는 절세 미모의 여선이다. 돈황(敦煌)에서 발견된 사집(詞集) 『운요집(雲謠集)』 가운데 「내가교(內家嬌)」의 마지막 부분을 살펴보자.

> 살짝 교태를 머금고서
> 느릿느릿 규방 문을 나선다.
> 무거운 머리 꽂이 마음 내키지 않아 꽂지 않고
> 동심 매듭만 계속 만지작거리며
> 뜰 안을 오간다.
> 서왕모가 신선 궁전에서 내려와
> 속세에 잠깐 참모습을 나타낸 것이 틀림없네.[103]

이 사에서는 서왕모를, 옷 매듭을 만지작거리며 뜰 안을 거니는 교태로운 여인으로 묘사했는데, 『한무내전』의 서왕모 이미지와 비슷하다.[104] 이 외에 이백의 「상원부인(上元夫人)」[105]과 유우석(劉禹錫)의 「보허사(步虛詞)」[106]에

---

103) 『雲謠集』「內家嬌」: 半含嬌態, 透迤緩步出閨門, 搔頭重, 慵憁不揷, 只把同心, 千遍撚弄, 來往中庭. 應是降王母仙宮, 凡間略見容眞.

104) 『漢武內傳』: 서왕모는 전에 올라 동쪽을 향해 앉았다. 황색비단으로 된 저고리를 입었는데 무늬가 선명하였고 거동이 기품 있었다. 허리에는 靈飛의 큰 끈과 分頭의 검을 차고 머리는 太華의 쪽을 졌으며 太眞晨嬰의 관을 쓰고 검은 옥으로 된 봉황 무늬의 신을 신었다. 나이는 30여 세 정도 되어 보이고 키는 중간 정도였으며 신비로운 자태는 부드럽고 얼굴은 절세미인으로 진정 신령스런 사람이었다(王母上殿, 東向坐, 著黃錦褡襨, 文采鮮明, 光儀淑穆, 帶靈飛大綬, 腰佩分頭之劍, 頭上太華結, 戴太眞晨嬰之冠, 履玄璃鳳文之舃, 視之可年三十許, 修短得中, 天資掩藹, 容顔絶世, 眞靈人也).

105) 「上元夫人」: 상원부인은 누구의 부인인가. 유독 왕모의 교태를 지녔네(上元誰夫人, 偏得王母嬌).

106) 「步虛詞」: 서왕모가 구름이 자욱한 바닷가에 복숭아를 심으니 꽃이 떨어져 씨가 맺

도 서왕모는 미모의 여선이나 불사의 복숭아를 관장하는 여선으로 나온다.

2) 여와

앞서 살펴보았듯이 여와의 시적 수용을 보여주는 최초의 작품은 『초사』 「천문」이다. 「천문」의 여와에 대한 묘사는 간략하지만 원시적 형상을 잘 보여준다.[107] 신화가 본격적으로 시에 수용되기 시작한 것은 이보다 후세인 도교가 유행했던 당나라 때부터였다. 신화적 소재를 가지고 시를 즐겨 창작했던 이백은 「상운악(上雲樂)」[108]과 「야랑으로 쫓겨가는 길에 오강에서 종경과 작별하다(竄夜郞於烏江留別宗十六璟)」[109]에서 여와의 형상을 빌려 자신의 심정을 노래했다. 특히 「상운악」은 천자의 만수무강을 축원하며 올린 악부시(樂府詩)인데, 작가의 이상 세계를 그리는 마음이 신화를 통해서 잘 표현되어 있다.

> ……어찌 창조신을 알 수 있으리.
> 대도(大道)는 문강(文康)의 아버지이고
> 원기(元氣)는 문강의 어머니이네.
> 두 기운이 맞닿아서 반고(盤古)를 낳고
> 수레를 밀어 하늘 바퀴를 굴리니
> 해와 달이 막 생겨났을 때
> 불꽃과 수은을 녹였네.
> 해 속의 까마귀가 탕곡(湯谷)에서 나오지 않았고

는 데에 3,000년이 걸리네. 바닷바람이 불어 가장 무성한 가지를 꺾으니 무릎을 꿇고 옥 쟁반에 담아 천제께 바치네(阿母種桃雲海際, 花落了成三千歲. 海風吹折最繁枝, 跪捧瓊盤獻天帝).

107) 『楚辭』 「天問」의 예는 제6장 주 81)을 참고한다.

108) 「上雲樂」: 女媧戲黃土, 團作愚下人(『全唐詩』 卷百六十二).

109) 「竄夜郞於烏江留別宗十六璟」: 斬鼇翼女皇, 煉石補天維.

토끼가 반쯤 몸을 숨기고 있었을 때

여와가 황토를 가지고 놀다가

둥글게 반죽하여 우매한 인간들을 만들었네.

사방 천지에 흩뿌리니

뿌연 것이 모래 먼지 같았네.

죽고 사는 것은 끝이 없으니

누가 이것이 신선의 진정한 이치임을 알랴…….[110]

　작가는 우주와 인간의 탄생이라는 가장 근원적 문제에 대해 의문을 던지면서, 결국 삶이란 곧 죽음이며 이런 경지는 궁극적으로 신선의 경지와 맞닿아 있음을 깨닫는다. 이 시에서 신화란 내 자신을 깨닫고 신선의 도를 알기 위한 과정이 된다. 이러한 우주와 자연의 시원에 대한 탐구는 마치 『초사』「천문」의 일련의 질문들을 보는 듯하다.
　중당(中唐)의 시인 노동(盧仝)의 「마이와 교분을 맺으며(與馬異結交詩)」에서는 여와의 비중이 좀더 커진다.

신농(神農)이 팔괘를 그려서

하늘의 속셈을 간파하였네.

여와는 본래 복희의 부인인데

하늘이 노할 것을 두려워하여

오색 돌을 빻아서 녹였네.

해와 달을 바늘로 삼고

별빛을 실로 삼아 하늘을 기웠네.

사흘 동안 시집에 돌아가는 것도 개의치 않고 기웠네.

---

110) 「上雲樂」: ……豈知造化神, 大道是文康之嚴父. 元氣乃文康之老親. 撫頂弄盤古. 推車轉天輪. 云見日月初生時, 鑄冶火精與水銀, 陽烏未出谷, 顧兔半藏身, 女媧戲黃土, 團作愚下人, 散在六合間, 濛濛若沙塵, 生死了不盡, 誰明此胡是仙眞…….

해 속으로 달려가 까마귀를 풀어놓고

달 속에는 계수나무 심고 두꺼비를 키웠네.

하느님이 노하셔서 용과 뱀으로 변하게 하니

용과 뱀은 죽을병에 걸려

신농이 약을 지어 죽을 목숨을 구했네.

하느님은 신농이 용과 뱀을 도운 것을 의심하여

벌로 신농의 머리를 소머리로 만들고

원기의 수레를 짊어지게 하였네.[111]

이 시는 중국에서 대표적인 신화시로 꼽히는 작품이다. 시의 구조상 중심축을 이루고 있는 두 신은 여와와 신농으로, 시인은 이 시를 통하여 여와와 신농 신화에 얽힌 불가해한 문제들에 대해 독창적 해석을 부여하였다. 본래 고문헌에서는 하늘에 구멍이 생긴 원인을 두 가지로 보았다. 먼저 『회남자(淮南子)』「남명훈(覽冥訓)」과 『열자(列子)』「탕문(湯問)」에서는 사방의 기둥이 어느 날 갑자기 무너지고 하늘에 구멍이 뚫렸다고 말한다. 다시 말해서 그 구멍이 뚫리게 된 원인에 대해서는 아무것도 언급하고 있지 않다. 둘째 『회남자』「천문훈(天文訓)」과 『논형(論衡)』「담천(談天)」에서는 하늘 구멍의 원인을 공공과 전욱의 다툼으로 설명하였다. 그런데 노동은 남신들 사이의 싸움을 그 원인으로 보지 않았고, "신농이 팔괘를 그림으로써 하늘의 속마음을 간파하였다"는 새로운 원인을 제시하였다. 그래서 신에게 도전한 신농의 행동에 하늘이 성낼 것을 두려워하여 여와가 하늘을 기우기 시작했다는 것이다. 그리고 신의 노여움을 사서 용과 뱀으로 변한 여와를 신농이 구해주었다는 대목을 설정하여 신농의 의약신(醫藥神)

---

111) 「與馬異結交詩」: 神農畫八卦, 鑿跛天心胸. 女媧本是伏羲婦, 恐天怒, 擣練五色石. 引日月之針, 五星之縷把天補. 補了三日不肯歸婿家, 走向日中放老鴉, 月裏栽桂養蝦蟆. 天公發怒化龍蛇, 此龍此蛇得死病. 神農合藥救死命. 天怪神農黨龍蛇, 罰神農爲牛頭, 令載元氣車(『全唐詩』卷三百八十八).

으로서의 유래를 설명하였다. 더불어 신농이 사람의 몸에 소의 머리를 갖게 된 이유도 자연스럽게 도출해냈다. 노동의 「마이와 교분을 맺으며」는 신화 수용의 측면에서 기존의 시가 신화를 장식용 혹은 분위기 전환용으로 단순히 활용했던 것과는 구별된다. 노동은 신화에 대한 조예가 깊은 사람이었음이 틀림없다. 신농과 팔괘, 여와와 복희, 여와조인(女媧造人), 해 속의 까마귀, 달 속의 토끼, 뱀 형태의 여와, 의약의 신 신농, 인신우수(人身牛首)인 신농, 신농과 우주의 수레바퀴 등 모든 신화에 통달했으며, 이런 신화 모티프들을 자유자재로 구사하여 재구성해냈기 때문이다.

이상의 고찰을 통해 여와는 서왕모에 비해서 시에 수용된 양상이 다양하지 않고, 주로 조인(造人)과 보천(補天) 신화를 통해 등장한다는 것을 알 수 있었다. 서왕모는 신이나 신선, 아름다운 여인, 역사적 인물 등 표현된 이미지가 다양하지만, 여와는 우주와 인간이 창조된 원초적 시간을 회상케 하는 매개적 역할을 담당한다. 즉 여와는 이미 오래전에 만들어진 창조 여신의 이미지를 유지한 채, 여전히 시에서 인간의 본질을 탐구하고 깨닫게 하는 동기적 존재로 등장한다.

여와의 시적 수용은 당대 이후로 계속되었으나 특징적인 작품을 찾기는 힘들다. 현대 시집인 『여신(女神)』에 와서야 비로소 여와의 대모신으로서의 특징이 재현되는 것을 볼 수 있다. 『여신』은 1921년에 출판된 곽말약의 대표적인 시집으로 특히 제1편 「여신의 재생(女神之再生)」은, 공공과 전욱 두 남신에 의해 세상이 파괴될 것을 예감한 여신들이 새로운 태양을 준비한다는 내용을 담고 있다. 시에 등장하는 전욱과 공공은 당시 중국을 어지럽혔던 군벌을 암시한다. 공공은 남방의 군벌인 당계요(唐繼堯) 등을 상징하고, 전욱은 단기서(段祺瑞)와 장작림(張作霖) 등 북방의 군벌을 상징한다. 이들은 모두 잔인하고 전횡을 일삼는 이기적 인물들로, 곽말약은 이 작품을 통해 중국 사회의 어둠을 조성한 원인이 군벌의 부패에 있음을 비판하였다.[112] 그런데 이 작품에서 파괴된 세상을 재건하고 태양을 다시 창조한 것은 바로 여신과 여성들이다. 이 시는 보천 신화를 문학적으로 수용함

으로써 현대라는 또 다른 시공간 안에서 여와의 창조 능력을 새로운 의미
로서 재현했다고 볼 수 있다.

3) 항아

앞서 살펴보았듯이 소설에서 항아의 형상은 매혹적인 여성 이미지와 남
편을 배반한 부덕한 아내 이미지가 혼재되어 있었다. 그런데 후대로 갈수
록 성적으로 방종한 여성이라는 부정적 색채가 부가되었고, 『서유기』·『요
재지이』 같은 명·청대 소설에서는 한결같이 항아에 대한 평가가 호의적이
지 못했다. 그러나 시에서의 항아 이미지는 하백과 예의 다툼을 야기한[113]
요부의 이미지보다는 유미주의적(唯美主義的) 분위기를 환기하는 선녀의
이미지가 더 강하다. 항아는 『초사』 이후 위진남북조 시대에도 시적 소재
로 활용됐다. 그 중에서도 동진(東晋)의 곽박(郭璞)과 남조(南朝)의 사장
(謝庄)의 작품을 살펴보자.

> 항아가 뛰어난 음악을 연주하니 큰 벼랑도 고개를 끄덕이는구나.[114]

> 제대(帝臺)에 검은 토끼를 데려다 놓고 뒤뜰에 항아를 모셨네.[115]

첫 번째 시의 항아는 시인의 구선(求仙)을 위해 음악을 연주하는 여선
이며, 두 번째 시의 항아는 「월부(月賦)」라는 제목에 걸맞게 달의 여신이
다. 이와 같이 위진남북조 시대로 가면 항아와 예 그리고 하백 사이에 얽

---

112) 전인초 외, 『중국 신화의 이해』, p.134.

113) 龔維英은 항아가 바로 洛嬪에서 변한 것이라고 보았는데, 이 같은 주장은 『楚辭』
　　「天問」의 기록에 근거하는 바가 크다. 「천문」의 기록에 따르면 항아, 즉 낙빈은 절세
　　미모의 神女로 본래 河伯의 처였으나 羿에게 재취하는 이른바 삼각관계의 주인공이
　　다. 이에 대한 자세한 논의는 龔維英, 『女神的失落』, pp.136-155를 참고한다.

114) 「遊仙詩」: 嫦娥揚妙音, 洪崖頷其頤.

115) 「月賦」: 引玄兎于帝臺, 集素娥于後庭.

힌 연애 고사와 서왕모와의 연관 고사 등의 신화적 색채는 옅어지고, 불사
약과 관련된 이미지가 부각되면서 점차 항아는 여선으로서 고정된다.

　항아의 시적 지위가 가장 높아지는 것은 당나라 때이다. 특히 당대의 삼
리(三李)인 이백·이상은·이하는 항아를 즐겨 노래하였다. 이런 현상은
당시 항아 숭배의 열기와도 관련이 깊다. 당나라 사람들은 항아를 열렬히
숭배하여 8월 중추(仲秋)가 되면 항아가 항주(杭州)의 서호(西湖) 가에서
인간 세상을 향해 계화(桂花)를 뿌린다고 믿었다.[116] 이런 민간 풍습과 관
련하여 항아는 당대의 시에서 더욱 신비롭고 아름다운 여선으로 변모하였
다. 이백의 시를 살펴보자.

> 고운 나무에 봄 돌아온 날
> 금궁(金宮)에는 좋은 일 많기도 하다.
> 후궁(後宮)에는 아침에 들지 않고서
> 가벼운 가마로 밤에만 납신다.
> 웃으며 꽃에서 나와 소곤거리고
> 아리땁게 촛불 아래서 노래부른다.
> 밝은 저 달을 지게 두지 말지니
> 항아를 붙잡아 취해 보고자.[117]

　이 시는 속세의 모든 번뇌와 인간적 속박에서 벗어나 달 같은 신선 세
계에서 노닐고 싶은 마음을 노래하였다. 특히 마지막 부분에서는 달의 여
신인 항아를 붙잡아 두어, 새벽이면 어김없이 지고마는 달의 불변성을 깨
뜨림으로써 반복되는 일상에서 일탈하고픈 시인의 욕구를 잘 표현해냈다.

---

116) 高國藩, 「嫦娥神話新解」, 『中國神話』 第1集, 1987.

117) 「宮中行樂詞八首」: 玉樹春歸日, 金宮樂事多. 後庭朝未入, 輕輦夜相過. 笑出花
　　間語, 嬌來燭下歌. 莫敎明月去, 留着醉姮娥. 원문의 번역은 진옥경 역주, 『李太白
　　樂府詩』, 서울: 사람과 책, 1998을 참고한다.

그리고 항아의 요염하고 화려한 분위기가 더욱 부각되어 있다.

　이백의 「술잔 들고 달에게 묻는다(把酒問月)」에 나타난 항아는 어떤 모습일까? 이 시에서는 흘러가는 인생과 변함 없이 출몰하는 달을 대조시키면서, 시인의 허무하고 외로운 심정을 항아에게 기탁하고 있다.

　　저 하늘에 달이 있은 지 몇 해나 지났는가.
　　지금 나는 잔 놓고 물어보노라.
　　사람은 달을 잡을 길 없어도
　　달은 언제나 사람을 따라오는구나.
　　거울처럼 밝은 빛이 선궁(仙宮)에 닿아
　　푸른 연기 헤치고 밝게 빛나네.
　　밤이 바다 위로 오는 것만 봤으니
　　새벽이 구름 새로 사라지는 것을 어찌 알리.
　　가을 지나 다시 봄이 되어도 옥토끼 약을 찧고
　　항아는 외로이 누구와 사는가.
　　옛 달을 바라본 이 지금 없어도
　　달은 이제껏 옛 사람을 비춰왔으니
　　옛 사람이나 지금 사람이나 흐르는 물과 같이
　　모두 이렇게 함께 달을 바라봤으리.
　　원하노니 노래부르고 잔 들 때마다
　　달빛이여, 나의 잔을 비추어다오.[118]

　이백이 살았던 개원(開元)과 천보(天寶) 연간(713~755)은 당 왕조가 전

---

118)「把酒問月」: 靑天有月來幾時, 我今停盃一問之. 人攀明月不可得, 月行却與人相
　　隨. 皎如飛鏡臨丹闕, 綠烟滅盡淸暉發. 但見宵從海上來, 寧知曉向雲間沒. 白免擣
　　藥秋復春, 姮娥孤栖與誰鄰. 今人不見古時月, 今月曾經照古人. 古人今人若流水,
　　共看明月皆如此. 唯願當歌對酒時, 月光常照金樽裏.

에 없이 번영을 누리던 시기였다. 그러나 동시에 통치 집단의 부패 때문에 결국 안사(安史)의 난이 일어나기도 하였다. 이런 혼란한 시대 분위기 속에서 이백은 자신의 이상을 성취하지 못하고 냉혹한 현실에 직면하여 결국 좌절하고 만다. 그가 신화와 신선 설화의 재료를 활용하여 시를 창작한 것은 이러한 현실에서의 근심과 한을 환상의 세계에서 풀고자 했기 때문이었다. 그의 시에서 여신은 시인의 못 다한 감정을 표현하는 대변자였던 것이다.[119]

　당나라 시인들 가운데 항아를 시적 소재로서 가장 선호한 시인은 이상은이다. 그는 신화를 다양하게 구사하지는 않았지만, 신화를 통하여 시를 아름답고 신비롭게 포장함으로써 독특한 시적 분위기를 조성하였다.

　　운모(雲母) 병풍에 촛불 그림자가 그윽해지니
　　은하수는 기울며 새벽 별들 사라진다.
　　불사약 훔친 것을 항아가 후회함은
　　푸른 바다와 하늘에서의 매일 밤이 고적해서이다.[120]

　이 시에는 『귀장』과 『회남자』의 불사약을 가지고 달로 도망치는 항아의 이미지가 들어 있다. 시인은 불사약을 먹고 달로 도망가 장수를 누리기는 하였으나 짝을 잃고 외로운 신세가 된 항아에게 자신의 고독한 심정을 기탁하였다. 이상은의 또다른 작품인 「월석(月夕)」에도 항아는 토끼와 두꺼비, 계수나무를 동반한 달의 여선으로 등장하는데, 앞서와 마찬가지로 시인의 출세(出世) 사상과 선경에 대한 동경을 표현하는 매개적 기능을 한다.

---

119) 袁珂, 「中國神話對於後世文學的影響」, 『神話論文集』, 上海 : 上海古籍出版社, 1982, p.99.

120) 「嫦娥」: 雲母屏風燭影深, 長河漸落曉星沈. 嫦娥應悔偸靈藥, 碧海靑天夜夜心 (『全唐詩』卷五百四十).

296

제7장 나오는 말

　1980년대 이후로 국내에서 신화 연구가 활발히 진행되어 왔음에도 불구하고 여신이라는 주제는 아직 심도 있게 다루어지지 않았다. 그러나 여성에 대한 관심이 나날이 증대되고 여성과 남성이 동반자적 입장에서 조화를 추구하는 오늘날, 여신 연구는 반드시 선행되어야 할 과제이다. 왜냐하면 여신 연구를 통해 우리는 여성에 대한 인간의 가장 근원적인 사유를 찾아볼 수 있기 때문이다. 필자는 이런 필요성에서 중국 여신 연구를 시작하게 되었고, 이 책을 통해 중국 여신에 대한 고대인들의 사유를 해석하고 정리해 보고자 하였다.

　필자는 우선 본격적인 논의에 앞서 제1장에서 연구의 범위와 방법, 기존의 국내외 연구 성과들을 개괄하였다. 그리고 여신이 탄생할 수 있었던 현실적 측면도 고려해야 한다고 생각하여 제2장에서는 여신의 역사적 배경을 고찰하였다. 19세기는 제국주의의 식민지 지배를 정당화하기 위한 민족학의 열기가 뜨거웠고, 열강들은 엄청난 규모의 식민지를 기반으로 인류학적 성과를 이루어냈다. 모계 사회에 대한 연구도 이런 서구의 인류학적 연구 성과의 일환이었다.

그런데 서구가 모계 사회의 여부에 대하여 오랜 기간 논쟁해 왔던 것과 달리 중국은 모계 사회의 존재를 확신해왔다. 중국에는 모계 사회를 입증할 만한 다양한 근거들이 산재해 있기 때문이다. 즉 모계 사회에 대한 문헌 자료, 은나라의 모계적 유풍, 여신 사당과 여신상의 발굴이 그것이다. 이 세 가지는 과거 중국에 모계 사회가 있었음을 입증하는 대표적인 자료이며 이런 현실적 배경에서 여신이 탄생될 수 있었다. 그리고 본론에 해당하는 제3장부터 제6장에서는 크게 네 가지 문제를 중점적으로 논의했다.

첫째로 가부장제 이후로 남신 중심의 신보(神譜)에서 제대로 신격(神格)을 부여받지 못하고 주변으로 밀려나 있던 여신들에게 응분의 신격을 부여함으로써 여신을 재의미화하는 작업을 진행하였다. 여신은 남신들이 활약하기 이전부터 대모신(大母神)으로서 홀로 인간을 창조하였고 구멍난 하늘을 기우고 무너진 천지를 재건하였다. 그리고 원시 농경 사회에서 가장 중요시되었던 토지를 다스리는 지모신(地母神)의 역할도 담당하였다. 특히 여신의 신격을 분류하면서 알게 된 것은 여신의 신격이 자연신에 속한 것이 많다는 점이었다. 여신은 일신(日神)·월신(月神)·운우신(雲雨神)·하신(河神)·산신(山神) 등 자연신의 신격을 담당한 경우가 많았으며, 이는 원시 사회에서 여성을 자연과 보다 친밀한 관계로 파악하였던 사고를 반영하는 것이었다.

두번째로 주목하고자 했던 것은 여성과 이데올로기, 여성과 자연의 유기적인 연관 관계, 그리고 원시인들의 여성에 대한 원형적 사유가 여신을 통하여 어떻게 드러나 있는가를 찾는 문제였다. 이를 위해 신화에 나타난 다양한 여신의 이미지를 분석해 보았다. 이미지는 표층적인 외모 외에 다양한 사회적, 문화적, 심리학적 상징 의미를 내포한다. 그러므로 이미지에 대한 분석은 고대인들의 총체적인 사유를 파악하는 계기가 될 수 있다. 우선 신화에서 여신은 성별, 자타(自他), 생사(生死)가 오늘날처럼 정확하게 분리되지 않는 불분명하고 모호한 존재로서 표현되었다. 미분화된 카오스의 여신 이미지는, 오늘날의 이분법적 가치 체계와 성별 의식으로부터 자유로

웠던 원시 사유를 반영하는 것이며, 이에 따라 여신도 자유롭고 독립적인 존재일 수 있었다. 이런 미분화된 이미지는 불결하고 금기시되기보다 신화에서 자연스럽게 수용되고 있는데, 이것은 신화가 이성보다는 감성의, 의식보다는 무의식의 상징 체계임을 말해준다. 또한 여신은 남신의 보조자와 배우자로서 등장하기도 하였다. 남신의 보조자, 배우자로서의 여신 이미지는 모계가 와해되고 부계가 정착되는 시대적 배경을 반영하는 것이다. 그래서 부정적인 자연의 이미지로서 표현되기도 했고, 부덕한 여성 혹은 현모양처로서 자신의 정체성을 부여받기도 했다. 여신은 욕망의 주체이자 대상으로서 인간화된 이미지로 표현되기도 하였다. 「고당부(高唐賦)」의 무산신녀(巫山神女)와 「신녀부(神女賦)」의 낙빈(洛嬪), 『초사(楚辭)』「구가(九歌)」의 산귀(山鬼)는 인신 연애(人神戀愛) 모티프의 주인공으로서 사랑의 주체가 되는 동시에, 남성의 무의식 속의 어머니에 대한 욕망을 반영하는 대상이었다. 그리고 신화 속 여신의 비극적인 결말이나 우울한 시적 분위기는 아버지의 금지와 검열에 의하여 어머니에 대한 추구가 끊임없이 차단되는 무의식의 반영으로 분석해 볼 수 있었다.

셋째로 논의하고자 한 것은 중국 여신의 특징이 무엇이며 여성 신화가 갖는 고유한 기능은 어떤 것인가 하는 문제였다. 이 책에서는 그리스·로마 여신과의 비교 분석을 통하여, 중국의 여신은 인간보다 한 차원 높은 권위적인 존재로 숭배되었고 그 형태도 반인반수적인 것이 많아서, 상대적으로 원시적 성격이 농후하다는 것을 알 수 있었다. 그리고 중국 여신은 후대로 가면서 지위가 저락(低落)되고 성별이 남성화되는 경향을 보였고, 이와 대조적으로 여선(女仙)의 계보(系譜)에 편입되면서 제2의 전성기를 구가하기도 하였다. 이런 여신의 이중적인 변화 양상의 배경에는 도교가 주도적 역할을 하였다. 그리스·로마 여신에 비하여 신격이 모호한 것도 중국 여신의 특징이 될 수 있었는데, 이것은 중국 신화가 비교적 늦은 시기에 인문화의 영향을 받아 원시적인 형태를 더 많이 보존할 수 있었기 때문인 것으로 파악하였다. 나아가 중국 여성 신화의 고유한 신화적 기능이 무엇인지에 대해 알아보았다. 그 결과 여성 신화는 우주와 인류 창조에 대한 해석과, 여성에 대한 훈육이라는 고유한 기능을 수행했음을 밝혔다.

넷째로 탐구하고자 했던 것은 여신의 문학적 관련 양상으로, 여신이 문학 작품에서 소재나 모티프 그리고 상상력에 이르기까지 원형으로서 어떤 역할을 했으며 어떤 효과를 창조하였는지를 고찰하고자 하였다. 여신은 한대(漢代)의 신선 설화에서부터 문학적 원형으로서 수용되기 시작하였고, 이후 지괴 소설(志怪小說)에 본격적으로 수용되어, 명·청대의 신마 소설(神魔小說)에 이르면 여선의 이미지로 활발하게 문학화되었다. 나아가 현대 소설인 노신(魯迅)의 『고사신편(故事新編)』 가운데 「보천(補天)」이나 「분월(奔月)」에서도 여와(女媧)와 항아(姮娥)의 수용 양상을 살필 수 있었다.

시에서는 『시경(詩經)』과 『초사(楚辭)』에서 시작하여 당대(唐代) 유미주의(唯美主義) 시에 이르면 여신의 수용이 가장 활발히 이루어졌으며, 현대 곽말약(郭沫若)의 시집인 『여신(女神)』에서도 난세(亂世)를 다스리고 사회 병폐를 치유하는 대모신의 이미지로 등장하는 것을 볼 수 있었다. 그러므로 중국 문학에서 여신은 원형적 이미지로서 풍부한 줄거리와 환상적 분위기, 다양한 소재를 제공하여 한 차원 높은 문학을 창조하는 데 기여했다고 할 수 있다.

이 책에서는 중국 신화에 묻혀 있던 여신들의 존재 양상을 발굴하고 소개하는 것을 일차적인 목표로 삼았으며, 나아가 여신 연구를 문학과 연계함으로써 중국 문학에서 여신이 문학적 원형으로서 차지하는 중요성에 주목하고자 하였다. 현대 사회에서는 기존의 이성 중심적인 사고에 대한 반성으로 어느 때보다 감성과 상상력의 실체인 신화에 대한 욕구가 커지고 있다. 이런 시점에서 신화에 나타난 여신들을 체계화하는 작업은 신화연구의 발전을 위해서 큰 의의를 지닌다고 생각된다. 그리고 중국 여신에 대한 연구는 동아시아 여성 연구에 있어서도 시사하는 바가 크다. 왜냐하면 중국 여신은 직접적으로는 고대 중국의 여성에 대한 인식의 결과이지만, 이것을 통해 오늘날 동아시아의 여성의 모습과도 원형적 이해와 연결이 가능하기 때문이다. 신화 속의 여신은 때로는 미분화된 존재로, 때로는 남성의 배우자로서, 때로는 아름다운 여성으로서 남신과 구별되는 독특한 이미지를 지녀왔다. 이러한 여신의 이미지는 단순히 문학적 차원에서 그치는 것이 아니라 그 시대의 정치·종교·심리적인 배경 안에서 복잡하게 구성된 것이었다. 그러므로 여신에 대한 연구를 통하여 장구한 시간 동안 역사적으로 구성되어온 여성의 정체성을 비판적으로 재고할 수 있을 것이며, 나아가 여성과 고대 중국 문화에 대한 이해도 넓힐 수 있는 계기를 마련할 수 있을 것으로 생각한다.

부록 : 소수민족 여신 개관

神名	族名	神格	神 績
姝洛甲	壯族	大母神	인간을 창조하고 달, 땅, 밭, 소를 만들었다. 연못을 만들고 씨앗을 찾아내어 곡식을 길렀다. 나무, 꽃, 풀도 길렀다. 혼인을 정하고 여성, 어린이를 보호하였다.
阿布卡赫赫	滿族	大母神	하늘을 키우고 만물과 신들을 낳았다. 몸이 분열되어 地母와 布星 여신이 되었다. 布星 여신과 함께 여성을 만들었다. 地母, 布星 여신과 함께 남성을 만들었다. 敖欽 여신을 만들었는데 그녀가 남성 惡神인 耶魯里로 변하자 善惡神간에 큰 다툼이 일어났다. 결국 惡神을 패배시켰다.
胡蝶媽媽	苗族	大母神	물거품과 결혼하여 열두 개의 달을 낳았다. 인류의 조상인 姜央과 虎, 龍, 蛇, 雷公을 부화시켰다.
密洛陀	瑤族	大母神	머리 꼭대기가 하늘이 되고 발로 밟으니 땅이 되었다. 해와 달, 별들을 만들었다. 열두 개의 여신과 열두 개의 男神을 낳았고, 男神으로 하여금 세계 만물을 창조하게 하였으며, 여신으로 하여금 사람을 낳아 키우도록 하였다.
薩天巴	侗族	大母神	자신의 거대한 유방으로 하늘과 땅을 창조하고 여러 신을 직접 낳았다. 姜夫로 하여금 하늘을 修理하도록 하고 馬王으로 하여금 땅을 수리하게 하였다. 실을 토해내어 網을 만드니 망이 천장을 지탱하였다. 해와 달도 만들었다. 흐르는 땀과 이는 식물과 동물로 변하였다. 반점을 뜯어서 알을 만들고 할머니 원숭이로 하여금 사람의 남녀 시조를 낳게 하였다. 자손들이 위기에 처할 때마다 구해주었다.
阿嫫	基諾族	大母神	개구리의 입을 크게 벌리고 큰 배를 찢었다. 그러자 개구리의 눈은 해와 달이 되고 찢긴 조각은 天地가 되었다. 자신의 때를 밀어 식물, 동물, 인간을 만들었다. 홍수를 일으켜서 대지를 덮고 북 속에 숨어 있던 瑪黑, 瑪紐 남매를 결혼시켜 인류를 낳아 기르게 하였다.

金魚娘	哈尼族	大母神	비늘이 떨리면서 해, 달, 女天神, 女地神, 女海神, 女人神, 男人神이 나왔다.
俄瑪	哈尼族	大母神	최초의 女神王을 낳았다.
阿匹梅烟	哈尼族	최초의 女神王	두 번째 왕인 烟沙과 여러 신들을 낳았다. 여러 신들을 불러서 天地를 만들게 하였다.
莫明更	獨龍族	大母神	딸 念堅을 낳자 딸이 明更에게 시집가서 기러기를 낳았다. 낳은 기러기가 사람으로 변하였다.
女天神	維吾爾族	大母神	입으로 지구를 토해 내었다. 그리고 그녀의 호흡이 변해서 된 수면 위에 거북이를 엎드리게 하고 황소로 하여금 거북이 등에 올라 뿔로 지구를 받치게 하였다.
麥德爾娘娘	蒙古族	大母神	흰 말을 타고 삼천 색의 세계를 순시하였다. 말로 하여금 발로 홍수를 밟게 하고, 불꽃을 뿜어 재를 만들며 그렇게 쌓인 재로 大地를 만들었다. 큰 거북이를 보내어 물속에 잠수하여 대지를 등에 지게 하였다. 神女를 보내어 밤동안 빛을 비추게 하고 달을 만들었다. 神童을 보내어 낮동안 밝게 비추게 하니 해가 되었다.
厄莎	拉祜族	大母神	온 세상이 혼돈에 뒤덮여 있을 때 扎羅와 娜羅를 시켜 하늘과 땅을 만들게 하였다. 그런데 扎羅는 하늘을 너무 작게, 娜羅는 땅을 너무 크게 만들었다. 이것을 본 厄莎는 등나무 줄기로 땅의 맥을 만들고 땅을 한데 모아 그 크기를 줄이니 땅은 울퉁불퉁하게 변했고 높은 산과 깊은 계곡, 강과 늪이 나타나게 되었다.
아홉명의 女神	彝族	大母神	天地가 원래 하나로 섞여 있었는데 아홉 명의 여신이 철빗자루로 하늘을 쓸어 올리고 땅을 쓸어 내리자 비로소 하늘과 땅이 나뉘게 되었다.
阿昻	水族	火神	阿昻은 인간에게 불을 처음 전해 주었다. 그녀는 인간들이 들짐승을 잡아다가 날로 먹는 것을 보고 가엾게 여겨 天上의 불씨를 훔쳐 인간들에게 몰래 보낸다. 그러나 후에 이 사실이 발각되면서 天神으로부터 벌을 받게 되었다.
拖亞拉哈	滿族	火神	먼 옛날 天神 阿布卡恩都가 살았는데 숨을 내뿜어 별을 만들었다. 그는 낮잠 자는 것을 즐겨 높은 하늘 위에서 매일 잠만 잤다. 그 동안 인간 세상은 빙하가

| | | | 땅을 덮고 만물이 살지 못할 지경에 이르렀다. 그때 天神의 이마의 붉은 부스럼인 其其旦이 미녀 拖亞拉哈으로 변신, 그녀는 雷神인 西斯林에게 시집가게 된다. 도중에 風神이 그녀를 납치하여 땅으로 보내어 자손을 번영케 하였다. 그런데 拖亞拉哈은 지상 세계가 온통 얼음으로 뒤덮여 아이를 키울 수 없다고 판단하여 天神의 가슴속의 神火를 훔쳐 지상으로 내려왔다. 신불이 꺼질까봐 그녀는 불씨를 삼켜 뱃속에 넣었는데 너무 오랜 시간이 지나 버렸다. 그러자 그녀는 점차 호랑이의 눈과 귀, 표범 머리, 수염, 매의 발톱을 지닌 괴수로 변하였다. 그녀는 지상에 내려와 火焰을 뿜어 눈을 몰아내고 봄을 불러왔다. |
| 花絲瑪 | 傈僳族 | 狩獵神 | 花絲瑪는 나체에 머리카락은 검다. 등뒤에 공작과 독수리털이 나 있고 배꼽 아래에는 꾀꼬리와 앵무새의 털이 나있다. 그녀가 이야기하는 것은 마치 새가 지저귀는 듯하였다. 어느 날 그녀는 산에서 도망가던 노예 阿蓋를 만났다. 자신이 씨족의 계승자임에도 불구하고 그녀는 본분을 잊고 阿蓋와 동굴에서 동거를 시작하였다. 두 사람은 처음에는 말이 통하지 않다가 점차 공통의 언어로 이야기하고 노래하였다. 그러나 花絲瑪는 阿蓋와 함께 사냥을 하다가 사람들에게 발각되어 자신의 씨족 사람들에게 죽임을 당하게 된다. 후에 그녀의 像이 세워지고 수렵의 여신으로 숭배되었다. |

* 본 도표는 吳曉東, 『中國少數民族民間文學』, 北京 : 中央民族大學出版社, 1999 ; 過偉, 『中國女神』, 南寧 : 廣西敎育出版社, 2000 ; 潛明玆, 『中國神源』, 重慶 : 重慶出版社, 1999를 참고로 하였다.

참고문헌

1 원전 및 주역서

1) 中文

干　寶, 『搜神記』, 臺北 : 里印書局, 1982.

葛　洪, 『抱朴子』, 北京 : 中華書局, 1991.

______, 『抱朴子』, 『四部叢刊』, 臺北 : 臺灣商務印書館.

郭　璞, 『爾雅』, 『四部叢刊』, 臺北 : 臺灣商務印書館, 1979.

羅　泌, 『路史』, 『四部備要』, 臺北 : 臺灣中華書局, 1971.

『大戴禮記』, 『四部叢刊』, 臺北 : 臺灣商務印書館.

董仲舒, 『春秋繁露』, 『四部叢刊』, 臺北 : 臺灣商務印書館, 1976.

馬　縞, 『中華古今注』, 『百部叢書集成』, 臺北 : 藝文印書館, 1965.

班　固, 『漢書』, 서울 : 景印文化社, 1977.

______, 『白虎通』, 『百部叢書集成』, 臺北 : 藝文印書館, 1965.

司馬遷, 『史記』, 北京 : 中華書局, 1992.

______, 馬持盈 註, 『史記今註』, 臺北: 臺灣商務印書館, 1998.

宋　衷 注,『世本』, 嚴一苹 選輯,『百部叢書集成』, 臺北: 藝文印書館, 1965.

蕭　統 編, 李　善 注,『文選注』, 北京: 中華書局, 1970.

______, 李　善 注,『文選注』, 서울: 文選研究會, 1983.

『呂氏春秋』,『四部叢刊』, 臺北: 臺灣商務印書館, 1983.

『列子譯註』, 上海: 上海古籍出版社, 1986.

『禮記』,『四部叢刊』, 臺北: 臺灣商務印書館, 1983.

王　嘉, 齊治平 校註,『拾遺記』, 臺北: 中華書局, 1981.

王　明,『太平經合校』卷三十五, 北京: 中華書局, 1985.

王守謙・金秀珍・王鳳春 譯註,『左傳全譯』, 貴陽: 貴州人民出版社, 1990.

王雲五 主編, 陳鼓應 註釋,『莊子今註今譯』, 臺北: 臺灣商務印書館, 1987.

王雲五 主編, 林　尹 譯註,『周禮今註今譯』, 臺北: 臺灣商務印書館, 1983.

王　充,『論衡』,『四部叢刊』, 臺北: 臺灣商務印書館, 1986.

劉　安, 高　誘 注,『淮南子』, 上海: 上海古籍出版社, 1986.

______,『淮南子』,『四部叢刊』, 臺北: 臺灣商務印書館, 1926.

劉　向,『古列女傳』,『四部叢刊』, 臺北: 臺灣商務印書館, 1966.

李　昉 等編,『太平御覽』, 臺北: 臺灣商務印書館, 1986.

李汝珍,『鏡花緣』, 王雲五 主編,『國學基本叢書』, 臺北: 臺灣商務印書館, 1968.

李　冗 撰,『獨異志』, 嚴一苹 選輯,『百部叢書集成』, 臺北: 藝文印書館, 1965.

莊　子, 陳鼓應 註釋,『莊子今注今譯』, 臺北: 臺灣商務印書館, 1975.

張志哲 主編,『道敎文化辭典』, 上海: 江蘇古籍出版社, 1994.

張　衡,『靈憲』, 嚴一萍 選輯,『百部叢書集成』, 臺北 : 藝文印書館, 1965.

曹雪芹, 綉像新 注,『紅樓夢』, 廣州 : 花城出版社, 1993.

『周易』,『十三經注疏』, 臺北 : 文化圖書公司影印, 1979.

『周禮』,『十三經注疏』, 臺北 : 文化圖書公司影印, 1979.

＿＿＿,『四部叢刊』, 臺北 : 臺灣商務印書館, 1986.

『竹書紀年』,『四部備要』, 臺北 : 臺灣中華書局, 1976.

＿＿＿,『四部叢刊』, 臺北 : 臺灣商務印書館, 1986.

『中國民間文學集成・凉山州德昌縣資料集』第2卷, 四川 : 四川省德昌縣民間文學集成辦公室編, 1991.

『春秋公羊經傳解詁』,『四部叢刊』, 臺北 : 臺灣商務印書館, 1986.

許　愼 撰, 段玉裁 注,『說文解字注』, 上海 : 上海古籍出版社, 1998.

2) 國文

郭沫若, 전인초 옮김,『女神』, 서울 : 혜원, 1987.

김인규 옮김,『楚辭』, 서울 : 청아출판사, 1988.

김학주 옮김,『莊子』, 서울 : 을유문화사, 1983.

羅貫中, 김덕문 옮김,『平妖傳』, 서울 : 마니아 북스, 1999.

魯　迅, 우인호 옮김,『故事新編』, 서울 : 신원문화사, 1996.

＿＿＿, 조관희 옮김,『中國小說史略』, 서울 : 살림출판사, 1998.

노성환 역주,『古事記』, 서울 : 예전사, 1999.

文璇奎 옮김,『春秋左氏傳』, 서울 : 명문당, 1985.

송정화・김지선 역주,『穆天子傳・神異經』, 서울 : 살림출판사, 1997.

王　弼 注, 임채우 옮김,『周易』, 서울 : 도서출판 길, 1997.

劉　向, 김장환 역주,『列仙傳』, 서울 : 예문서원, 1996.

이민수 옮김,『禮記』, 서울 : 翰林出版社, 1982.

이재훈 역해,『書經』, 서울 : 고려원, 1996.

정재서 역주, 『山海經』, 서울: 민음사, 1993.

曹雪芹, 안의운·김광렬 옮김, 『完譯 紅樓夢』, 서울: 청년사, 1992.

진옥경 역주, 『李太白樂府詩』, 서울: 사람과 책, 1998.

蒲松齡, 김혜경 옮김, 『聊齋志異』, 서울: 민음사, 2002.

許仲林, 김장환 옮김, 『封神演義』, 서울: 여강출판사, 1992.

2 연구서

1) 中文

龔維英, 『女神的失落』, 河南: 河南大學出版社, 1993.

過　偉, 『中國女神』, 南寧: 廣西敎育出版社, 2000.

郭大烈·楊世光 主編, 『東巴文化論集』, 昆明: 雲南人民出版社, 1999.

郭沫若, 『郭沫若論集』第1卷, 北京: 科學出版社, 1982.

______, 『中國古代社會硏究』, 北京: 新華書店, 1954.

屈萬里, 「殷墟文字甲篇考釋」, 臺北: 中央硏究院歷史言語硏究所, 1961.

______, 『學傭論學集』, 臺北: 臺灣開明書店, 1969.

杜芳琴, 『女性觀念的衍變』, 河南: 河南人民出版社, 1988.

Wilhelm Schmidt, 蕭師毅 等譯, 『原始宗敎與神話』, 上海: 上海文藝出版社, 1987.

梅列金斯基(Мелетинский), 魏慶征 譯, 『神話的詩學』, 臺北: 臺灣商務印書館, 1990.

閔家胤 主編, 『陽剛與陰柔的變奏: 兩性關係和社會模式』, 北京: 中國社會科學出版社, 1995.

白川靜, 王孝廉 譯, 『中國神話』, 臺北: 長安出版社, 1983.

葉舒憲, 『中國神話哲學』, 北京：中國社會科學出版社, 1992.

______, 『高唐神女與維納斯：中西文化中的愛與美主題』, 北京：中國社會科學出版社, 1999.

蕭　兵, 『楚辭新析』, 天津：天津古籍出版社, 1988.

______, 『楚辭文化破譯』, 四川：四川大學出版社, 1996.

蘇冰・魏林, 『中國婚姻史』, 臺北：文津出版社, 1994.

蘇雪林, 『屈原與九歌』, 臺北：文津出版社, 1992.

宋公文・張君, 『楚国風俗志』, 武漢：湖北教育出版社, 1995.

宋兆麟, 『兩性同體與繁殖巫術』, 北京：中國歷史博物館, 1988.

楊利慧, 『女媧的神話與信仰』, 北京：中國社會科學出版社, 1997.

嚴汝嫻・宋兆麟, 『永寧納西族的母系制』, 雲南：雲南人民出版社, 1983.

吳澤霖　總纂, 『人類學辭典』, 上海：上海辭書出版社, 1991.

吳曉東, 『中國少數民族民間文學』, 北京：中央民族大學出版社, 1999.

王子今, 『中國女子從軍史』, 北京：新華書店, 1998.

王孝廉, 『水與水神』, 北京：三民書店, 1992.

______, 『中國神話與傳說』, 臺北：聯經出版社, 1977.

劉達臨, 『性與中国文化』, 北京：人民出版社, 1999.

劉勇强, 『中國神話與小說』, 河南：大象出版社, 1997.

陸思賢, 『神話考古』, 北京：文物出版社, 1995.

袁　珂, 『袁珂神話論集』, 四川：四川大學出版社, 1996.

______, 『中國神話故事』, 臺北：河洛圖書公司, 1976.

______, 『神話論文集』, 上海：上海古籍出版社, 1982.

李健民・柴曉明, 『中國遠古暨三代政治史』, 北京：人民出版社, 1994.

李亞農, 『殷代社會生活』, 上海：上海人民出版社, 1995.

李約瑟(Joseph Needham), 『中國古代科學思想史』, 北京：人民出版社, 1990.

潛明玆, 『中國神源』, 重慶：重慶出版社, 1999.

______, 『中國神話學』, 寧夏：人民出版社, 1996.

丁　山, 『中國古代宗教與神話考』, 上海: 上海文藝出版社, 1988.

鄭若葵, 『中國遠古暨三代習俗史』, 北京: 人民出版社, 1994.

〔韓〕鄭在書　主編, 『東亞女性的起源: 從女性主義角度解析'列女傳'』, 北京: 人民文學出版社, 2005.

鄭志明　主編, 『西王母信仰』, 臺北: 南華管理學院, 1997.

趙　誠, 『甲骨文與商代文化』, 沈陽: 遼寧人民出版社, 2000.

鍾偉今　選編, 『湖州民間故事精選』, 浙江: 浙江湖州民間文藝家協會, 群衆藝術觀, 1992.

陳東原, 『中國婦女生活史』, 臺北: 臺灣商務印書館, 1975.

陳夢家, 『殷墟卜辭綜述』, 臺北: 中華書局, 1988.

陳履生, 『神畫主神研究』, 北京: 紫金城, 1987.

陳天水, 『中國古代神話』, 臺北: 國文天地, 1990.

蔡俊生, 『人類社會的形成和原始社會形態』, 北京: 中國社會科學出版社, 1988.

詹石窓, 『道敎與女性』, 上海: 上海古籍出版社, 1991.

馮天瑜, 『上古神話縱橫談』, 上海: 上海文藝出版社, 1984.

胡厚宣, 『甲骨學商史論叢』初集(上), 香港: 文友書店, 1970 reprinted.

2) 日文

島邦男, 『殷墟卜辭研究』, 弘前: 中國學研究會, 1958.

＿＿＿, 『殷墟卜辭綜類』, 東京: 大安, 1967.

白川靜, 『中國の神話』, 東京: 中央公論社, 1980.

＿＿＿, 『字統』, 東京: 平凡社, 1984.

小南一郎, 『中國の神話と物語り』, 東京: 岩波書店, 1984.

3) 歐文

Birrell, Anne, *Chinese Mythology,* Baltimore and London : The Johns Hopkins University Press, 1993.

Briffault, R., *The Mothers* vol. 1, London : Macmillan Press, 1927.

Cahill, Suzanne E., *Transcendence and Divine Passion : The Queen Mother of the West in Medieval China,* Stanford : Stanford University Press, 1993.

Douglas, Mary, *Purity and Danger,* New York : Praeger Publishers, 1970.

Eberhard, Wolfram, *The Local Cultures of South and East China,* trans. by Alice Eberhard, Leiden : E. J. Brill, 1968.

Eisler, Riane, *The Chalice and the Blade,* San Francisco : Harper & Row, 1987.

Ferry, Luc, *New Ecological Order,* Chicago & London : The University of Chicago Press, 1995.

Gimbutas, Marija, *The Goddesses and Gods of Old Europe,* rev. ed. London : Thomson and Hudson, 1982.

Hung, Wu, *The Wu liang shrine : The Ideology of Early Chinese Pictorial Art,* Stanford, California : Stanford University Press, 1989.

Kristeva, Julia, *Powers of Horror : An Essay on Abjection,* translated by Leon S. Roudiez, New York : Columbia University Press, 1982.

Malinowski, Bronislaw, *Magic, Science, Religion and Other Essays,* 1948, rpt. Garden City, New York : Doubleday Anchor Books, 1954.

Merchant, Carolyn, *The Death of Nature : Women, Ecology and the Scientific Revolution,* New York : Harper & Row, 1980.

Ruther, Rosemary Radford, *New Woman/New Earth : Sexist Ideologies and Human Liberation,* New York : Seabury, 1975.

Schafer, Edward H., *The Divine Woman,* San Francisco : North Point Press,

1980.

Spretnak, Charlene, *The Politics of Women's Spirituality*, New York : Anchor Books, 1982.

Tambiah, Stanley Jeyaraja, *Magic, Science, Religion and the Scope of Rationality*, Cambridge : Cambridge University Press, 1990.

Thomson, George, *The Prehistoric Aegean*, London : Macmillan Press, 1954.

Tyler, Stephen A., *The Unspeakable : Discourse, Dialogue and Rhetoric in the Postmodern World*, Madison, Wisconsin : The University of Wisconsin Press, 1987.

Weedon, Chris, *Feminist Practice and Poststructualist Theory*, New York : Basil Blackwell, 1988.

4) 國文

가바리노, 한경구·임봉길 옮김, 『문화 인류학의 역사』, 서울 : 一潮閣, 1994.
곽말약, 조성을 옮김, 『中國古代思想』, 서울 : 까치, 1991.
大林太良, 權泰孝 옮김, 『神話學入門』, 서울 : 새문사, 1996.
동아시아고대학회 편, 『동아시아 여성신화』, 서울 : 집문당, 2003.
동양사학회, 『東洋史』, 서울 : 지식산업사, 1991.
로즈마리 통 외, 이소영·정정호 외 편역, 『자연, 여성, 환경』, 서울 : 한신문화사, 2000.
루스 이리가레이 외, 권현정 엮음, 『성적 차이와 페미니즘』, 서울 : 공감, 1997.
리타 M. 그로스, 김윤성·이유나 옮김, 『페미니즘과 종교』, 서울 : 청년사, 1999.
마이클 그랜트, 서미석 옮김, 『그리스·로마 신화』, 서울 : 현대지성사, 1999.
미르체아 엘리아데, 이재실 옮김, 『종교사 개론』, 서울 : 도서출판 까치, 1993.

______, 이재실 옮김, 『이미지와 상징』, 서울: 까치글방, 1998.

미셸 푸코, 이규현 옮김, 『性의 歷史』 제1권, 서울: 나남출판, 1997.

박찬부, 『현대 정신분석 비평』, 서울: 민음사, 1996.

서경호, 『山海經 硏究』, 서울: 서울대 출판부, 1996.

서양걸, 윤재석 옮김, 『중국 가족 제도사』, 서울: 아카넷, 2000.

선정규, 『중국 신화연구』, 서울: 고려원, 1996.

______, 『屈原評傳: 長江을 떠도는 영혼』, 서울: 신서원, 2000.

蕭　兵, 노승현 옮김, 『노자와 성』, 서울: 문학동네, 2000.

宋兆麟, 洪　熹 옮김, 『生育神과 性巫術』, 서울: 동문선, 1998.

아우구스트 베벨, 이순예 옮김, 『女性論』, 서울: 까치, 1995.

아이린 다이아몬드 외 편저, 정현경·황혜숙 옮김, 『다시 꾸며보는 세상』, 서울: 이화여대 출판부, 1996.

알레브 라이틀 크루티어, 윤희기 옮김, 『물의 역사』, 서울: 예문, 1997.

R. H. 반 훌릭, 장원철 옮김, 『中國性風俗史』, 서울: 까치, 1993.

에스터 하딩, 김정란 옮김, 『사랑의 이해 —— 달 신화와 여성의 신비』, 서울: 문학동네, 1996.

여성문화 이론 연구소, 『여성이론』, 서울: 도서출판 여이연, 1999.

오비디우스, 이윤기 옮김, 『변신이야기1·2』, 서울: 민음사, 2000.

袁　珂, 전인초·김선자 옮김, 『中國神話傳說Ⅰ·Ⅱ』, 서울: 민음사, 1998.

劉偉林, 심규호 옮김, 『中國文藝心理學史』, 서울: 동문선, 1999.

윤찬원, 『도교철학의 이해』, 서울: 돌베개, 1998.

이병한 외, 『중국시와 시인』, 서울: 사랑과 책, 1998.

이인택, 『중국 신화의 세계』, 서울: 풀빛, 2000.

이종진 編著, 『李商隱詩選』, 서울: 민미디어, 2001.

林巳奈夫, 김민수·윤창숙 옮김, 『돌에 새겨진 동양의 생활과 사상』, 서울: 두남, 1996.

잔스추앙, 안동준·김영수 옮김, 『여성과 도교』, 서울: 여강, 1993.

______, 『도교와 여성』, 서울: 창해, 2005.

장영란, 『신화 속의 여성, 여성 속의 신화』, 서울: 문예출판사, 2001.

全寅初, 『중국고대소설사』, 서울: 신아사, 1992.

전인초 외, 『중국 신화의 이해』, 서울: 아카넷, 2002.

정재서, 『不死의 신화와 사상』, 서울: 민음사, 1994.

______, 『동양적인 것의 슬픔』, 서울: 살림출판사, 1996.

______, 『도교와 문학 그리고 상상력』, 서울: 푸른 숲, 2000.

조르주 바타유, 조한경 옮김, 『어떻게 인간적 상황을 벗어날 것인가』, 서울: 문예출판사, 1999.

陳東原, 송정화·최수경 옮김, 『중국, 여성 그리고 역사』, 서울: 박이정, 2005.

토머스 불핀치, 최혁순 옮김, 『그리스·로마 신화』, 서울: 범우사, 2002.

한국여성연구소, 『새여성학 강의』, 서울: 동녘, 1999.

한국유교학회 편, 『유교와 페미니즘』, 서울: 철학과 현실사, 2001.

許進雄, 洪　熹 옮김, 『中國古代社會』, 서울: 동문선, 1991.

3 연구 논문

1) 中文

龔維英, 「姮娥·癩蝦蟆·天鵝及其他」, 『人文雜誌』 第1期, 1989.

郭沫若, 「甲骨文字硏究」, 『郭沫若全集』 第1卷, 北京: 科學出版社, 1982.

______, 「殷契餘論·骨臼刻辭之一考察」, 『郭沫若全集』 第1卷, 北京: 科學出版社, 1982.

杜乃松,「司母戊鼎年代新探」,『文史哲』第1期, 1980.

梅新林,「紅樓夢神話新解」,『紅樓夢學刊』第3集, 1992.

蒙蓋特,『蘇聯考古學』, 北京: 文物出版社, 1963.

聞一多,「楚辭校補」,『古典新義』, 臺北: 九思出版社, 1978.

______,「高唐神女傳說之分析」,『聞一多全集』第1卷, 北京: 北京三聯書店, 1982.

憑　華,「記新疆新發現的絹畫伏羲女媧像」,『文物』7·8期, 北京: 文物出版社, 1962.

謝選駿,「中國古籍中的女神」, 御手洗勝 等著,『神與神話』, 臺北: 聯經出版社, 1988.

涂元濟, 「從母系制過渡到父系的一場奪子之戰-對詩經生民神話的一種解釋」,『中國古代·近代文學研究』第9期, 北京: 中國人民大學出版社, 1981.

石雲子,「原始藝術: 生育女神雕像」,『中國文物報』, 北京: 文物出版社, 1994.

葉舒憲,「中國上古地母神話發掘: 兼論華夏神概念的發生」,『中國古代·近代文學研究』, 北京: 人民大學出版社, 1998.

孫守道·郭大順,「牛河梁紅山文化女神頭像的發現與研究」,『文物』第8期, 北京: 文物出版社, 1986.

孫作雲,「九歌山鬼考」,『淸華學報』第11卷　第4期, 1936.

______,「馬王堆一號墓出土畵本考釋」,『考古』第1期, 1973.

宋兆麟,「原始的生育信仰: 兼論圖騰和石祖崇拜」,『史前研究』創刊號, 1983.

______,「中國史前的女神信仰」, 馬啓成　主編,『民族學與民族文化發展研究』, 北京: 中國社會科學出版社, 1995.

樂蘅軍,「中國原始變形神話試探(上·下)」,『中外文學』卷28·29期, 臺北: 中外文學月刊社, 1974.

「凉山州德昌縣資料集」, 『中國民間文學集成』第2卷, 四川省德昌縣民間文學集成辦編, 1991.

湯　池, 「試論灤平后臺子出土的石雕女神像」, 『文物』第5期, 北京: 文物出版社, 1994.

楊進飛, 「馬王堆漢墓飛衣白畫與楚辭神話比較研究」, 『民間文學論壇』第8期, 1985.

烏丙安, 「洪水故事中的非血緣婚姻觀」, 『民間文學論集』第1冊, 中國民間文藝研究會遼寧分會編, 1993.

＿＿＿＿, 「論中國創世神話群的新發現在神話學史上的劃時代意義—中國神話學百年反思」, 涇川海內外西王母民俗文化(神話)學術研討會論文, 1999.

王　剛, 「興隆洼文化石雕像人體像」, 『中國文物報』第47期, 北京: 文物出版社, 1993.

王　瑤, 「小說與方術」, 『中古文學史論』, 臺北: 長安出版社, 1948.

遼寧省文物考古研究所, 「遼寧牛河梁紅山文化女神廟與積石塚群發掘簡報」, 『文物』第8期, 北京: 文物出版社, 1986.

王建新, 「陝西扶風案板出土的陶塑人像」, 『文物天地』第5期, 北京: 文物出版社, 1992.

汪玢玲, 「東西方早期維那斯比較研究」, 『民間文學論壇』第3期, 北京: 民間文學論壇雜誌社, 1987.

袁　珂, 「姮娥奔月神話初探」, 『神話論文集』, 上海: 上海古籍出版社, 1982.

＿＿＿＿, 「中國神話對於後世文學的影響」, 『神話論文集』, 上海: 上海古籍出版社, 1982.

劉敦愿, 「馬王堆西漢帛書中的若干神話問題」, 『文史哲』第1期, 1998.

劉堯漢, 「論中華葫蘆文化」, 『民間文學論壇』第3期, 北京: 民間文學論壇雜誌社, 1987.

李福淸,「人類始祖伏羲女媧的肖像描繪」, 馬昌儀 編,『中國神話故事論集』, 臺北：中國民間文藝出版社, 1988.

張自脩,「麗山女媧氏風俗與關中民間美術」,『陝西民間美術研究』, 陝西：陝西人民美術出版社, 1987.

鍾敬文,「洪水後兄妹再殖人人類神話」,『中國與日本文化研究』第1期, 北京：中國大百科傳說出版社, 1981.

______,「馬王堆漢墓帛畫的神話意義」,『鍾敬文民間文學論集(上)』, 上海：上海文藝出版社, 1982.

陳夢家,「商代的神話與巫術」,『燕京學報』第20期, 北京：北京大學出版社, 1936.

蔡俊生,「神話與現實：中國史前時代兩性關係的投影」, 閔家胤 主編,『陽剛與陰柔的變奏：兩性關係和社會模式』, 北京：中國社會科學出版社, 1996.

崔溶澈,「『紅樓夢』的文學背景研究」, 臺灣大 碩士學位論文, 1983.

韓秉方,「道敎與女神信仰」,『道敎與民間宗敎研究論集』, 香港：學峰文化事業, 1999.

2) 歐文

Chavannes, Edourd, "Le T'ai Chan：Essai de Monographie D-un Culte Chinois," *Annales du Musee Guimet,* Bibliotheque d'Etuedes vol. 21, Paris：Leroux, 1910.

Christ, Carol P., "Why Women Need the Goddess：Phenomenological, Psychological and Political Reflections," *The Politics of Women's Spirituality,* ed. Chalenen Spretnak, New York：Doubleday Anchor Books, 1982.

Despeux, Catherine, "Women in Taoism," *Taoism Handbook,* translated by Livia Kohn, Leiden：Boston, 2000.

Drinker, Sophie, "The Origins of Music : Women's Goddess Worships," *The Politics of Women's,* ed. Charlene Spretnak, New York : Doubleday, 1982.

Eggan, Dorothy, "The Personal Use of Myth in Dreams," *Myth : A Symposium,* edited by Thomas A. Sebeok, Bloomington and London : Indiana University Press, 1972.

Frye, Nothrop, "Archetypes of Literatures," *Myth and Method,* J.E. Miller, Jr.(ed.), Lincoln : University of Nebraska Press, 1960.

Irwin, Lee, 「神性與拯救：中國的大女神」, *Asian Folklore Studies* vol. 49, Nagoya : Nanzan University, 1990.

Kluckhohn, Clyde, "Myth and Rituals," *Reader in Comparative Religion,* William A. Lessa & Evon Z. Vogt(ed.), New York : Harper & Row Publisher, 1971.

Loewe, Michael, "The Juedi Games : A Re-anactment of Battle between Chiyou and Xianyuan?〔Ch'ih Yu and Hsien-yuan, alias the Yellow Emperor〕," in *Thought and Low in Qin and Han China,* edited by Wilt L. Idema and E. Zurcher, Lieden : Brill, 1990.

Mathieu, Rémi, "Anthologies des Mythes et Legendes de la Chine Ancienne : Textes Choisis·Presentes·Traduits et Indexes," *Connaissance de l'Orient,* vol. 68, Paris : Gallimard, 1989.

Schafer, E. H., "Ritual Exposure in Ancient China," *Havard Journal of Asiatic Studies* vol. 14, 1951.

3) 國文

金經娶, 「중국 영웅신화의 구조와 의미」, 이화여대 중문과 석사학위논문, 1999.

金京娥, 「『漢武內傳』試論 및 譯註」, 이화여대 중문과 석사학위논문, 1998.

김영지, 「『拾遺記』 試論 및 譯註」, 이화여대 중문과 석사학위논문, 1994.

김융희, 「이미지란 무엇인가?」, 『비평05』, 서울: 생각의 나무, 2001.

金貞仁, 「中國 神話의 女神 硏究」, 연세대 중문과 석사학위논문, 1996.

김종미, 「陽剛과 陰柔의 變奏」, 한국유교학회 동계학술대회 발표문, 2000.

김지선, 「『神異經』 試論 및 譯註」, 이화여대 중문과 석사학위논문, 1993.

______, 「위진남북조 志怪의 敍事性 연구」, 고려대 중문과 박사학위논문, 2001.

김혜숙, 「陰陽 존재론과 여성주의 인식론적 함축」, 『한국여성학회지』 제15권 2호 별쇄, 1999.

노민영, 「『博物志』 試論 및 譯註」, 이화여대 중문과 석사학위논문, 1997.

송정화, 「『穆天子傳』 試析 및 譯註」, 이화여대 중문과 석사학위논문, 1994.

______, 「志怪敍事에서의 道敎의 수용」, 『道敎學硏究』 제15집, 1999.

______, 「중국 여성신화 小攷」, 『中國語文論叢』 제17집, 1999.

______, 「『山海經』 신화의 여성 이미지 분석」, 『中語中文學』 제29집, 2001.

______, 「신화 속의 처녀에서 역사 속의 어머니로」, 『中國語文學誌』 제9집, 2001.

______, 「고대중국 소설과 도교적 환상——志怪양식을 중심으로」, 『批評』, 서울: 생각의 나무, 2002.

______, 「여성신화 연구사 개관 및 동아시아 여성신화의 전망」, 『기호학연구』 제15집, 2004.

______, 「紅山文化의 신화·종교적 의미」, 『中國語文學誌』 제16집, 2004.

______, 「비교신화적 각도에서 본 동서양 창조 신화에 나타난 여성적 생명원리: 중국 신화와 그리스 신화에 나타난 혼돈, 구멍, 뱀의 이미지를 중심으로」, 『中國語文學誌』 제17집, 2005.

아라시카 라자크, 「출산에 관한 우머니스트적 분석을 향하여」, 정현경·

황혜숙 옮김, 『다시 꾸며보는 세상』, 서울: 이화여대 출판부, 1996.

吳文義, 「西王母 神話 硏究」, 서울대 중문과 석사학위논문, 1984.

尹乃鉉, 「갑골문에 보이는 帚某가 商代史에서 갖는 의미」, 『史學志』, 제29집, 檀國史學會, 1996.

윤 순, 「楚辭·九歌·山鬼의 巫歌的 고찰」, 『中國語文學』 제11집, 1986.

尹彰浚, 『甲骨卜辭에 나타난 商代 統治階級文化 硏究』, 연세대 중문과 박사학위논문, 2002.

이숙인, 「중국 고대의 여성 윤리사상 형성에 관한 연구——五經에 대한 비판적 분석을 중심으로」, 성균관대 동양철학과 박사학위논문, 1996.

李娟熙, 「中國少數民族神話試論」, 이화여대 중문과 석사학위논문, 1999.

全虎兌, 「漢畵像石의 西王母」, 『美術資料』 제59호, 서울: 國立中央博物館, 1997.

鄭茶惠, 「中國 女性神話와 傳說 硏究」, 숙명여대 중문과 석사학위논문, 1996.

鄭宣景, 「『列仙傳』에 대한 서사학적 연구 및 역주」, 이화여대 중문과 석사학위논문, 1995.

정재서, 「중국 신화의 개념적 범주에 대한 검토——袁珂의 廣義神話論을 중심으로」, 『中國學報』 제41집, 2000.

______, 「『山海經』에서의 삶과 죽음——변형의 동력과 도교의 발생」, 『中國語文學誌』 제10집, 2001.

최진아, 「唐代 愛情類 傳奇 硏究」, 연세대 중문과 박사학위논문, 2002.

黃任遠, 장춘식 옮김, 「薩滿敎神話的類型與原始思惟特色」, 전북대 인문학 연구소 편, 『동북아 샤머니즘 문화』, 서울: 소명출판, 2000.

Abstract

Since 1980's even though studies on Chinese mythology in Korea have been extensively progressed, the theme on goddess has not been considered seriously. However, there have been growing interests in the woman's past as well as modern life. In this regard, it would be useful to study Chinese goddess to meet two intellectual desires that are curiosities about Chinese myth and woman.

In this paper I would like to examine four important subjects. Before getting into the serious discussion, I outlined the historical background about the birth of Chinese goddess. In the 19th century, European attained anthropologic achievements to justify their colonial policy of imperialism. In particular, an investigation of maternal society has been accomplished as a part of anthropologic study. Until today various archeological evidences suggesting existence of a maternal society have been discovered in China. Abundant archeological remains such as ancient Chinese literatures and documents, maternal customs in the Yin(殷)

dynasty, and goddess' shrines and sculptures make it clear that the maternal society existed in ancient China. In maternal system women played central roles so that the original form of Chinese myth retained lively figures of goddesses. But after a patriarchal system, Chinese myth should have been recomposed with male oriented system. Thus, in the present paper I tried to shed light on the Chinese goddesses which have been kept in myth.

First of all, I classified goddesses into three groups, i.e., the Great Mother, nature goddess and culture hero. Among them most of Chinese goddesses belong to the Great Mother and nature goddess, because in ancient times women were worshipped as the Great Mother and seemed to be closer to nature than man.

Secondly, by means of analyzing images of goddesses, I tried to establish relationships between woman and ideology, woman and nature, woman and original deliberation in early times. Since images can present social, cultural and psychological meanings, it is believed that analyzing goddesses' images can be a pathway leading us to the thought of early man. Consequently I classified images of Chinese goddesses into four groups. The first is the so called non-differentiated image of goddess who doesn't have a specific gender, has a hybrid figure of man and animal, and lives on the border line between others and myself. The second is those goddesses who are either an assistant or a spouse of god. As the maternal society evolves into the paternal society, the images of Chinese goddesses transformed from the Great Mother to a supporter of god. The third and fourth are goddess' images portrayed as human and as natural objects, respectively.

Thirdly, I paid attention to what the Chinese goddesses' features and the peculiar function of Chinese woman's myth were. In order to accomplish these two purposes I adopted a comparative mythological method between Chinese myth and Greek · Rome myth. I found that Chinese goddesses are relatively primitive in comparison to Greek · Rome's, since the former possessed dignity of the Great Mother and hybrid images. These two aspects suggest that Chinese goddesses preserve primitive characters. Another fascinating feature of Chinese goddess is its kaleidoscopic character. Since the period of maternal society producing goddesses, their divinity had converted into a variety of forms, from female to male or from the Great Mother to a spouse of god. In some sense, these changes would be negative to goddesses, because it could induce decline of goddess' authority. On the other hand, as time went by, Chinese goddesses as immortals of Taoism could thrive again, which was comparable to the glory that they had enjoyed during the ancient time. Taoism could help some Chinese goddesses revive and be worshipped again. In the cases of Greek · Rome goddesses, it is easy to define goddesses' divinities. They can be classified systematically into appropriate divinities according to their characters. But in the case of Chinese goddesses, it is difficult to distinguish their divinities, due to concise descriptive style of Chinese myth without providing any detailed explanation.

The fourth that I studied in this thesis is the Chinese goddess' various figures represented in Chinese literatures. I attempted to examine Chinese goddess' archetype as a subject, motif, and its effect on literatures. Through the analysis about Chinese novel and poetry, I found that Chinese goddess as a archetype provided diverse stories, fantastic atmosphere, and various subjects of literature, and it helped the literature developed into a new dimension.

In these days, as a reflection on the reason-oriented thinking there has been increasing demand of sensitivity and imagination. At this point of time I believe that studies about Chinese goddesses have a great value. It can lead us to evoke mythologic imagination and speculate on woman's identity.

키벨레(Kybele)　101

ㅌ

타이탄(Titan)　92

『태평경(太平經)』　216

태평도(太平道)　23, 247, 251

『태평어람(太平御覽)』　158

토머스 불핀치(Thomas Bulfinch)　86, 93,
　　96, 146, 192-193, 206, 223

통과 제의(通過祭儀)　99, 192

통령보옥(通靈寶玉)　268-269

티아마트(Tiamat)　14, 61, 66, 79, 146,
　　157, 174, 214

티폰(Typhon)　61, 157, 174, 214

ㅍ

페르세포네(Persephone)　85-86, 210-211

펠라스고이(Pelasgois) 신화　14

『평요전(平妖傳)』　257

『포박자(抱朴子)』　87

포송령(蒲松齡)　274

포융(鮑溶)　285

풍륭(豐隆)　113, 274

『풍속통의(風俗通義)』　23, 64-65, 68,
　　87, 124, 145, 267, 270

프리지아(Phrygia)　101

ㅎ

하데스(Hades)　85, 210-211

하백(河伯)　15, 112-114, 122, 273-274,
　　278, 293

하신(河神)　24, 94, 109-111, 138, 298

하야스사노오노미코토(速須佐之男命)　86

학의행(郝懿行)　98

『한무고사(漢武故事)』　37, 220-221, 247-
　　248, 254-256, 260-261

『(한무)동명기(漢武洞冥記)』　139, 245, 247

(한)무제(漢武帝)　246, 248-249, 251,
　　254-255, 284-285

『한무(제)내전(漢武(帝)內傳)』　37, 139-
　　140, 220-221, 247-248, 251, 254-
　　256, 285, 288

한발(旱魃)　213, 250

『한서(漢書)』　13, 171, 240

항아(姮娥·嫦娥)　22, 25-27, 29, 37, 101-
　　102, 138, 154, 159-163, 211-212, 223-
　　224, 235, 246, 251-253, 272-275, 282,
　　293-296, 300

항아분월(姮娥奔月)　101, 160-161, 191,
　　224, 273

허신(許愼)　45, 92

『현중기(玄中記)』　247

『형초세시기(荊楚歲時記)』　267

호로 문화(葫蘆文化)　58

호루스(Horus)　101

호응린(胡應麟)　244

혼돈(混沌)　14, 79, 80, 83, 231, 303

『홍루몽(紅樓夢)』　264, 265-267, 269-271

홍산 문화(紅山文化)　15, 30, 54-55, 62

화서(씨)(華胥氏)　29, 37, 75, 115, 163,
　　235, 249

화신(火神)　31, 58

황영무(黃永武)　284

1판 1쇄 찍음 2007년 7월 13일
1판 1쇄 펴냄 2007년 7월 20일

지은이 · 송정화
편집인 · 장은수
발행인 · 박근섭
펴낸곳 · (주) 민음사

출판등록 1966. 5. 19. 제16-490호
(우)135-887 서울 강남구 신사동 506번지 강남출판문화센터 5층
대표전화 515-2000 / 팩시밀리 515-2007

www.minumsa.com

값 23,000원

ISBN 978-89-374-2588-2 93820